"十三五"国家重点图书出版规划项目

当代中国文学批评史丛书

张江　主编

当代中国文学批评观念史

高建平　等著

中国社会科学出版社

图书在版编目（CIP）数据

当代中国文学批评观念史／高建平等著．—北京：中国社会科学出版社，2019.8（2020.4重印）

（当代中国文学批评史）

ISBN 978-7-5203-4163-9

Ⅰ.①当⋯　Ⅱ.①高⋯　Ⅲ.①中国文学—当代文学—文学批评史　Ⅳ.①I209.7

中国版本图书馆 CIP 数据核字（2019）第 044660 号

出 版 人	赵剑英
项目统筹	王　茵　张　潜
责任编辑	慈明亮
责任校对	杨　林
责任印制	王　超

出　　版	中国社会科学出版社
社　　址	北京鼓楼西大街甲 158 号
邮　　编	100720
网　　址	http://www.csspw.cn
发 行 部	010-84083685
门 市 部	010-84029450
经　　销	新华书店及其他书店
印刷装订	北京君升印刷有限公司
版　　次	2019 年 8 月第 1 版
印　　次	2020 年 4 月第 2 次印刷
开　　本	710×1000　1/16
印　　张	23.25
字　　数	233 千字
定　　价	99.00 元

凡购买中国社会科学出版社图书，如有质量问题请与本社营销中心联系调换
电话：010-84083683
版权所有　侵权必究

总　　序

　　经过各位专家学者四年多的努力，这套"当代中国文学批评史"终于在中华人民共和国成立70周年之际问世了。编著这套丛书，在于对1949年特别是改革开放以来的当代中国文学批评发展史，从各个不同的侧面进行回顾和研究，总结经验教训，为当下及今后文学批评的发展提供借鉴，推动中国文学艺术走上高峰之路。

　　70年来，中国文学批评从自我封闭到对外开放，从体系构建到自主创新，经历了曲折而辉煌的不平凡发展历程。从中国文学批评发展的主流看，我们似乎可以概括为"新开端、新变化、新时期、新世纪、新时代"这样一些时段，并对这些时段分别进行分析研究。我们也可以确定诗歌、散文、小说、戏剧等各种文学体裁，分述针对这些文学体裁进行文学批评的历史。我们还可以把文学与艺术交叉形成的一些新艺术门类考虑进来，考察文学批评活动是如何进入这些复杂的文学现象之中的。文学批评研究是一个理论群，涉及批评对象、批评方法、批评者身份、批评目的等，包含十分丰富的内容。我们编写这套丛书，就是要积极面对这种复杂性，以更为宽阔的视野，尽可能收纳更多内容，期待对70年中国文学批评做比较全面的评述和总结。

相比理论著作的撰写，历史著作的写作有很大不同。历史著作要展现一个过程，归纳出一些有规律性的东西；而理论著作要通过逻辑推理的展开，阐明一些道理或原则。写70年的文学批评史，就是要将一些历史事件，历史上出现的观念、思潮、理论，放回历史语境之中来考察，再从中看到历史是如何演进过来的。

20世纪50年代初，中国出现了社会主义建设的高潮，同时也出现了建设社会主义新文化的要求。当时，文化建设是以对旧文化进行批判为背景进行的，因此，理论的指导特别重要。以革命的理论为指导，通过文艺批评，改造旧文艺，建立新文艺，是当时文化建设的中心任务。

在这一大背景之下，当时的文学理论是以毛泽东的《新民主主义论》和《在延安文艺座谈会上的讲话》等著作及其他领导人的著作和讲话提出的文学思想、方针和政策为主体形成的。在中华人民共和国成立之前，毛泽东文艺思想是马克思主义普遍真理与当时中国革命根据地文艺实践相结合的产物。中华人民共和国成立后，中国共产党及其领导的人民政权，面临着比革命战争时期更为复杂的情况，面临着让新的文艺思想占领文艺批评领域，以及在大学课堂里讲授新的文学理论的任务。基于这一需要，我们在当时引进了许多苏联的文学理论，包括苏联的文论教材体系。

20世纪50年代中期以后，形成了理论和批评建设的热潮，当时所倡导的文艺上的"百花齐放"、学术上的"百家争鸣"，使文艺批评的理论和实践建设都有了长足的发展。50年代的文艺争鸣，以及当时出现的一些关于"现实主义"的批评观念，都是极其宝贵的。但是，这些积极探索在"文化大革命"时期遭到错误的批判。改革开放后，文艺批评展现出前所未有的活力，对新时期文艺的繁荣发展起到了推动和引领的作用。在此后的一些年，随着国外一些文学批评理论的引入，中国的文学批评又有了新的变化。一方面，引进国外的文学理论和批评方法，给中国的文艺理论批评注入了新的活力，另一方面，也出现了用国外理论剪裁中国文艺，使之成为西方理论注脚的现象。一些引进的理论不仅不能帮助我们更好地进行有效的文艺评论，反而扭曲中国的文艺，或者将文艺现象抽离，成为理论的空转。在这种情况下，回到文艺本身，构建立足于本土经验的文艺批评理论，就显得尤为迫切和重要。

今天，站在一个重要的历史节点之上，回顾历史，我们可以感慨、感叹、感动，但更重要的，是要有所感悟。中国人讲"以史为鉴"，历史要成为当下的"资治通鉴"。研究历史，要照亮当下，指引未来。努力创建新时代中国文论话语体系，应该是我们今天的中心任务。

构建新时代中国文论话语体系，要坚持实践性。理论要与实践结合，特别是与批评结合。文学理论要指导文学批评，文学批评要在文学理论的指导下进行。由此更进一步，要发展批评的理论。这种批评的理论，不是实用批评手册，而是关于批评的深层理论思考。这种批评的理论，也不寻求在各种文学体裁和各门艺术中普遍适用，而是在研究它们各自的特殊性的基础上，寻求其相通性。从实践中来，形成理论之后，再回到实践中接受检验。

构建新时代中国文论话语体系，要本着"古为今用，洋为中用"的方针，吸收一切对我们有用的理论资源。但是，这绝不是照搬照抄、简单套用。我们曾经用古代文论和西方文论来阐释当代的文艺实践，从历史上看，这样做在当时似乎也有一定的合理性。黑格尔说，凡是现实的都是合乎理性的。从这个意义上，也可以说上述做法曾有其特定历史语境下的合理性。但是，黑格尔还说，一切合乎理性的东西都是应当实现出来的。古代文论不能完全符合当代中国的文艺实际，西方文论更不能很好地符合当代中国的实际。我们必须在吸取多方资源的基础上，立足中国实际，推进理论创新，用新时代的新理论，阐释和指导当代中国的文艺实践，包括中国文艺批评实践。

构建新时代中国文论话语体系，是与中华人民共和国成立70年特别是改革开放40多年来理论建设的努力一脉相承的。这也是我们编辑这套"当代中国文学批评史"的初衷。冯友兰先生在谈到哲学史时，曾区分了"照着讲"和"接着讲"。对于历史事实，对于历史上的重要人物的思想，我们要"照着讲"，不要讲错了，歪曲了前人的思想。但仅仅是"照着讲"还不行，照着讲完了，还需要"接着讲"。历史的车轮滚滚向前，我们要面对新情况、进行新总结、讲出新话来。反过来看，"接着讲"与"照着讲"也是一种承续关系。历史不能隔断，只有反思历史，才能展望未来。

总　序

中国特色社会主义进入了新时代。习近平总书记在《在文艺工作座谈会上的讲话》中指出，要用"历史的、人民的、艺术的、美学的观点评判作品"，这对文学批评提出了新的要求，确立了新的标准。我们要守正创新、不离大道，在新的时代，创新发展文学批评理论，助力中国文艺走向繁荣昌盛。

张　江

2019 年 9 月

目 录

第一章 现实主义文艺理论体系建设的新起点 ……………（1）
  第一节 《讲话》对新中国文学理论发展方向的指引 ………（1）
    一 毛泽东文艺思想的主要内涵 ……………………（2）
    二 毛泽东文艺思想的来源 …………………………（5）
    三 毛泽东文艺思想的阐释与权威地位的确立 ……（7）
  第二节 苏联文艺理论的引进……………………………（10）
    一 苏联文艺理论著作的翻译引进 …………………（10）
    二 "全面仿苏"语境下的文艺理论教材建设 ………（13）
    三 苏联基础文论的引介 ……………………………（15）
    四 苏联文论对毛泽东文艺思想的补正 ……………（16）
  第三节 新语境下现实主义文艺理论建设 ………………（19）
    一 第一次文代会与新中国文艺政策的建构 ………（19）
    二 新中国文艺理论教材建设 ………………………（23）

第二章 文艺批判与文艺意识形态建设 ………………（28）
  第一节 文艺批判运动的过程与反思 ……………………（28）

一　20世纪50年代初期文艺批判概说……………………（28）
　　二　关于《武训传》《红楼梦研究》的批判……………（32）
　　三　对胡风文艺思想的批判……………………………（34）
　　四　对中华人民共和国成立之初文艺批判
　　　　运动的反思……………………………………………（37）
　第二节　文艺组织体制化与文艺政策的推行…………………（39）
　　一　文艺组织体制化的具体实施………………………（39）
　　二　文艺政策的调整与"双百"方针的提出…………（42）
　　三　从保卫"社会主义现实主义"到"两结合"的
　　　　提出……………………………………………………（46）

第三章　"黑八论"与现实主义文艺理论体系拓展…………（52）
　第一节　20世纪50年代后期到60年代初期文艺
　　　　　批评……………………………………………………（52）
　第二节　"黑八论"的主要内容及其评述……………………（55）
　　一　"真实"问题………………………………………（57）
　　二　题材问题的讨论……………………………………（63）
　　三　"时代精神汇合"论………………………………（70）

第四章　"美学大讨论"与文艺批评观念的互动………………（75）
　第一节　美的客观性理论与文艺的现实主义原则……………（75）
　　一　美学话语的全面马克思主义化……………………（76）
　　二　美学家们对客观性原则的自觉选择………………（79）

三　艺术的现实主义原则的确立 …………………… (84)
　第二节　形象与典型 ………………………………………… (87)
　　　一　蔡仪对形象与典型问题的思考 ………………… (88)
　　　二　李泽厚对形象与典型问题的思考 ……………… (90)
　第三节　形象思维与文学特质 ……………………………… (93)
　　　一　形象思维的提出 ………………………………… (93)
　　　二　"形象思维"讨论在中国的兴起 ……………… (97)
　　　三　"形象思维"论争 ……………………………… (99)

第五章　现实主义文艺批评发展的困境与挫折 …………… (105)
　第一节　20世纪60年代中期文艺政策和文艺批判
　　　　　概观 ………………………………………………… (106)
　　　一　毛泽东"香花""毒草"论 …………………… (106)
　　　二　关于文学艺术的"两个批示"与文艺批判 …… (107)
　　　三　"文化大革命"前夕的文艺形势 ……………… (111)
　　　四　姚文元与文艺批判运动 ………………………… (113)
　　　五　《评新编历史剧〈海瑞罢官〉》与"文化大革命"
　　　　　大幕拉开 …………………………………………… (114)
　第二节　"京剧改革"与"样板戏" ……………………… (118)
　　　一　"京剧改革" …………………………………… (118)
　　　二　八个"革命样板戏" …………………………… (120)
　第三节　对《部队文艺工作座谈会纪要》文艺思想的
　　　　　反思 ………………………………………………… (122)

一　"根本任务论" ···（123）
　　二　《纪要》文艺主张的误区 ···························（125）
第四节　"主题先行"与"三突出" ··························（127）
　　一　"主题先行" ···（127）
　　二　"三突出" ··（130）
第五节　对极"左"文艺观念的省思 ······················（132）

第六章　现实主义文艺批评的历史转折与复兴 ············（135）

第一节　"形象思维"热的理论意义 ······················（135）
　　一　形象思维与改革开放 ·······························（136）
　　二　形象思维论的反思 ··································（140）
　　三　形象思维论走向衰落的原因 ······················（144）
第二节　新时期文艺政策调整与文学观念转型 ·········（146）
　　一　第四次文代会与新时期文艺政策调整 ··········（146）
　　二　从关键词翻译变化看当代文学观念的
　　　　拨乱反正 ···（150）
第三节　新时期文艺观念新探索 ···························（155）

第七章　20世纪80年代重申"文学是人学"运动 ···········（161）

第一节　关于人性、人道主义的讨论 ····················（161）
　　一　人性、人道主义讨论缘起 ·························（161）
　　二　人性的含义及其与阶级性的关系 ················（163）
　　三　文艺与人性、异化、人道主义的关系 ··········（165）

第二节 "《手稿》热" ……………………………………（170）
    一 "自然的人化" ………………………………（170）
    二 "两个尺度" …………………………………（173）
    三 "美的规律" …………………………………（176）
    四 "劳动创造了美" ……………………………（179）
    五 《手稿》讨论的美学意义 ……………………（182）

第三节 人的主体性与文学主体性 …………………（184）
    一 作为文学主体性的前提的人的主体性 ………（185）
    二 从人的主体性到文学主体性 …………………（188）
    三 "文学是人学"命题的来龙去脉 ……………（190）
    四 文学主体性的意义 ……………………………（193）
    五 文学主体性的理论局限 ………………………（196）

第八章 科学方法论在文学领域的历险及其理论意义 …………………………………………………（200）

第一节 科学方法论历史缘起 ………………………（200）

第二节 "老三论"在文学研究中的运用 ……………（204）
    一 系统论方法在文学研究中的引用 ……………（204）
    二 控制论 …………………………………………（206）
    三 信息论 …………………………………………（209）

第三节 "新三论"及其他自然科学方法在文学研究领域的历险 …………………………………（212）
    一 "新三论"与中国的文学研究 ………………（213）

二　其他自然科学方法论的借用 …………………………（216）
　第四节　科学方法论进入文学的意义 ………………………（218）

第九章　现代主义的引入与创作方法多样化 …………………（222）
　第一节　文艺界对现代主义的选择与接受 …………………（223）
　第二节　现代主义思潮影响下的中国文学理论
　　　　　范式转变 ……………………………………………（230）
　第三节　多元的创作方法与文学艺术的新活力 ……………（233）

第十章　文学批评"向内转"潮流 ………………………………（238）
　第一节　20世纪80年代文学走出社会历史批评
　　　　　趋势的出现 …………………………………………（238）
　第二节　从作者到文本 ………………………………………（241）
　第三节　从社会到心理 ………………………………………（246）

第十一章　传统美学和文论的发现与现代转换 ………………（252）
　第一节　20世纪80年代中期至90年代的"古代
　　　　　文论热"兴起原因 …………………………………（252）
　第二节　"古为今用"运思下的古代文论研究 ………………（256）
　第三节　"古代文论的现代转换" ……………………………（261）

第十二章　文化转向及其影响 …………………………………（269）
　第一节　审美文化研究的突围 ………………………………（269）

第二节　文化研究在中国的发展 …………………………（275）
 第三节　"文化转向"带来的转变与挑战 …………………（280）

第十三章　西方文论的引进与中国文论主体性构建 …………（290）
 第一节　西方文论的翻译与引进 …………………………（290）
 第二节　强制阐释论与对西方文论的反思 ………………（295）
 第三节　文论的国际性与民族性 …………………………（310）
 第四节　中国文论主体性建构 ……………………………（317）
 第五节　当前文论研究近况及其理论走向 ………………（326）
  一　文学理论"中国话语"的回顾、反思与重建 ……（326）
  二　"关键词"研究与"后—"文学理论重建的
     路径思考 ………………………………………（330）
  三　叙事学研究的重心转移与"叙事学热" ………（335）
  四　马克思主义文论与当代文学批评 ……………（338）
  五　"微时代"的媒介、文化与美学成为学术
     增长点 …………………………………………（343）

主要参考文献 ……………………………………………………（349）

后　记 ……………………………………………………………（353）

第一章　现实主义文艺理论体系建设的新起点

如果说中华人民共和国的诞生是以1949年10月1日天安门广场上的开国大典为标志的话，那么新中国文学的诞生则应该以1949年7月召开的"第一次中华全国文艺工作者代表大会"为标志。在当时，所规定的新中国文学的历史使命就是以毛泽东的文艺思想为新文艺的基本方针，"充分地吸收社会主义国家苏联的宝贵经验"，"为建设新中国的人民文艺而奋斗"[①]。这种价值诉求决定了新中国文艺理论体系建设的基本内容和发展方向，即选择文艺工具论立场，强调文学对社会的作用，关注文学与现实生活的关系，在此基础上构建具有本土特质的现实主义文艺理论。

第一节　《讲话》对新中国文学理论发展方向的指引

中华人民共和国成立之初的文艺理论建设，是延安时期文艺观

---

① 郭沫若：《为建设新中国的人民文艺而奋斗》，中华全国文学艺术工作者代表大会宣传处编《中华全国文学艺术工作者代表大会纪念文集》，新华书店1950年版，第38—42页。

念和价值诉求在全国的推广，因此，集中体现了毛泽东文艺思想的《在延安文艺座谈会上的讲话》（以下简称《讲话》）就成为新中国文艺理论建设的理论和行动指南，成为后来者研究新中国文论起点时最重要的一环。

一 毛泽东文艺思想的主要内涵

1942年5月，为了配合文艺界整风运动，澄清一些作家和文艺理论家的模糊认识，毛泽东在延安召开的文艺座谈会上发表了讲话，对文学的本质、服务对象、文艺与生活的关系、动机与效果、普及与提高、文学遗产的继承以及文艺批评的标准等重要文艺理论问题都做了明确指示，此文也由此成为20世纪中国文艺理论史上的纲领性文献。

在《讲话》中，毛泽东对文学进行了明确的定性。对文学的特殊属性的探讨，可以有两种思路，一种是从文学内部，例如语言、意象、象征、隐喻、结构等内在因素来探讨；另一种则是根据文学与生活的关系，即从文学的外部对文学做出规定。毛泽东的定性属于后者。在他看来，文学与生活之间的区别就在于，"文艺作品中反映出来的生活却可以而且应该比普通的实际生活更高，更强烈，更有集中性，更典型，更理想，因此就更带有普遍性"，"文艺就把这种日常的现象集中起来，把其中的矛盾和斗争典型化"[①]。因此，

[①] 《毛泽东选集》第3卷，人民出版社1991年版，第861页。

文学相对于现实人生，其区别就在于它的典型性，它既依附于现实，来源于现实，同时也是对现实的提升。

在《讲话》中，毛泽东还明确提出了"以政治标准放在第一位，以艺术标准放在第二位"①这一判断文学艺术作品价值的标准。一方面，他强调，他所说的政治性在当时主要是指是否有利于抗战，"一切利于抗日和团结的，鼓励群众同心同德的，反对倒退、促成进步的东西，便都是好的；而一切不利于抗日和团结的，鼓动群众离心离德的，反对进步、拉着人们倒退的东西，便都是坏的"②。另一方面，他又指出，对于过去时代的文学艺术作品，也有政治上是否正确的问题，"也必须首先检查它们对待人民的态度如何，在历史上有无进步意义，而分别采取不同态度"③。在他看来，那些艺术性很强而内容反动的作品，应该引起人们更大的警惕。因此，尽管毛泽东也指出了"缺乏艺术性的艺术品，无论政治上怎样进步，也是没有力量的"，"我们既反对政治观点错误的艺术品，也反对只有正确的政治观点而没有艺术力量的所谓'标语口号式'的倾向"，④他显然是从文艺的政治影响力这个角度去强调其艺术性的，相对于政治标准而言，艺术标准只具有"附庸"的地位。

毛泽东《讲话》的另一个重要内容是要求文艺工作者"到工农兵当中去，向群众学习，改正自己的小资产阶级思想"。在座谈会

---

① 《毛泽东选集》第3卷，人民出版社1991年版，第869页。
② 同上书，第868页。
③ 同上书，第869页。
④ 同上书，第870页。

开始的动员报告和座谈会结束时的总结报告中,毛泽东都把"文艺服务的对象"这一问题作为一个十分重要的问题提了出来并加以论述。尽管他认为"城市小资产阶级劳动群众和知识分子"与工农兵一样也是革命文艺服务的对象,但由于作家本人多属于"小资产阶级"这一群体,因此,他认为解决"文艺服务对象"问题的关键,是文艺家如何改变自己的小资产阶级立场,以自己的作品为工农兵服务。他要求作家"到工农兵当中去,向群众学习",在这个过程中,熟悉人民的语言与人民群众的生活,使之和工农兵大众的思想感情打成一片。①

在《讲话》中,毛泽东还极有针对性地对"从来的文艺作品都是写光明与黑暗并重","从来文艺的任务就在于暴露","我是不歌功颂德的;歌颂光明者其作品未必伟大,刻画黑暗者其作品未必渺小"等观点进行了严厉的批判,要求文艺家"真正站在人民的立场上,用保护人民、教育人民的满腔热情来说话",歌颂人民、歌颂无产阶级、歌颂共产党、歌颂新民主主义和社会主义。他认为歌颂谁与暴露谁体现的是阶级立场问题:"你是资产阶级文艺家,你就不歌颂无产阶级而歌颂资产阶级;你是无产阶级文艺家,你就不歌颂资产阶级而歌颂无产阶级和劳动人民:二者必居其一。"②

《讲话》同时还对普及与提高、文艺的大众化、如何对待民族的与外来的文化、人性论等一些左翼文学长期争论的问题进行了论述,提出了"人类的社会生活是文学艺术的唯一源泉""普及基础

---

① 《毛泽东选集》第3卷,人民出版社1991年版,第851页。
② 同上书,第873页。

上的提高"与"提高指导下的普及""继承一切优秀的文学艺术遗产"等理论命题。这些内容规定了新中国现实主义文艺理论体系的基本内容。

二 毛泽东文艺思想的来源

理解毛泽东的文艺思想，必须首先联系他独特的政治身份：与一般的文艺理论家不同，他是站在一个政治家的立场上，以中国革命的具体实践为历史背景，为解决中国革命中遇到的现实问题而思考文艺问题的，而他的文艺思想的巨大影响，也始终与他革命领袖的身份相关。

虽然毛泽东在早年的著述中，也有一些零星的谈论文学艺术问题的文字，但真正集中思考文学艺术问题，并逐渐形成自己的文艺主张，是在延安时期，也就是在他成为中国革命的领袖之后。1936年11月，中国共产党领导下的第一个全国性文艺团体——中国文艺协会在陕西保安县成立，毛泽东在其成立会议上发表了一个演讲，提出中国共产党领导的事业实际上是在"文武两个战线上"展开的，只有"发扬苏维埃的工农大众文艺，发扬民族革命战争的抗日文艺"，才能够争取抗战的胜利。[1] 把文学艺术和军事并称为"文武两条战线"，这一看法毛泽东不仅在《讲话》中重提，而且贯穿于他领导中国革命的全部实践过程当中。从把文艺作为革命的一条

---

[1] 毛泽东：《毛泽东文艺论集》，中央文献出版社2002年版，第3—4页。

"战线"这一逻辑起点出发,就不难理解为什么他极为关注文艺界的思想动向与文艺家的政治立场,以及为什么他在中华人民共和国成立后常常亲自介入具体的文艺问题的争论,并多次主动发起对文艺界"错误倾向"的批判运动。显然,他极为看重的是文学艺术在革命与建设过程中统一全党思想、发动群众、引导舆论方向方面的功用。

从理论根源上讲,毛泽东文艺思想中的许多命题,直接来源于列宁,这显然与他们身份的相近有关:同样是作为一个革命政党的领袖,列宁的许多主张更能够在毛泽东那里产生共鸣。毛泽东在写文章时,极少像专业的马克思主义理论家那样到经典作家那里去寻章摘句,但在《讲话》中,他有两处直接引用了列宁的话以支持自己的观点,一次是在提出"文艺为什么人"这一问题之后,他说,"这个问题,本来是马克思主义者特别是列宁所早已解决了的。列宁还在一九〇五年就已着重指出过,我们的文艺应当'为千千万万劳动人民服务'"①。另一处是在提出"党的文艺工作和党的整个工作的关系"问题之后,他说,"无产阶级的文学艺术是无产阶级整个革命事业的一部分,如同列宁所说,是整个革命机器中的'齿轮和螺丝钉'"②。我们发现,毛泽东引用列宁的两处文字,涉及的是在他的《讲话》中最关键的两个问题。这两处引文都出自列宁的《党的组织与党的出版物》。显然,毛泽东对这篇文献相当熟悉。另外,列宁关于两种民族文化的论述、对知识分子动摇性的批判以及

---

① 《毛泽东选集》第3卷,人民出版社1991年版,第854页。
② 同上书,第865—866页。

在人性论问题上的立场、要求作家表现工农大众、表现新生活的主张，都进入了毛泽东的文艺思想体系当中，二者之间的继承关系是很明显的。

毛泽东文艺思想，也吸纳了20世纪20年代以来中国左翼文学发展的理论成果。"文学是宣传"，"文学是一个阶级的武器"，这些都是创造社成员在1928年从日本引入中国的文艺主张。尽管这些主张一开始受到了茅盾、鲁迅等"五四"作家的质疑，但还是进入了毛泽东的文艺思想体系当中。"文艺大众化"问题也是左翼文学家关注的焦点，曾经在20世纪30年代被热烈讨论过。毛泽东的《讲话》实际上认同了大众化讨论中以瞿秋白等人为代表的认为知识分子必须先"取得大众的意识，学得大众的语言"，然后才能创造大众文学的观点。这种观点的进一步引申，便与知识分子的思想改造问题联系在一起。

三 毛泽东文艺思想的阐释与权威地位的确立

以《讲话》为代表的毛泽东文艺思想的权威地位，是逐渐确立的。据考证，1942年5月，即延安文艺座谈会召开的当月，"七七出版社"就曾印行《讲话》的记录稿本[①]，讲话的内容还迅速被传达到解放区与国统区的文艺工作者当中。《讲话》正式发表前后的两年时间里，中国共产党的机关报《解放日报》还集中发表了一系

---

① 刘金田、吴晓梅：《〈毛泽东选集〉出版的前前后后》，中共党史出版社1993年版，第39页。

列学习《讲话》的文章。1944年3月，周扬出版了他的《马克思主义与文艺》一书，在这本书的"序言"里，周扬给予《讲话》以很高的评价，认为它"给革命文艺指示了新方向"，是学习马克思主义文艺的"最好的课本"。①

毛泽东文艺思想成熟与传播的过程，正是中国共产党领导的革命事业不断发展壮大的过程。在延安文艺座谈会之后，解放区文学就是沿着《讲话》的方向发展的，而文学界开展的关于民族形式问题的论争、与胡风文艺思想的斗争，最终都更加巩固与加强了《讲话》的权威地位。到1949年7月"第一次中华全国文艺工作者代表大会"召开时，周恩来、周扬、茅盾、郭沫若的报告，都给予毛泽东《讲话》以极高的评价。周恩来在报告中讲，"我们应该感谢毛主席，他给与了我们文艺的新方向，使文艺也能获得伟大的胜利"②，周扬在报告中讲："毛主席的《文艺座谈会讲话》规定了新中国的文艺的方向，解放区文艺工作者自觉地坚决地实践了这个方向，并以自己的全部经验证明了这个方向的完全正确，深信除此之外再没有第二个方向了，如果有，那就是错误的方向。"③而郭沫若以一个诗人的热情，在报告的结尾处喊出了"伟大人民领袖，人民文艺的导师毛主席万岁"的口号。这一切，都以十分确定的方式预

---

① 周扬：《马克思主义与文艺》，作家出版社1984年版，第1页。
② 周恩来：《在中华全国文学艺术工作者代表大会上的政治报告》，中华全国文学艺术工作者代表大会宣传处编《中华全国文学艺术工作者代表大会纪念文集》，新华书店1950年版，第33页。
③ 周扬：《新的人民的文艺——关于解放区文艺运动的报告》，中华全国文学艺术工作者代表大会宣传处编《中华全国文学艺术工作者代表大会纪念文集》，新华书店1950年版，第70页。

示了一个新的文艺时代——毛泽东文艺思想时代的到来。

从《讲话》发表一直到"文化大革命"前,周扬在毛泽东文艺思想的阐释与其权威性的维护方面做出了别人无法替代的贡献。20世纪30年代初周扬在上海领导过"左联"的工作,1937年秋到达延安,其理论才能得到毛泽东的赏识,被委任为陕甘宁边区教育厅厅长,负责边区的群众文化与教育工作。从1940年到抗战胜利,周扬一直主持延安鲁迅艺术学院的工作。毛泽东的《讲话》发表后,周扬以其马克思主义文艺理论家的敏锐眼光,认识到了《讲话》的划时代意义。他一方面在鲁艺的课堂上向学员宣传《讲话》的精神,另一方面写下了大量研究、阐释《讲话》精神的理论文章,并主持编辑了"中国人民文艺丛书",以推广群众性的秧歌剧、进行平剧(京剧)地方戏改革的方式,践行讲话精神。20世纪50年代,周扬一直是主管文艺的中宣部副部长,是党在文艺战线上最直接的领导者,对践行毛泽东文艺思想发挥了举足轻重的作用。

在毛泽东文艺思想的阐释与权威地位的确立方面,还有一些理论工作者起到了重要作用。这其中有些是像周扬这样兼具理论家与中共文艺战线领导者身份的人,如邵荃麟、何其芳、林默涵等人;有些是像蔡仪、以群、黄药眠这样的主要以学者与文化人身份而闻名的左翼理论家。在《讲话》发表以后,他们自觉地以《讲话》精神指导自己的学术研究,与各种违背马克思主义基本原则的错误观点和思潮进行斗争,在毛泽东文艺思想的理论化、系统化、学术化方面做了大量的工作,对中国化马克思主义文学理论的建构做出了独特的贡献。

第二节　苏联文艺理论的引进

中国学者对苏联（包括 19 世纪俄国）马克思主义文学理论的介绍，始于"五四"时期。1921 年《小说月报》的"俄国文学研究专号"上，就发表有郭绍虞的《俄国美论与其文艺》一文。之后，随着中国左翼文学的发展，俄国 19 世纪马克思主义文学理论家的理论与批评著作，列宁关于文学艺术的讲话、文章及相关言论，20 世纪 20 年代以后苏联的许多文学思潮与流派的观点和学说，便源源不断地被介绍到了中国。中华人民共和国成立初期，由于特定的历史原因，政治上采取了"一边倒"的策略，在全国上下各行各业、各条战线都在"向苏联学习"的氛围中，苏联文论的学术权威地位被进一步加强，使得苏联文论在新中国文艺理论建设的初期，发挥了重要作用。

一　苏联文艺理论著作的翻译引进

从 1949 年中华人民共和国成立到 50 年代，出于意识形态建设和构建新中国文艺理论体系的现实需要，中国学界对苏联文学和文艺理论表现出了极大的热情，走上了全面借鉴苏联文艺理论的道路。译介活动在这个过程中起到了举足轻重的作用，无论在数量还是在内容上，苏联文艺理论都占据绝对主导地位。例如，在当时最具影响力的刊物之一《人民文学》杂志的创刊号"发刊词"中，强

第一章 现实主义文艺理论体系建设的新起点

调"最大的要求是苏联和新民主主义国家的文艺理论"。可以说，官方和理论界的有意推动造就了这一阶段的苏联文论译介的繁荣景象。即便到了50年代末，中苏关系交恶之后，这种情况也并未有太大改观。

苏联官方对文艺理论的指导原则，对于将苏联理论界思想原则奉为圭臬的中国学术界产生的巨大影响可想而知。在相当长的时间里，高度政治化的苏联文论成为新中国文艺理论研究和教学的主要依据。反映在外国文论译介领域，就是以马克思主义经典作家的论著和苏联文论为主。这个时期出版了马克思、恩格斯、列宁等人关于马克思主义文艺问题的经典论述，如《马克思恩格斯论文学与艺术》（J.弗莱维勒编选，王道乾译，平明出版社1951年版），《马克思恩格斯列宁斯大林论文艺》（曹葆华译，人民文学出版社1951年版），苏联的米·里夫希茨编的《马克思恩格斯论艺术》（四卷本）（曹葆华译，人民文学出版社1960—1966年版）[①]，索洛维耶夫编的《马克思恩格斯论文学》（曹葆华译，中国人民大学出版社1962年版），列宁的《党的组织和党的文学》（司徒贞译，新潮书店1950年版），《论托尔斯泰》（林华译，中外出版社1952年版；立华译，五十年代出版社1953年版），克拉斯诺娃编的《列宁论文学》（曹葆华译，人民文学出版社1958年版），《列宁论文学与艺

---

① 米·里夫希茨所编的这套《马克思恩格斯论艺术》是当时最权威的选本，其中的部分内容在此之前已经翻译介绍过来，如《马克思恩格斯论浪漫主义》（曹葆华、程代熙译，人民文学出版社1958年版）、《马克思恩格斯论艺术与共产主义》（曹葆华译，人民文学出版社1959年版），等等。

· 11 ·

术》（两卷本）（人民文学出版社1960年版），等等。从编选者名单中可以看出，除个别情况外，这些马克思主义文艺理论著作大部分都是从苏联学者编选的文集转译过来的。这些经典论著的译介，为中国的马克思主义文艺理论研究做了有力的铺垫。

这一时期，在苏联方面的大力举荐下，19世纪俄国革命民主主义者，如别林斯基（别列金娜选辑：《别林斯基论文学》，梁真译，新文艺出版社1958年版）、车尔尼雪夫斯基（《车尔尼雪夫斯基论文学》，辛未艾译，新文艺出版社1956年版；《生活与美学》，周扬译，人民文学出版社1957年版）、杜勃罗留波夫（《文学论文选》，辛未艾译，第一卷：新文艺出版社1954年版；第二卷：上海文艺出版社1959年版）、赫尔岑（《赫尔岑论文学》，辛未艾译，上海文艺出版社1962年版）等人的文论著作在中国产生了广泛影响，成为文艺理论教材和文艺研究的重要内容。另外，普列汉诺夫［《论艺术（没有地址的信）》，曹葆华译，生活·读书·新知三联书店1964年版］、高尔基（《苏联的文学》，曹葆华译，东北书店1949年版；《俄国文学史》，缪灵珠译，新文艺出版社1956年版；《文学论文选》，孟昌、曹葆华译，人民文学出版社1958年版；《文学书简》，曹葆华、渠建明译，人民文学出版社1962年版、1965年版）、托洛茨基、卢那察尔斯基、波格丹诺夫等人的马克思主义文艺理论著述，经过系统的翻译和有意识的推介，也产生了巨大影响。

这个时期，翻译篇目和内容的选择都与当时的政治决策有直接关系，着重译介那些强调文学本质的反映论，文学创作的典型化原则，文学评价的阶级性、社会性和人民性的苏联文论。总体说来，这个时期的翻译活动，系统、全面地介绍了马克思主义文艺理论的经典著作和马克思主义经典作家的文艺思想。译介苏联文艺理论，成为马克思主义文艺理论在中国传播与发展的主要途径，奠定了马克思主义文艺理论的主流地位，并决定了中国文艺理论界的理论构架、话语模式和评价标准。

二　"全面仿苏"语境下的文艺理论教材建设

谈到苏联文论在中华人民共和国成立初期的影响，比较突出的事件是当时的文艺理论教材建设。在全国各行各业学习苏联的语境下，高等教育部于1954年11月制定了《高等学校专业目录分类设置（草案）》，这是中华人民共和国成立以来第一份全国统一的专业目录，从而把高校课程设置的专业化以法律的形式规定下来。北京大学中文系1954年年底在苏联专家指导下制定出来的教学计划和课程设置，均将文学理论置于前所未有的重要地位。1954年北京大学中文系、1955年北京师范大学中文系分别聘请苏联专家毕达可夫、柯尔尊来京讲授文艺学课，并帮助两校中文系制定培养方案和教学计划。同时，在北京大学开设了文艺理论研究班（进修班），在北京师范大学开设了苏联文学研究班（进修班），全国各地高校选派文艺理论教师来京进修，将苏联文艺理论传播到了祖国各地。另外，各大学中文系还学习苏联的高校建构，陆续成立了文艺理论教研室。

1954年苏联专家毕达可夫在北京大学文艺理论研究班（由杨晦

先生主持）讲授文艺学理论，并指导中文、东语两系学习苏联的教学计划，为中文系学生作有关"社会主义现实主义"、"民族形式"、如何接受古典文学遗产等报告。这种讲学既具有学科探讨的性质，更具有指导文学研究方向的权威性质。1958年高等教育出版社出版了毕达可夫的《文艺学引论》，主要以别林斯基、车尔尼雪夫斯基、杜勃罗留波夫及列宁的"反映论"为理论基础，书中所举例证都来自俄苏文学作品。1955年北京师范大学中文系聘请苏联列宁大学教授柯尔尊讲授文学理论和外国文学，开设了苏联文学理论进修班（由黄药眠先生主持）。1959年高等教育出版社出版了柯尔尊的《文艺学概论》，简明扼要地讲述了苏联文学理论的基本观点和框架。

两个"苏式"理论班的开设，对新中国的文艺学教学和学科发展产生了深远的影响。由于苏联学者比较重视学科的理论性和完整性，使许多中国学者从中学到了有益的思维方法，也对马克思主义文论和苏式文论有了更深入的了解。中国学者（如霍松林、蒋孔阳、李树谦等）直接借鉴苏联文论的框架，随后写出了中华人民共和国成立后第一批较为体系化的文学概论教材。当然，全面学习苏式马克思主义文论，以苏式体系为师，也产生了很多负面影响。受苏联文艺理论影响，一些著名的文学史家和文学批评史家（如郭绍虞等）大力修改自己在民国时期所写的学术专著，甚至将文学史、批评史看成是现实主义与浪漫主义或现实主义与形式主义的斗争史。这说明，文艺理论的过度"越位"让正常的文学研究遭受简单化、概念化之累，也为后世的文论建设留下了宝贵经验。

三 苏联基础文论的引介

由于中华人民共和国成立之初中苏之间的特殊关系，苏联文艺界的创作动态与理论动态能够被迅速地介绍到国内，从而对国内的文学创作、文学批评与文艺理论研究发生即时的影响，这成为当时苏联文论介入中国文艺理论建构的重要方式。比如，1956年由《文艺报》发起并引导的关于"典型"问题的讨论，就有着明显的"苏联"背景。

1952年，马林科夫在苏共十九大报告中对"典型"进行了狭隘的解释，认为"典型不仅是最常见的事物，而且是最充分、最尖锐地表现一定社会力量的本质事物"，"典型是党性在现实主义艺术中表现的基本范畴"，"典型问题经常是一个政治问题"[①]。之后，苏联学术界围绕马林科夫的观点进行了持续几年的争论。当时，中国文联的机关报《文艺报》对此高度关注，多次进行报道。比如，1952年第21期的《文艺报》以摘录的形式译介了马林科夫报告中关于文学艺术的部分，1953年第15期的《文艺报》刊发《苏联文艺界讨论典型问题》的消息，1954年第14期、第20期的《文艺报》还对相关论争进行了连续的报道。1955年，苏联《共产党人》杂志第18期发表《关于文学艺术中的典型问题》的论文，对马林科夫在苏共十九大报告中对典型的看法进行了激烈的批评，1956年

---

① 《学习苏联共产党（布）中央委员会关于文学艺术的指示》，《文艺报》1952年第21期。

第 3 期的《文艺报》全文译介了这篇文章。接下来，1956 年第 8、9、10 期《文艺报》开设了"关于典型问题的讨论"专栏，发表了张光年、林默涵、黄药眠、陈涌、巴人等人的文章，就典型问题进行了热烈的讨论。在 20 世纪 50 年代的学术讨论中，关于典型问题的讨论是开展得比较充分、比较深入的一次。《文艺报》的"编者按"说，发起这次讨论的目的是"克服创作中的公式化、概念化和自然主义倾向"，克服"文艺理论、批评、研究中的庸俗的社会学倾向"，并认为"对典型问题的简单化的、片面的、错误的理解，对马克思列宁主义美学缺少认真的、系统的研究"，是出现以上错误倾向的"主要原因之一"。《文艺报》"编者按"为讨论定下这样的思想基调，显然受到"解冻时期"整个苏联文学艺术界思想氛围的影响。在发起国内讨论的过程中，作为对国内讨论的一种推动，1956 年第 10 期的《文艺报》还译介了塔马尔钦科的《个性与典型》这篇文章。

除了典型问题的讨论外，20 世纪 50 年代国内文艺理论界关于真实问题的讨论、"两结合"创作方法的提出、"形象思维"问题的讨论、"文学是人学"这一命题的提出，关于"如何塑造英雄人物形象"的论争，也都受到了苏联文论界新的文学思潮的影响。

四 苏联文论对毛泽东文艺思想的补正

就经典文论的层面讲，毛泽东文艺思想直接受到列宁文艺思想的影响，比较多地从工具论的角度看待文艺问题，与马克思，特别

第一章 现实主义文艺理论体系建设的新起点

是恩格斯文艺思想中的现实主义立场有一定的距离。而与列宁的文艺思想比较起来，毛泽东文艺思想中工具论的色彩更加浓厚。在《党的组织与党的出版物》这篇文章中，列宁一方面强调"写作事业应当成为社会民主党有组织的、有计划的、统一的党的工作的一个组成部分"，另一方面也承认"写作事业最不能作机械划一，强求一律，少数服从多数"的要求，"在这个事业中，绝对必须保证有个人创造性和个人爱好的广阔天地，有思想和幻想、形式和内容的广阔天地"①。而毛泽东的《讲话》在引用列宁的观点强调文学的党性原则时，则忽略了列宁在艺术创作活动特殊性问题上的看法。

毛泽东文艺思想有其自身的立场与自身的逻辑，从这个角度讲它是自成体系的。但是，由于毛泽东本人不是专业的文艺理论家，他主要是站在一个政党领袖的立场上，以要求文艺为政党的政治目标服务的功利态度思考文艺问题的，这必然使他在文艺问题上的许多结论带有很大的局限性。同时，在其有限的关于文艺问题的论著中，毛泽东文艺思想所涵盖的理论领域也是相当有限的，它不仅对许多文艺内部的具体问题如文艺体裁、文艺风格、创作心理与接受心理等问题缺乏学术性的论述与探讨，就是对马克思主义文艺理论的一些最基本的问题，如新旧现实主义之间的关系问题、文学的审美性与意识形态性之间的关系问题、典型的共性与个性之间的关系问题、文学艺术的起源问题等，也要么只简单地提出了本身就有很

---

① 《马克思恩格斯列宁斯大林论文艺》，人民文学出版社1980年版，第163页。

大局限性与片面性的原则,要么根本就没有涉及。因此,中国化马克思主义文艺理论的建构,不可能仅仅依托毛泽东文艺思想这一理论资源;而苏联文论,恰好可以弥补毛泽东文艺思想留下的许多理论空白。

另外,以《讲话》为代表的毛泽东的文艺论著当中,有些内容具有很强的政策性与时效性,与战争环境和特定的历史阶段中国共产党需要解决的具体问题有关。用一种毛泽东本人也认可的说法,叫"有经有权"[①]。中华人民共和国成立后,在新的历史条件下,对毛泽东延安文艺思想的机械的理解与运用,给文艺事业带来了许多不利的影响。而苏联文论,从1953年之后已经进入了"解冻时期",开始就一些马克思主义文艺理论中十分重要的命题,如文学中的人性问题与人道主义问题、如何深化文学的现实主义精神问题、如何更好地处理文学的党性原则与作家的创作自由问题等,进行讨论与反思。在20世纪50年代,中苏之间的文化交流是十分通畅的,这一时期苏联文艺界的理论动态与思想动态都能够很快地传播到国内。苏联文艺界对这些问题的论争与思考,对国内的文艺理论界有直接的启发。50年代,苏联文论还具有理论上的合法性与学术上的权威性,它们因此成为国内的理论工作者试图纠正毛泽东文艺思想在实践中出现的一些偏差时,唯一能够借用的话语资源。

---

① "有经有权",即有经常的道理,也有权宜之计。据胡乔木回忆,《讲话》正式发表不久,毛泽东对他说:郭沫若和茅盾发表意见了,郭说:"凡事有经有权。"毛泽东很欣赏这个说法,认为得到了一个知音。参见胡乔木《胡乔木回忆毛泽东》,人民出版社1994年版,第269页。

第三节　新语境下现实主义文艺理论建设

中华人民共和国成立伊始的文艺理论建设，国家政策层面以及教材建设都是非常重要的内容。前者指引了建设的方向，后者对文艺理论基础知识的传播、理论框架的搭建等影响深远。

一　第一次文代会与新中国文艺政策的建构

新中国文艺政策的建构，从历史源头上讲，应该追溯到1942年5月在延安召开的文艺座谈会和毛泽东所发表的《在延安文艺座谈会上的讲话》。但如果把新中国看作一个特定的时空阶段，新中国文艺政策的建构则可以说起于1949年7月中华人民共和国成立前夕召开的第一次全国文代会。

1949年7月中华人民共和国成立前夕召开的第一次全国文代会（当时的名称为"中华全国文学艺术工作者代表大会"），是新中国文艺的开始，也是新中国文艺政策建构的开始。第一次文代会是一个值得认真研究的文艺现象，也可以说是一个富有象征意义的文艺现象和政治现象。从文艺政策学的角度解读第一次全国文代会的有关文件[①]，理应成为新中国文艺政策研究的逻辑起点。从新中国文艺政策建构的角度看，有以下几个方面的情况值得特别重视。

---

① 第一次全国文代会的有关文件均见中华全国文学艺术工作者代表大会宣传处编《中华全国文学艺术工作者代表大会纪念文集》，新华书店1950年版。

第一，第一次文代会开创了一种处理文艺与社会政治关系的模式，即用这种受到执政党和政府（尽管当时新中国的政府机构还没有正式成立）主导的代表大会的形式来表达执政党的意志，团结广大文艺工作者，统一大家的认识，明确奋斗目标。据《中华全国文学艺术工作者代表大会纪念文集》记载，第一次全国文代会于1949年7月2日在北平召开。中共中央对这次大会的召开极为重视。大会开幕的前一天，中共中央向大会发来了贺电。7月2日大会开幕，朱德总司令代表党中央到会致贺词，董必武代表华北人民政府和中共华北局向大会表示祝贺，中共中央负责意识形态工作的陆定一也在开幕式上发表了讲话。7月6日，毛泽东亲临大会会场，并即席发表了热情洋溢的讲话，对大会的召开表示祝贺。周恩来副主席则向大会作了长篇政治报告。大会中的几个重要报告，包括周恩来的《在中华全国文学艺术工作者代表大会上的政治报告》、郭沫若的《为建设新中国的人民文艺而奋斗——在中华全国文学艺术工作者代表大会上的总报告》、茅盾的《在反动派压迫下斗争和发展的革命文艺——十年来国统区革命文艺运动的报告提纲》，以及周扬的《新的人民的文艺——在全国文学艺术工作者代表大会上关于解放区文艺运动的报告》等，既全面总结了新文艺发展的历史规律，代表了广大文艺工作者的心愿，同时也是党和政府意愿的集中体现。所有这些都体现了党中央对新中国文艺事业异乎寻常的关心和重视，但同时也可以说是一种有效的组织和掌控，是党和政府意志的体现。这就使这些文件具有了文艺政策的意义。换言之，是文代会的特殊方式使第一次文代会的有关文件成为政策。而且，这种方式从此被沿用下来,成为新中国文艺发展的一道独特的风景线。

第二,第一次文代会产生的几个主要报告,在指导思想上表现出高度的一致性,都反复强调用毛泽东《在延安文艺座谈会上的讲话》中的思想作为新中国文艺的指导方针。这表明,第一次文代会的这些文件的形成实际上经历了较为充分的讨论,履行了制定政策的有关程序。这也是第一次文代会文件具有政策意义的重要原因。

作为党中央的副主席,周恩来《在中华全国文学艺术工作者代表大会上的政治报告》是整个第一次文代会的纲领性文件。该报告共分两部分。第一部分概括介绍了三年解放战争的大致过程及其所取得的伟大成就,要求文艺界的同志"一定不要忘记表现这个伟大时代的伟大的人民军队",指出"文艺工作者是精神劳动者,广义地说来也是工人阶级的一员"。但周恩来又号召"精神劳动者应该向体力劳动者学习",因为精神劳动者"容易产生一种非集体主义的倾向"。报告的第二部分则集中谈到文艺方面的几个问题,主要包括:第一,团结问题;第二,为人民服务的问题;第三,普及与提高问题;第四,改造旧文艺的问题;第五,文艺界要有全局观念的问题;第六,组织问题。其中,周恩来对文艺界的团结问题、对文艺为工农兵服务的方针的阐释以及关于文艺界组织问题的原则性意见值得特别注意。

第三,第一次全国文代会虽然把文艺为工农兵服务、为无产阶级政治服务确定为新中国文艺的基本文艺政策,但由于当时尚未建立全国统一的政府,也由于中国共产党对于建设中的新中国文艺发展规律的认识还有一个逐渐深入的过程,因此,第一次全国文代会制定的新中国文艺政策还只是初步的，还有待进一步完善。这主要表现为：一方面，第一次全国文代会对于新中国文艺政策的建构在结构上还远不够完备。第一次全国文代会所形成的具有政策意义的文件主要有周恩来、郭沫若、茅盾、周扬等几位领导人的报告以及《大会宣言》等。这些报告以周恩来的报告谈到文艺方面的六个问题最为详切，但归结起来主要也就是两个问题，即文艺应该为工农兵服务和怎样为工农兵服务的问题。新中国文艺发展中的许多政策问题，例如戏曲改革问题、"双百"方针问题、对于中外文化遗产的继承和创新问题、文艺人才培养问题、文艺批评问题等，都是以后才逐步提出并形成的。另一方面，当时这些文艺政策在功能上也主要起的是政策的协调功能和引导功能，政策的制约功能在当时并不占主导地位。这表明，在中华人民共和国成立之前以及成立以后的一段时间内，中国共产党对文艺采取了一种较为宽容的姿态和宽松的政策。

第一次全国文代会之后，新中国文艺方针政策的进一步完善，经历了一个较为长期的，甚至是曲折的过程。这一建构的过程大体上一直延续到"文化大革命"爆发之前才基本告一段落。其间，1956年毛泽东代表中国共产党提出"双百"方针、1957年周扬发表《文艺战线上的一场大辩论》、1961年6月周恩来发表《在文艺工作座谈会和故事片创作会议上的讲话》，以及1962年4月《中共中央批转文化部党组和全国文联党组提出的〈关于当前文学艺术工作若干问题的意见（草案）〉》的公布等，是具有代表性的重大文艺政策事件。显然，由于当代社会生活和文艺发展的大起大落，新中国文艺政策本身也出现了变化和反复，有许多值得吸取的经验和教训。

二 新中国文艺理论教材建设

随着我国大学文学教育逐渐走入正轨，在全面仿苏语境下，我国多位学者也出版了自己编著的文学概论教材，如巴人的《文学论稿》（新文艺出版社1954年初版、1957年修订）、刘衍文的《文学概论》（新文艺出版社1957年版）、霍松林的《文艺学概论》（陕西人民出版社1957年版）和林焕平的《文学概论（初稿）》（广西人民出版社1957年版）等著作。这些著作较多地借鉴了苏联文学理论的基本框架和范畴定位，但也透露出中国文论家试图建立自己民族文论话语的某种渴望。因为苏联的体系与中国古代文学史和文学创作现状确实存在不完全吻合的问题，从各书的"序言"来看，基本上都有一个吸取苏联理论后修订补充原有讲稿的过程。

1957年"反右"运动之前，高校的文艺学教学已呈现出良好的态势，有了完善的教学大纲和相对丰富的教材，学位教育和管理也开始起步（北京师范大学中文系1954年开始招收我国第一届文艺学研究生）。1958—1961年，高校进入了所谓的"跃进"式教改、大规模"学术批判"及"集体治学"时期。文科各专业被要求必须贯彻"古为今用"和"厚今薄古"的原则。在课程设置上大量缩减古代课程比例，在教学方式上以今人推崇的理论模式去裁判丰富多彩的古代文学现象，如将中国文学史说成是现实主义和浪漫主义、现实主义和形式主义的斗争史。同时提出"学术批判是教学改革的中心环节",号召青年师生展开对"资产阶级反动学术权威"的"学术批判",并且将"批判"的内容、范围、时间跨度、层次均提升到更高的层面。这种彻底的"批判"精神使青年学生获得了前所未有的自信,他们开始自己编写教材。1958—1959年,北京大学、北京师范大学中文系55级学生分别编写成了《中国文学史》和《中国民间文学史》,经各大报刊宣传报道后,在全国引起极大轰动。

"反右"和"大跃进"实际上对中国文艺学提出了更高的要求,即如何创造具有中国气魄和中国作风的文艺理论,"革命的现实主义与革命的浪漫主义相结合"是当时所能找到的最激动人心的提法,这一提法最早是毛泽东在中共八大二次会议(1958年5月)上提出的。后林默涵将毛泽东《讲话》总结为几大问题,以《更高地举起毛泽东文艺思想的旗帜》为题在1960年年初发表,开始将讨论引向改变苏联模式的问题。经过"反右",国内文论家几乎都受到了严厉的批判,苏联文艺学模式也被质疑,那么所能依赖的就只剩下毛泽东关于文艺的指示和讲话了。山东大学中文系文艺理论教研室这一时期编著的《文艺学新论》(山东人民出版社1959年初版、1962年修订),基本上反映出这一时期文艺学教材在内容和指导观念上的偏向。该书共十章,从标题到内容基本上就是《讲话》的缩编,在"批判"了巴人、胡风、秦兆阳以及"文学研究会""创造社"和"左联"之后,认为只有《讲话》才真正确立了革命文艺的工农兵方向,才解决了作家"为什么人而写"这一重大问题。教材最后断言，《讲话》是"指导文学艺术的普遍永久的原则，是无产阶级文艺的战斗纲领：它不但能指导当时，而且能指导现在和将来，对世界无产阶级文艺运动也有重大意义"。这里显然将文艺政策和指示当成了解释文学的基本原理。

从1961年开始，国家着手对"大跃进"带来的消极后果进行全面纠正。教育部于1月底召开重点高等学校工作会议，就文科教材的编写交换意见，特别强调要确定"以教学为主"的指导思想。4月，中央宣传部会同教育部、文化部在北京召开全国高校文科和艺术院校教材编选计划会议。周扬就高校文科的办学方针、培养目标、课程设置及制定教学方案的基本原则等问题做了系统的发言。周扬在文艺学教材编写工作的组织和策划方面，做出了历史性的贡献。

根据这次会议确定的教学方案和计划，国家有关部门开始组织专家编写各门学科的全国统一教材，这在中国现代教育史上是一个创举。1961年5月，上海市委组织南方各高校开始联合编写"文学的基本原理"，由以群主持，王永生、叶子铭、刘叔成、徐俊西等参与。1963—1964年，《文学的基本原理》由上海文艺出版社以"高等学校文科教材"分上、下两册出版，成为我国第一部统编的文艺学教材。这本书在部分院校使用并受到欢迎，于是在1964年10月又出了第二版。与此同时，在蔡仪主持下，北方各高校的文学理论教师于1961年夏在中共中央党校集中人力编写《文学概论》。此书大部分章节1963年已基本有了讨论稿，但后来受"文化大革命"影响而停滞，直到1979年6月才出版，被作为高校教材推广使用。

　　这两部教材虽然在体例结构上略有差异，但主要理论观点和立论前提是基本一致的：以毛泽东《在延安文艺座谈会上的讲话》为理论提纲，将马克思主义经典作家的论述、革命作家高尔基和鲁迅等人的创作经验谈、中国古典文论的点滴精粹以及别、车、杜的相关文学批评论断有条理地组织起来，形成了一套富有中国特色的体系化的文学基本理论。尽管这两本教材后来都曾因为文艺政策的调整做过修订，但理论的基本框架和出发点并无变化。

　　这两部教材基本上确立了中国当代文学理论教材的四大基本框架：本质论、作品论、发展论、批评论，而且都能配合当时的社会形势将四者纳入为国家整个文化事业服务的体系化阐释。基本观点可以概括如下：（1）文学是形象地反映现实生活的一种特殊意识形态，在社会生活中属于上层建筑，所以必然离不开为政治服务的党性原则；（2）文学的发展受到社会文化发展的影响而具有一定的规律性，形成了现实主义和浪漫主义两种基本的创作方法，社会主义应该提倡社会主义现实主义的创作方法，既用以反映新的社会生活中涌现出的新的人物和精神，也应该发挥教育改造群众和知识分子的作用；（3）文学作品具有一定的内容和形式，二者是相互联系的，但更应该重视作品所反映的内容是否具有进步性、教育性和审美性；（4）文学鉴赏和评论是运用马克思主义的观点和方法对文学作品的评判和欣赏，评论者自身应该培养较高的政治和艺术素质，坚持政治标准和艺术标准兼顾，而以政治标准为重的原则。

从今天来看，尽管这两部教材都有明显的缺陷，但从中国文艺理论教材的发展历史来看，这次统一编写教材的成功，对于我国文学基本理论体系的形成有开创之功。

第二章 文艺批判与文艺意识形态建设

中华人民共和国成立之初,伴随着社会主义现实主义文艺理论体系建立的,是一系列的文艺批判运动,这些运动在统一了文艺界思想和政治意识,在完成了知识分子思想改造的任务的同时,也给一些艺术家或批评家个人带来了历史性伤害。

第一节 文艺批判运动的过程与反思

一 20世纪50年代初期文艺批判概说

文艺批判运动,从时间上来看,早在中华人民共和国成立前夕就已经开始了。郭沫若在1948年3月于香港发表的《大众文艺丛刊》创刊号上发表了《斥反动文艺》一文,文中开门见山地指出,值此关键时刻,"衡定是非善恶的标准非常鲜明。凡是有利于人民解放的革命战争的,便是善,便是是,便是正动;反之,便是恶,

第二章 文艺批判与文艺意识形态建设

便是非,便是对革命的反动"①,秉承这种非此即彼的标准,他将朱光潜与萧乾、沈从文等人一道,列为反动文艺的突出代表。由于《大众文艺丛刊》是在中国共产党领导下,向国统区广大读者传播革命文艺、指引文艺发展方向的重要阵地,刊物的地位和郭沫若在文艺界的地位决定了《斥反动文艺》不仅是一篇战斗檄文,更是一则划分敌我阵营、指导文艺整合的政策指令。

中华人民共和国成立之初,除了后来备受学界关注的《武训传》《红楼梦研究》以及"胡风案"外,还有一些批判也产生了较大影响,在此做简单扫描。如关于《我们夫妇之间》的批判。1950年1月,萧也牧在《人民文学》第1卷第3号上发表《我们夫妇之间》,1951年6月,《人民日报》发表了陈涌的文章《萧也牧创作上的一些倾向》,批评萧也牧的小说《我们夫妇之间》《海河边上》表现了"小资产阶级的观点和趣味"。7月,《文艺报》刊登叶秀夫的文章《萧也牧的作品怎样违反了生活的真实》。8月,《文艺报》刊登丁玲的文章《作为一种倾向来看——给萧也牧同志的一封信》。同月,《文艺报》第4卷第8号发表了一组文章继续批评萧也牧,《新华月报》9月号上发表题为《对萧也牧作品的批判》综述文章。这是中华人民共和国成立后第一篇受到批判的文学作品。

关于阿垅的批判。1950年2月,阿垅在《文艺学习》(天津文协)创刊号上发表了《论倾向性》;《起点》第2期发表了张怀瑞(阿垅)的《论正面人物与反面人物》。3月,《人民日报》发表陈

---

① 郭沫若:《斥反动文艺》,徐迺翔主编《中国新文艺大系1937—1949理论史料集》,中国文联出版社1998年版,第406页。

涌批评阿垅的文章,并加"编者按"。《文艺报》第 2 卷第 3 号全文转载并加"编辑部的话"。文章批判阿垅《论倾向性》一文对毛泽东《在延安文艺座谈会上的讲话》存在"鲁莽的歪曲","以反对为艺术而艺术始,以反对艺术积极地为政治服务终",针对阿垅"艺术即政治"——"不论什么人,不论什么作品,只要把艺术搞好便够了,好的艺术便自然是好的政治了"的观点提出批评。随后时任中宣部副部长的周扬在北京召开京津文艺干部会,阿垅从天津赶往北京参加此次会议。周扬在会议的发言中,点名批判了阿垅及其两篇文章,并说阿垅属于一个"小资产阶级作家小集团"。

  文艺理论界里较早遭到批判的还有吕荧。1951 年 11 月到 1952 年 4 月出现了所谓的"吕荧事件"。这一事件缘起于山东大学中文系一名学生写信给《文艺报》,揭发和批评身为系主任的吕荧先生在讲授文学概论课时存在脱离实际和教条主义、轻视人民文艺和毛泽东文艺思想等问题。《文艺报》编辑部非常重视来自学生的批评意见,并以此为话题于 1951 年 11 月在京召开了一场关于改进高校文艺教学工作的座谈会,随后发动了一场全国范围的关于文艺学教学"偏向问题"的讨论。《文艺报》在发表系列文章的"编辑部的话"中指出:"现在有些高等院校,在文艺教育上,存在着相当严重的脱离实际和教条主义的倾向;也存在着资产阶级的教学观点。有些人,口头上常背诵马克思列宁主义的条文和语录,而实际上却对新的人民文艺采取轻视的态度,对毛主席的《在延安文艺座谈会上的讲话》认识不足,甚至随便将错误理解灌输给学生……我们觉得,对于这一类错误论点与欧美资产阶级思想意识的残余展开批

第二章 文艺批判与文艺意识形态建设

评，是完全必要的。"① 在山东大学的进一步组织下，经过全系学生积极认真的学习讨论后，很多学生又分别写信向《文艺报》反映了自己的感受和观点，分别是：刘乃昌、任思绍和冯少杰以山东大学学生会名义发表的《这是我们迫切需要解决的问题》②，樊庆荣的《反对脱离实际的文艺教学》③，崔杰民、赵开华的《为甚么不热爱新的人民文艺》④，李希凡的《对我校文艺教学问题的几点意见》⑤ 等。这些来信或文章对吕荧保持了较为一致的声讨基调，从各自的不同角度指责了他们的文艺教学中的教条主义、轻视人民、小资产阶级等倾向，并纷纷呼吁对这门课程进行改革，建立新的文艺体系。

萧也牧、阿垅和吕荧等人受到的批判，是当时国内"知识分子思想改造"之下整个社会文化氛围的一个具体表现。1951年9月29日，周恩来代表中共中央向京津两地高校教师作了《关于知识分子的改造问题》的报告，同年10月23日，毛泽东在中国人民政治

---

① 《编辑部的话》，《文艺报》1951年11月10日。
② "我们的文艺学，虽然在概念上给了同学一些知识，但由于没有贯彻毛泽东文艺思想，片面地强调了外国的古典作品，错误地解释了普及与提高，这就使得同学距离人民文艺越来越远了。"
③ 《编辑部的话》，《文艺报》1952年第2号。
④ "现在我们明白了，我们感到这样下去非常危险，我们希望对文艺学这门课程进行改革，首先要求先生端正他的文艺思想和教学方法。"
⑤ 文章共分为六部分。一、小资产阶级思想改造问题。二、轻视人民文艺问题。三、西洋古典文学借鉴问题。四、理论问题上的选材。五、对所谓"系统化"、"联系实际"、"普及提高"等问题的理解。六、方法问题还是思想问题。李希凡在信中直接提到了自己的老师吕荧的名字。他认为，"吕荧先生的对于古典文学的介绍，客观上是引导我们陶醉于古典主义文学的迷窟里，不能自拔"。他在文章最后说："我们热烈地希望先生，在文艺教学问题上，端正教条主义脱离实际的错误，粉碎主观主义的教学体系，从中国革命现实，从中国革命文学实际出发，建立文艺教学的新体系。"《文艺报》1952年第2号。

协商会议第一届全国委员会第三次会议的开幕词中提出:"思想改造,首先是各种知识分子的思想改造,是我国在各方面彻底实现民主改革和逐步实行工业化的重要条件之一。"这两个报告能够解释当时的时代氛围和使命,而文艺批判运动则属于这一使命完成的重要组成部分。

二 关于《武训传》《红楼梦研究》的批判

中华人民共和国成立后不久,连续爆发了三次大规模的文艺批判运动,分别是批判《武训传》运动、批判《红楼梦研究》运动和批判"胡风集团"运动。这三次批判运动都将文艺批评上升为政治批判,形成声势浩大的运动态势。

1951年对电影《武训传》的批判。1950年2月,由赵丹主演的电影《武训传》,在全国各大城市上映,引起热烈反响。然而,第二年的4月,《文艺报》就发表批评电影《武训传》的文章。5月,毛泽东对《武训传》做出批示,指出应当重视电影《武训传》的讨论,7月,《人民日报》公布了经毛泽东亲笔修改的《武训历史调查记》,说武训是一个"大流氓、大债主和大地主"。这样,《武训传》的讨论就变成了全国性的政治大批判。据统计,批判《武训传》时,仅仅从5月20日到1951年8月底,全国各类主要报刊上个人署名的批判类文章就多达800余篇[①]。

---

① 参见杨俊《批判电影〈武训传〉运动研究》,博士学位论文,复旦大学,2006年,第119页。

第二章 文艺批判与文艺意识形态建设

　　1954年对俞平伯《红楼梦研究》以及胡适文艺思想的批判。1954年9月，山东大学《文史哲》发表蓝翎、李希凡《关于〈红楼梦简论〉及其他》，批评俞平伯在《红楼梦研究》中的唯心主义观点。《文艺报》第18号转载并加"编者按"，认为"作者的意见显然还有不够周密和不够全面的地方，但他们这样的去认识《红楼梦》，在基本上是正确的"。10月16日，毛泽东给中央政治局的同志和其他有关同志写了《关于红楼梦研究问题的信》，认为李希凡、蓝翎的文章"是三十多年来向所谓的红楼梦研究权威作家的错误观点的第一次认真的开火"。10月28日，《人民日报》发表袁水拍的文章《质问〈文艺报〉编者》，对《文艺报》转载李希凡、蓝翎的论文时所加的"编者按"提出批评。《文艺报》第21号发表编辑部文章《热烈地、诚恳地欢迎对〈文艺报〉进行严厉的批评》。与此同时，全国展开了对胡适反动唯心主义的批评。11月10日，《人民日报》刊登王若水的文章《清除胡适的反动哲学遗毒——兼评俞平伯研究〈红楼梦〉的错误观点和方法》。胡适批判的一个重点领域就是文学思想。在此领域，何其芳、游国恩、罗根泽等人批判了胡适的文学思想、文学史观点以及对中国古典文学的考证。他们认为，胡适的文学思想是为资产阶级和帝国主义服务的自然主义和形式主义思想，是他的实用主义和庸俗进化论哲学思想的亲骨肉。胡适的《中国文学史观点》也是自然主义唯心观点的反映。他只能看到历代文学的形式而看不到决定文学发展的社会动力。他的中国古典文学考证是诬蔑歪曲事实的。由此，批判者们一致认定，胡适研究学术、文艺的观点方法同样也是以实用主义为理论基础的。截至

1955年年底，作家出版社编辑出版的《红楼梦问题讨论集》就达4集，收录文章129篇，近100万字。1955年，三联书店出版的《胡适思想批判》就达8辑。从这些数字可以看出当时批判运动之一斑。

三 对胡风文艺思想的批判

胡风是中国现当代文艺理论发展史上一位重要而独特的理论家。重要是由于他对文艺创作规律的敏锐认识，对现实主义创作方法及其意义的深刻分析，对"五四"传统终其一生的坚守；独特是由于他特有的诗化的理论概念和范畴、欧化的长句的表达方式以及曲折悲怆的命运。胡风文艺思想成熟于20世纪40年代，并以对抗毛泽东《在延安文艺座谈会上的讲话》而在当时引起讨论，这个讨论一直延续到中华人民共和国成立以后。

胡风的现实主义文艺理论有一系列独特的概念、范畴，有独特的论证方法和表达方式，它们必须放在他的思想框架内理解才具有有效性，一旦抽离出原有的语境，将会导致消极的误读。总体而言，他的文艺思想的关键词是"主观战斗精神"和"精神奴役的创伤"。"主观战斗精神"是胡风主客观化合论的核心范畴，可以涵盖胡风文艺思想中的一组相关概念，如主观、主观精神、搏斗、突入、自我扩张、人格力量等。在胡风文艺思想体系中，它是一个理论原点，具有生发和扩散意义。从创作主体与现实世界的关系角度来看，"主观战斗精神"就是指创作主体饱含着对生活的热爱、对

第二章　文艺批判与文艺意识形态建设

理想的忠诚，全身心地投入到现实人生当中，同那里的人们一起爱、一起恨，体验他们的心灵世界，进而获得深刻的现实认识和饱满的创作冲动。从创作主体与艺术世界的关系角度来看，就是创作主体以自己的全部情感与人物共同生活、成长，体悟他们的欢乐、痛楚、悲哀，使人物成为一个鲜活的生命个体。因此，作家就必须"把他的全部精神力量注向在对于对象的追求上面，要设身处境地体会出每一个情绪转变的过程。写妓女，他就得自己变成那个妓女，写强盗，他自己就得出没在深夜的原野和丛林……就像上帝无处不在一样，在作家所创作造着的艺术世界里面，作家自己也是无处不在的"[1]。换言之，"在诗的创造过程中，客观事物只有通过主观精神的燃烧才能够使杂质成灰，使精英更亮，而凝成浑然的艺术生命"[2]。

如果说"主观战斗精神"是一个职业文艺理论家对文学创作过程的考量的话，"精神奴役的创伤"则是一个"五四"传统的继承者对文学思想深度的洞察。胡风是文学功利论的同道者，主张文学要为人生，要服务于现实社会的斗争。但是，这种为人生的功利追求孕育在"五四"精神传统中。他所理解的"五四"精神，即在于"不但用被知识分子发动了的人民的反抗帝国主义的意志和封建、买办的奴从帝国主义的意志相对立，而且要用'科学'和'民主'

---

[1]　胡风：《关于创作发展的二三感想》，《胡风全集》第 3 卷，湖北人民出版社 1999 年版，第 15 页。
[2]　胡风：《关于题材，关于"技巧"，关于接受遗产》，《胡风全集》第 3 卷，湖北人民出版社 1999 年版，第 79 页。

把亚细亚的封建残余摧毁"。因此，胡风的文学思想中一直贯穿着强烈的启蒙意识，保持着对封建主义思想的高度警惕。由于对"五四"精神传统的挚诚信仰，胡风的文艺思想和理论主张贯穿着启蒙精神和现代意识，并作为一个前提构成其理论语境的基础。但正因为如此，在一些时代命题上，胡风和意识形态话语形成了理论语境的错位，进而引发了有意识的、有目的的误读。

对胡风的批判早有先兆。1950年周扬主持的对阿垅的批判其实就是前奏，在这次会议上，周扬说阿垅属于一个"小资产阶级作家小集团"。1952年5月25日，舒芜在《长江日报》上发表《从头学习〈在延安文艺座谈会上的讲话〉》，检讨他的《论主观》一文的错误观点。6月8日，《人民日报》转载该文时加"编者按"，第一次提出"以胡风为首的一个文艺上的小集团"这一说法。1954年7月，胡风向中央提出关于文艺问题的三十万言"意见书"：《关于解放以来的文艺实践情况的报告》。正是这个报告将他和所谓的"胡风分子"带入深渊，很快被定性为"反革命集团"。1955年5月到6月，《人民日报》分三批公布了胡风批判材料。在第三批材料公布即6月10日，《人民日报》发表社论《必须从胡风事件吸取教训》，正式将胡风等人定性为"反革命集团"。

从20世纪40年代中期到50年代中期，关于胡风文艺思想的讨论和批判持续了十年之久。讨论的核心问题并没有发生大的变化，但性质却发生了难以预料的改变。究其内因，恰在于学术话语和政治话语的复杂关系。学术问题本应在学术话语系统中讨论，政治问题本应在政治话语系统中批判，这是两个完全异质的问题。但在当代中国学术发展过程中,政治话语往往溢出了它的边界,使学术问题政治化。在胡风一面,他执着地捍卫其现实主义理论,希望通过理论的答辩证实自己的正确性,表现出鲜明的个性特点。胡风的职业意识使他固于学术话语中看待问题、讨论问题。在批判者一面,服膺于"超凡魅力"的政治权威。"人们服从他,不是因为传统或条律,而是因为对他怀有信仰。"① 在权威者一面,服膺于阶级二元论,试图通过文化批判的政治模式,达到思想的统一。这样,在胡风文艺思想讨论和批判中,双方各自使用不同的话语系统,不但不能推进理论问题的认识,还产生了更多的分歧和误读。尤其当文化批判的政治模式全面启动后,政治话语完全压抑了学术话语,思想批判演变成了政治批判。

四 对中华人民共和国成立之初文艺批判运动的反思

文艺批判运动给很多知识分子的个人命运带来了沉浮,具体实施的态度、方式方法都值得进一步商榷,但对于完成新中国文艺理论领域的意识形态建设来说,这些活动有着非常重要的意义。

首先,在一系列批判中,知识分子们自觉运用马克思主义文艺理论基本观点为思想支撑,这对于提升知识分子对马克思主义基本原理的认识,在全社会普及马克思主义和毛泽东思想都有着积极的促进作用。例如在批判胡风文艺思想时,学者们都能够自觉以马列

---

① [德]马克斯·韦伯:《学术与政治》,冯克利译,生活·读书·新知三联书店1998年版,第57页。

主义经典作家的言论为依据，指出胡风思想对这些真理性认识的歪曲。林默涵的文章就是在每一个方面都援引马列主义领袖的论述，将之与胡风进行对比，论证胡风的认识错误。其他人的文章也基本如此。

其次，三大文艺批判运动也强化了对文艺界的理论改造。从某种程度上说，《应当重视电影〈武训传〉的讨论》的发表，就是毛泽东在亲身示范如何运用"政治标准第一"的标准来进行文艺批判。同样，批判《红楼梦研究》时力推李希凡、蓝翎的文章，是为了揭示如何运用马克思列宁主义、毛泽东文艺思想来指导文艺研究。而毛泽东写批判《红楼梦研究》的信，以及其他的一些批示、按语，更是提示了如何运用文艺批判来进行政治斗争。在这些指示精神的规约下，其他人的文章都只能亦步亦趋，对已有的论断进行重复论证，形成"一边倒"的批判态势。不仅如此，还一定要上纲上线，以显示批判的深刻。通过这样的反复运动与反复批判，固定的思维模式就形成了，它不仅改造了文艺界的整体思想，也改造了理论家们的理论。或者说，理论成了这种思想改造的具体体现。这种理论效果，在对胡适和胡风的批判中表现得尤为明显。

当然，批判运动中的文章还要上升到政治高度，论证《人民日报》社论和领导人讲话、指示中的结论的正确性。也正是在这里，我们不难发现问题，即批判运动中的文章与运动之前林默涵、何其芳的文章在论据、论证方式上并无本质区别，但是结论的性质却完全不一样了。这只能说是政治权力话语直接干预才造成的结果。

经过这一系列批判运动，一种由最高领导人做出指示、党和政府相关部门组织发起、《人民日报》以社论来指导和引领运动方向、《文艺报》等大小报刊全力配合，最后基本形成席卷全国的政治运动的文艺批判运动的模式。文艺批判运动的效果也非常明显，那就是文艺的政治管理体制进一步加强。在批判《武训传》的过程中，"中央人民政府文化部电影指导委员会"常委会组建，以加强对电影工作的思想指导。也是在此期间，全国文联对北京的文艺刊物进行调整，并赋予了《文艺报》监管所有文艺报刊的使命。与此同时，电影、报刊、出版业都加快了国有化的步伐。在批判《红楼梦研究》的过程中，《文艺报》又经历一次重大整顿。批判"胡风集团"，更是导致了全国各级文化机关内部的大清洗。总之，这些运动强化了党和政府对媒体或文化机构的管理，使之成为国家机器密不可分的一个部分。

第二节　文艺组织体制化与文艺政策的推行

一　文艺组织体制化的具体实施

将文艺工作纳入事业体制的步骤从中华人民共和国成立前夕的第一次文代会就开始了，并在很短时间内迅速完成。在此之前，文艺界的组织、机构还有相当一部分是民间性的同人组织。第一次文代会后，文艺组织的性质迅速改变。在第一次文代会上，周恩来的报告曾着重阐述"组织问题"："因为这次文代大会代表大家都感到要成立组织，也的确需要解决这个问题。不仅我们要成立一个中华全国文学艺术界的联合会，而且我们要像总工会的样子，下面要有各种'产业工会'，要分部门成立文学、戏剧、电影、音乐、美术、舞蹈等协会。因为只有这样，我们才便于进行工作……同时，新政治协商会议将要产生全国性的民主联合政府，而在这个政府机构之中，也要有文艺部门的组织。"于是，会议的最后一天，"中华全国文学艺术界联合会"这一全国性的文艺组织就宣告成立了。郭沫若在《大会结束报告》中将这作为本次大会的一大收获，并预言了今后的文学艺术工作的效果，那就是"工作纲领将更加集中，工作内容将更加丰富，工作步骤将更加整齐了"。随后不久，另一个重要的文学组织"中华全国文学工作者协会"宣告成立，接着中华全国戏剧工作者协会、诗歌工作者联谊会等也宣告成立。然后是戏曲、电影、音乐、舞蹈、美术等各类相关的全国性文艺协会的成立。这些重要的文艺组织的负责人属于中共中央宣传部甚至是毛泽东的直接领导。第一次文代会闭幕以后到年底，各省、市成立了40个地方文联或文联的筹备机构，出版了40种文艺刊物。这样，一个自上而下的、有行政色彩的文艺组织网络很快覆盖全国。

　　这种文艺组织的体制化、机关化，使新中国的文艺实践迅速成为党领导下的文艺事业，使文艺界人士逐渐成为受体制制约的工作人员，使文艺话语包括文艺批评和美学话语日益成为适应体制需要的话语，其整合作用是十分强大的。作为这种文艺体制建构的重要方面，一套便于行政监管的文艺报刊管理体制也随之建立。中华人民共和国成立之前的文艺期刊多为同人刊物，1949年后，这种办刊宗旨失去生存土壤，文艺期刊出版逐步被纳入国家计划轨道和行政管理体制。《文艺报》的演变很能说明问题。《文艺报》原来只是为宣传、报道大会筹备及进程而出版的周刊,但随着全国文联的成立,它转为全国文联的机关刊物。其他各大区、省、市、自治区的"文联"或相应文艺组织亦开办起相应机关刊物。如此,形成了从"国家级"到"地方级"刊物的等级体系。1951年全国文联调整文艺刊物后,《文艺报》更是被赋予监管所有文艺刊物的使命,强化了与其他刊物的领导与被领导的关系。后来,全国文联规定:"《文艺报》上重要的社论和文章,地方文艺刊物亦应及时予以转载和介绍。"这进一步加强了它的权威性,使之不仅成为引领文艺批评、理论研讨的风向标,而且成为文艺政策的发布地之一(当然还有《人民日报》《光明日报》和《人民文学》等其他国家级刊物)。地方刊物则一律上行下效,由此领会精神来制定、调整自己的办刊方向与内容。

这样的管理体制使文艺报刊(实际上是所有的报刊)处于党的统一领导之下,成为强大的宣传机器,在意识形态整合方面发挥了重大作用。中华人民共和国成立后,几次重要的文艺批判都是党的领导人通过权威性的报刊发起的,并通过其他各级报刊的响应迅速形成全国性的影响。由于在批判《红楼梦研究》的运动中没有正确领会毛泽东的意图,冯雪峰被撤去主编职务,《文艺报》进行了整顿。与之相先后,"批判资产阶级唯心主义"运动轰轰烈烈展开,作为文艺界风向标的《文艺报》被要求配合运动形势,找到文艺界内的资产阶级唯心主义代表人物来展开批判。

新中国的文艺创作和理论探索,受文艺政策的影响非常大。总体看来，在中华人民共和国成立后的十余年中，发挥根本性指导作用的方针是"文艺为无产阶级政治服务""文艺为工农兵服务"，其他的有关政策方针的作用都比较有限。尽管如此，当"文艺为无产阶级政治服务""文艺为工农兵服务"方针在实践中暴露出严重问题时，其他文艺政策对文艺环境的调节作用就会体现出来。例如很多文艺讨论，它的发生就是得益于"百花齐放、百家争鸣"方针提出后形成的良好局面。

二 文艺政策的调整与"双百"方针的提出

"文艺为无产阶级政治服务""文艺为工农兵服务"方针是适应中华人民共和国成立之初的形势需要而提出的，对提高人民群众的文艺水平、改造旧文艺、明确新中国的文艺发展方向，都发挥了重大作用。但是，这样的方针强调文艺对政治的从属地位，为政治干预文艺提供了政策依据，使文艺为适应政治而越来越工具化、程式化，因而也在相当大的程度上局限、阻碍了文艺的正常发展。必须承认，中华人民共和国成立后文艺创作从主题、题材到形象塑造上迅速出现的模式化、绝对化、教条化倾向，都是与这种"政治挂帅"的指导方针分不开的。这方面的情况有目共睹，在此无须举例。

这一文艺方针不仅制约文艺创作，也制约文艺论争与文艺批评。这一时期出现的文艺争论，如关于文艺作品可不可以以小资产阶级作为主角的讨论、关于文艺与政治的关系的讨论、关于塑造英

第二章 文艺批判与文艺意识形态建设

雄人物问题的讨论、歌颂新生活新人物时可否批评人民内部矛盾的讨论等，就反映了政治指令的强力干预给文艺工作者带来的思想困扰。更为严重的是，一些文艺批评因此而最后蜕变为政治批判。中华人民共和国成立后三大文艺批判运动的发生，不能不说与这样的文艺方针有着逻辑联系。而且，我们看到，从"《武训传》批判"到对"胡风集团"的批判，政治上的打击力度越来越大。特别是批判"胡风集团"运动之后，文艺界与学术界受到极大冲击，文艺工作者和知识分子精神极度苦闷，基本丧失了工作积极性。

这一严重局面引起了党中央的重视与反思。1956年1月召开以全面解决知识分子问题为主题的大型会议。会议上周恩来作了《关于知识分子问题的报告》，承认知识分子中间的绝大部分已经是工人阶级的一部分。在这次会议上，陆定一也发言指出，学术问题、艺术问题、技术问题，应该放手发动党内外知识分子进行讨论，放手让知识分子发表自己的意见，发挥个人的才能，采取自己的风格，应该容许不同学派的存在和新的学派的树立。

经历了上述的酝酿、准备，1956年4月28日，毛泽东采纳中共中央政治局扩大会议讨论中的意见，明确提出"百花齐放、百家争鸣"的方针：

> 艺术问题上的百花齐放，学术问题上的百家争鸣，我看应该成为我们的方针。"百花齐放"是群众中间提出来的，不晓得是谁提出来的。人们要我题词，我就写了"百花齐放，推陈出新"。"百家争鸣"，这是两千年以前就有的事，春秋战国时

· 43 ·

代,百家争鸣。讲学术,这种学术也可以讲,那种学术也可以讲,不要拿一种学术压倒一切。你讲的如果是真理,信的人势必就会越来越多。

5月2日,毛泽东在最高国务会议上正式宣布了这一方针。

"双百"方针贯彻不久即取得了初步成效。广大文艺工作者、科学工作者建设社会主义的积极性被调动起来,知识界迎来了生机盎然的"早春天气"。文学创作方面,初步打破了题材和主题的禁区,涌现了一批富于创新精神的作品。如被称为"一出戏救活了一个剧种"的昆曲《十五贯》进京上演,为贯彻"双百"方针树立了榜样。文学上也涌现了敢于反映现实、暴露生活中的阴暗面的作品,如刘宾雁的《在桥梁工地上》、王蒙的《组织部新来的年轻人》、耿简的《爬在旗杆上的人》、李国文的《改选》等;曾被视为禁区的人性和人情也再次获得了表现,如宗璞的《红豆》、邓友梅的《在悬崖上》、陆文夫的《小巷深处》等。舞台表演方面,第一届全国话剧观摩演出共上演了49个不同题材、风格的话剧;第一届全国音乐周演出了我国古代和现代的各个时期的音乐作品。会演期间,还就音乐创作和演出问题进行了自由讨论。

学术界独立思考、自由讨论的风气也浓厚起来。特别是文学理论方面,秦兆阳的《现实主义——广阔的道路》、陈涌的《关于社会主义的现实主义》、周勃的《现实主义及其在社会主义时代的发展》等集中探讨了现实主义的有关问题,巴人的《论人情》、钱谷融的《论"文学是人学"》等对历来有争议的文艺与政治的关系、阶级性与人性、世界观与创作方法、歌颂与暴露、人物塑造、风格与表现手法多样化等问题进行了积极探索。

但贯彻"双百"方针其实遇到了不小阻力。1957年1月7日，陈其通等人在《人民日报》发表《我们对目前文艺工作的几点意见》，表达了反对"双百"方针的观点。毛泽东就曾估算过："地委书记、地区专员以上的干部约一万多，其中是否有一千人是赞成百花齐放、百家争鸣的都很难说，其余十分之九还是不赞成的，这些都是高级干部呢！"为此，在1957年2月的最高国务会议第十一次会议上，毛泽东作了《关于正确处理人民内部矛盾的问题》的讲话，再一次集中阐述了"百花齐放、百家争鸣"的方针，并提出了辨别"香花"和"毒草"的六条政治标准。1957年3月，毛泽东在中国共产党全国宣传工作会议期间同文艺界部分代表进行了座谈，阐述对与"双百"方针有关的一些文艺问题的看法。

但值得注意的是，这时毛泽东一方面提倡"双百"方针，另一方面阶级斗争的意识仍然在他的思想中占据突出位置。由于在世界观问题上，他始终坚持认为只有两家，就是无产阶级一家，资产阶级一家，故此，相对宽松的思想局面没有保持多久。随着"反右"斗争的扩大化和"大跃进"运动的开展，"双百"方针的贯彻遭到严重破坏。1958年11月，开始纠正"大跃进"中的某些错误后，"双百"方针的贯彻重现起色，在向国庆10周年献礼的活动中出现了一批优秀的中长篇小说、电影和戏剧，但很快又被"反右倾"运动和思想文化领域的批判运动扼制了。1961年经济工作实行"调整、巩固、充实、提高"的八字方针，知识分子政策和科学、文艺、教育等政策也相应调整，重申必须贯彻执行"双百"方针。但接踵而来的八届十中全会又强调阶级斗争，以至于提出"以阶级斗争为纲"，"双百"方针又被弃置。

三 从保卫"社会主义现实主义"到"两结合"的提出

新中国的文艺理论体系建设，主要是以现实主义创作方法为内核。现实主义创作方法历来受到马克思、恩格斯、列宁、斯大林等经典马克思主义理论家们的重视。在马恩那里，现实主义不仅是一种处理文学与社会生活关系的价值立场，一种创作方法，同时还是无产阶级文艺的根本美学原则。而社会主义现实主义，则产生于苏联20世纪30年代。根据文献记载，这一提法最早是由伊凡·格隆斯基于1932年公开使用，同年在高尔基寓所的作家会上讨论，并于1934年写进苏联作家第一次代表大会会议章程。[①] 社会主义现实主义，作为一种创作原则，是列宁主义、斯大林主义文艺思想的体现，也是当时苏联文艺创作实践经验的结晶。它强调文艺为千千万万劳动人民服务，强调文艺写实精神。蒋孔阳曾经指出社会主义现实主义与一般现实主义创作方法相比的特殊性："是在马克思列宁主义的指导下，自觉地去反映现实生活某些方面的本质。……社会主义现实主义的作家，比过去的作家，就更富有自觉性，能够更彻底地更明确地把自己的创作与社会的现实生活及其斗争，密切地联

[①] 参见薛君智主编《欧美学者论苏俄文学》，社会科学文献出版社1996年版，"《1917—1934年间的苏联文学理论：社会主义现实主义的起源》"部分。

系起来，从而有可能去更深刻、更全面、更真实地描写现实。"①

早在20世纪30年代，周扬等人就曾经向国内知识界介绍苏联社会主义现实主义出现的新动向。中华人民共和国成立后，社会主义现实主义很快成为新中国文艺创作的口号。从中华人民共和国成立伊始到50年代中期，从苏联翻译引进社会主义现实主义的相关著作以及本土探讨都掀起了一轮高潮。例如范西里夫著、荒芜译的《社会主义的现实主义》，西蒙诺夫著、郑伯华等译的《社会主义现实主义的几个问题》，留里科夫著、殷涵译的《关于社会主义现实主义的几个问题》等都出现于那个时期。从国内讨论来看，1950年，茅盾曾经指出："最进步的创作方法，是社会主义现实主义的创作方法。"② 1951年，周扬在演讲中指出："我们必须向外国学习，特别是向苏联学习，社会主义现实主义的文学艺术是中国人民和广大知识青年的最有益的精神食粮，我们今后还要加强翻译介绍的工作。"③ 1952年7月，第14期《文艺报》发表冯雪峰的长篇论文《中国文学中从古典现实主义到无产阶级现实主义发展的一个轮廓》，这是中华人民共和国成立后第一篇全面而系统地论述现实主义发展史的文章。1953年1月，《文艺报》第1号上发表社论《克服文艺落后现象，高度地反映伟大的现实》，号召全国文艺工作者在大规模的经济建设时期，深入生活，加强学习，掌握社会主义现

---

① 蒋孔阳：《蒋孔阳全集》第1卷，上海人民出版社2014年版，第156页。
② 茅盾：《目前创作上的一些问题》，《茅盾全集》第24卷，人民文学出版社1996年版，第128页。
③ 周扬：《坚决贯彻毛泽东文艺思想》，《周扬文集》第2卷，人民文学出版社1985年版，第61页。

实主义创作方法，创作出高度反映现实的作品。1953年1月11日，《人民日报》转载周扬为苏联文学杂志《旗帜》所写的论文《社会主义现实主义——中国文学前进的道路》。同年4月，全国文协创作委员会组织在京作家、批评家和文艺界领导学习社会主义现实主义理论，主要讨论以下问题：一、对社会主义现实主义的力量及其和过去现实主义的关系与区别；二、关于典型和创造人物问题；三、关于讽刺问题；四、关于文学的党性、人民性问题；五、关于目前文学创作上的问题。历时两月余。同样是在1953年4月，斯大林的《社会主义现实主义原则是艺术科学的最高成就》由《文艺月报》发表，也引发了文艺界的热烈讨论。1956年12月，《文艺报》第24号发表张光年的《社会主义现实主义存在着、发展着》，以及综述《中国古典文学与现实主义问题的讨论》。这些讨论拓宽了知识界对社会主义现实主义的认识，使这一创作方法很快在新中国的文艺领域生根，成为整合文学知识和历史线索的基本出发点。

1956年匈牙利"十月事件"给国际社会带来了巨大震动，国际上掀起了反苏反共浪潮，对以苏联为首的社会主义国家的文学进行攻击，这些情况使中国国家领导人感到了国际国内阶级斗争形势的严峻。1956年11月召开的中国共产党八届二中全会，决定从1957年起开展党内整风运动。此次整风运动加强了对意识形态层面的控制，在文艺理论方面则是高调提出"保卫社会主义现实主义"文艺斗争路线。与这一号召原则相一致，当时中国科学院文学研究所苏联文学组编写了《苏联文艺理论译丛》，包括《苏联作家论社会主义现实主义（第一次苏联作家代表大会前后的有关言论）》（人民文学出版社 1960 年版）、《世界文学中的现实主义问题》（主要是关于苏联文艺界有关"社会主义现实主义"的几次大规模讨论文章，人民文学出版社 1958 年版）；同时，当时还翻译出版了一批有关社会主义现实主义的著作，如奥泽洛夫的《社会主义现实主义的若干问题》（戈安译，新文艺出版社 1957 年版）、阿·杰明季耶夫的《社会主义现实主义——苏联文学的主要方向》（曹庸译，新文艺出版社 1957 年版）、特罗斐莫夫的《社会主义现实主义——苏联艺术的创作方法》（牛冶译，新文艺出版社 1958 年版）等论著。在这一思想氛围中，"社会主义现实主义"自然成为解读所有文艺现象的有力法宝。

20 世纪 50 年代中后期，毛泽东主席提出了革命现实主义和革命浪漫主义相结合，后被理论界归纳为"两结合"的创作方法。这一方法很快就取代了社会主义现实主义的提法。这一提法是毛主席在"新民歌运动"期间提出来的。1958 年 1 月在南宁会议上，毛泽东同志谈道："光搞现实主义一面不好，杜甫、白居易的诗，哭哭啼啼，我不愿看；李白、李贺、李商隐，搞点幻想。我们建党以来，几十年没正式研究过这个问题。"① 1958 年 3 月，毛泽东在成都工作会议上谈到各省搜集民歌时说："我看中国诗的出路恐怕是两条：第一条是民歌，第二条是古典，这两方面都提倡学习，结果要产生一个新诗。……将来我看是古典同民歌这两个东西结婚，产

---

① 陈晋：《文人毛泽东》，上海人民出版社 2005 年版，第 456 页。

生第三个东西。形式是民族的形式，内容应该是现实主义与浪漫主义的对立统一。"① 而在1958年5月的中共八大二次会议上，他则明确提出："在文学上，就是革命的浪漫主义和革命的现实主义的统一。"② 从文献上来看，这一提法虽然是在中华人民共和国成立之后的20世纪50年代才明确提出来，但类似观点毛主席早已在不同场合表达过。例如1938年在鲁迅艺术学院讲话时，他说："我们主张艺术上的现实主义，但这并不是那种一味模仿自然的记流水账式的'写实'主义者，因为艺术不能只是自然的简单再现。至于艺术上的浪漫主义，并不是完全没有道理的。它有各种不同的情况，有积极的、革命的浪漫主义，也有消极的、复古的浪漫主义。……积极浪漫主义的主要精神是不满现状，用一种革命的热情憧憬将来。"③ 1939年毛泽东同志为鲁迅艺术学院的题词是"抗日的现实主义，革命的浪漫主义"等。

毛泽东的这一观点当时并没有公开，最初是由郭沫若与周扬的一些访谈或著作中传递出来的。1958年3月郭沫若在答《文艺报》记者问中提到毛泽东的《蝶恋花》这首词："正是革命的现实主义与革命的浪漫主义的典型的结合。"④ 同年6月，周扬在《红旗》杂志上发表《新民歌开拓了诗歌的新道路》明确指出："毛泽东同志

---

① 毛泽东：《建国以来毛泽东文稿》第7卷，中央文献出版社1993年版，第124页。
② 陈晋：《文人毛泽东》，上海人民出版社2005年版，第563—564页。
③ 毛泽东：《毛泽东文集》第2卷，人民出版社1993年版，第121—122页。
④ 郭沫若：《答〈文艺报〉问》，徐国利、陈飞编《回读百年》第4卷上，大象出版社2009年版，第91页。

第二章　文艺批判与文艺意识形态建设

提倡我们的文学应当是革命的现实主义和革命的浪漫主义的结合，这是对全部文学历史的经验的科学概括，是根据当前时代的特点和需要而提出来的一项十分正确的主张，应当成为我们全体文艺工作者共同奋斗的方向。"①

经过周扬、郭沫若、邵荃麟、茅盾等人的论证与宣传，"两结合"取代"社会主义现实主义"的提法，迅速崛起为新的文艺美学原则。1960年7月，全国第三次文代会上将革命现实主义和革命浪漫主义的"两结合"的创作方法，正式确认为"全新的创作方法"，指出"两结合"的"基本精神就是革命理想主义，是革命的理想主义在文学方法上的表现"，是"毛泽东同志对马克思主义文艺理论的又一重大贡献"。

---

① 周扬：《新民歌开拓了诗歌的新道路》，文艺报编辑部编《论革命的现实主义和革命的浪漫主义相结合》，作家出版社1958年版，第6页。

第三章 "黑八论"与现实主义文艺理论体系拓展

20世纪50年代到60年代,随着国内国际形势的变化,一些文艺政策也在不断调整。在这一过程中,出现了一些重要的文学理论命题,这些命题后来被"四人帮"上纲上线,诬蔑为"黑八论",在"文化大革命"期间受到了严厉批判,持论的理论家遭受打击、迫害,有的甚至因此失去生命。事实上,当时提出的一些文学观点,涉及了文艺的诸多有价值的命题,抛开其在特殊年代负载的政治意味,这是当时的文学理论研究者为后世留下的一笔优秀的理论遗产,是现实主义文艺观念的有益探索,理应得到正确的评价和认真的总结。

第一节 20世纪50年代后期到60年代初期文艺批评

20世纪50年代中期之后一直到"文化大革命",文艺批判一直没有停止过,文艺辩论也一直没有停止过。"左"倾政治的干扰,虽然使文艺的学术探讨变得更加艰难和复杂,但回过头来看,它还

第三章 "黑八论"与现实主义文艺理论体系拓展

是在曲折中前进。除所谓的"黑八论"以外,在这一时期还有一些文艺批评和批判等值得关注。

在这一阶段,最为引人注目的是"美学大讨论"。1956年6月,《文艺报》第12号刊登了朱光潜的《我的文艺思想的反动性》,随后引发一系列讨论。贺麟、黄药眠、蔡仪、敏泽等人发表了对朱光潜美学思想的批判和相互论争的文章,由此开始了著名的"美学大讨论"。这场讨论持续到1964年前后。在讨论中,逐渐形成后来所谓的"四派":以蔡仪为代表的客观派,以吕荧、高尔泰为代表的主观派,以朱光潜为代表的主客观统一派和以李泽厚为代表的客观性与社会性统一的客观派。四派美学思想不仅给"十七年"文化建设带来了活力,同时也为新时期美学建设打下了良好基础。

在文学和理论方面,1956年,《人民文学》9月号刊登王蒙的小说《组织部新来的年轻人》。由于王蒙的小说揭露了官僚主义作风,因此于1957年引起全国范围内的关于小说的"思想倾向""写真实"等的争论。在1955年8月至9月,中国作家协会党组召开第十六次扩大会议,批判"丁玲、陈企霞反党小集团",在1957年6月,中国作家协会党组召开扩大会议,此时则把丁玲、陈企霞等人升级定性为"丁玲、陈企霞反党集团"。1958年1月,《文艺报》第2期设"再批判"专栏,并加有由毛泽东修改定稿的"编者按语",再次批判丁玲、王实味、萧军、罗烽、艾青等人于1942年在延安写的文章,主要是丁玲的《三八节有感》、王实味的《野百合花》、萧军的《论同志之"爱"与"耐"》、罗烽的《还是杂文时代》、艾青的《了解作家、尊重作家》。1957年5月,钱谷融的论文《论"文学是人学"》在《文艺月报》第 5 期上发表。1960 年 1 月,《文艺报》第 2 期开始对巴人、钱谷融、蒋孔阳等提出的有关"人性论""人道主义"观点进行批判。1961 年 1 月 31 日,《文汇报》发表细言的文章《关于悲剧》,随后展开了悲剧问题大讨论,主要讨论的问题有:一、什么是悲剧;二、社会主义社会有无悲剧;三、悲剧的主角与悲剧题材;四、人民内部矛盾能否产生悲剧;五、社会主义时代悲剧的特征。《戏剧报》第 9、10 期合刊发表讨论综述文章《关于悲剧问题的讨论》。

  从文艺政策上来看。1956 年 4 月,毛泽东在中共中央政治局扩大会议上提出"双百"方针。1957 年 1 月,《人民日报》发表陈其通、陈亚丁、马寒冰、鲁勒四人的文章《我们对目前文艺工作的几点意见》,反对"双百"方针。2 月起,文艺界开始讨论陈其通等四人的文章《我们对目前文艺工作的几点意见》。如 3 月《人民日报》刊登陈辽的《对陈其通等同志的"意见"的意见》,发表了茅盾的《贯彻"百花齐放,百家争鸣",反对教条主义和小资产阶级思想》,深刻分析了陈其通等四人文章的错误,认为他们对文艺形势的估计是不符合事实的,批评的方法是教条主义的。3 月底,毛泽东接见参加全国宣传工作会议的新闻工作者时,批评了陈其通等四人在《我们对目前文艺工作的几点意见》文章中的错误观点。于是在 4 月份,《人民日报》发表社论《继续放手,贯彻"百花齐放,百家争鸣"的方针》,批评陈其通等人的观点。经过这些辩论和有关部门定调,"双百"方针被正式确立下来,成为指导我国学术和文艺发展的大政方针。1959 年 6 月,周扬、林默涵、钱俊瑞、邵荃麟、刘白羽、陈荒煤、何其芳、张光年等人在北戴河举行会议，讨论改进文艺工作的方案，开始起草"文艺十条"[①]。1962年4月，中共中央批准中央宣传部定稿的《关于当前文学艺术工作若干问题的意见（草案）》（简称"文艺八条"），由文化部党组、文联党组下发全国各地文化艺术单位贯彻执行。"文艺八条"是：一、进一步贯彻执行"百花齐放、百家争鸣"的方针；二、努力提高创作质量；三、批判地继承民族遗产和吸收外国文化；四、正确地开展文艺批评；五、保证创作时间，注意劳逸结合；六、培养优秀人才，奖励优秀人才；七、加强团结，继续改造；八、改进领导方法和领导作风。

这些文艺政策在当时特殊的政治环境下并没有得到有效执行，随着"左"倾思潮愈演愈烈，"文化大革命"时代来临，正常的文艺创作和理论探讨戛然而止。

第二节 "黑八论"的主要内容及其评述

所谓"黑八论"，是指在《林彪同志委托江青同志召开的部队

[①] "文艺十条"即《关于当前文学艺术工作若干问题的意见（草案）》，由中共中央宣传部主持编写的文件。该草案自1959年6月开始起草，1961年6月在北京新侨饭店召开全国文艺座谈会时，正式提交会议讨论，由于当时意见稿内容一共十条，故而称为"文艺十条"。这一草案最终于1962年4月获得中共中央和毛泽东主席的批准，获批时修订为八条主要内容，故而又称"文艺八条"。虽然"文艺十条""文艺八条"都带有时代痕迹，但初衷却是在文艺界贯彻"双百"方针，繁荣社会主义文艺，是当时党在文艺领域的指导文件。然而在"文化大革命"中，它受到了彻底否定，被诬蔑成"修正主义文艺纲领"，遭到严厉批判。

文艺工作座谈会纪要》（以下简称《纪要》）中被点名的八个文艺理论观点。《纪要》中说："文艺界在建国以来，却基本上没有执行，被一条与毛主席思想相对立的反党反社会主义的黑线专了我们的政，这条黑线就是资产阶级的文艺思想、现代修正主义的文艺思想和所谓三十年代文艺的结合。'写真实'论、'现实主义广阔的道路'论、'现实主义的深化'论、反'题材决定'论、'中间人物'论、反'火药味'论、'时代精神汇合'论，等等，就是他们的代表性论点，而这些论点，大抵都是毛主席《在延安文艺座谈会上的讲话》中早已批判过的。电影界还有人提出所谓'离经叛道'论，就是离马克思列宁主义、毛泽东思想之经，叛人民革命战争之道。"① 在"文化大革命"时期，这些观点不断受到曲解和批判。"文化大革命"结束后，1979年3月1日，人民日报上发布了《文化部党组作出决定并经上级批准为原文化部大错案彻底平反》的决定通知。决定指出："文化大革命中，凡是因批判'文艺黑线专政'、'三十年代文艺黑线'、'四条汉子'、《海瑞罢官》、'三家村'、'黑戏'、'黑会'、'黑画'、'黑线回潮'等等而受审查、点名批判和被株连的，一律平反昭雪，不留尾巴。"② 至此，"黑八论"以及涉及的相关人员获得了彻底平反。

对于"黑八论"的批判，有很多在"文化大革命"发动之前就

---

① 见《毛主席关于文学艺术的五个文件》"附录"，人民出版社1967年版，第47—48页。
② 引自吴迪《中国电影研究资料（1949—1979）》，文化艺术出版社2006年版，第543页。

第三章 "黑八论"与现实主义文艺理论体系拓展

已经开始。在这八论中,概括地讲,"写真实"论、"现实主义广阔的道路"论、"现实主义的深化"论,着重的是文艺作品能不能写真实和怎样反映生活的真实问题;反"题材决定"论、"中间人物"论、反"火药味"论、"离经叛道"论,是与题材问题相关的观点;"时代精神汇合"论则是由哲学、美学渗透到文学的命题。

一 "真实"问题

1. "写真实"论

在中国当代文学史上,关于"写真实"的讨论,是在有关现实主义的讨论中进行的。由于现实主义的一统天下,从本源的意义上讲,只是涉及某种艺术要求和倡导的理论性不强的"写真实"与主要维系现实主义理解和判断问题的"真实性"概念往往重叠在一起,呈现出一而二、二而一的关系。加之中国特殊的文化语境,"写真实"又往往与政治问题、世界观问题、阶级立场问题纠缠不清,从而引发了数次的论争和运动。①

关于"写真实"最早的论争是在反胡风文艺思想的运动中。林默涵、何其芳分别撰文,批判胡风是从非阶级的观点看待文艺问题,忽视作家阶级立场对其艺术活动的影响,因而是反马克思主义和反现实主义的资产阶级文艺思想。之后,在"反右"运动中展开了关于"写真实"的第二次论争,直至演化成大规模的批判。论争

---

① 此处论述参照了洪子诚、孟繁华主编《当代文学关键词》,广西师范大学出版社2002年版,第260页。

双方对于文艺要表现真实性没有异议，关键是如何表现，所以争论首先在作家的立场、世界观与创作的关系问题上展开。这些论述的一个共同点是：把"真实性"作为现实主义的最高追求，作为整合文学艺术与政治关系的支点来看待，这对于丰富和发展现实主义理论是有益的探讨。

双方争论的焦点主要集中在究竟是否应该暴露社会的阴暗面问题上。"写真实"论者认为，现在我们的生活中还有灾荒、饥馑、失业、传染病、官僚主义以及各种不合理现象存在，所以，"作为一个有高度政治责任感的艺术家，是不应该在现实生活面前，在人民的困难和痛苦面前心安理得地保持缄默的……一个真正的艺术家必须勇于干预生活"①。对此，茅盾批评道："右派分子叫嚣的'写真实'，其实是'暴露社会生活阴暗面'的代名词。""把暴露社会生活的阴暗面作为写真实的要求，在旧社会里，也还说得过去，可是在我们这新社会里，却是荒谬透顶的。"所以，对于这个似是而非的资产阶级文艺口号，"必须从理论上和右派分子的实践上予以分析和驳斥，不使它继续挂羊头卖狗肉！"②周扬认为，"右派分子"的所谓"真实"是"消极的、落后的、停滞的、死亡着的东西，他们不能或者不愿意看到作为社会主义现实主流的一切生气勃勃的、强有力的、沸腾着的、前进着的东西"③，这会导致人们对社

---

① 黄秋耘：《不要在人民的疾苦面前闭上眼睛》，《黄秋耘自选集》，花城出版社1986年版，第429页。
② 茅盾：《关于所谓写真实》，《人民文学》1958年第2期。
③ 周扬：《文艺战线上的一场大辩论》，《人民日报》1958年2月28日。

会主义制度的怀疑。朱慕光批判何直、黄秋耘的"写真实"和"写阴暗面"是修正主义思潮，其错误在于没有认识到，"写真实"要求描写现实生活的主流和本质，而社会主义国家的本质和主流是光明的，暴露阴暗面是不能达于真实的。[①] 显然，批评者是从两条路线斗争的角度看待"写真实"问题的，批判的武器是阶级分析和阶级斗争，如此打压之下，提倡"写真实"的声音就越来越微小了。

2. "现实主义广阔的道路"论

"现实主义广阔的道路"论是作为现代修正主义的文艺观点和"写真实"论的翻版而遭到批判的。此论的名称取自何直（秦兆阳）1956年发表的《现实主义——广阔的道路》一文。该文的写作背景是：一方面，在"双百"方针的影响下，现实主义文学创作取得了实绩，文学理论批评活动也随之非常活跃，冲破禁区，开始对现实主义的教条化进行质疑；另一方面，是苏联文艺界关于社会主义现实主义的讨论在国内的折射。

文章"以现实主义问题为中心"讨论了"教条主义"对于文学艺术的束缚。该文的副题"对于现实主义的再认识"就已经显示出反思的意味。作者首先鲜明地提出了自己对于现实主义的基本理解："文学的现实主义……是在文学艺术实践中所形成、所遵循的一种法则。它以严格地忠实于现实，艺术地真实地反映现实，并反转来影响现实为自己的任务……而它的反映现实，又不是对于现实

[①] 朱慕光：《驳所谓"写真实"和"写阴暗面"》，《文艺学习》1957年第10期。

作机械的翻版，而是追求生活的真实和艺术的真实。""这是现实主义的一个基本的大前提。"所以，依此前提，"现实主义文学必须首先有一个标准，那就是当它反映客观现实的时候，它所达到的艺术性和真实性，以及在此基础上所表现的思想性的高度。现实主义文学的思想性和倾向性，是生存于它的真实性和艺术性的血肉之中的"。这里，作者要表达的是，作为现实主义源泉的现实生活无限广阔，就决定了现实主义必然是广阔的、开放的，任何限定都可能使其含义狭小、含糊，从而形成对现实主义的束缚，给文学事业造成很多教条主义的清规戒律，进而妨害文学现实主义原则和作家创造性的发挥。其次，秦兆阳以此为理论依据，大胆地向已经成为权威话语的"社会主义现实主义"理论提出了挑战。他认为定义本身是不科学的，表现在规定"艺术描写的真实性和历史具体性必须与用社会主义精神从思想上改造和教育劳动人民的任务结合起来"。在这样的表述中，似乎社会主义精神是游离于生活真实和艺术真实之外的，作者认为，艺术描写的真实性是现实主义的实质，而现实主义是艺术性、真实性、思想性与典型化问题和典型化的方法紧密有机融合在一起的，任何割裂几者关系的做法都是对现实主义的曲解。最后，作者指出，文学事业上种种教条主义的束缚源于社会主义现实主义的定义产生的庸俗思想与国内相同性质的庸俗思想的结合，即对《在延安文艺座谈会上的讲话》的庸俗化的理解和解释，这主要表现在对于文艺与政治的关系的理解上和对于现实主义以及文学特点的认识上。秦兆阳认为，文艺应当为政治服务，这是没有疑问的，关键要看如何服务。第一，要把文艺为政治服务和为人民服务看作一个长远性的总的要求,不能眼光短浅地只顾眼前的政治宣传任务。第二,必须考虑到如何充分发挥文学艺术的特点,不要简单地把文学艺术当作某种概念的传声筒。

1957年下半年,秦兆阳等人在被打成"右派"后,他们的观点遭到了强烈批判。林默涵在全面批判了秦兆阳的观点后,认为其是一个不折不扣的资产阶级修正主义者。① 李希凡则把《现实主义——广阔的道路》视为近两年来修正主义思潮的最完整的纲领和路线,是反党反社会主义的。② "文化大革命"时进一步被认定为"所鼓吹的就是不折不扣的资产阶级自由化"③。理论上"是刘少奇的反革命修正主义路线和以苏修为中心的现代修正主义思潮相结合的产物",实际上是"一条资产阶级文艺发展的死胡同!"④ 于是,在政治罪名的重压下,关于现实主义的别样探讨就成了昙花一现。

3. "现实主义的深化"论

此论是时任中国作协副主席的邵荃麟意欲反驳和纠正当时文学思想和文学创作中的"左倾"教条主义倾向而提出来的。在"大连会议"的发言中,针对"两结合"方法对浪漫主义的过度强调,邵荃麟指出,要搞好创作,就必须坚持现实主义。因为现实主义"是

---

① 林默涵:《现实主义还是修正主义》,《人民日报》1958年5月3日。
② 李希凡:《评何直在文艺批评上的修正主义观点》,《人民文学》1958年第3期。
③ 北京部队机关无产阶级革命派:《"现实主义广阔的道路"是复辟资本主义的黑路》,《解放军报》1968年6月29日。
④ 鲁慧晴:《评"现实主义广阔的道路"论》,《出版通讯》第10期,上海人民出版社1971年版。

我们创作的基础。没有现实主义,就没有浪漫主义。我们的创作应该向现实生活突进一步,扎扎实实地反映现实。而生活是现实主义的基础,故而作家除了要熟悉生活以外,还要向现实生活突进一步,进一步认识、分析、理解现实主义深化,在这个基础上产生强大的革命浪漫主义,从这里去寻求两结合的道路。"现实主义深化要求作家"看出思想意识改造的长期性、艰苦性、复杂性;更深地去认识、了解、分析、概括生活中的复杂的斗争,更正确地去反映人民内部矛盾"①。如此,才能达到深化现实主义的目的。

之后,康濯撰文强调了"现实主义深化"的现实意义。通过检视近年来短篇小说创作的实际,他认为,"整个地比一比,这其中强烈的现实性似乎要稍逊于强烈的革命性"。他说:"革命现实主义和革命浪漫主义相结合的创作原则,其基础自然是根植于现实生活。因而这当中的现实主义的一面,就不能不构成了整个创作原则中的主要内容。近年间我们短篇小说的巨大潮流,主要地也正是来源于现实主义。""对革命现实主义和革命浪漫主义相结合这一创作原则的追求,必须把现实主义放在主要的位置。怕只有这样,才能'结合'得更好,才能更好地达到百花齐放的繁荣。"② 这与邵荃麟的看法是一致的。但当时这类文章太少了,更多的是批判的大棒。批评者认为,理论上,"这套似是而非的理论,不过是批判现实主

---

① 邵荃麟:《在大连"农村题材短篇小说创作座谈会"上的讲话》,谢冕、洪子诚主编《中国当代文学史料选(1948—1975)》,北京大学出版社1995年版,第572—579页。

② 康濯:《试论近年间的短篇小说》,《河北文学》1962年第10期。

义和现代修正主义'写真实'的反动理论的大杂烩而已"①。实际上,所谓加强现实性,"就是要暴露人民,暴露社会主义的'阴暗面'"。② 在这种批判声浪中,现实主义的光芒被黑雾彻底掩盖了。

二 题材问题的讨论

1. 反"题材决定"论

题材问题是关乎文艺创作的重大理论问题,在中国当代文学史上经过数次论争。在中华人民共和国成立前夕的第一次文代会上,茅盾曾批评近十年国统区的文艺创作题材"取之于小资产阶级知识分子的占压倒的多数"③。之后,在上海《文汇报》上展开的"可不可以写小资产阶级"的争论比较早地涉及了题材问题。1953年,在批判胡风文艺思想的运动中,何其芳批评胡风"否认题材的差别的重要,其逻辑结果就是否认生活的差别的重要"。尽管文艺作品的价值并非完全取决于题材,还要看对待题材的立场和观点以及在艺术上完成的程度,但是,"并不能因此就否定题材的重要性,否定它对于作品的价值的一定的决定作用"④。为了反驳和全面阐述自己的文艺思想,胡风于1954年7月向中央递交了一份《关于解放

---

① 王文生:《"现实主义深化"论的货色从何而来》,《文艺报》1965年第11期。
② 吴立昌、戴厚英:《"现实主义深化"理论的真面目》,《学术月刊》1965年第4期。
③ 茅盾:《在反动派压迫下斗争和发展的革命文艺》,谢冕、洪子诚主编《中国当代文学史料选(1948—1975)》,北京大学出版社1995年版,第38—39页。
④ 何其芳:《现实主义的路,还是反现实主义的路》,《文艺报》1953年第3期。

以来的文艺实践情况的报告》。报告中胡风把何其芳的看法概括为"题材差别"和"题材主义"。前者认为题材与生活有重要和不重要的差别，后者认为题材对于作品有一定的决定作用，即题材决定论。以此为理论支撑，又引发出"写重大题材"的倡导和以立场衡量题材的观点[①]。尽管胡风的主张符合创作实际，但由于遭到批判，其反驳的"题材差别论"和"题材决定论"成为主导观念，又经过"反右"斗争、"大跃进"、阶级斗争扩大化、极"左"思潮的推波助澜，尤其是柯庆施"写十三年"的口号将之进一步理论化之后愈演愈烈，文艺创作主题狭窄，方法简单化、模式化，表现形式刻板化到了登峰造极的状态。

为了扭转这种错误倾向，党中央曾做过两次重要的文艺政策调整工作。1956年，陆定一在关于"双百"方针的报告中谈到了题材问题，同年10月，《文艺报》发表社论，对于题材问题上的偏向进行了理论批评。在1961年中央进行文艺政策调整时，周恩来等领导同志在"全国故事片创作会议""广州会议"上的讲话，邵荃麟在"大连会议"上的发言，均对题材多样化进行了进一步推动。关于题材问题最富于建设性的讨论就出现在这一时期。

1961年，《文艺报》开辟"题材问题"专栏，就题材问题进行了深入探讨。探讨中形成了基本一致的看法：（1）重大题材和题材多样化的同等重要性；（2）题材对于作品价值的相对性；（3）作家选择题材的自主性。

[①] 胡风：《胡风对文艺问题的意见》，《文艺报》1955年第1、2期合刊附册，第121页。

第三章 "黑八论"与现实主义文艺理论体系拓展

关于题材问题的讨论涉及了文学艺术创作中题材与生活、作者的世界观和风格、作品价值等重要理论问题，厘清了重大题材与题材多样化的关系，批评了"题材决定"论的偏颇，是深刻而有建树的，也激活了当时的文艺创作，在写重大题材和新题材的方面均有收获。

2. "中间人物"论

此论的提出者是邵荃麟。1960年12月，他在《文艺报》一次会议上说，"仅仅用两条道路斗争和新人物来分析描写农村的作品（如《创业史》、李准的小说）是不够的"，"当前创作的主题比较狭窄，好像都只是写共产主义风格"。这表达了一个理论家和文艺工作者对创作现状的担忧。1961年3月，他要求《文艺报》继《题材问题》专论之后，再写一篇《典型问题》专论，着重提倡人物描写的多样化。同年6月25日，在《文艺报》讨论重点题材的会议上，他第一次提出"写中间人物"的主张。他说："作家为一些清规戒律束缚着，很苦闷"，"当前作家们不敢接触人民内部矛盾。现实主义基础不够，浪漫主义就是浮泛的。创造英雄人物问题，作家也感到有束缚。"有人"认为不能分正面人物反面人物，这当然是错误的。但在批评这种观点时，却形成不是正面人物就是反面人物，忽略了中间人物；其实矛盾往往集中在中间人物身上"。所以，他要求《文艺报》组织文章打破束缚，把"写中间人物"列入重点选题计划。① 1962年8月2日至16日，中国作家协会在大连

---

① 以上引文均出自邵荃麟《关于"写中间人物"的材料》，《文艺报》1964年第8、9期。

· 65 ·

召开农村题材短篇小说座谈会。邵荃麟主持会议并作了三次讲话，在讲话中，明确提出并阐述了"写中间人物"和"现实主义深化"的主张。

"写中间人物"作为"文学作品的一个重要课题"①，后来得到了进一步阐发。沐阳撰文说，当前创作中"不好不坏、亦好亦坏、中不溜儿的芸芸众生，似乎很少人着力去写他们；写了，也不大引起人们的注意"。作者认为应该"像《创业史》、《沙桂英》那样，在创造新英雄人物的同时，把生活中大量存在的处于中间状态的多种多样的人物，真实地描绘出来，在这种真实的描绘中自然地流露出作家的评论，帮助群众更全面地认识生活，从而得到思想上的启发，这也是不可忽略的"②。几乎同时，沈思提出通过"写中间人物"来教育"中间人物"的主张，③ 康濯也在文章中对"写中间人物"进行了宣传。④

此时批评的声音并不多，但到了1964年，随着"反修"浪潮的又一次涌起，"写中间人物"遭到了强力批判。最有代表性的是《文艺报》1964年第8、9期合刊的两篇编辑部文章：《"写中间人物"是资产阶级的文学主张》和《关于"写中间人物"的材料》。后者主要是梳理了"写中间人物"提出的过程和发展；前者则全面否定了"写中间人物"和"现实主义深化"，认为此二论是与社会

---

① 侯墨：《漫谈〈赖大嫂〉》，《火花》1962年第10期。
② 沐阳：《从邵顺宝、梁三老汉所想到的……》，《文艺报》1962年第9期。
③ 沈思：《我读〈赖大嫂〉》，《火花》1962年第10期。
④ 康濯：《试论近年间的短篇小说》，《河北文学》1962年第10期。

主义文艺创作的最主要、最中心的任务——创造英雄人物的主张相抗衡的资产阶级观点,这是文艺上的大是大非之争,是阶级斗争和两条路线斗争在文艺上的尖锐反映,必须公开批判,以肃清其恶劣影响。

3. "离经叛道"论和反"火药味"论

此二论均是"四人帮"根据文艺界个别人的只言片语拼凑而成的。

所谓的"离经叛道"论主要是对夏衍言论的批判。事情的缘由是:根据中央纠正"大跃进"错误的决议和周恩来总理《关于文艺工作两条腿走路的问题》的讲话精神,文化部于1959年7月11日至28日在北京召开故事片厂厂长会议,议题主要是在全面检查和总结1958年"大跃进"中电影制片和生产中存在的问题的基础上,提出要进一步贯彻"双百"方针,压缩影片产量,提高影片艺术质量。夏衍在此次会议上做了三次发言。① 其被"四人帮"批评的主要言论体现在第二次发言中。夏衍指出,根据会议中各个电影制片厂汇报的情况看,当前存在的问题是:影片类型单调,轻松愉快的节目很少,歌舞片、喜剧片基本没有;题材狭窄,反映农民生活的没有,妇女和儿童生活题材缺乏,总之,题材不广泛,样式不够多样化。所以为了进一步贯彻"百花齐放",就需要解放思想,有意

---

① 三次发言均未公开发表。《电影评论》(上)(《夏衍全集》第6卷,浙江文艺出版社2005年版,第326—331页)收录了三次发言内容,以下引文未注明出处的均据此。

识地增加新品种。在发言的最后,作为总结陈词,夏衍发表了一些自称的"谬论"。他说:"我们现在的影片是老一套的'革命经'、'战争道',离开了这一'经'一'道',就没有东西。这样是搞不出新品种来的。我今天的发言就是离'经'叛'道'之言。"

反"火药味"论是"四人帮"从周扬、林默涵、夏衍等人在一些场合中的言论中断章取义拼凑起来的支离破碎的论点。如周扬说:"我们的文学作品火药味太多了,舞台上枪杆子太多了。"林默涵在看完现代舞剧《白毛女》之后说:"这个戏火药味太浓,武装斗争太突出了。"① 夏衍在解放军电影剧本创作座谈会上说:"生当然是共性,都喜欢活不喜欢死。……战争当然是残酷的,认为战争是乐观的,我想没有这种人吧。军人也不会这样讲的。"在另外一次会议上,夏衍说:"第二次世界大战以后,东欧国家人民受战争摧残,死亡人数太多了,差不多每家都有牺牲者。他们怕看战争片,因此,中国战争片去那里是不受欢迎的。"② 周扬等人提出的,其实是题材多样化的问题。如:周扬认为社会主义时代与革命时期有所不同,"文艺发生作用的范围比过去大得多了。作家、艺术家可以采取各种不同的题材,利用各种不同的艺术形式来服务于这个伟大的时代"③。田汉说:"我们的笔将描写一切题材。"④ 阳翰笙认

---

① 四川师范学院中文系文艺理论教研组:《文艺名词解释》,1973年,第165页。

② 南开大学中文系编:《中国现代文艺思想斗争史·参考资料(1949—1966)》,第400页。

③ 周扬:《让文学艺术在建设社会主义伟大事业中发挥巨大的作用》,《人民日报》1956年9月25日。

④ 田汉:《部队戏剧花朵颂歌》,《戏剧报》1959年第14期。

第三章 "黑八论"与现实主义文艺理论体系拓展

为:"拿戏剧的题材来说吧,题材就要丰富多彩,多样化。我们不能重视了现代题材或当代题材,就忽视了历史题材或其他题材。"①

在这些话语中,明显地透露出提倡题材多样化的意指,同时表明,在战争年代,为了救亡图存,取得革命的胜利,可以多写革命题材,而在社会主义时代,主要任务是进行社会主义基本建设,满足人民的多种精神需要,为此,题材的拓展是非常必要的。应该说,这是符合国情和艺术创作规律的。但"四人帮"却把这些合理的主张的实质定为"是刘少奇政治上的投降主义、活命哲学在文艺问题上的表现"②。"是彻头彻尾地为帝国主义、修正主义以及一切反动派的反革命政治效劳的。"③

以上四论涉及的主要是题材和人物问题,这实际上是一个问题的两面,写什么人的必然前提是写这类人的生活。在批判者那里就表现为以"文艺为政治服务"为指导方针,强调写英雄人物,突出写重大题材,并形成"一个阶级一个典型""一种生活一个题材""一个题材一个主题"④的公式化的教条主义模式,发展到极端状态就形成了"四人帮"的"根本任务"论。无疑,提倡题材多样化和写"中间人物"的主张是对其造成的题材狭窄、人物单一的弊端的反拨。持论者的出发点是为了保持文学和政治的一定的疏离状态,

---

① 阳翰笙:《谈谈戏剧艺术质量的提高问题》,《戏剧报》1959年第6期。
② 辛松:《反"火药味"论是瓦解人民革命斗志的毒药》,《北京日报》1970年2月11日。
③ 向阳、洪壮斌:《让旧世界在革命的"火药味"中灭亡——彻底批判周扬等"四条汉子"的反"火药味"论》,《北京日报》1970年2月11日。
④ 于晴(唐因):《文艺批评的歧路》,《文艺报》1957年第4期。

维护文艺自身的规律和特性。然而，政治的打压使题材多样化和人物多样化均成了奢望。

三　"时代精神汇合"论

"黑八论"中主要从文艺美学方面讨论问题的，是周谷城先生的"时代精神汇合"论。20世纪50年代和60年代初期，著名历史学家周谷城先生陆续发表了一些文艺美学论文，包括《美的存在与进化》《史学与美学》《礼乐新解》《艺术创作的历史地位》[①]等。这些文章在历史的创造与艺术创造之间的联系和区别等问题上体现出鲜明独到见解的同时，在学术界也引发了争论。争论主要是围绕其在《新建设》1962年第12期上发表的《艺术创作的历史地位》一文展开，延续了一年多。在这篇文章中，周谷城的两个观点引起了注意和争议，即"无差别境界"论与"时代精神汇合"论。

所谓"无差别境界"就是指没有矛盾冲突的境界。在周谷城看来，这主要是针对艺术创作而言的，在艺术创作中，要反映矛盾冲突，没有矛盾冲突就没有文艺。"无差别境界"是静态，而文学艺术中却要反映动态。正如一个小孩子玩皮球，一直在公园里拍着皮球就是一种无矛盾、无冲突的静态世界，而当皮球掉到水里，小孩子需要想办法把它打捞出来，这就是小孩子的"创作"。文艺创作也是这样，它是一种动态行为。正因为如此，周谷城才说："无差

[①] 收入周谷城《史学与美学》，上海人民出版社1980年版。

别的境界，不仅没有艺术创作，而且没有一切创作的活动可言。"①然而他的这一观点，却引起了很大争议，争论的焦点在是否存在"无差别境界"。就其文本初衷而言，周谷城所说的这个无差别境界其实是矛盾解决的那一瞬间的和谐无冲突状态，但很多学者则认为，他的观点与矛盾的规律不符，因为矛盾是普遍存在的。

"时代精神汇合"论是指时代精神的总体。具体而言，在每一个具体社会或者时代里，都会有不同民族、不同阶级，他们各自都有自己的精神诉求和思想意识，将它们汇合在一起，成为一个整体，共同构成了那个时代的精神。例如："封建时代，农民反抗封建地主的剥削和压迫，不断暴发战争；资本主义时代，工人反抗资产阶级的剥削和压迫，也不断暴发战争。因此封建时代又有各种思想意识，汇合而为当时的时代精神；资本主义时代又有各种思想意识，汇合而为当时的时代精神。"②

周谷城这篇文章发表于 1962 年 12 月，就在这一年 9 月的中共八届十中全会上，提出的号召是"千万不要忘记阶级斗争"。因而他的这个观点中暗示出来的一些立场和信息则显得不合时宜。"文化大革命"之后，周谷城关于这一问题说，他所言的"时代精神汇合"，是指"不同阶级不同个人思想意识的统一整体"③。然而这一观点在当时必然会遭到批判。姚文元当年对周谷城的批判是非常有代表性的。他认为："时代精神既然是一种意识形态，它在阶级社

---

① 周谷城：《周谷城学术精华录》，北京师范学院出版社 1988 年版，第 367 页。
② 同上书，第 376 页。
③ 同上书，第 382 页。

会中就必然反映一定的阶级内容,不可能是超阶级的东西。相对敌对的阶级意识,从来也没有共同构成'整体'的时代精神,而总是一种革命思潮代表了时代精神向反动的思潮进行剧烈的斗争。"① 在当时,姚文元的观点很快获得了更多人的赞同。随着意识形态局势的严峻,对周谷城的观点的争论也逐渐演变成了阶级斗争的政治行动。有论者指出:"周谷城用历史唯心论,抹煞阶级斗争,调和阶级矛盾,宣扬超阶级的'时代精神'。'时代精神汇合'论的要害,就是妄图反对无产阶级在思想文化领域对资产阶级实行全面专政。"② 很明显,学术问题在这里变成了政治批判。1963 年 11 月 7 日,周谷城在《光明日报》上发表题为《统一整体与分别反映》的文章,进一步重申了自己的观点,并进行了反击,但很快就被淹没在一片"反修"的浪潮中了。

1966 年年初,周谷城的观点被以"时代精神汇合"论的名义列入"黑八论"之一,周谷城也成了"资产阶级反动学术权威",遭到打击迫害。作为修正主义认识论的基础,"时代精神汇合"论"就是企图用'时代精神'作为中介去调和极端对立的无产阶级和资产阶级的思想意识"③。"公然鼓吹'非革命的、不革命的,乃至反革命的'时代精神'可以'合二为一',梦想用资产阶级'溶

---

① 山西大学中文系现代文学教研室编:《当代文艺思想斗争资料汇编》下,1973 年,第 119 页。
② 辽宁大学中文系:《修正主义文艺路线代表性论点批判》,人民出版社 1976 年版,第 120 页。
③ 复旦大学革命大批判写作组:《"时代精神汇合论"再批判》,《出版通讯》第 10 期,上海人民出版社 1971 年版。

化'共产党,实行资产阶级专政。"①

　　严格地讲,"时代精神"是一个哲学问题。它指的是,"历史时代的客观本质及其发展趋势在社会精神生活各个领域中的体现"②。但姚文元把革命精神与时代精神画等号,显然是缩小了其所指。而周谷城的表述也过于笼统,对汇合的时代精神缺乏一定的价值判断,而且,把不同阶级的不同个人在文学作品中展现出的时代精神和反映方式称为作品的特征、独创或天才的表现也是值得商榷的。这里涉及的问题比较复杂,还需要进一步的探讨。

　　"黑八论"是 20 世纪五六十年代出现的一个重大而特殊的政治、文化现象。言其重大,是因为它提出伊始就带有浓重的政治色彩,作为"文艺黑线"的代表性观点,直接承担了对社会主义进行专政的罪名。从对"黑八论"的批判中可以看出这种批判具有如下特质:1. 漠视民主化,权力高度集中,妄图以一种方案规划社会生活;2. 打压人的主体性,动辄冠以"个人主义公然与社会主义集体主义对抗"的罪名;3. 使用非此即彼的二元对立思维方式和阶级斗争的方法解决理论论争;4. 割裂历史的延续性,否定古代优秀文化遗产,拒斥并歪曲外来文化。这些均对人民的物质和精神生活产生了巨大的负面影响。我们又认为,对"黑八论"的定性和批判又是一个特殊的文化现象,这是因为它是政治问题在文艺领域中的解

---

① 傅战戟、方师工:《对周谷城"无差别境界"论的再批判》,《文汇报》1969年8月9日。
② 黄楠森等主编:《哲学概念辨析辞典》,中共中央党校出版社1993年版,第326页。

决，这必然造成了文学与政治的纠缠不清，使文学上的"左"倾现象越来越严重，文艺的道路也越来越狭窄。于是，文学的内涵随之缩小，仅仅凸显文学的阶级性和倾向性，进而成为政治的奴仆和工具，迷失了本性。一直到1978年思想解放运动和党的十一届三中全会之后，重新反思文学与政治之间的关系，保持二者之间合理的张力，使文学健康自由地发展，才真正成为文艺理论工作者的重要课题。

第四章 "美学大讨论"与文艺批评观念的互动

20世纪50—60年代，与文艺批判和争鸣运动同时进行的，有美学界的"美学大讨论"。与前者一致，"美学大讨论"也是在自己的领域里实现自身知识体系更新和改造，使之符合马克思主义基本原理和国家意识形态。然而，由于美学学科的特殊性，它更强调自由性和自足性，因而在当时严峻的政治环境中，这场大辩论保持了一定的学科空间，成为当时一道亮丽的学术风景。又由于美学与文艺联系紧密，因此很多美学命题，又促进了文艺领域的思考，形成了二者之间的互动关系。

第一节 美的客观性理论与文艺的现实主义原则

谈起20世纪50年代"美学大讨论"，人们常常津津乐道于所谓的"四派"，即以吕荧、高尔泰为代表的主观派、以蔡仪为代表的客观派、以朱光潜为代表的主客观统一派和以李泽厚为代表的客观性与社会性统一的客观派。表面上看来，他们的观点存在很大差异，但实际上，他们都试图向马克思主义基本原理靠拢，都试图用马克思主义基本原理来解决和阐释美学问题，因此，在美学中坚持唯物主义立场和客观性原则是他们共同的理论追求。这与文学中的现实主义原则形成呼应。

一　美学话语的全面马克思主义化

大讨论的起点始于1956年第12号《文艺报》上发表的朱光潜的《我的文艺思想的反动性》一文。朱光潜后来在自传中说："美学讨论开始前，胡乔木、邓拓、周扬和邵荃麟等同志就已分别向我打过招呼，说这次美学讨论是为澄清思想，不是要整人。"[①] 而黄药眠随之而来的批评文章也是响应"百家争鸣"的号召而作。这都表明，发起美学讨论是有意识形态诉求的。

但为什么是美学而不是其他学科被选择形成了大讨论呢？作为大讨论的重要参与者，李泽厚认为，与其他学科相比，"美学的自由度要大一些。五六十年代美学之所以能够讨论起来，也是由于这个原因"[②]。这种观点是有道理的，但仍不能忽略新中国美学话语的自身演进及其与文艺的密切联系所起到的作用。可以说，新中国美

[①] 朱光潜：《作者自传》，《朱光潜全集》第1卷，安徽教育出版社1987年版，第7页。

[②] 李泽厚、戴阿宝：《美的历程——李泽厚访谈录》，《文艺争鸣》2003年第1期。

第四章 "美学大讨论"与文艺批评观念的互动

学话语经过了如前所述的几年发展，从议题、观念到理论积累，已经基本具备了讨论的条件，这是当时的其他学科所不及的。同时，经历了文艺大批判之后，文艺批判严重失范，因而更需要美学来给文艺批评提供理论依据。至少，朱光潜对这一点是有所认识的："美的问题之所以重要，因为对于美的看法就是文艺批评的根据。"[①]因此可以说，除了意识形态的需要之外，文艺自身也有了美学讨论的需要。

而且我们还可以说，唯有美学界提供了大讨论合适的发起点。这个发起点与其说是朱光潜《我的文艺思想的反动性》这篇文章，不如说是朱光潜被赋予的身份内涵。回顾朱光潜这一段的思想转变历程我们可以发现，其身份内涵在主流意识形态定位中是渐次变化着的，即在中华人民共和国成立前，他处在无产阶级美学的对立面；在第一次文代会时，他是被排除在代表之外的边缘人；在思想改造运动中，他是重点思想改造对象；到了大讨论发起时，他已被视为思想改造成功的典型。其地位随着身份内涵的变化逐步提升。其所以如此，是与他积极投身思想改造，在批判与自我批判中不断发展自己的思想分不开的。到了发表《我的文艺思想的反动性》时，他已能娴熟地运用马列主义原理，剖析自己旧美学思想的"反现实主义和反人民的本质"，并对"美是什么"的问题按照新规范表达些许看法了。《文艺报》在给这篇文章所加的"编者按"中清楚地确认了这重身份内涵："近几年来，特别是去年全国知识界展

[①] 朱光潜：《我的文艺思想的反动性》，《文艺报》1956年第12号。

开对胡适、胡风思想批判以来,朱先生对于自己过去的文艺思想已开始有所批判,现在的这篇文章,进一步表示了他抛弃旧观点,获取新观点的努力。我们觉得,作者的态度是诚恳的,他的这种努力是应当欢迎的。"① 因而,此时的朱光潜美学话语已经具备了重要的展示价值,这样的特殊人物,同样是其他学科中难觅的。

相应地,围绕批判朱光潜而展开的美学话语的意识形态定位也是不尽相同的:它在中华人民共和国成立前夕,构成了无产阶级夺取文化领导权的整体战略的一个方面;它在过渡时期(1949—1956),则构成了新民主主义文化和意识形态整合的必要措施;它在1956年之后的社会主义建设时期,已变成了弥补整合过失、响应"双百"方针的范例。实际上,从当年王淑明发出"担负起新的文学理论建设的任务"的召唤,到了大讨论确立"逐步地建设""根据马克思列宁主义原则的美学"的目标②,以朱光潜为代表的所有非马克思主义的美学话语要么主动转变,要么被清洗,要么归于沉寂,中国美学已经实现了全面马克思主义化。因而,选择美学开展讨论、选择朱光潜为讨论的发起点,在当时实为一个能满足学术与意识形态的多重诉求的不可多得的选择。

总之,有了这样一个合适的发起点,美学讨论才得以发起,而有了之前美学言说中的思想储备,美学家们才能各抒己见、相互批评,形成各个学术流派,美学争鸣的大格局才得以形成。在这个问题上,尽管我们不能否认政治力量的推动作用,但一代美学研究者

---

① 《我的文艺思想的反动性》"编者按",《文艺报》1956年第12号。
② 同上。

第四章 "美学大讨论"与文艺批评观念的互动

自身的努力也是不容抹杀的。

二 美学家们对客观性原则的自觉选择

在美学大讨论中,美学家们都自觉以马克思主义基本原理作为自己观点的立论根基,也有意识地学习和运用马克思主义来阐释美学问题。因此在这一过程中,马克思主义美学的客观性原则得到了很好贯彻。

美学大讨论期间,蔡仪通过批判其他人美学的唯心主义性质,不断强调了《新美学》中美的客观性观点的正确性。具体说来,首先,他坚持美在物性客观说。蔡仪在《新美学》中认为:"物本身具备着美,也就是这物是美的。……同样,物的这种属性,也不只是美感的条件,不是的,它是美感的根源,若说引起美感的物的属性不是美本身,那么哪里去找美本身呢?我可以断言,是'上穷碧落下黄泉,两处茫茫皆不见'的。"① 这段话可以说是蔡仪美学思想的总纲。在蔡仪看来,美的观念是客观事物美的反映,甚至美就是物或物的属性,所以凡是谈美是属于物的,就是唯物主义;凡是谈美是属于意识的,就是唯心主义。其次,他坚持客观形象说。蔡仪在《新美学》中认为概念具有两重性:抽象的和具象的。抽象概念是科学的认识;具象概念则决不绝对排除表象的个别的属性条件,有时又有和表象紧密结合的倾向,是个别里显现一般、特殊里显现

---

① 蔡仪:《新美学》,群益出版社1951年版,第49页。

普遍的艺术的认识,是美的认识的基础。既然个别的表象是美之所以成为美的东西,那么什么是表象呢?蔡仪认为:"表象是单纯现象的反映"①,"按照客观实体事物的规律而构成统一的形象"②。而这具体的、统一的、具象性重的概念,"就是意识中的反映事物的典型形象",也就是"美的观念"③。

李泽厚在讨论开始后不久,就凭借处女作《论美感、美和艺术》(《哲学研究》1956年第5期)一鸣惊人,不仅对朱光潜、蔡仪的美学思想进行了批判,更有意识地提出了自己的"美感二重性""美的客观性和社会性统一"观点,旗帜鲜明地加入到讨论中;紧接着又在《人民日报》发表《美的客观性和社会性》一文,开宗明义地树起"客观社会论"大旗,由此成为被讨论阵营和广大青年共同认可的独立一派。与朱光潜把美感作为心理学的研究对象不同,李泽厚始终坚持对美感和美进行"哲学的分析",更具体地说,是在哲学认识论的基础上来回答、分析和解决美感和美的问题,而这种"哲学认识论"不是康德的,而是马列主义唯物主义的:这正是李泽厚早期美学思想的哲学基础所在。李泽厚则明确提出美在客观。所谓美的"客观性"是指美具有不依存于人类主观意识、情趣而独立存在的性质,也就是说,自然美不是来自主观的情感意识,而是社会存在,是客观事物的属性。李泽厚又认为,美是一种社会现象,即美具有社会性。所谓美的"社会性"是指"美是客观存

---

① 蔡仪:《新美学》,群益出版社1951年版,第135页。
② 同上。
③ 同上书,第145页。

第四章 "美学大讨论"与文艺批评观念的互动

在,但它不是一种自然属性或自然现象、自然规律,而是一种人类社会生活的属性、现象、规律。它客观地存在于人类社会生活之中,它是人类社会生活的产物。没有人类社会,就没有美"①。换言之,自然美与社会美一样,都要依存于人类社会生活,都具有社会性。李泽厚的积极参与,②初步奠定了"实践美学"的基本原则,为 20 世纪 80 年代第二次"美学热"的兴起和实践美学的发展与繁荣创造了条件。

"物甲物乙说"是朱光潜"主客观统一论"的理论内核,也是其思想改造过程中斩断与过去美学思想瓜葛后,努力向马克思主义靠拢的首要步骤。朱光潜认为:

"物的形象"是"物"在人的既定的主观条件(如意识形态,情趣等)的影响下反映于人的意识的结果,所以只是一种知识形式。在这个反映的关系上,物是第一性的,物的形象是第二性的。但是这"物的形象"在形成之中就成了认识的对象,就其为对象来说,它也可以叫做"物",不过这个"物"(姑简称物乙)不同于原来产生形象的那个"物"(姑简称物甲),物甲是自然物,物乙是自然物的客观条件加上人的主观

---

① 李泽厚:《论美感、美和艺术》,《哲学研究》1956 年第 2 期。
② 文艺报编辑部和新建设编辑部主编的《美学问题讨论集》(第 1—6 卷)共收录李泽厚 8 篇论文,按发表顺序分别是:《论美感、美和艺术美》《美的客观性和社会性》《关于当前美学问题的争论——试再论美的客观性和社会性》《论美是生活及其他——兼答蔡仪先生》《山水花鸟的美》《以"形"写"神"》《美学三题议——与朱光潜先生继续论辩》《虚实隐显之间——艺术形象的直接性与间接性》;此外,他还参加了黄药眠在北京师范大学主办的"美学讲坛"并发表讲演(1957 年 5 月)。

条件的影响而产生的，所以已经不纯是自然物，而是夹杂着人的主观成份的物，换句话说，已经是社会的物了。美感的对象不是自然物而是作为物的形象的社会的物。①

通过对马克思主义理论论点的吸纳与阐发，朱光潜的"物甲物乙说"在当时语境中仍可谓是蕴含着极为重要的理论意涵和历史价值：通过界分"物甲—物乙"，既在"物甲说"上贯彻了唯物主义，在向马克思主义理论靠拢中修正了过去的美学思想，更在"物乙说"的强调中超越了蔡仪式的机械唯物反映论，注意到了美学艺术的复杂性，为建构辩证唯物主义美学奠定了基础。

如果说吕荧在美学方面的相关表述存在着概念上的混用，某些字词的使用也容易让人在理解时产生一定的误解，因而遮蔽了对于美学思想的完整和真实理解，那么，回归到吕荧美学思想的根源上，去还原一下吕荧美的论述的思想来源，将有助于我们摒弃陷入某些字词上的片面判断，认识真实的吕荧及其美学观念。从吕荧较为重要的五篇美学论文②可以看出，对车尔尼雪夫斯基的"美是生活"和对马克思"反映论""历史唯物主义"理论的继承和借鉴，是其美学观念的源头之水。车尔尼雪夫斯基是对吕荧的美学思想产生最深远影响的一位，在吕荧5篇关于美的论文中，除了《关于

---

① 朱光潜：《美学怎样才能既是唯物的又是辩证的——评蔡仪同志的美学观点》，《人民日报》1956年12月25日。

② 即《美学问题——兼评蔡仪教授的〈新美学〉》《美是什么》《美学论原——答朱光潜教授》《再论美学问题——答蔡仪教授》《关于"美"与"好"》，分别发表于1953—1962年间。

第四章 "美学大讨论"与文艺批评观念的互动

"美"与"好"》一篇外,其他 4 篇都或多或少引用了车氏美学方面的相关论述,或以此证明自身观点的合理性,或以此批判他人思想的唯心性。在最早的《美学问题》中,吕荧就直接大篇幅地引用了车氏《生活与美学》中的话。正是在对车氏艺术与现实的关系的学习与借鉴后,吕荧得出了自己后来备受瞩目的"美是观念"的论断:

> 美,这是人人都知道的,但是对于美的看法,并不是所有的人都相同的。同是一个东西,有的人会认为美,有的人会认为不美;甚至于同一个人,他对美的看法在生活过程中也会发生变化,原先认为美的,后来会认为不美;原先认为不美的,后来会认为美。所以美是物在人的主观中的反映,是一种观念。①

这一段文字,正是吕荧"美是观念"的首次亮相。这里的"观念"就是马克思所说的:"观念的东西不外是移入人的头脑并在人的头脑中改造过的物质的东西而已。"② 也是恩格斯所说的:"一切观念都来自经验,都是现实的反映——正确的或歪曲的反映。"③ 但遗憾的是,吕荧并没有对他的"观念"在此处做出更进一步的解释,以至于除了"美是物在人的主观中的反映"几个字外,其他各

---

① 吕荧:《吕荧文艺与美学论集》,上海文艺出版社 1984 年版,第 416 页。
② 《马克思恩格斯选集》第 2 卷,人民出版社 1995 年版,第 112 页。
③ 《马克思恩格斯全集》第 20 卷,人民出版社 1957 年版,第 661 页。

句确实会让人产生"唯心主义"的感觉。

不管学界认为吕荧的美学思想如何主观、如何反动,从吕荧的主观动机来看,他是一直以马克思主义思想为指导,以社会生活作为美的根本源泉的。吕荧对于马克思社会存在与社会意识理论的运用在上段文字中已有过论述,兹不赘述。以下重点论述吕荧对马克思"历史唯物论"的运用和坚守。吕荧认为,任何美学理论,归根结底是一定社会经济状况的产物,因此,"美必须从社会科学观点,历史唯物论的观点加以说明,不是从离开了人的自然科学观点可以得到解释的"①。正是在此基础上,吕荧提出了进行马克思主义美学研究的两个基本原则,一个是它"必须在社会生活的基础上进行研究"②,一个是它"必须在历史的关联上进行研究"③。

从主张美在客观的蔡仪、李泽厚到主张主客观统一的朱光潜,再到主张主观的吕荧,我们发现,他们以各自的方式诠释了客观性原则,试图用客观性来传达对马克思主义基本原理的认同。这种态度和运思思路,对中国美学的现代性构建影响深远。

三 艺术的现实主义原则的确立

就总体而言,20世纪50年代的美学家们都坚持艺术的现实主义原则,在这其中,李泽厚的观点更加引人注目。无论是在"《新

---

① 吕荧:《吕荧文艺与美学论集》,上海文艺出版社1984年版,第400页。
② 同上书,第437页。
③ 同上。

第四章 "美学大讨论"与文艺批评观念的互动

建设》座谈会"（1959）之前还是之后，[①] 李泽厚自始至终都有意识地从哲学美学的角度探讨艺术和艺术美问题，既不惧惮因"脱离艺术实际"而陷入"哲学式的贫困"，又坚决反对洪毅然、姚文元等人"离开美学的规律来讲艺术的规律，不通过艺术来讲美学"[②]。因为在他看来，"美学问题的讨论不能看作是与艺术实际无关的学院式的繁琐争论，它与现实的文艺创作在理论上是有联系的"[③]，后来通过对艺术与现实的关系、艺术形象与典型、艺术的美学范畴等基本问题的美学阐释，李泽厚将讨论的话题由抽象哲学引向了具体艺术问题，由美的本质论延伸到美的功能论，更加坚定了自己最初对"美学对象问题"的看法，即，"美学基本上应该研究客观现实的美、人类的审美感和艺术美的一般规律。其中，艺术更应该成为研究的主要对象和目的，因为人类主要是通过艺术来反映和把握美而使之服务于改造世界的伟大事业的"[④]。

在坚持反映论的李泽厚看来，美感是美的反映，美感的主观直觉性是美的具体形象性的反映，美感的客观社会性是美的客观社会性的反映。由此他认为，艺术（品）作为美感的对象、作为美，是

[①] 1959年7月11日，《新建设》编委会邀请北京部分哲学、美学和文学艺术工作者座谈怎样进一步地贯彻党的"百家争鸣"的方针、展开美学讨论的问题。其中归纳起来的五点意见的第一条就是："今后的美学讨论，应当避免从概念出发，而更多地从丰富多彩的艺术实践和现实生活出发，来探讨美学问题。"参见《怎样进一步讨论美学问题》，《美学问题论集》第5集，作家出版社1962年版，第1页。

[②] 李泽厚：《美学三题议——与朱光潜同志继续论辩》，《哲学研究》1962年第2期。

[③] 李泽厚：《论美是生活及其他——兼答蔡仪先生》，《美学论集》，上海文艺出版社1980年版，第101页。

[④] 李泽厚：《论美感、美和艺术》，《哲学研究》1956年第2期。

不以人们的意志为转移的客观物质的社会存在，这意味着：艺术是现实生活的反映，在本质上是与科学一致的、共同的（只是形式有别），艺术美客观地存在于生活之中。当然，李泽厚也并未忽视艺术美的主观性一面，按其所言，"艺术美只是美的反映，相对于观赏者的意识，它诚然是客观的存在；但相对于现实美（包括社会美与自然美）来说，它却是第二性的，意识形态的，从而也就是属于主观范畴的"[①]。换言之，艺术美虽然是现实美的摹写和反映，但同时也是现实美的集中和提炼。这种属于主观范畴的"集中和提炼"正是艺术美区别于现实美、自然美的特性所在。李泽厚和蔡仪一样吸收了毛泽东《在延安文艺座谈会上的讲话》的"精神"，也持守"艺术美的根源在现实生活"[②]的反映论（艺术反映现实、艺术美反映现实美）观点，虽然没有像朱光潜那样明确强调"要发挥主观的能动性和创造性"[③]，但一定程度上也肯定了艺术家"集中"和"提炼"生活尤其是把自然丑转化为艺术美的主观能动性，这对于纠正当时普遍性的机械反映论美学观以及概念化、公式化的文艺创作弊端是非常有价值的。

更重要的是，李泽厚在《论美感、美和艺术》《美学三题议》中，明确提出"艺术反作用于生活""艺术美反作用于现实美"的

[①] 李泽厚：《美学三题议——与朱光潜同志继续论辩》，《哲学研究》1962年第2期。

[②] 蔡仪：《鲁迅论艺术的典型与美感教育作用》（写于1956年9月20日），杜书瀛编《蔡仪美学文选》，河南文艺出版社2009年版，第369页。

[③] 朱光潜：《美学中唯物主义与唯心主义之争》，新建设编辑部编《美学问题讨论集》第6集，作家出版社1964年版，第232页。

第四章 "美学大讨论"与文艺批评观念的互动

观点，这种"反作用"与朱光潜所指出的美感"影响"美的"反作用"不同，朱光潜的意思是美随美感的发展而发展，而李泽厚的意思则是美感随美的发展而发展，具体到艺术美就是：现实美经由艺术家的主观意识的反映而成为艺术美，而艺术美又经由欣赏者的主观思想情感而影响其实践活动，创造更多的现实美。具体来说，这种"影响"体现在两个方面：一方面，艺术美以其无实用价值的自由形式来深刻明确地反映广阔丰富的社会生活，通过满足精神需要，塑造心灵，进一步推动社会生活实践的发展，即反作用于现实美的内容；另一方面，艺术美作用于社会物质生活的形式外貌，使之多彩化、条理化、韵律化，以进一步将世界美化，即反作用于现实美的形式。经过这种"反复循环，不断上升"，"艺术美就日益深深地渗透在现实美中，使人们在生活实践的各方面日益自觉地'按照美的规律来造形'"。① 于是，美与真、善渐渐融合在一起，生活越来越美，艺术越来越美。

第二节 形象与典型

艺术形象与典型是艺术的中心环节。一方面是文艺理论与美学建设自身体系的需要，另一方面也是受到苏联同时代命题讨论的影响，自20世纪50年代起，这方面的讨论就是学界重要内容。从美学视角来看，推动艺术形象和典型展开的正是美的客观社会性和具

---

① 李泽厚：《美学三题议——与朱光潜同志继续论辩》，《哲学研究》1962年第2期。

体形象性。李泽厚和蔡仪在这方面的论述最具有代表性。因此在本节中，我们将以这两位美学家为论述中心，同时兼顾其他美学家的相关论述。

一 蔡仪对形象与典型问题的思考

形象和典型问题是蔡仪美学的核心内容。他对美的定义即为美是典型。在他看来，形象具有客观性，即物的形象不依赖于鉴赏者的人而存在，物的形象的美也不依赖于鉴赏者的人而存在，并强调了形象的理性特点。

蔡仪美学坚持认为，美在客观事物本身，在于客观事物的典型性，而人的因素只是体现在对这种本来就有的美的认识之上。美的形成与人的活动和人的历史无关，就像自然物的形成与人的活动无关一样。从认识论的角度看，人所能做的，只能是认识它们。从美学的角度看，人所能做的，也只能是欣赏它们。这种观点从理论上讲，当然不是无可挑剔的。人与自然的关系，并不是从认识与被认识的关系开始的，而是始于人与自然共存的关系。首先是共存中的互动，其后才是逐渐对这种共存的关系的认识，并在共存的关系之中进一步进行主客体的分解，从而区分出哪些属于主体，哪些属于客体。人与自然在相互适应、相互作用的漫长过程中，形成了人与自然的依存关系，也形成了人与自然的审美关系。从这个意义上讲，自然本身就是美的。蔡仪看不到这一点，只是借助于典型概念来解释美。问题在于，事物的典型是怎么形成的，从什么意义上讲

第四章 "美学大讨论"与文艺批评观念的互动

是典型，这些都有待于解释。

在欧洲，这种思想最早来源于理性主义哲学所主张的"完善说"，即美在事物的"完善"。一事物符合该事物的规定性，并将这种规定性完美地展现出来，就是美。或者说，每一事物都有着上帝在创造它们时的目的，有着亚里士多德所说的目的因，该事物完美地实现了这个目的，它就是美的。花朵鲜艳、鹿和马矫健、狮子老虎凶猛，都是美的。小伙子壮如山、姑娘柔如水，也是美的。这种美学的主流地位后来被康德美学所取代。对于康德来说，美的原因不在于对象与其自身的目的性，即它相对于这种目的的完美程度，而是与主体面对对象时两种心理能力，即知解力和想象力的发挥达到相互和谐有关。对象需要有合目的性却没有目的，从目的性角度来思考对象，所得到的不是审美。然而，"完善说"尽管在康德那里受到了沉重打击，却总是不断地以新的形式出现在后来的一些重要美学家的著作之中。在黑格尔的《美学》中，美被说成是"理念的感性显现"，就要求感性显现符合理念的本性。在马克思早期著作，例如在《1844年经济学哲学手稿》中，有些句子似乎也含糊地包含着这一层意思。例如，马克思写道："劳动创造了美，但是使工人变成了畸型。"① 这句话成为焦点。蔡仪对马克思将美与畸形对举感到欢欣鼓舞，说明美就是不畸形，从而美即完美。

蔡仪当然没有使用"完善"这个术语。他所使用的"典型"一词，来源于恩格斯对现实主义文学的论述。恩格斯认为，文学要再

---

① [德]马克思：《1844年经济学哲学手稿》，《马克思恩格斯全集》第42卷，人民出版社1979年版，第93页。

现"典型环境中的典型性格"。例如，经过一些年的工人运动，工人阶级从总体上已经得到了改变。这时，环境改变了，或者说，尽管还有着种种不同的小环境，工人运动在不同地方的发展还不平衡，但由于时代的总体变化，可以被视为典型的环境已经改变了。这时，再表现那种逆来顺受的工人就不典型了，只有表现具有反抗性格的工人才典型。①

蔡仪的"典型"观，当然并不仅限于叙事性文学作品中的人物刻画。首先，他的典型不再仅仅指人的性格和环境，而是包括人、动物，甚至植物和无生物的自然在内。其次，他将是否典型看成是美与不美的区分。最后，他将典型观与自然的生物进化联系起来，认为有生命的事物比无生命的事物美，动物比植物美，高等动物比低等动物美，人比动物美，人的美在于人的精神。这是黑格尔美学的体现。

二 李泽厚对形象与典型问题的思考

在李泽厚看来，"美的社会性是寓于它的具体形象中，美感的功利性是寓于它的具体直觉中"。也就是说，艺术美是通过具体感性的艺术形象来反映社会生活的真实和真理的，"艺术美感是真理形象的直观"②，其特点就在于从整体上，从具体形象中去把握、反

---

① 参见恩格斯《致玛·哈克奈斯》（1888年4月初），《马克思恩格斯全集》第37卷，人民出版社1971年版，第40—42页。

② 李泽厚：《论美感、美和艺术》，《哲学研究》1956年第2期。

第四章 "美学大讨论"与文艺批评观念的互动

映现实。在李泽厚的艺术美学中，对艺术形象和典型形象以及意境形象的考察，是其重心所在。

与蔡仪不同，李泽厚所提出的美学观，则强调美的客观性与社会性。这就是说，社会的因素加入到了美的形成之中。对于这种社会因素在美的形成中的作用，李泽厚强调，审美感觉是在功利性活动中形成的。人首先是用功利的眼光看待事物的，只是后来，才用审美的眼光看待事物。实用先于审美，前者成为后者的源泉。在这种论述中，我们可以看到俄国马克思主义者普列汉诺夫《没有地址的信》和《艺术与社会生活》等著作中的影响。当李泽厚接触到马克思的《1844年经济学哲学手稿》时，他对同样一句话"劳动创造了美，但是使工人变成了畸型"中的前半句加以强调。美是劳动创造的！原始人在劳动生活中对自己的劳动成果表示欣赏，他们在劳动过程中感到愉快，这是美的最初的起源。美不是对象的自然属性，而是对象的社会属性。对象的自然属性是审美欣赏的基础，形状、色彩、光泽等自然属性，是使一物成为审美对象的必要条件，但不是充分条件。离开了人的活动，自然属性不可能成为美的。只有在人获取生活资料的劳动生活中，具有自然属性的对象才可能变成审美对象。

在此基础上，李泽厚发展出了积淀说。他认为，人们从用功利的眼光看待事物，到用审美的眼光看待事物，是审美活动形成的一个重要过程。在这个过程中，理性积淀为感性，内容积淀为形式。于是，我们就有了一个双重构造的过程。一方面，在人的内心，通过积淀形成了文化心理结构。这是一个从文化到心理的过程，人的文化活动，在心理留下了痕迹。日积月累，就形成了心理结构。另一方面，在对象那里，原本与人无关的事物，与人发生了关系，首先是功利性的关系，后来就有了审美的关系。

这种"客观性"与"社会性"的统一和"积淀"的观点，从理论上讲，也是有其盲点的。这种理论以人为中心，从人的起源来探讨美的起源，从人与动物的不同点来探讨美的本质。人从动物进化而来。对于人在什么时候成为真正意义上的人，目前所存在的，只是一种哲学上的认定和划分。制造和使用工具、语言、理性、原始信仰和宗教，这些都可能并确实被人们用作区分人与动物的标准。这种进化，本来就是一个连续的过程，在一个连续的过程中寻找某一种标志，所体现出的，只是一种哲学上的立场。当我们进一步以此作为出发点，来完成美学上的建构时，那么，我们只是在叙述一种哲学的立场而已。早在制造和使用工具之前，在语言出现之前，在有理性、有信仰之前，原始人或原始人的祖先，就开始进行超越直接功利性的选择，包括性的选择和对生活环境的选择。对此，我们可以将这称为"审美"，也可以不称为"审美"。怎么用词，是我们决定的。但我们的这一决定并不能否认一个事实，在进化的过程中，有着大量的连续性。在从猿到人的进化过程中，存在着一个漫长的半猿半人的状态。强调在这一过程中，由于某种属人的因素的推动，使人有了美，这一观点并不能得到证明。从蜜蜂选择花朵，到孔雀择偶，再到原始人装饰自己，其间有着连续性。人制造和使用工具，只是影响人的审美活动，并不能成为这种活动的起源。

更进一步说，理性积淀为感性，内容积淀为形式，也是有问题的。这种积淀活动，如果它存在的话，也不能成为感性之源。相反，从动物的活动到人的感性活动的发展，并非由于理性。恰恰相反的是，理性活动，或者说思维和逻辑活动，都是在感性活动的基础上生长起来的。在内容积淀为形式之前，并非没有形式感。我们在自然界、生物界，看到大量的图形和色彩，人并非是通过打制石斧才认识到几何图形，也不是通过陶器上的鱼形和蛙形图，才形成图案意识。这些例子的论证，其实都是可疑的。

所有这些讨论中出现的观点，在今天看来，有必要有进一步思考，但这绝不等于说，当时的讨论就没有价值。恰恰相反，美学大讨论涉及有关美的本质的一些深层次的哲学问题，对于以后美学学术的发展，对于美学作为一个学科在中国的兴盛，对于美学队伍的培养，对于美学问题在中国的形成，都是有益的。

第三节 形象思维与文学特质

形象思维在新中国文艺理论发展历程中扮演了重要角色。尽管对于是否存在形象思维一直都有争议，但这个话题的背后，是对文学自身特质的一种认定和探寻，因此它的意义，并不在于其是否符合逻辑学和思维科学，而在于人们在这个概念中寄予的思考和期待。

一 形象思维的提出

"形象思维"原本是一个俄国文论的用语，最初是俄国著名文学批评家别林斯基提出来的。这个术语在别林斯基那里，采用的是"寓于形象的思维"的提法。例如，他在《伊凡·瓦年科讲述的〈俄罗斯童话〉》中写道："既然诗歌不是什么别的东西，而是寓于形象的思维，所以一个民族的诗歌也就是民族的意识。"从1838年到1841年这几年中，别林斯基多次使用"寓于形象的思维"一词。例如，他在《艺术的观念》一书中写道："艺术是对真理的直感的观察，或者说是寓于形象的思维。"运用这个概念，别林斯基致力于论证一个道理，即科学与艺术具有不同的到达和显示真理的途径。他有一段名言："哲学家用三段论法，诗人则用形象和图画说话，然而他们说的都是同一件事。"别林斯基并没有清晰地做出一个在后代非常看重的区分："形象思维"是认识真理，还是仅仅表现真理。

以后的俄国作家，例如屠格涅夫，很喜欢别林斯基所创造的这个词，认为对于作家来说，最重要的是熟悉生活，接触形象。他感觉到，自己长期旅居国外，形象缺乏，对文学活动产生致命的损害。原因就在于，诗人是在用形象来思考，没有形象，文学创作就没有源泉。① 但是，他仍然没有像后来的一些理论家那样，严格区分"形象思维"认识真理和表现真理的功能。

别林斯基的这份遗产，在俄国的马克思主义美学和文学家们那里得到了继承。例如，普列汉诺夫指出，"艺术既表现人们的感情，

---

① ［俄］屠格涅夫：《致 Я. 波隆斯基》，1869年2月27日，引自中国社会科学院外国文学研究所编《外国理论家、作家论形象思维》，中国社会科学出版社1979年版，第102页。

第四章 "美学大讨论"与文艺批评观念的互动

也表现人们的思想,但是并非抽象地表现,而是用生动的形象来表现"①。"艺术家用形象来表现自己的思想,而政论家则借助逻辑的推论来证明自己的思想。"②

这本来是对别林斯基说法的赞同,但在后世却被挑剔的论辩者归入到反"形象思维"的阵营之中。针对普列汉诺夫的观点,卢那察尔斯基曾写道,只是说艺术家"用形象来表现自己的思想",是不够的。他认为,"作家不是在社会性的争论已经解决了时候才走上舞台的……作家是实验的先锋,用自己特有的'形象思维'的方法综合它们,为我们提供有血有肉的、鲜明的概括说,现在我们周围哪些过程正在进行着?"③ 他的意思是说,艺术家是通过形象来认识世界,而不只是表现已经认识到的结论。显然,卢那察尔斯基通过他的论述,致力于凸显他与普列汉诺夫观点之间潜藏着一种对立。本来,普列汉诺夫只是在批评列夫·托尔斯泰提到艺术表现情感之时,只强调艺术既表现情感也表现思想。托尔斯泰提出艺术是在心中唤起自己曾经有过的情感感受,并通过形象(声音、色彩、文字)将之传达出来。这是一个无论在当时,还是在当今的美学界都普遍受到重视的观点。普列汉诺夫则将"思想"加进去,提出艺术既传达情感也传达思想,只是用形象来传达。因此,普列汉诺夫这句套用托尔斯泰的句式形成的对艺术特性的论述,在卢那察尔斯

---

① [俄] 普列汉诺夫:《艺术与社会生活》(1912—1913),《普列汉诺夫美学论文集Ⅱ》,曹葆华译,人民出版社1983年版,第836页。
② 同上。
③ [苏] 卢那察尔斯基:《艺术家 M. 高尔基》(1931),《外国理论家、作家论形象思维》,中国社会科学出版社1979年版,第139页。

基那里被理解成，他虽然赞同用形象表现思想，但他认为这仅限于思想的"表现"而已。普列汉诺夫高度强调别林斯基命题的意义，也谨慎地提出艺术所表现的观念是"具体的观念"。这种"具体的观念"，更像是黑格尔式的"具体的理念"思想的移植，艺术只是使这种理念获得感性显现而已。① 与此相反，卢那察尔斯基则坚持认为，"形象思维"是一种独特的认识世界的方式。

在"形象思维"能够认识世界，还是仅仅表现已有的认识这两难之中，高尔基另辟蹊径，提出了一个新的观点。他也同意作家创作有两个过程，第一个过程是抽象化，第二个过程是具体化。但这两个过程并非是思想的形成和思想的表现，而是典型化过程的两个阶段。他举例说："假如一个作家能从二十个到五十个，以至从几百个小店铺老板、官吏、工人中每个人的身上，把他们最有代表性的阶级特点、习惯、嗜好、姿势、信仰和谈吐等等抽取出来，再把它们综合在一个小店铺老板、官吏、工人的身上，那么这个作家就能用这种手法创造出'典型'来，——而这才是艺术。"② 在这里，高尔基似乎是在提出一种既不同于普列汉诺夫，也不同于卢那察尔斯基的"形象思维"概念。他像普列汉诺夫那样，赞同存在着两个过程，前一个过程是认识，是抽象化的；后一个过程是表现，是具体化的。但是，他认为，这里的抽象化并不是抽掉形象，而是抽取

---

① ［俄］普列汉诺夫：《别林斯基的文学观点》（1887），《普列汉诺夫美学论文集Ⅰ》，曹葆华译，人民出版社1983年版，第200页。
② ［苏］高尔基：《谈谈我怎样学习写作》（1928），《外国理论家、作家论形象思维》，中国社会科学出版社1979年版，第145页。

形象；这里的具体化，是将抽取出来的形象集中到一个人身上。当然，形象如何"抽取"，又如何"具体化"，这些都只是作家艺术家的心得之言。对此，高尔基并没有，也不可能用理论的话语进行论证。

二 "形象思维"讨论在中国的兴起

20世纪50年代中国的文学理论的形成，有四个源头，两个是显性的，两个是隐性的。在两个显性的源头中，第一个源头是苏联文学理论。在一切向苏联学习的气氛中，苏联的文学理论对新建立的共和国的文学理论的建构产生着深远的影响。第二个有着巨大影响的源头，就是共产党从根据地带来的文艺思想，包括毛泽东和其他领导人的一系列讲话，特别是毛泽东于1942年所发表的《在延安文艺座谈会上的讲话》。这双重思想来源，构成了当时文学理论的主要内容框架。由于苏联文学理论的引入，俄国和苏联学者关于"形象思维"的思考，也在这一时期引入中国。除了这两个源头之外，还有两个在当时并不特别显著，但随着时间的推移，影响越来越大的源头，这就是"五四"以来所接受的西方的文艺思想和中国古代的传统文艺思想。无论是西方的文艺思想，还是古代的文艺思想，都没有直接谈"形象思维"。但是，在这些文艺思想中，都有着丰富的强调艺术独特特点的因素，这些后来都成为"形象思维"观点发展的重要营养。

苏联文艺思想，当然并非到20世纪50年代才影响中国。早在

20世纪30年代,形象思维就已经随着别林斯基和普列汉诺夫的思想在中国的传播而被人零星提到。1931年11月20日出版的《北斗》杂志("左联"的机关刊物)上,刊载了由何丹仁翻译的法捷耶夫的《创作方法论》,提到了"形象思维"这个概念。1932年12月胡秋原编著的《唯物史观艺术论》中,提到普列汉诺夫从别林斯基那里引用了"形象的思索"的观点。赵景深在1933年3月北新书局出版的《文学概论讲话》中,将"想象"解释为"具体形象的思索或再现"。1935年7月,郑振铎和傅东华曾邀请欧阳山为他们编的《文学百题》一书写"形象的思索"的条目。到了20世纪40年代,胡风在《论现实主义之路》一书的"后记"中,曾写过作家要用形象的思维:"并不是先有概念再'化'成形象,而是在可感的形象的状态上去把握人生,把握世界。"

上文所谈的形象思维,主要是一些受到左翼文学和苏联影响的学者。另一些受西欧和北美学术影响的学者,则从另外一个角度来谈论艺术的思维特性和本质问题,这方面的主要代表,是朱光潜先生。朱光潜在《文艺心理学》一书中,以"形象的直觉"为核心概念开始了美学构建工作。他引用意大利哲学家和历史学家克罗齐的话说,"知识有两种,一是直觉的(intuitive),一是名理的(logical)"[①]。由此得出结论说,"严格地说,美学还是一种知识论。'美学'在西文原为aesthetic,这个名词译为'美学'还不如译为'直觉学',因为中文'美'字是指事物的一种特质,而aesthetic在西文中是指心知物

[①] 《朱光潜全集》第1卷,安徽教育出版社1987年版,第207页。

第四章 "美学大讨论"与文艺批评观念的互动

的一种最单纯最原始的活动,其意义与 intuitive 极相近"①。朱光潜的这本书是他综合当时在国外占主流地位的一些美学理论著作而写成的讲稿,于 1936 年在开明书店出版。这里的"直觉学"的观点,受克罗齐的影响,但其根据仍可追溯到最早使用 aesthetic 这个词来指审美活动的 18 世纪德国哲学家鲍姆加登。根据鲍姆加登对美学的理解,艺术与"感性"有关,而美学研究"感性"的完善。

蔡仪于 1942 年出版《新艺术论》一书,既批评"形象的直觉"说,即将艺术和审美看成是一种低级的认识的看法,也批评那种将艺术的认识与科学的认识等同的看法。蔡仪努力想要证明:"形象"可以"思维"。他提出,"艺术的认识,固然是由感觉出发而通过了思维,却是没有完全脱离感性,而且主要地是由感性来完成的。不过这时的感性已不是单纯的个别现实的刺激所引起的感性,而是受智性制约的感性"②。可以看出,这是一个将"感性""直觉""形象"等与"思维"联系起来的努力,比起前面所说的几位左翼作家和翻译家只是介绍或借用来说,蔡仪显然是想在理论的阐释上做一些工作。

三 "形象思维"论争

20 世纪 50 年代和 60 年代前期的"形象思维"论争,与另一场

---

① 《朱光潜全集》第 1 卷,安徽教育出版社 1987 年版,第 208 页。
② 蔡仪:《新艺术论》,《蔡仪文集》第 1 卷,中国文联出版公司 2002 年版,第 40 页。

大讨论结合在一起，这就是美学大讨论。50 年代的美学大讨论，出现在那个时代的大背景之中，有着一个突出的任务，这就是要在中国建立马克思主义的美学。在这种语境之中，作为美学大讨论的另一个重要话题的"形象思维"，由于讨论了文学艺术创作中的思维状况，并且试图确立艺术与哲学和政治宣传不同的特性，与实际的文学艺术的创作保持密切的关系，就成为"美的本质"讨论的重要补充。

当然，最早注意"形象思维"观点的，并非是处于美学讨论中心的人物。一些文学理论家们，强调文学艺术的特点，认为艺术要用"形象思维"，而科学要用抽象思维。他们一边批判胡风，一边却又倡导"形象思维"这一胡风赞同过的观点。[①] 最早写出较为厚重的专门讨论"形象思维"大文章的，是霍松林先生。霍松林先生提出，"形象思维"与"逻辑思维"有着共性，两者都是客观现实的反映，也都需要对感觉材料的"去粗取精、去伪存真、由此及彼、由表及里的改造制作功夫"（毛泽东语）。"形象思维"的特点在于"不但保留、而且选择那些明显地表现出某种社会历史现象的一般本质的感性因素，并把它们集中起来，创造典型的艺术形象"[②]。显然，霍松林的说法，与前面所引用的高尔基的观点，有一致之处。霍松林的提法，得到了许多美学研究者的赞同。例如，蒋

[①] 见周扬《建设社会主义文学的任务——在中国作家协会第二次理事会会议（扩大）上的报告》，《人民日报》1956 年 3 月 25 日。亦参见李拓之《论形象思维与创作实践——批判胡风的反动文艺理论》，《厦门大学学报》（社会科学版）1955 年第 4 期。

[②] 霍松林：《试论形象思维》，《新建设》1956 年 5 月号。

第四章 "美学大讨论"与文艺批评观念的互动

孔阳曾在1957年写道,与逻辑思维要抽出本质规律,达到一般法则不同,"'形象思维'则是通过形象的方式,就在个别的具体的具有特征的事件和人物中,来揭示现实生活的本质规律"。他还提出,"形象思维"不仅是收集和占有大量感性材料,而且是熟悉人和人的生活,从而创造出典型来。[①]

在此以后,李泽厚在1959年发表了一篇影响深远的文章《试论形象思维》。他的观点是,"形象思维"与逻辑思维一样,是认识的深化,是认识的理性阶段。在"形象思维"中,"个性化与本质化"同时进行,是"完全不可分割的统一的一个过程的两方面",在这个过程中,"永远伴随着美感感情态度"[②]。

在讨论中,也有许多文章不同意上面这种"从形象到形象"的解释,提出"形象思维"也存在一个从"形象"到"抽象"的过程。例如,著名的文学理论家巴人提出,作家首先以世界观为指导,"观察、体验、分析、研究一切人,一切群众,一切阶级,一切社会,然后才进入于艺术创造过程。而当作家进入于艺术创造过程的时候,那就必须依照现实主义的方法,艺术地和形象地来进行概括人、群众、阶级和社会等等特征"[③]。巴人没有正面反对"形象思维",但他提出的两段论,又不明确说他是高尔基式的两段论,于是就有了反对"形象思维"可以达到对真理的认识之嫌。

[①] 蒋孔阳:《论文学艺术的特征》,新文艺出版社1957年版。这里所引的文字,参见该书第4章。
[②] 李泽厚:《试论形象思维》,《美学论集》,上海文艺出版社1980年版,第226—255页。
[③] 巴人:《典型问题随感》,《文艺报》1956年第9期。

在反对"形象思维"的学者中，比较重要的是毛星先生，他认为，"形象思维"是一个黑格尔哲学影响下的概念，它不一定是指人的思维，而是指黑格尔式的普遍理念在人身上的一个发展阶段。据此，他指出，这个词是不科学的。思维是大脑的一种认识活动，离不开概念、判断和推理，不能只是一堆形象。①

1966年5月，即"文化革命"已经开始发动之时，出现了著名的郑季翘的文章，对"形象思维"的观点进行了严厉的批判。这篇文章的题目是"文艺领域里必须坚持马克思主义的认识论——对'形象思维'论的批判"。文章认为，用形象来思维的说法，违反了从感性到理性，从特殊到一般，从形象到抽象的规律；"不用抽象、不要概念、不依逻辑的所谓'形象思维'是根本不存在的"；作者创作的思维过程是：表象（事物的直接映象）—概念（思想）—表象（新创造的形象）。② 也就说，艺术创作被分成了两段：第一段是认识真理，这时，需要抽象思维；第二段是显示真理，这时，需要想象。在论述中，郑季翘使用了当时流行的心理学教科书中的术语，将认识看成是经历了"由感觉、知觉、表象而发展到概念，再运用概念进行判断和推理"的过程。这种对认知心理的描述，在心理学上属于古老的构造主义学派，从心理学学科上讲，是19世纪后期现代心理学草创时期的产物。郑季翘从当时心理学的教科书中摘

---

① 参见毛星《论文艺艺术的特征》，《文学评论》1957年第4期，以及《论所谓形象思维》，《中国科学院文学研究所专刊（4）》，人民文学出版社1958年版。

② 郑季翘：《文艺领域里必须坚持马克思主义的认识论——对形象思维论的批判》，《红旗》1966年第5期。

第四章 "美学大讨论"与文艺批评观念的互动

取一些术语,使这种解读具有了科学与哲学结合的色彩。根据这一观点,艺术与科学在认识世界上没有什么区别,而在显示认识成果上,却是有区别的。

这一对"形象思维"过程的看法当然并不是什么创造,它早已隐藏在包括俄国的普列汉诺夫和中国的毛星等在内的许多人的论述之中。但是,普列汉诺夫尽管对艺术创作的思维过程持有两段论,但他并没有反对"形象思维"。中国学者毛星反对"形象思维",他主要从当时对思维规律理解的水平看这个问题。

郑季翘在《红旗》杂志这一中国共产党的机关刊物上,高调地宣示"形象思维"违反马克思主义认识论,是唯心主义,这是前所未有的。用意识形态的话语解决学术问题,这是当时的普遍风气,这当然不是第一篇。但是,在"形象思维"的讨论中,这一篇有点特别。文章一开始,就这样写道:"经过研究才知道:所谓形象思维论,不是别的,正是一个反马克思主义的认识论体系,正是现代修正主义文艺思潮的一个认识论基础。"[①] 一篇发表在《红旗》杂志上的文章,用这种严厉的口吻对"形象思维"下判决,说它反马克思主义认识论,是"拒绝党的领导、向党进攻"的工具,是"现代修正主义文艺思潮的一个认识论基础",这给学术界造成一种感觉,这是从党内高层给这个讨论了许多年的问题所下的一个正式结论。

这篇文章戳到了主张给文学一些自由空间的人在理论上的软

---

① 郑季翘:《文艺领域里必须坚持马克思主义的认识论——对形象思维论的批判》,《红旗》1966年第5期。

肋，它似乎很有说服力，与人们一般所理解的"认识论"合拍。自从这篇文章发表以后，中国社会进入到"文化大革命"之中，"形象思维"说就再没有人提起。直到1978年"形象思维"讨论重新兴起，在新的历史时期成为呼唤文艺解放的响亮的口号。

第五章　现实主义文艺批评发展的困境与挫折

　　1966—1976 年的"无产阶级文化大革命",使党、国家和社会主义事业遭到了严重的挫折和损失。对此,人们常常对它的根源,进行政治和经济方面的探讨,说明权力制约关系失衡,以及对国家未来发展模式的争论,怎样最终导致了这场运动的发生。这些当然都是很重要的。然而,这既然是一场"文化革命",便有必要对推动这场运动兴起的文化方面的原因,进行深入的研究。在这场"革命"中,文学艺术的创作、评论和理论起了极其重要的作用。从对新编历史剧《海瑞罢官》的批判,到为打倒所谓由邓拓、吴晗、廖沫沙三人组成的"三家村",再到揪出周扬、夏衍、田汉、阳翰笙四人组成的"四条汉子","文化革命"的熊熊战火就此点燃。在文艺界,这种批判斗争还包括将"文化大革命"前十七年创作出的作品中的绝大部分都批判为"毒草",将这一时期的文学理论说成是"黑八论"等。在这个"大破大立"的时代,"破"了以前的文学艺术的作品和理论,"立"的就是"样板戏"和"文化大革命"时代的"三突出"理论。在这种极端的

"左"倾思潮推动下，正在建设中的现实主义文艺理论与批评遭遇了前所未有的挫折。

第一节 20世纪60年代中期文艺政策和文艺批判概观

一 毛泽东"香花""毒草"论

毛泽东的"香花""毒草"论以及关于文学艺术的两个批示不是产生于"文化大革命"时期，而是20世纪50年代后期和60年代早期，但却为"文化大革命"中评判"十七年"文艺作品定下了基调。

关于"香花"与"毒草"的论述，主要见于毛泽东的《在省市自治区党委书记会议上的讲话》（1957年1月18日，1月27日）、《关于正确处理人民内部矛盾的问题》（1957年2月27日）、《在中国共产党全国宣传工作会议上的讲话》（1957年3月12日）等讲话或论述中，此外，《组织力量反击右派分子的猖狂进攻》《文汇报的资产阶级方向应当批判》《打退资产阶级右派的进攻》等文章对此也有所涉及。从以上文章看，毛泽东对于"香花"与"毒草"的理解是比较辩证的，他看到了"香花"与"毒草"之间的对立矛盾，"公开承认唯物主义和唯心主义、辩证法和形而上学、香花和毒草的斗争"，同时也看到了它们之间的依存关系，他认为，"香花"自然是要的，但"毒草"的存在也有其价值与作用。毛泽东并没有因要"香花"而要全部剿灭"毒草"的意思，因为"香花是跟毒草相比较，并且同它作斗争发展起来的"。换句话说就是，没有毒草的存在，香花也是发展不好，或者无从发展的。毛泽东以其高深的哲学智慧阐释了"香花"与"毒草"的关系，看到了二者既对立又统一的关系。"香花同毒草也是这样。它们之间的关系都是对立的统一，对立的斗争。有比较才能鉴别。有鉴别，有斗争，才能发展。真理是在同谬误作斗争中间发展起来的。马克思主义就是这样发展起来的。马克思主义在同资产阶级、小资产阶级的思想作斗争中发展起来，而且只有在斗争中才能发展起来。"[①] 毛泽东以他的对立统一的哲学来看待香花同毒草，看待文艺方面的斗争问题。

二 关于文学艺术的"两个批示"与文艺批判

1963年12月与1964年6月，毛泽东关于文学艺术问题曾作过"两个批示"，这"两个批示"对当时的文艺现象、文艺工作与文艺主管部门提出了批评，对一些基本问题的看法，对此后的《林彪同志委托江青同志召开的部队文艺工作座谈会纪要》（以下简称《纪要》）产生了直接的影响，其中所做的判断基本都被《纪要》继承。

"两个批示"的具体内容首先照录于此。

1963年12月12日，毛泽东的批示如下：

[①] 毛泽东：《毛泽东论文艺》，人民文学出版社1983年版，第107页。

> 各种艺术形式——戏剧、曲艺、音乐、美术、舞蹈、电影、诗和文学等等，问题不少，人数很多，社会主义改造在许多部门中，至今收效甚微。许多部门至今还是"死人"统治着。不能低估电影、新诗、民歌、美术、小说的成绩，但其中的问题也不少。至于戏剧等部门，问题就更大了。社会经济基础已经改变了，为这个基础服务的上层建筑之一的艺术部门，至今还是大问题。这需要从调查研究着手，认真地抓起来。
>
> 许多共产党人热心提倡封建主义和资本主义的艺术，却不热心提倡社会主义的艺术，岂非咄咄怪事。①

1964年6月27日，毛泽东的批示如下：

> 这些协会和他们所掌握的刊物的大多数（据说有少数几个好的），十五年来，基本上（不是一切人）不执行党的政策，做官当老爷，不去接近工农兵，不去反映社会主义的革命和建设。最近几年，竟然跌到了修正主义的边缘。如不认真改造，势必在将来的某一天，要变成象匈牙利裴多菲俱乐部那样的团体。②

"两个批示"都有其非常具体的针对性，1963年12月的批示针对的是当时柯庆施提出的"大写十三年"与批"鬼戏"运动。1963

---

① 张炯主编：《中国新文艺大系（1949—1966）理论·史料集》，中国文联出版公司1994年版，第13页。
② 同上书，第14页。

第五章　现实主义文艺批评发展的困境与挫折

年时任华东局第一书记柯庆施在上海市部分文艺工作者1963年元旦座谈会上，提出了"大写十三年"的口号，意思是指文艺作品要以中华人民共和国成立后十三年为核心题材。1963年3月，文化部党组向中宣部并中共中央报送了《关于停演"鬼戏"的请示报告》，报告点名批评了昆剧《李慧娘》，认为近几年来，"鬼戏"演出渐渐增加，有些在中华人民共和国成立后经过改革去掉了鬼魂形象的剧目又恢复了原来的面貌，甚至有严重思想毒素和舞台形象恐怖的"鬼戏"也重新搬上舞台，"更为严重的是新编的剧本（如《李慧娘》）亦大肆渲染鬼魂，而评论界又大加赞美，并且提出'有鬼无害论'，来为演出'鬼戏'辩护"。报告要求全国各地不论农村还是城市，一律停演有鬼魂形象的各种"鬼戏"。[①] 不久，中共中央批转了这个报告。1963年5月6日，《文汇报》发表了《有鬼无害论》，批评孟超改编的《李慧娘》，康生也把《李慧娘》说成是"坏戏"的典型，号召对其进行批判，康生、江青还在行政上强令孟超"停职反省"。在《李慧娘》受到批判之际，《有鬼无害论》的作者廖沫沙也一并遭到批判，廖沫沙为此一再检讨。[②] 1963年中宣部文艺处的一位干部通过到上海调研，撰写了《柯庆施同志抓曲艺工作》一文，刊登在1963年12月9日编印的《文艺情况汇报》上。这份材料说，上海市委很注意曲艺等群众艺术工具，柯庆施曾亲自抓这

[①] 中共中央政策研究室：《建国以来重要文献选编（16）》，中央文献出版社1997年版，第248—249页。
[②] 毛泽东：《建国以来毛泽东文稿（10）》，中央文献出版社1996年版，第437页。

项工作，他说，有没有更多的思想和艺术上都不错的长篇现代书目，是关系到社会主义文艺能不能占领阵地的问题。① 加之随着文艺界批判运动的展开，毛泽东对文化工作特别是戏曲工作的不满，看罢这份材料后，12月12日毛泽东提笔写了批示。

1964年6月的批示则针对发生于"1964年迎春晚会事件"。1964年2月3日，中国戏剧家协会在全国政协礼堂举办迎春晚会。晚会之后，有两位参加者向中宣部写信，指责这次晚会"着重的是吃喝玩乐，部分演出节目庸俗低级，趣味恶劣"。中宣部主要负责人看了这封信后，立即对此作了严厉的批评，并且认为"剧协的一部分已经腐败；所以各协会工作人员都应该轮流下放锻炼和加强政治学习"。5月8日，中宣部针对相关整改工作，写出《关于全国文联和各协会整风情况的报告》（草稿），6月27日，毛泽东在草稿上关于文学艺术工作写了第二个批示，之后又亲自召开会议，布置文艺界的整风，成立了由彭真为组长，彭真、陆定一、康生、周扬、吴冷西组成、以"贯彻中央和主席关于文学艺术和哲学社会科学问题的批示"为职责的五人小组，这个小组后来取名为"文化革命五人小组"。而"文化大革命"又是以解除"五人小组"的工作开始的，因为"文化革命五人小组"的工作并没有很好地领会与执行毛泽东的相关思想，文学艺术界的工作并没有如人所愿。从这些情况能够看出，"两个批示"与《纪要》之间的关系十分紧密，是《纪要》思想的理论来源。

---

① 《新闻午报》2008年2月20日。

第五章　现实主义文艺批评发展的困境与挫折

三　"文化大革命"前夕的文艺形势

1962年7月25日至8月24日，中共中央在北戴河召开工作会议，在会上毛泽东提出"阶级斗争必须年年讲、月月讲、天天讲"。9月24—27日，中国共产党八届十中全会在北京举行，毛泽东作了《关于阶级、形势、矛盾和党内团结问题》的讲话，把社会主义社会中仍在一定范围内存在的阶级斗争作了扩大化和绝对化的论述，提出了"千万不要忘记阶级斗争"的口号。这些情况表明，由于毛泽东对国内形势的误判，因而阶级斗争扩大化趋势变得无法避免。

"12·12批示"几个月后，即1964年3月，中国文联和各协会为落实毛泽东"12·12批示"开始整风。"6·27批示"后的7月2日，中共中央宣传部召开中国文联各协会和文化部负责人会议，贯彻毛泽东"6·27批示"，各协会再次开始整风。1964年7月，根据毛泽东的意见，中央决定成立由彭真、陆定一、康生、周扬、吴冷西组成的"文化革命五人小组"，彭真为组长。

1964年4月6日至5月10日，中国人民解放军第三届文艺会演在京举行，林彪在会演汇报会上提出：创作要做到"三结合""三过硬""四边"。"三结合"指领导、专业人员（包括专业创作人员、文工团员、电影演员等）、群众（包括业余创作和业余文化活动）相结合；"三过硬"是指学习毛主席著作过硬，深入生活过硬，练基本功过硬；"四边"就是要边看、边想、边写、边改。1965年4月，《戏剧报》第4期发表社论《搞好"三结合"，坚决"三过硬"，创作更多的好作品》；《电影艺术》第 4 期发表社论《"三结合"是繁荣创作的好方法》，另有一些报刊相继发表提倡"三结合"。

1963 年 1 月 1 日，中共中央华东局书记柯庆施在上海部分文艺工作座谈会上提出"写十三年"的口号，《文汇报》1 月 6 日作了报道。4 月 3 日，中共中央宣传部在新侨饭店召开文艺工作会议，会议就柯庆施提出的"写十三年"问题展开了激烈的争论，周扬、林默涵、邵荃麟在发言中都认为"写十三年"的口号有片面性，反对"只有写社会主义时期的生活才是社会主义文艺"的观点，张春桥讲"写十三年十大好处"。1964 年《文艺报》第 11、12 期合刊发表《文艺报》资料室编写的综合材料：《十五年来资产阶级怎样反对创造工农兵英雄人物的？》。1965 年 11 月 10 日，《文汇报》发表姚文元的文章《评新编历史剧〈海瑞罢官〉》，揭开了"文化大革命"的序幕。同年 11 月 29 日，《北京日报》转载姚文元这篇文章时加了"编者按"，提出展开不同意见的讨论；11 月 30 日，《人民日报》转载时加"编者按"指出："我们认为，对海瑞和《海瑞罢官》的评价，实际上牵涉到如何对待历史人物和历史剧的问题，用什么样的观点来研究历史和怎样用艺术形式来反映历史人物和历史事件的问题。这个问题，在我国思想界中存在种种不同意见，因为没有系统地进行辩论，多年来没有得到正确的解决。""我们希望，通过这次辩论，能够进一步发展各种意见之间的相互争论和相互批评。我们的方针是：既容许批评的自由，也容许反批评的自由；对于错误的意见，我们也采取说理的方法，实事求是，以理服人。"

四 姚文元与文艺批判运动

姚文元早在"美学大讨论"中就参与其中，曾写过《照相馆里出美学》和《论生活中的美与丑》等论文。20世纪60年代的很多文艺批判，也都能够发现他的身影。

在前文所述"黑八论"的文艺思想的批判中，姚文元一直是不可忽视的主将。对于何直《现实主义——广阔的道路》一文，姚文元认为是"对于工农兵方向同过去文艺运动成绩的根本否定"，故而应当坚决批判和斗争。[①] 对于周谷城的"时代精神汇合"论，姚文元断章取义，并以其惯用的阶级斗争式评论方式展开批判。他认为，"把一个时代的时代精神解释成各个阶级各种意识的'汇合'，这在理论上是没有根据的"，"时代精神既然是一种意识形态，它在阶级社会中就必然反映一定的阶级内容，不可能是超阶级的东西。相互对立的阶级意识，从来也没有共同构成'整体'的时代精神，而总是一种革命思潮代表了时代精神向反动的思潮进行剧烈的斗争"。所以，"文学艺术作品中的时代精神，是革命阶级改造世界的一种精神力量。它反映革命阶级改造世界的实践的要求，反过来推动革命实践的发展。它是历史变革中代表时代前进方向的新的、革命的阶级、阶层的思想、情感、理想在文艺作品中的集中表现，是一定历史时期广大劳动人民的利益、愿望、

---

① 姚文元：《社会主义现实主义文学是无产阶级革命时代的新文学——同何直、周勃辩论》，《人民文学》1957年第9期。

要求在文艺作品中的（直接或间接的）集中反映，是革命阶级和广大人民为实现一定历史阶段的主要任务而斗争的精神面貌和它的历史过程在艺术作品中的强烈反映"。依此看，他断定周谷城的观点属于脱离阶级分析的历史唯心论，是危险的，是"把毒药包上新的糖衣"，是为了"保护日益腐朽的旧事物免于灭亡"，① 很明显，学术问题在这里变成了政治批判。除此之外，姚文元还撰写了《评"三家村"——〈燕山夜话〉、〈三家村札记〉的反动本质》，发表于 1966 年 5 月 10 日的《解放日报》《文汇报》，几日后被《人民日报》转载。

不容否认，姚文元的这些具有极大迷惑性、欺骗性的文章和观点在当时确有广泛影响，甚至被人誉为"不是从概念到概念，从理论到理论"，"从而耳目为之一新"。② 但很显然，姚文元完全是从政治立场而非学术立场出发、以经验主义的而非辩证理性的方法来谈论"美学的根本问题"。

五 《评新编历史剧〈海瑞罢官〉》与"文化大革命"大幕拉开

学界一般将 1965 年 11 月到 1966 年 4 月看作"文化大革命"的准备阶段及初步发动阶段，并将这一段中发生的三件事，作为"文

---

① 姚文元：《略论时代精神问题——与周谷城先生商榷》，《光明日报》1963 年 9 月 24 日。

② 转引自李泽厚《美学三题议——与朱光潜同志继续论辩》，《美学论集》，上海文艺出版社 1980 年版，第 181 页。

第五章 现实主义文艺批评发展的困境与挫折

化大革命"全面发动的标志性事件。头一件大事就是姚文元的《评新编历史剧〈海瑞罢官〉》的发表。第二件大事不很引人注目,但对"文化大革命"的全面发动也有相当影响,就是林彪把"突出政治"提到新的高度。第三件大事是中共中央于1966年4月10日批发了经中央军委批准上报的《林彪同志委托江青同志召开的部队文艺工作座谈会纪要》。

从这些政治事件能够看出,"文化大革命"的发动,当时的文艺批判是其重要内容。而在这其中,吴晗的新编历史剧《海瑞罢官》的命运在其中扮演了重要角色。随着1962年9月的八届十中全会的召开,毛泽东将社会主义社会一定时期、一定范围存在的阶级斗争扩大化与绝对化,提出了"千万不要忘记阶级斗争"的口号,此时,他对于中国文艺界的现状更为不满乃至反感。在八届十中全会期间,江青与陆定一、周扬、沈雁冰、齐燕铭四位中宣部和文化部正、副部长谈话时,提出当时由北京京剧团演出的新编历史题材剧《海瑞罢官》是"大毒草",要求进行批判。江青还指出了"舞台上、银幕上帝王将相、才子佳人、牛鬼蛇神泛滥成灾的严重问题",但是几位部长却对于她的要求和警告"充耳不闻",完全采取漠视态度。[①] 于是,毛泽东出面讲话了,他在这年12月21日同华东的省市委书记谈话时,就戏剧问题提出了批评:"对修正主义有办法没有?要有一些人专门研究。宣传部门应多读点书,也包括看戏。"毛泽东还说,目前的戏剧

[①] 转引自戴嘉枋《样板戏的风风雨雨》,知识出版社1995年版,第6页。

"帝王将相、才子佳人多起来,有点西风压倒东风",提出"东风要占优势"。①

到了1963年11月,毛泽东对《戏剧报》和文化部连续两次进行尖锐批评,他的大意是:一个时期《戏剧报》宣传牛鬼蛇神,封建的、帝王将相的、才子佳人的东西很多,对此文化部不管;文化部必须好好检查一下,认真改正;如不改变,就改名"帝王将相部""才子佳人部"或者"外国死人部"。②毛泽东在这一年12月看了《文艺情况汇报》第116号(中宣部编印)上登载的《柯庆施同志抓曲艺工作》一文后所写的批示中,在批评电影、新诗、民歌、美术、小说"问题不少"的同时,则强调指出:"至于戏剧等部门,问题就更大了。"1964年6月11日,毛泽东在中央工作会议上又说:"唱戏这十五年根本没有改,什么工农兵,根本不感兴趣,感兴趣的是那个封建主义同资本主义,所谓帝王将相,才子佳人。"江青在《谈京剧改革》中所传达的正是毛泽东的看法,因此,毛泽东读了江青的发言纪要后,在上面批道:"已阅,讲得好。"③

1965年11月10日,上海《文汇报》发表的姚文元《评新编历史剧〈海瑞罢官〉》一文,成为引发"文化大革命"的导火线。该文点名批判了时任北京市副市长、明史专家吴晗,然而文章发表后,《人民日报》以及北京各报却一直没有转载和回应,这引起了

---

① 薄一波:《若干重大决策与事件的回顾》(下),中共中央党校出版社1993年版,第1225—1226页。
② 转引自戴嘉枋《样板戏的风风雨雨》,知识出版社1995年版,第8页。
③ 同上书,第19、20页。

第五章　现实主义文艺批评发展的困境与挫折

毛泽东的不满,他批评北京市委是"针插不进,水泼不进"的独立王国,这使对《海瑞罢官》的批判带上了政治色彩。面对由《海瑞罢官》而引起的改造批判运动,1966年2月3日,以彭真为组长的"文化革命五人小组"在人民大会堂讨论了关于批判吴晗的问题,并根据会议讨论,拟出了《文化革命五人小组关于当前学术讨论的汇报提纲》,即《二月提纲》。该提纲努力将对吴晗的批判圈定在纯学术讨论内,提出"要准许和欢迎犯错误的人和学术观点反动的人自己改正错误。对他们要采取严肃和与人为善的态度","只要错误已经改正,或者决心改正就好。不要彼此揪住不放,妨碍对资产阶级学术的批判和自己的前进"。这些做法试图对学术批判中出现的"左"的倾向适当加以约束,引起江青、张春桥等人极大的不满,从而成为江青在上海召开部队文艺工作座谈会并发表《纪要》的重要原因。而《二月提纲》的最直接结果是,1966年5月16日,在毛泽东主持起草下中共中央发布了《中国共产党中央委员会通知》(即"五一六"通知)。"《通知》宣布撤销《二月提纲》和'文化革命五人小组'及其办事机构,提出重新设立'文化革命小组',隶属于政治局常委会。《通知》罗列了《二月提纲》的所谓十大罪状,逐条批判。它完全抹煞中华人民共和国成立以来思想文化战线上成就,歪曲国内阶级形势和党、国家的状况,提出文化革命的目的是对一大批反党反社会主义的资产阶级代表人物进行批判。《通知》严厉批驳了《二月提纲》中提出的有破有立、在真理面前人人平等等正确观点,要求实行无产阶级在上层建筑其中包括各个文化领域的专政。《通知》要求各级党委立即停止执行《二月提纲》,夺

· 117 ·

取文化领域中的领导权,号召批判所谓混进党、政府、军队和文化领域的资产阶级代表人物。《通知》反映了毛泽东关于'文化大革命'的主要论点,为'文化大革命'确定了理论、路线、方针和政策,是'左'倾错误的纲领。它的通过和贯彻标志着'文化大革命'的全面发动。"①

第二节 "京剧改革"与"样板戏"

一 "京剧改革"

以今所知,江青最早着手抓京剧现代戏,在 1963 年年初。1963 年 2 月 22 日,她在上海红都剧场观看由爱华沪剧团演出的沪剧《红灯记》时说:"这个戏很不错。"② 所以她让时任中宣部副部长、文化部副部长的林默涵布置将沪剧改编为京剧,林便指派阿甲担任京剧《红灯记》的编导。1963 年年底她到北京京剧院亲自指导排演《沙家浜》(《芦荡火种》)。到 1964 年 6 月 5 日,以文化部名义举行的全国京剧现代戏观摩演出大会隆重揭幕前,江青手中有了三块"样板"——京剧《红灯记》《芦荡火种》《智取威虎山》。历史地看,"全国京剧现代戏观摩演出大会"是江青执中国文艺之牛耳的揭幕式。大会持续近两个月之久,7 月 31 日方才落下帷幕。其间江青于 6 月 23 日在京剧现代戏观摩演出人员的座谈会

---

① 《党的历史知识简明读本》,国家行政学院出版社 2011 年版,第 167 页。
② 李洁非:《典型文案》,人民文学出版社 2010 年版,第 358 页。

第五章 现实主义文艺批评发展的困境与挫折

上发表了讲话。① 在这个讲话中，江青说："在戏曲舞台上，都是帝王将相、才子佳人，还有牛鬼蛇神。"江青在讲话中三次表扬了中共上海市委："上海是好的典型，他们愿意一改再改，所以把《智取威虎山》搞成今天这个样子。"江青激烈地批评了中国戏曲研究院实验京剧团创作演出的《红旗谱》和改编的《朝阳沟》是"坏戏"，同时由康生出面，在总结大会上，点了一连串"毒草"的名，内中有电影《早春二月》《舞台姐妹》《北国江南》《逆风千里》以及京剧《谢瑶环》、昆曲《李慧娘》。②

在《谈京剧革命》中，江青提出："我们提倡革命现代戏，要反映建国十五年来现实生活，要在我们的戏曲舞台上塑造出当代的革命英雄形象来。这是首要的任务。""我们不是不要历史剧"，"传统戏也不是不要"，但是，"所有这些都不能代替第一个任务"。这一点类似于《纪要》中的"根本任务论"。江青非常重视戏曲的创作，她提出："抓创作的关键是把领导、专业人员、群众三者结合起来。"这就是著名的领导题目定调，剧作者出生活创作，群众提意见修改的"三结合"创作方法。谈到对旧作品的"移植"即改编时，江青再次提出："我们要着重塑造先进革命者的艺术形象，给大家以教育鼓舞，带动大家前进。我们搞革命现代戏，主要是歌颂正面人物。"③

---

① 江青的《谈京剧革命——一九六四年七月在京剧现代戏观摩演出人员的座谈会上的讲话》于 1967 年 5 月 10 日发表在当天的《人民日报》《解放军报》，以及 1967 年第 6 期的《红旗》月刊上。
② 叶永烈：《江青传》，时代文艺出版社 1993 年版，第 269—275 页。
③ 江青：《谈京剧革命》，《光明日报》1967 年 5 月 10 日。

· 119 ·

从江青对京剧革命的相关论述可以看出,《纪要》中的许多思想在此时都已基本形成,在许多方面《纪要》只是延续了她的这些思想。当然,江青并非是凭空当上了京剧改革的"旗手",其所谈到的改革理论都源于她的文艺实践。

二 八个"革命样板戏"

"革命样板戏"最早始于20世纪60年代的京剧现代戏。1963年,江青让文化部和北京京剧院、北京京剧团排演沪剧剧目《红灯记》(上海爱华沪剧团)和《芦荡火种》(上海沪剧院)。1964年6月5日至7月31日,由周恩来倡议,全国京剧现代戏观摩演出大会在北京举行,对全国各地的京剧改革成果进行一番集中的检阅。参加这次观摩大会的有文化部直属单位和18个省、市、自治区的29个京剧团,演出了38台表现现代生活的"现代戏",盛况空前。观摩大会上演出了像《红灯记》(翁偶虹、阿甲改编)、《芦荡火种》(汪曾祺等改编;后根据毛泽东的意见,改名为《沙家浜》)、《智取威虎山》(上海京剧院集体改编)、《节振国》(河北省唐山市京剧团集体创作,于英执笔)、《奇袭白虎团》(李师斌等编剧)、《六号门》(天津京剧团改编)、《黛诺》(金素秋等改编)、《草原英雄小姐妹》(赵化鑫等改编)等有影响的剧目,有五部剧本成了后来"八个样板戏"的原型。

北京的京剧现代戏观摩演出大会结束,得到毛泽东首肯的中国京剧院一团的《红灯记》剧组便南下广州和上海巡回演出,受到了

第五章　现实主义文艺批评发展的困境与挫折

热烈的欢迎；演出十分成功，各大报纷纷发表报道和评论，观众也纷纷向剧组写信表达自己的兴奋和激动之情。1965年3月16日，《解放日报》发表了"本报评论员"的评论："看过这出戏的人，深为他们那种战斗的政治热情和革命的艺术力量所鼓舞，众口一词，连连称道：'好戏！好戏！'认为这是京剧化的一个出色样板。""样板"一词，便肇始于此，并很快被戏剧圈内外的人们所接受。

《红旗》1967年第6期同时发表了社论《欢呼京剧革命的伟大胜利》，称江青的发言纪要，"是运用马克思列宁主义、毛泽东思想解决京剧革命问题的一个重要文件"；社论首次正式提出了"样板戏"的说法，指出《智取威虎山》等京剧样板戏，"不仅是京剧的优秀样板，而且是无产阶级文艺的优秀样板"。

1967年5月，在北京、上海纪念《在延安文艺座谈会上的讲话》发表二十五周年的活动中，时为"中央文化革命小组"成员的陈伯达、姚文元的讲话，对"京剧革命""样板戏"的意义，以及江青在"京剧革命"中的地位和作用给予极高的评价，吹捧江青"一贯坚持和保卫毛主席的文艺革命路线。她是打头阵的。这几年来，她用最大的努力，在戏剧、音乐、舞蹈各个方面，做了一系列革命的样板，把牛鬼蛇神赶下了文艺的舞台，树立了工农兵的英雄形象"，"成为文艺革命披荆斩棘的人"，[1] 称她"所领导和发动的京剧革命、其他表演艺术的革命，攻克了资产阶级、封建阶级反动文艺的最顽固的堡垒，创造了一批崭新的革命京剧、革命芭蕾舞

---

[1] 陈伯达：《纪念毛主席〈在延安文艺座谈会上的讲话〉十五周年》，《人民日报》1967年5月24日。

剧、革命交响音乐,为文艺革命树立了光辉的样板"[①]。同月31日《人民日报》刊发的社论《革命文艺的优秀样板》,则明确地将京剧《智取威虎山》《海港》《红灯记》《沙家浜》《奇袭白虎团》,芭蕾舞剧《红色娘子军》《白毛女》,交响音乐《沙家浜》并称为八个"革命样板戏"。

八个"革命样板戏"成了毛泽东革命文艺路线取得"伟大胜利"的重要标志。因此,1967年,《人民日报》《红旗》杂志发表的元旦社论声称:"1963年,在毛主席亲自指导下,我国进行的以戏剧改革为主要目标的文艺革命,实际上是无产阶级文化大革命的开端。"

第三节 对《部队文艺工作座谈会纪要》文艺思想的反思

《林彪同志委托江青同志召开的部队文艺工作座谈会纪要》,简称《部队文艺工作座谈会纪要》,亦称"二月纪要",是1966年2月形成的一份有关中华人民共和国文艺工作路线问题的会议纪要。1966年4月10日,在以中共中央名义下发《纪要》的批语中认为,这个"经过毛主席三次亲自修改的座谈会纪要",是"文化大革命"十年指导文艺工作的最高理论,它所提出的文艺理论原则成为极"左"文艺泛滥的理论指南。

[①] 姚文元:《〈在延安文艺座谈会上的讲话〉是进行无产阶级文化大革命的革命(纲领)》,《人民日报》1967年5月25日。

第五章　现实主义文艺批评发展的困境与挫折

一　"根本任务论"

《纪要》全文约 9000 字，共分三部分，第一部分谈了召开部队文艺工作座谈会的缘起与背景，第三部分主要谈部队文艺工作如何落实《纪要》的具体措施，第二部分是《纪要》的主体内容。综合《纪要》相关内容，根据所提出的观点和判断，可以将《纪要》内容进一步归纳为以下"六论"，即"阶级斗争论""黑线专政论""根本任务论""破除迷信论""文艺批评战斗论""文艺教育论"。通过这"六论"，我们可以清晰地看出《纪要》的反艺术规律、历史虚无主义，以及反马克思主义的唯心主义文艺观。我们重点分析"根本任务论"。

"根本任务论"最早来自 1964 年 7 月江青的《谈京剧革命》："我们提倡革命样板戏，要反映建国十五年来的现实生活，要在我们的戏曲舞台上塑造出当代的革命英雄形象来，这是首要的任务"；"京剧艺术是夸张的，同时，一向又是表现旧时代旧人物的，因此，表现反面人物比较容易，也有人对此很欣赏。要树立正面人物却是很不容易，但是，我们还是一定要树立起先进的革命英雄人物来"①。到了 1966 年，江青在《纪要》中提出："要努力塑造工农兵的英雄人物，这是社会主义文艺的根本任务。"② 早在《在延安文

---

① 江青：《谈京剧革命》，《光明日报》1967 年 5 月 10 日。
② 谢冕、洪子诚：《中国当代文学史料选》，北京大学出版社 1995 年版，第 635 页。

艺座谈会上的讲话》中，毛泽东就明确提出："我们今天开会，就是要使文艺很好地成为整个革命机器中的一个组成部分，作为团结人民，教育人民，打击敌人，消灭敌人的有力的武器"；文学写什么和如何写，都应"服从党在一定革命时期所规定的革命任务"，即根据政党的需要而定的，江青在《纪要》中提出"根本任务论"，其直接动机便是要树立某种标新立异的"样板"，"立"的目的是"破"，即"打掉反动派的棍子"，实现某种政治目的。

自1962年以来，"党在一定革命时期所规定的革命任务"，自然是毛泽东规定的在党内展开阶级斗争的任务，即反对资产阶级在党内的代理人——修正主义的任务。在"文化大革命"中，这一任务又落实为坚持走社会主义道路，反对党内走资本主义道路的当权派。根据这个任务，文艺便必须写当前两条路线的斗争，写这一斗争中的英雄人物。这在1975年左右表现得最为极端，因为在江青等人看来，这一时期党内两条路线的斗争最为激烈。为了服从这一斗争的需要，江青甚至认为以革命战争时期的题材为内容的革命样板戏也过时了。在她看来，"现在那些样板戏团演出的戏都老掉牙了，很少有社会主义时期的题材，特别是一个也没有与走资派作斗争的内容"[①]。于是，当时的文化部副部长刘庆棠强调要"写走资派，老走资派，不肯改悔的走资派"。江青等人的御用写作班子"初澜"则写了篇《一项重大的战斗任务》，指出写与走资派作斗争的英雄是文艺工作者的重大战斗任务，是"时代的要求，阶级的委托"。

---

① 戴嘉枋：《样板戏的风风雨雨》，知识出版社1995年版，第228页。

第五章　现实主义文艺批评发展的困境与挫折

在"时代"和"阶级"的名义下,文学被派定了"根本任务",其赤裸裸的政治目的不言而喻。

二 《纪要》文艺主张的误区

关于《纪要》文艺主张在美学上表现出来的问题和误区,根据其内容本身可将之概括为以下几个方面。

"阶级斗争论"将文艺完全变为了单一的"工具论",变成为政治的工具和武器。文艺离不开政治,但文艺自身是有独立性的,有自身的规律,文艺是对现实社会生活和人的情感的反映,它可以反映和表现政治,反映斗争,但并不只有政治和斗争。社会、自然、人性都是它反映的对象,在这些对象中,有些是距政治或斗争很远的,或者根本与政治无关的。列宁认为文艺要服务于千千万万的劳动者,在《党的组织与党的出版物》中他谈文学的"党性"原则,也只是针对党员作家来说的,并没有要求所有的文艺工作者都要如此。

《纪要》抛出了"文艺黑线专政论"的提法,并说这些论点"都是毛主席在《在延安文艺座谈会上的讲话》中早已批判过的"。尽管这种说法与事实不符,但不管怎么说,"黑八论"以归类的形式将中华人民共和国成立后15年的文艺成就基本全盘否定,把文艺问题直接上升到政治斗争的层次,冠冕堂皇地扰乱文艺的正常秩序,是在破坏摧毁文艺而不是让文艺更好更健康,文艺实际上在这里已经彻底变成了阶级斗争的工具。如果说"文艺黑线专政论"彻底否定了中华人民共和国成立后15年的文艺成绩,那么"破除迷信论"则非常清楚地传递出了"左"倾文艺对于其他文艺遗产的否定态度,再次呈现了江青等人极其鲜明的用政治逻辑来对待文艺的思维定式。

《纪要》的文艺观不仅陷入政治逻辑与文艺逻辑的认识上的混乱,同时对具体的文艺而言,也是处处谬误,违背常识的。"根本任务论""文艺批评战斗论"的提出即是这种现象的最好注解。如前所说,将"努力塑造工农兵的英雄人物"作为社会主义文艺的根本任务,将丰富的艺术表现与艺术作用简化为仅仅是对"工农兵英雄人物"的塑造,这是降低文艺作用的做法,同时实际上也不利于对工农兵英雄人物的塑造。将文艺创作作为一种政治目标来管理,也是对文艺活动与具体的文艺创作规律的违反。而文艺批评作为推动文艺创作更健康地发展,作为帮助读者更好地理解作品,以及总结艺术创作规律的重要手段,其对作品作出褒贬优劣的评定,都是十分正常的,对文艺生态的良性发展也是有利的。然而,《纪要》将文艺批评作为武器,强调其战斗性,尤其是强调其要缴掉那些所谓的"文艺批评家"的械,这不仅就不再是正常的文学批评,而且所期待的"繁荣创作"也注定是要落空的。

当然,《纪要》中涉及的许多文艺理论问题都是错误或一厢情愿的,因为强调政治的正确,而不惜在艺术认识层面创造错误,这对于艺术活动来说,无论如何都是行不通的。

第四节 "主题先行"与"三突出"

一 "主题先行"

所谓"主题先行论"指的是：文学创作首先要确立作品的主题，再根据"主题"的要求去设计人物、情节、结构、语言行动等作品基本要素。"主题先行论"是革命文学理论之"无产阶级世界观先行论""政党政策先行论"的逻辑发展，也是"根本任务论"的自然延伸。在"新写实主义"时期，先行确立的主题是"无产阶级世界观"——马克思主义；在"社会主义现实主义"时期，先行确立的主题是"党的政策"；在"两结合"时期，先行确立的主题是"毛泽东思想"；在"根本任务"时期，先行确立的主题则自然是"阶级斗争"了。

我们以《红灯记》为例，说明"主题先行"在"文化大革命"文学创作中的具体操作。《红灯记》最初由上海沪剧院1962年根据电影剧本《自有后来人》改编为沪剧，1963年又由中国京剧院改编为京剧，其改编过程如下：

> 无产阶级的英雄李玉和之所以成为崭新的无产阶级的艺术典型，是因为遵循了伟大领袖毛主席的这个教导，运用了革命现实主义和革命浪漫主义相结合的创作方法，以阶级斗争的观点作指南，把他放在典型化的阶级斗争的风口浪头，从阶级关

系的各个方面集中概括地刻划他无产阶级的阶级本质、性格特点，展现他的共产主义远大理想。

根据这样的原则，《红灯记》对李玉和的塑造狠抓了以下几点。一根红线：对伟大领袖毛主席和伟大的中国共产党的无限热爱和忠诚。一条主干：对无产阶级的敌人作针锋相对的阶级斗争。一个重要方面：深刻揭示他与人民群众血肉相连的阶级关系，表现他"对同志对人民的极端的热忱"（《纪念白求恩》）。……①

《红灯记》的改编紧密配合"阶级斗争"这一时代主题，运用"阶级分析"的方法来重新阐释民族战争和民族矛盾。当时担任中国京剧院副院长的张东川认为，通过学习毛泽东著作，他们才觉悟到"剧本反映的这场斗争是中国的无产阶级战士与日本帝国主义的斗争，这不仅是民族斗争，而且是阶级斗争"②。于是，在《红灯记》的定本里，李玉和跟鸠山的矛盾，便成了壁垒分明的两个阶级、两种世界观之间的矛盾。李玉和的形象也因此被提升到共产主义战士和彻底的无产阶级英雄的高度，而鸠山则不过是腐朽的资产阶级人生观的丑恶代表而已。又如原作中有李玉和偷酒喝，爱跟女儿开玩笑以及李奶奶缝补衣裳等细节，它们因为"有损"英雄的性

---

① 中国京剧团《红灯记》剧组：《为塑造无产阶级的英雄典型而斗争——塑造李玉和英雄形象的体会》，《红旗》1970年第5期。
② 张东川：《京剧〈红灯记〉改编和创作的初步体会》，《人民日报》1965年6月3日。

第五章　现实主义文艺批评发展的困境与挫折

格和抒发了家庭感情而被删掉，李玉和与李奶奶、李铁梅之间的人伦亲情也被极度淡化，并消融进李玉和这句唱词："人说道，世间只有骨肉的情义重，依我看，阶级的情义重泰山。"刑场上亲人间生离死别的悲切之情被荡涤一空，代之以一家人相互扶持、相互激励、一心为革命的壮志豪情。其原因在于"如果不从阶级关系而从家庭关系来刻划人物，就会走到歪路上去，就会让亲子之情、家庭生活的描写冲淡以至抵消了尖锐的政治斗争"①。《红灯记》的思想内容被彻底净化了，这在作家那里有影响，有示范意义。郭小川对《红灯记》的改编给予了充分肯定，他说："看了京剧《红灯记》，更深切地体会到文化革命的伟大意义；想想文化革命，也更深切地明白了《红灯记》的重要性。……从思想内容着手，用毛泽东思想，用阶级和阶级斗争的观点去观察生活，塑造人物，这是《红灯记》获得高度思想性的关键，也是《红灯记》在改编演出上的头一条重要经验。"②

可见，所谓"主题先行"，就是带着上级分配的"主题"去深入生活，而不是从生活中发现主题。用当时的话说，那就是"领导出思想，群众出生活，作家出技巧"。事实上，所谓"领导"出的"思想"，必须都是从毛泽东思想那里来的。"让文艺舞台永远成为宣传毛泽东思想的阵地"，是那一时期革命文艺理论的基本口号。

---

① 卫明：《在艺术实践中有破有立》，《文汇报》1965年3月18日。
② 郭小川：《〈红灯记〉与文化革命》，《戏剧报》1965年第6期。

二 "三突出"

"三突出"同样是"根本任务论"的自然延伸。"三突出"这一术语,是《文汇报》为纪念"样板戏"诞生一周年,约请上海文化系统革筹会主任兼上海两出"样板戏"的实际"总管"于会泳写的文章中首次出现的:

> 江青同志反复强调一定要让用毛泽东思想武装起来的无产阶级英雄形象占领京剧舞台,使京剧舞台成为宣传毛泽东思想的阵地。她说,在共产党领导下的社会主义祖国舞台上占主要地位的不是工农兵,不是这些历史的真正创造者,不是这些国家真正的主人翁,那是不能设想的事。她指出:要在我们戏曲舞台上塑造出当代的革命英雄形象来,这是重要的任务。……
> 我们根据江青同志的指示精神,归纳为"三个突出",作为塑造人物的重要原则。即:在所有人物中突出正面人物来;在正面人物中突出主要英雄人物来;在主要人物中突出最主要的即中心人物来。江青同志的上述指示精神,是创作社会主义文艺的极其重要的经验,也是以毛泽东思想为武器,对文学艺术创作规律的科学总结。①

---

① 于会泳:《让文艺舞台永远成为宣传毛泽东思想的阵地》,王尧、林建法主编《中国当代文学批评大系(1949—2009)卷2》,苏州大学出版社2012年版,第370—371页。

第五章　现实主义文艺批评发展的困境与挫折

　　于会泳原为上海音乐学院民族音乐理论教师，在"文化大革命"之前，他曾在《文汇报》上写过分析《红灯记》《沙家浜》音乐特色的文章；于会泳对于"样板戏"创作经验的归纳，适应了那个年代的特殊政治需要，把江青对于"样板戏"的感性式指示，提高到一个新的理论层次，因而深得江青的欣赏，官升文化部部长。继于会泳之后，姚文元将"三突出"修改得更为扼要："在所有人物中突出正面人物；在正面人物中突出英雄人物；在英雄人物中突出中心人物。"① 从此，"三突出"成为一切艺术创作不得违反的金科玉律。

　　与"三突出"有关的还有一套"三字经"。如编剧上的"三陪衬"：以成长中的英雄人物来陪衬主要英雄人物，以其他正面人物来陪衬主要英雄人物，刻画反面人物以陪衬主要英雄人物。另有音乐创作上的"三对头"：感情对头、性格对头、时代对头。还有"三打破"：打破旧行当、旧流派、旧格式。并有与之相随的"三出新"：表现出新时代、新生活、新人物。除了"三字经"，还有"多字经"，即"多侧面""多波澜""多浪头""多回合""多层次"，等等。以"多层次"为例，在《智取威虎山》的舞台上，"分成了欲向不同目标出发的两组人员，杨子荣一组位于前，参谋长一组位于后。在前一组中，杨子荣昂然挺立于舞台之主要地位；他的侦察

---

　　① 上海京剧团《智取威虎山》剧组：《努力塑造无产阶级英雄人物的光辉形象——对塑造杨子荣等英雄形象的一些体会》，《红旗》1969 年第 11 期。此文经姚文元修改过。

班战士，以较低的姿势簇拥在他身边。在后一组中，参谋长位于台侧，扬手示意；众战士以有坡度的队形，衬于参谋长之身旁。整个造型的画面是：众战士烘托了参谋长；参谋长一组又烘托了杨子荣一组；在杨子荣一组中，他的战友又烘托了杨子荣。于是形成以多层次的烘托突出主要英雄人物的局面"①。这就要求摄影师在运用蒙太奇手法时，以"近、大、亮"的镜头去对准英雄人物，用"远、小、黑"对准反面人物；此外，戏剧舞台上的音响、灯光及调度，都要为英雄人物服务。这些艺术手段把"三突出"思想贯彻到了家。

其实，"三突出"的实质是"一突出"，即服务于"根本任务"，塑造出"主要英雄人物"。用"辛文彤"的话来说："一出戏，一部故事片，只有一个中心人物。不能有两个或两个以上的中心人物，多中心就是无中心。"②

第五节　对极"左"文艺观念的省思

"革命样板戏"所引发的戏剧革命，在当时颇受盛誉，"空白"论、"新纪元"论便是在评价"样板戏"时提出的。平心而论，在"样板戏"之前，"十七年文艺"始终无法解决"革命的政治内容"和"尽可能完美的艺术形式"之间的相斥与矛盾，艺术家们往往只

---

①　上海京剧团《智取威虎山》剧组：《源于生活，高于生活》，《红旗》1969年第12期。

②　辛文彤：《让工农兵英雄人物牢固占领银幕》，《人民电影》1976年第3期。

能顾及一端。初澜对形式和内容的关系有一段堪称经典的描述："要我们降低无产阶级的政治标准，岂不就是给封、资、修文艺保留合法地位！要我们降低无产阶级的艺术标准，岂不就是提倡粗制滥造，给资产阶级以反攻倒算的可乘之机！"① 洪子诚指出："挑选京剧、芭蕾舞和交响乐作为'文艺革命'的'突破口'，按江青等的解释，这些艺术部门是封建、资本主义文艺的'顽固堡垒'，这些堡垒的攻克，意味着其他领域的'革命'更是完全可能的。但事情又很可能是，京剧等所积累的成熟的艺术经验，与观众所建立的联系，使'样板'的创造不致空无依傍，也增强了'大众'认可的可能性。"② 可以补充的一点是，江青选用根植于中国封建社会的中国传统戏剧——京剧作为"无产阶级新文艺"的基本艺术形式，这一艺术策略与她的理论素养或艺术直觉是密切相关的。江青从舞台起家，长于视觉艺术，短于文学创作；选择戏剧作为政治投机的对象，既紧扣其演员的自身优势，也暗合京剧艺术的规律："京剧的意蕴主要不在于故事情节而在于演员的歌舞（唱念做打）的表演。"③ 因此，江青选择这种高度"形式化"的京剧作为"样板戏"的载体，便成功地解决了政治与艺术完美统一的难题，使"革命的政治内容"和"尽可能完美的艺术形式"找到了各自的对应物——彼此分离、互不冲突，共处于同一艺术体系当中，而免蹈"文艺黑线"的"覆辙"。

---

① 初澜：《京剧革命十年》，《红旗》1974年第7期。
② 洪子诚：《中国当代文学史》，北京大学出版社1999年版，第198页。
③ 叶朗：《京剧的意象世界》，《文艺报》1991年2月9日。

值得一提的是，京剧的"形式化"倾向，绝不意味着它在内容上的虚无。"属于京剧'形式'范围的脸谱、服装、音乐无一不显示出价值判断的意义。当观众日复一日地沉醉于这些程式时，他喜欢上的不仅仅是形式，而是形式蕴含的道德原则。"① 洪子诚指出："'样板戏'最主要的特征，是文化生产与政治权力机构的关系。文艺……被作为政治权力机构实施社会变革、建立新的意义体系的重要手段，与此同时，建立相应的组织、制约文艺生产的方式和措施。政治权力机构与文艺生产的这种关系，在'样板戏'时期，表现得更为直接和严密。"② 这种文化生产方式，使每一部"样板戏"作品都成了意识形态的完整象征。为了使人物形象更好地承担意识观念传声筒的功能，其策略是不惜以牺牲戏剧性来换取革命内容的"纯而又纯"。

在"文化大革命"时期里，作为政治文化的宣传工具，"革命样板戏"的所谓成功，充分证明了"文化大革命"文学在政治和文学方面的迷误，时至今日仍有着深刻的历史教训。

---

① 李杨：《抗争宿命之路——"社会主义现实主义"（1949—1976）研究》，时代文艺出版社1993年版，第300页。

② 洪子诚：《中国当代文学史》，北京大学出版社1999年版，第198—199页。

第六章　现实主义文艺批评的历史转折与复兴

第一节　"形象思维"热的理论意义

"文化大革命"以后，中国的思想界经历了从绷得很紧的意识形态话语中逐渐放松开来的过程。1976年10月7日，全国人民从新闻中听到的，是修建毛主席纪念堂和出版《毛泽东选集》第五卷，而不是比这要重要得多的、发生在前一个晚上的那次惊心动魄的行动。刚刚粉碎"四人帮"时，还提要"继续批邓，反击右倾翻案风"，粉碎"四人帮"还被解读成是新一次"路线斗争"的胜利。尽管这一切在后世看来已经变得非常可笑，但在当时的特定情境中，有着它的合理性。中国社会的精神气氛走出"文化大革命"，比10月6日晚上的那个行动所需的时间要长得多。从"胜利的十月"到"三中全会"，这是一段很长的、有很多的坡需要爬的山路，文学艺术界的人，在这个过程中起了很重要的作用。

一　形象思维与改革开放

1977年，首先从文学开始，一切都开始复苏。1976年清明节天安门广场上的诗，1977年清明节读起来意味就不同了，于是有人开始编辑《天安门诗抄》。从1977年出现的刘心武的《班主任》，到1978年卢新华的《伤痕》，再到北岛、舒婷等人的诗，另一种文学开始了。今天，我们在纪念改革开放时，都以1978年5月开始的"实践是检验真理的唯一标准"的讨论，和1978年年底的中国共产党第十一届三中全会为标志。中国的美学和文学理论走出"文化大革命"的影响所迈出的决定性第一步，在时间上应该早一点，这就是开始于1978年年初的"形象思维"热。

在《诗刊》杂志1978年第1期上，刊登了一封毛泽东写给陈毅的谈诗的信。信是1965年写的，信中几次提到"形象思维"。例如，其中有这样的句子，"又诗要用形象思维，不能如散文那样直说，所以比、兴两法是不能不用的"[①]。这本来只是共产党内高层老同志之间谈诗的一封私人书信，信中只是提到"形象思维"这个词而已，没有用理论的语言谈论"形象"何以能"思维"。毛泽东并没有将这封信当作准备发表的文章来写，事隔多年，当时写信者与收信者均已去世，一般说来，这封信更多是只有史料价值而已。然而，学术界和文学艺术界对这封信发表的反应之强烈，出乎所有人的预料。用一句

[①] 毛泽东：《给陈毅同志谈诗的一封信》，《诗刊》1978年第1期。这封信同时在1977年12月31日的《人民日报》上发表。

第六章　现实主义文艺批评的历史转折与复兴

当时流行的话说,这封信成了"威力无比"的"精神原子弹"。

这封信发表后仅仅一个月,即1978年2月,复旦大学的文学理论教师们就完成了一本名为《形象思维问题参考资料》的编辑工作,并在三个月后,即1978年5月出版。① 与此同时,南到四川,北到哈尔滨,全国许多大学的文学理论教学研究者都闻风而动,编出各种资料集。② 当然,在这众多的资料集中,质量最高,名气最大,也最具影响力的,是中国社会科学院编的一部近50万字的巨著《外国理论家作家论形象思维》。③ 这部书仅仅在毛泽东的信发表七个月后,即1978年8月就翻译和编辑完成,参加编译的有钱锺书、杨绛、柳鸣九、刘若端、叶水夫、杨汉池、吴元迈等许多当时中国社会科学院的重要学者,并于1979年1月由中国社会科学出版社隆重推出。不仅是书的编辑和编译,更值得注意的是,在当时,一下子出现了大批论形象思维的论文和文章,一些当时最有影响的美学家都加入了讨论之中。例如,打开《朱光潜全集》第五卷,就会发现上面有三篇论"形象思维"的长篇论文。其中,一篇原载于《谈美书简》,两篇原载于《美学拾穗集》。这是朱光潜在晚年留下的两

---

① 复旦大学中文系文艺理论教研组：《形象思维问题参考资料》第一辑,上海文艺出版社1978年版。

② 除了这两本之外,当时还有多本形象思维研究资料集出版。例如,四川大学中文系资料室编：《形象思维问题资料选编》,四川人民出版社1978年版；《鸭绿江》杂志社资料室编：《形象思维资料辑要》,辽宁人民出版社1979年版；社会科学战线编辑部编：《形象思维问题论丛》,吉林人民出版社1979年版；哈尔滨师范学院中文系形象思维资料编辑组编：《形象思维资料汇编》,人民文学出版社1980年版；等等。

③ 中国社会科学院外国文学研究所外国文学研究资料丛刊编辑委员会编：《外国理论家作家论形象思维》,中国社会科学出版社1979年版。

本最重要的著作。① 不仅如此，他在 1979 年出版的《西方美学史》第二版的第二十章"四个关键性问题的历史小结"之中，专门辟一节谈"形象思维"，甚至提出这是西方美学史的一个普遍的问题，似乎从古到今的西方美学家们都讨论过"形象思维"。②

在 1978 年第 1 期的《文学评论》上，蔡仪就立刻发表了一篇学习毛泽东给陈毅的信的文章，取名为《批判反形象思维论》。在同一年，他还写了另外两篇论"形象思维"的论文，发表在后来出版的《探讨集》上。他还于 1979—1980 年在社会科学院研究生院专门讲授这个问题，讲稿发表在 1985 年出版的《蔡仪美学讲演集》上。③ 蔡仪在以后还一再提到形象思维问题。④

在出版于 1980 年的李泽厚的《美学论集》中，收入了 5 篇论形象思维的文章，其中除了一篇写于 1959 年外，其余 4 篇都是在 1978—1979 年写的。⑤ 他的《形象思维的解放》一文，是一篇政治

---

① 见《朱光潜全集》第 5 卷，安徽教育出版社 1989 年版。这三篇论文的题目分别是《形象思维与文艺的思想性》《形象思维：从认识角度和实践角度来看》《形象思维在文艺中的作用和思想性》。

② 见朱光潜《西方美学史》，人民文学出版社 1979 年版，第 676—694 页。

③ 见《蔡仪文集》第 4 卷，中国文联出版社 2002 年版。在这一卷中，收入了上面提到的《批判反形象思维论》《诗的比兴和形象思维的逻辑特性》《诗的赋法和形象思维的逻辑特性》《形象思维问题》，共 4 篇文章。

④ 例如，1980 年，蔡仪主编《美学原理提纲》，中间收入了"形象思维与美的观念"一章，见《蔡仪文集》第 9 卷。再如，由蔡仪主编，并于 1981 年出版的《文学概论》一书，再次论述了形象思维。

⑤ 见李泽厚《美学论集》，上海文艺出版社 1980 年版。这 5 篇文章的题目分别是《试论形象思维》《形象思维的解放》《关于形象思维》《形象思维续谈》《形象思维再续谈》。其中《形象思维的解放》发表于 1978 年 1 月 24 日的《人民日报》，《关于形象思维》发表于 1978 年 2 月 11 日的《光明日报》，都是读了毛泽东的信以后立刻写成的。

第六章　现实主义文艺批评的历史转折与复兴

批判的文章，主要将反形象思维的观点，特别是郑季翘的观点，与"四人帮"的"三突出""主题先行"的理论联系起来。这是一篇给报纸写的，读了毛泽东给陈毅的信以后的即时反应的文章。① 在这篇文章以后的一篇文章，即《关于形象思维》，可以看成是他承续1959年文章的思路，在思想上所作的进一步深化。这里所强调的观点，仍是"本质化与个性化的同时进行"和"富有情感"。② 在差不多同一时期，李泽厚还发表了一篇根据讲演整理而成的文章《形象思维续谈》，认为"逻辑思维与形象思维各有所长"，"艺术的本质还不尽在认识"。③ 这几篇文章，都可以看成是对同一观点的发展。

除了这三位美学家以外，在中国的文学理论界，出现了大量的论形象思维的文章。④ 这些文章有的继续讨论有关形象思维与逻辑思维的关系问题，有的从毛泽东的信中所提到的比兴出发，从古代文学理论的一些观点寻找形象思维存在的证据，有的从艺术起源和原始思维的角度，论证形象思维存在的理由。这些讨论构成了"文化大革命"后的第一个理论热潮。美学的一个新的黄金时代，就是

---

①　李泽厚：《形象思维的解放》，原载《人民日报》1978年1月24日，见《美学论集》，上海文艺出版社1980年版，第256—261页。
②　李泽厚：《关于形象思维》，原载《光明日报》1978年2月11日，见《美学论集》，上海文艺出版社1980年版，第262—268页。
③　李泽厚：《形象思维续谈》，原载《学术研究》1978年第1期，见《美学论集》，上海文艺出版社1980年版，第269—284页。
④　这些论文发表在当时国内的各种杂志中，并被收集在各种论文集之中。其中比较集中地收集了这些论文的集子有社会科学战线编辑部编《形象思维问题论丛》，吉林人民出版社1979年版。

这样拉开序幕的。历史上将这一时期称为"美学热"。

二 形象思维论的反思

在欢欣鼓舞地庆祝毛泽东的信发表,从而出现有关"形象思维"的著述井喷以后,也有人开始了反思。郑季翘当年动辄说别人"反党",当然不对,但他的观点,是否还需要从学术上讨论一番,而不只是再将帽子扣回去呢?郑季翘说别人"反党",有了毛泽东的这封信后,就会有人再回敬他"反毛"。这层意思的确包含在许多批判郑季翘的文章之中。郑季翘辩解说,他写那篇文章时,不知道毛泽东有这么一封信。① 如果说这是一个学术问题而不是政治问题的话,这种讨论的方式当然是没有什么意义的。这里所问的是有没有"形象思维","形象"是否可用来"思维",这是一个理论问题,而不是文字工作干部们常常喜欢关心的"提法"问题。当然,在郑季翘的这篇新的文章中,除了对过去的一些事进行辩解外,也表明了他的立场的一些变化。他不再说不存在"形象思维",而是退了一步,认定"形象思维"不可以认识,而只能表现。

按照当时被普遍接受的对认识论和心理学的理解,人的认识被区分为感性的和理性的。感性认识包括感觉、知觉和表象,理性认识包括概念、判断和推理。一些讨论"形象思维"的文章甚至使用

---

① 郑季翘在 1979 年《文艺研究》创刊号上发表《必须用马克思主义认识论解释文艺创作》。在这篇文章中,他强调他没有看到毛泽东《给陈毅同志谈诗的一封信》,并叙述他在"文化大革命"时如何受"四人帮"的排挤。

第六章　现实主义文艺批评的历史转折与复兴

巴甫洛夫的"第一信号系统"和"第二信号系统"与感性理性二分相对应的说法。这些说法既与巴甫洛夫的原初思想相去甚远，也完全跟不上当代心理学的最新发展。这种模式决定了"形象思维"说从一开始就受到质疑。"形象"能否"思维"，这个问题讨论了许多年，写了无数的文章，但有一个问题一直没能绕过去：一方面，按照当时所理解的"马克思主义的"和"科学的""认识论"，只有概念才能思维，不存在没有概念的思维。思维就是从概念到判断再到推理，在这方面，认识论、逻辑学和心理学整合成一个体系；另一方面，"形象思维"的赞成和拥护者，主要是一些熟悉文学艺术创作实际的人。这些人深刻地感受到，他们在创作时，并没有使用在认识论和逻辑学意义上的"概念"，从"形象"到"形象"，本来就是可以通过"思维"来选择、联结、整合和提炼的。

正是由于这一原因，在"形象思维"的讨论达到高峰，由于毛泽东的信而形成的肯定"形象思维"的观点一边倒的形势下，仍然有人坚持对"形象思维"的否定。例如，1979年6月在吉林省哲学社会科学联合会的第二次会议上，有人提出，郑季翘当年的观点是正确的。这种观点认为："从科学的含义来讲，思维或理性认识必然是抽象的，用形象不可能进行思维。至于艺术家在认识生活、反映生活过程中，观察、体验、研究、分析各种形象素材，并根据这些形象素材创造艺术形象，借以表达思想，并不等于用形象来思维。"[①] 持这种观点的人，除了前面说的郑季翘本人外，还有高凯、

---

① 见一位署名"治国"的人整理的《形象思维讨论情况综述》，社会科学战线编辑部编《形象思维问题论丛》，吉林人民出版社1979年版，第395页。

韩凌、舒炜光、王极盛等。

　　仔细分析赞同"形象思维"的人的观点，我们也可以看出，这些人实际上在说着不同的东西。20世纪的30年代和40年代，朱光潜与谈论"形象思维"的人，并不属于一个阵营，对艺术的看法，也完全不同。50年代到60年代，当学术界讨论"形象思维"时，朱光潜并没有写这方面的文章。相反，无论是40年代还是50年代，美学家们在讨论"形象思维"时，都对朱光潜持批判的态度。批判朱光潜的人提出，朱光潜讲"直觉""形象""感性"，就是没有讲"思维"。因此，朱光潜的观点不能称为"形象思维"。"思维"必须有一个"去粗取精"的提炼，有一个从感性到理性的飞跃。这是蔡仪、霍松林、蒋孔阳等许多人所持的一个共同观点。李泽厚讲"个性化与本质化同时进行"的提炼过程，也是对朱光潜只讲"形象"不讲"思维"的否定。然而，到了1978年，朱光潜成了"形象思维"的最积极的拥护者。在《谈美书简》这本当时有着巨大影响的书中，朱光潜的解释说：第一，"形象思维"就是"想象"；第二，原始人先有形象思维，抽象思维是在长期实践训练之后，才逐渐发展起来的。[①] 他的这个观点，在《形象思维：从认识角度和实践角度看》一文中得到了展开。[②] 朱光潜的这些文章，极大地壮大了"形象思维"说支持者的声威，并且在《西方

[①] 朱光潜：《谈美书简》，《朱光潜全集》第5卷，安徽教育出版社1987年版，第294页。

[②] 朱光潜：《形象思维：从认识角度和实践角度看》，原载于《美学》第1辑，第1—11页，后收入朱光潜《美学拾穗集》，见《朱光潜全集》第1卷，安徽教育出版社1987年版，第468—486页。

美学史》一书的第二版中,他将"形象思维"说与西方美学史的许多观点联系起来,给人以从古到今人们都承认"形象思维"存在的印象。

然而,如果我们回到这个根本的问题:"形象"能否"思维",我们会发现,朱光潜并没有提供清晰的回答。蔡仪是坚决主张"形象"可以"思维"的。他反复坚持的观点,就是存在着两种思维,一种叫"逻辑思维",一种叫"形象思维"。两种思维都有着从感性上升到理性的过程,都可以达到对世界的本质认识。

在这一时期,最引人注目的,是李泽厚的一篇题为《形象思维再续谈》的文章。对于"形象思维"论的拥护者来说,这篇文章无疑是出乎意料的。我们知道,无论是在"文化大革命"前还是在1978年,李泽厚都是"形象思维"说的坚决拥护者。他的"本质化与个性化"同时进行的观点,在"形象思维"的拥护者那里极其流行。然而,在这篇"再续谈"中,他突然改变立场,提出在"形象思维"这个复合词中,"思维"这个词只是"在极为宽泛的含义(广义)上使用的。在严格意义上,如果用一句醒目的话,可以这么说,'形象思维并非思维'"[1]。他进而提出,艺术不能归结为认识,尽管文学艺术作品之中,特别是小说中,有认识因素。美学也不是认识论。[2] 李泽厚的这篇文章,可以看成是"形象思维"讨论的分水岭。从这一篇文章起,"形象思维"的讨论就开始走下坡路。

---

[1] 李泽厚:《形象思维再续谈》,《美学论集》,上海文艺出版社1980年版,第557—558页。

[2] 同上书,第560—562页。

到了 20 世纪 80 年代中期，由于一系列的原因，中国的文艺理论界逐渐放弃了形象思维说。

三 形象思维论走向衰落的原因

形象思维说走向衰退的原因，主要有以下几条：

第一，艺术不再被看成是一种认识论。从 20 世纪 70 年代末开始的"美学热"，具有一种，用当时的语言说，"新启蒙"的倾向。那个时代人们对美学的理解，还是康德式的审美无利害和艺术自律的思想。这种对美学的理解在"文化大革命"泛政治化的文艺思想被批判的时代，具有思想解放的意义。艺术自律，意味着摆脱工具论。审美，意味着和谐，符合人性，反对斗争哲学。这时，艺术的认识功能也连带受到质疑。形象思维的讨论是在这些思潮中兴起的。从"艺术是认识"到"艺术是一种特殊的认识"（通过"形象思维"达到的认识），这是一种进步。这种观点引领人们走出"文化大革命"时代的政治说教，即对生活本质的认识；引领人们走出"三突出"，即递进式地突出正面人物、英雄人物和主要英雄人物，和"三结合"，即领导出思想，群众出素材，作家艺术家出技巧式的创作，以及"主题先行"等文学理论观念。然而，从 20 世纪 70 年代末到 80 年代初美学界的总倾向，是在导向康德式的艺术与审美的无功利性。这种倾向本来是欧洲从 19 世纪末到 20 世纪初美学界所共同具有的大趋势。随着"美学热"在中国的兴起，这种趋势在美学界也日渐明显地展现出来。其结果是，艺术不再被看成是一种

第六章　现实主义文艺批评的历史转折与复兴

认识世界的手段。于是，"形象思维"，用对这个问题作过专门研究的尤西林的话说，就"成为历史而失去了它存在的根据"[①]。从"艺术是认识"，到"艺术是一种特殊的认识"，再到"艺术不是认识"，这是 20 世纪 70 年代末到 80 年代初中国文学理论所经历的一个发展过程。"形象思维"的讨论推动了这个过程，成为其中一个重要的中间环节，又最终为这个过程所抛弃。

第二，20 世纪 70 年代末和 80 年代初，中国文艺理论界经历了一个从受苏联理论影响到逐渐被来自西方的理论影响的过程。这种变化的原因，也是历史形成的。"文化大革命"前受到大学教育的一代人，主要接受的是苏联的影响。尽管 20 世纪 60 年代的中苏论战和随后的"文化大革命"以及中苏关系的大破裂，苏联被宣布为"主要危险"，文艺理论所接受的，总体上还是苏联模式，只是在这个模式的基础上作过或大或小的修补而已。"文化大革命"后上大学的这一代人，则受了更多的西方思想的影响。当这一代人成长起来，成为学术研究的主力时，整个文学理论和批评的话语体系必然会产生一个巨大的变化。"形象思维"在这些新的话语体系中再也找不到相应的位置。由于这一系列的原因，从 20 世纪 80 年代后期到 90 年代，"形象思维"这一术语在各种美学和文学艺术理论的教材被淡化，以至最终消失。

[①] 尤西林：《形象思维论及其 20 世纪争论》，钱中文、李衍柱编《文学理论：面向新世纪》，山东人民出版社 1997 年版，第 339—347 页。该文从哲学角度对"形象思维"在中国的兴衰史作了简明的概括。

第二节　新时期文艺政策调整与文学观念转型

一　第四次文代会与新时期文艺政策调整

其实，对于"文化大革命"中实行的上述文艺政策的调整，早在"文化大革命"后期就已经开始。1972 年 7 月 30 日，毛泽东在同李炳淑的谈话中提到："现在剧太少，只有几个京剧，话剧也没有，歌剧也没有。看来还是要说话。"① 沿着这样的基本思路，1975 年，毛泽东对委以重任的邓小平专门谈到了文艺问题。毛泽东指出："样板戏太少，而且稍微有点差错就挨批。百花齐放都没有了。别人不提意见，不好。怕写文章，怕写戏。没有小说，没有诗歌。"② 1975 年 7 月 14 日，毛泽东在同江青的谈话中再次谈到"党的文艺政策应该调整一下"③，并在 1975 年 7 月 25 日对电影《创业》做出批示，"此片无大错，建议通过发行。不要求全责备，而且罪名有十条之多，太过分了，不利于调整党的文艺政策"④。正是在此基础之上，当时主持中央工作的邓小平发表了《各方面都要整顿》的著名讲话，其中讲道："当前，各方面都存在一个整顿的问

---

① 陈晋：《文人毛泽东》，上海人民出版社 1997 年版，第 613 页。
② 同上书，第 615 页。
③ 同上书，第 619 页。
④ 同上书，第 621 页。

第六章　现实主义文艺批评的历史转折与复兴

题。农业要整顿，工业要整顿，文艺政策要调整，调整其实也是整顿。"针对"四人帮"写作班子有意不提毛泽东关于文艺"百花齐放"的方针，邓小平特别指出："毛泽东同志说，要古为今用，洋为中用，百花齐放，推陈出新。这是很完整的。可是，现在百花齐放不提了，没有了，这就是割裂。"[①] 因此，新时期文艺政策的调整，可以看作此前就已经开始的文艺政策调整的延续，当然，20世纪80年代中国文艺政策的调整显然有着更为深刻的社会历史的和文学艺术的原因，也有着此前所不可比拟的规模和内涵。

新时期文艺政策的调整首先是从20世纪70年代末和80年代初的"拨乱反正"开始的。这种所谓"拨乱反正"主要是对于"文化大革命"极"左"的激进主义的文艺政策的反拨，目标则是对于中国当代文学传统的恢复。这一过程包括了几个方面：

首先是结合新时期政治、经济、文化等方面拨乱反正，对"文化大革命"作了彻底的否定，对党的若干重大历史问题做出了历史的评价，使新时期文艺政策方面的拨乱反正有了一个坚实的社会政治基础。这之中，最重要的内容便是1981年6月中共十一届六中全会通过的《中国共产党中央委员会关于建国以来若干历史问题的决议》（以下简称《决议》）。《决议》对中华人民共和国成立以来有关重大问题作了明确的阐述和界定，成为在文艺问题上拨乱反正的重要政策依据。二是对过去执行错误的文艺政策所带来的后果也进行了重新甄别，平反了一大批文艺界的冤假错案，为大批文艺工作

[①]《邓小平文选》第2卷，人民出版社1983年版，第35、37页。

者恢复了名誉。三是从文艺政策方面对"文化大革命"中的文艺政策进行了逐步深入的清算，其中最重要的内容就是1979年5月3日中共中央发布通知，批转解放军总政治部的请示，正式撤销《部队文艺工作座谈会纪要》，以及1979年10月第四次全国文代会的召开。会上邓小平代表党中央发表了"祝词"，并在此基础上形成了一系列新的文艺政策，成为20世纪80年代文艺政策调整的指导方针。尽管新时期文艺政策的调整有一个反反复复的过程，但其总的方针，仍然是沿着第四次全国文代会制定的政策，特别是邓小平的"祝词"所指出的方向前进的。

其次，到了20世纪80年代中期，随着中国当代文学传统的逐步恢复和新的文学秩序的逐步建立，新时期文艺政策的调整又表现出新的特点，即在已经基本上得到恢复的中国当代文艺发展轨道和中国当代文艺政策体系的基础上，面对新形势和新需要，做出新适应性的调整，包括对过去认为正确的文艺政策在新的历史水平上进行反思，以及对社会主义市场经济体制下的文艺政策问题做出初步探索。例如，文艺为工农兵服务，文艺为政治服务，一直是我国当代一项基本的文艺政策，也是中国当代文艺发展的基本立足点。新时期以来，随着我国社会阶层结构的发展变化，特别是随着对于我国当代社会发展基本矛盾的认识的深化，原来立足于阶级斗争基础上的文艺为工农兵服务的方针显然不适应新的形势发展的需要。因此，邓小平1980年1月16日在《目前的形势和任务》的讲话中明确指出："我们坚持'双百'方针和'三不主义'，不继续提文艺从属于政治这样的口号，因为这个口号容易成为对文艺横加干涉的

第六章 现实主义文艺批评的历史转折与复兴

理论根据,长期的实践证明它对文艺的发展利少害多。"① 在此基础上,《人民日报》1980年7月26日发表《文艺为人民服务、为社会主义服务》的社论,并对这一新的文艺政策思想作了全面阐述,使之成为对原来的文艺为工农兵服务方针的完善,并成为指导新时期文艺发展的政策依据。

最后,20世纪80年代文艺政策的调整还有一个重要现象值得注意。本来,政策的本质就是一种政治措施,再加上受到历史条件的限制,过去文艺政策的制定基本上只是用来解决文艺发展中的一些方向路线的大问题,对文艺规律较少涉及,甚至有的文艺政策与文艺发展规律相违背,既影响到文艺政策的质量,也对中国当代文艺事业的发展带来负面效应。20世纪80年代文艺政策的调整,开始关注到这一问题。文艺政策的制定,更加重视与社会主义文艺发展规律相适应。1985年胡启立代表党中央发表的《在中国作家协会第四次会员代表大会上的祝词》是一个典型的例子。这个"祝词"第一次提出,要把"创作自由"旗帜鲜明地写在社会主义文艺的旗帜上,表明对于文艺创作规律认识的深化。对于胡风案的平反也是一个较为典型的事件。最初对胡风的平反决定只是从政治上给胡风平了反,但仍然坚持20世纪50年代对胡风文艺思想的否定性结论,认为胡风的文艺思想是属于资产阶级的文艺思想。随着对于文艺规律认识的深化,最后决定放弃原先对胡风文艺思想的政治评价,使其在文艺论争中由文艺家自己去加以认识和评价。这无疑也反映了

---

① 《邓小平文选》第2卷,人民出版社1983年版,第255页。

文艺政策制定的界限和范围有了更深的逐渐展开。到了 20 世纪 80 年代后期，随着社会主义市场经济的逐步深化，文艺政策原先没有涉及的文艺经济问题也开始受到关注，并被逐渐作为政策问题提出和给予解决。1988 年 9 月，《国务院批转文化部〈关于加快和深化艺术表演团体体制改革意见〉的通知》正式出台，也从一个侧面反映出政策主体对于文艺发展规律认识的深化和对于文艺规律的尊重。这就为新时期文学艺术的进一步健康发展提供了良好的政策环境。

二　从关键词翻译变化看当代文学观念的拨乱反正

从 20 世纪 50 年代到 70 年代，中国的文学理论教科书上必须有一章，专门叙述文学的党性原则。这个原则的依据是列宁的一篇文章《党的组织和党的文学》。文章中写道："打倒无党性的文学家！打倒超人的文学家！文学事业应当成为无产阶级总的事业的一部分，成为一部统一的、伟大的、由整个工人阶级的整个觉悟的先锋队所开动的社会民主主义机器的'齿轮和螺丝钉'。"① 列宁的这一篇文章写于 1905 年。当时，俄国处于革命的高潮中，革命冲垮了过去的一些对党的宣传方面的限制。尽管一些社会主义政党的报刊仍没有获得合法出版的地位，但沙皇政府已经阻挡不住这些报刊的出版。在这种情况下，列宁呼吁改变策略，去掉过去为了斗争需要而

---

① 列宁：《党的组织和党的文学》，《列宁选集》第 1 卷，人民出版社 1972 年版，第 647 页。

第六章　现实主义文艺批评的历史转折与复兴

做的伪装，放弃过去为了争取合法出版而做的妥协，强调对党的出版机构的控制，要求这些被当作宣传工具的媒体为党的现实斗争服务。

　　然而，这样一种思想出现在新的语境中时，就产生了一些新的意义。在中国的文学理论界，这段话被视为一种重要的文学原则，要用它来指导一切文学创作，并被当作批评标准来评判一切文学作品。党性原则原来是一个在革命时期对党的报刊所刊载的文章或作品的要求。随着共产党取得政权，成为执政党，从而将几乎所有的出版机构都改造成为党的文艺阵地，这一原则就随着它所适用的范围和对象的变化而具有了新的含义。对于20世纪70年代末80年代初的中国学术界和文学界来说，更为重要的是，他们要努力形成一种与"文化大革命"时代流行的理论不同的文学理论。"文化大革命"时代的文学理论，固然与"文化大革命"前流行的理论有着许多差别，但也从"文化大革命"前的文学理论中吸取了很多的东西，特别是文学与政治同文学与共产党在一个时期的具体工作任务之间，在理论上有着许多很难划分清楚的地方。在"文化大革命"中，文学理论被高度政治化。与这种理论相对应的是一些同样具有明确政治目的的文学作品，这就是一代中国人都熟悉的八个"样板戏"和很少的几部小说、诗歌。"文化大革命"后文学上的松动，新的、在当时受到普遍欢迎的文学作品，例如呼唤人性、与直接的政治诉求保持一定距离、体现作家个性的作品的出现，迫切需要在理论上对于文学的性质做出新的解释。然而，打破一个巨大的、已经沿用了几十年之久的文学理论体系，是一个非常艰难的工作。

在20世纪70年代末的思想解放运动中，中国的文学理论界已经注意到了这个问题，并开始了种种努力。他们最初采取的办法，是强调列宁在同一篇文章中的另一段话："无可争论，文学事业最不能作机械的平均、划一、少数服从多数。无可争论，在这个事业中，绝对必须保证有个人创造性和个人爱好的广阔天地，有思想和幻想、形式和内容的广阔天地。"① 但是，从已有译本看，这只是说明，文学在实现党性原则中具有自己的独特方式而已。承认这种文学创作上的自由，绝不等于否定党性原则，因而这种努力的效果也必然是有限的。每一次强调，只能再次将读者的注意力重新引导到党性原则上去。

怎样才能最具有冲击力地在这个体系中打开一个缺口，而又策略性地暂时不向整个体系挑战？对此，当时的人们费了不少心思。在那个特定的语境中，中国理论界做了一件事：改译。② 在中国共产党的核心刊物《红旗》杂志1982年第22期上，郑重地发表了《党的组织和党的文学》的新译本。新译本将这篇文章的题目译为《党的组织和党的出版物》。翻译者认为，俄文原文中的"文学"一词并不专指纯文学或美文，不等于法语中的belles-lettres（纯文学），而要广泛得多。其实，同样的情况在英语和其他欧洲语言中也存

---

① 列宁：《党的组织和党的文学》，《列宁选集》第1卷，人民出版社1972年版，第649页。

② 严格说来，这体现了理论界的要求，也体现了当时主张改革的共产党中央的意图。据知情人讲，主张改译的是当时的中国共产党中央委员会政治局委员、中国社会科学院院长胡乔木。

第六章　现实主义文艺批评的历史转折与复兴

在。例如，literature 一词在英语中，既可以指想象性或创造性的写作，也可以指其他的写作，如医学文献（medical literature）。在汉语中，由于"文学"一词来源于翻译，在现代中国人的心目中，一般已不再引起它与古代汉语中的"文"或"学"的联想，而被直接理解为 belles-lettres。同时，现代汉语中又不存在着一个与西方文字 literature 完全对应的词。[①] 在这种情况下，译成"党的文学"，只可能具有部分的正确性。但同时，列宁在文章中实际上也强调个人创造性，也确实将文学包括在内，因此，原来的翻译并不能说是完全错误。是否一定要改译，一定要如此郑重地在一个重要的政治刊物上隆重地推出新译文，这是一个选择。然而，时代需要改译！在1982年这一中国文艺思想转换的时期，在最重要的刊物上发表新译文，并通过重要新闻媒体来宣传这一改译，像一枚重磅炸弹一样轰击了一下文学界，实际意义已经远远超过了翻译本身。[②] 在新的译文中，原来的"文学"一词根据不同的上下文被译为"出版物"或"写作"，"文学家"也被译为"写作者"。

改译成了推动文艺思想变化的一个手段。这一改译立刻使原有的文学理论教材处于一个尴尬的地位。在新译本发表后不久出现的以群本教材修订本（1984年版）中，教材的编写者们受思维惯性支配，仍顽强地要坚持在教材中保留某种"原则"的字样。但是，

[①] 其实，像"文学""艺术""美学"等词，也都有其引入、与现有的汉语词语匹配，并在汉语语境中独立发展的故事，而且这些故事比起我在本文中所讲的故事，历史要更悠久，也更具有理论含量。

[②] 当时的许多报纸都转载了这一新译文，并在广播和电视上播报了这条新闻。

"列宁第一个提出这一原则"一类的语言只好被删去。"文学的党性原则"换成了"党的出版物的原则",又在后面加上"列宁在这里指的是出版物和写作事业,但是列宁所阐明的这个原则的基本精神,也适用于文学"①。显然,这一辩护变得软弱无力。既然列宁并没有说文学要有党性原则,我们过去提党性原则,是翻译不准确造成的,再继续坚持这一原则,就很勉强。这时,另一个逻辑在起作用:文学固然是宣传,但宣传并不等于文学。文学概念与出版物的概念并不完全是从属的关系,而是一种交叉关系。新的概念斗争在兴起,这种斗争形成一个局面和趋势:彻底改掉文学理论中这一章的写法,只是时间问题。

20世纪80年代的思想解放运动在不断向前发展。读者在改变,学生在改变,文学本身也在改变。如果教材不愿做更大的改动,就只能产生两个结果:第一,使用这些教材的教师自己做出决定,跳过这一章不讲;第二,另用别的教材,打破以群本教材的垄断地位。以1982年为界,文学理论教材出现了变化。既然列宁讲的党性原则并不指文学,再在文学理论教材中保留这一章就失去了充分的理由。如果我们对此后出现的各种文学理论教材作一个调查,就可以发现,"文学的党性原则"这一章基本上从文学理论教材中消失了。②

---

① 以群:《文学的基本原理》,上海文艺出版社1984年版,第117页。
② 例如刘衍文、刘永翔《文学的艺术》(花城出版社1985年版)、童庆炳主编《文学理论要略》(人民文学出版社1995年版)等许多文学理论教材中,都没有出现"党性原则"的字样。

第六章 现实主义文艺批评的历史转折与复兴

第三节 新时期文艺观念新探索

新时期文艺观念探索在多个层面展开，本节将以文艺与上层建筑之间的关系为考察对象，来审视文艺观念在新时代的转变。

文艺与上层建筑以及意识形态的关系，是马克思主义文艺理论的重要命题，是马克思主义的历史唯物主义原理在文艺实践领域的应用，是理解文艺和意识形态关系的关键。新时期，就发生了关于文艺与上层建筑关系的讨论。

新时期以来的讨论，是由文艺是否属于上层建筑的讨论引发的。讨论的起因缘于朱光潜质疑文艺属于上层建筑的观点"艺术是意识形态但非上层建筑"，这个观点连续地出现在他在新时期伊始所发表的两篇论文《研究美学史的观点和方法》（《文学评论》1978年第4期）、《上层建筑与意识形态之间关系的质疑》（《华中师院学报》1979年第1期）和《西方美学史》重版（1979年）时的序言这些论著中。

这次讨论也受到了苏联对这个问题讨论的影响，因此，这里有必要介绍一下苏联对这个问题的讨论。在20世纪50年代，苏联曾就这个问题展开过讨论，其导火线是斯大林的《马克思主义与语言学问题》的发表。在这篇文章中，斯大林对历史唯物主义的理解，为重新理解经济基础、上层建筑、意识形态之间的关系提供了新的可能，他指出："基础是社会在其一定发展阶段上的经济制度。上层建筑是社会的政治、法律、宗教、艺术、哲学的观点，以及和这

· 155 ·

些观点相适应的政治、法律等设施。"① 这样，上层建筑中的意识形态消失了，这与马克思主义的论述存在着一定的距离，上层建筑与意识形态的关系再次成为讨论的焦点。在讨论这篇文章时，特罗菲莫夫承袭了斯大林的思路，并落实到文艺上，即文艺中既包含着上层建筑的因素，也就是作品的大部分思想；又包含着诸如客观真理、审美价值等非上层建筑的因素，它们比上层建筑的存在更为长久。这个判断为否定文艺的上层建筑性质奠定了基础。之后，特罗菲莫夫又继续从斯大林那里寻找理论的支持，在他看来，马克思主义只把文艺列入了意识形态，并没有把文艺列入上层建筑，上层建筑仅仅包括政治和法律，事实上，他已经彻底地否定了文艺的上层建筑属性。他的这些观点有一些支持者，但也遭到了多数讨论者的批判。后来，《哲学问题》编辑部的综述文章《论艺术在社会生活中的地位和作用》在总结这次讨论时指出，文艺既属于上层建筑，又属于意识形态，这是马列主义的基本观点。这次讨论很快就对中国学界产生了一定的影响：中国学界在20世纪50年代初期也展开了对上层建筑、意识形态等问题的讨论，某些结论也受到苏联的影响，其影响甚至延续到了新时期。

　　以朱光潜的文章为导火线，学术界就文艺与上层建筑、意识形态的关系展开了讨论，《哲学研究》《文学评论》等刊物发表了相关的讨论文章。此外，其他一些刊物也刊登了讨论这个议题的文章，如姜东赋的《略说"社会意识形态不在上层建筑之外"及其他》

---

① ［苏］斯大林：《马克思主义与语言学问题》，人民出版社1957年版，第3页。

第六章　现实主义文艺批评的历史转折与复兴

(《天津师范学院学报》1979年第3期)、吕德申的《有关历史唯物主义的一点理解——与朱光潜先生商榷》(《北京大学学报》1980年第1期),等等。就这些讨论而言,问题主要集中于两个方面:意识形态与上层建筑的关系和文艺是否属于上层建筑。我们先来看第一个问题。吴元迈最先质疑了朱光潜的论述:马克思、恩格斯、列宁和斯大林对于意识形态与上层建筑关系的论述是一致的,他们的著述中不存在朱光潜所讲的分歧,更不存在斯大林与马克思、恩格斯的对立;在马克思主义经典作家的著述中,意识形态都没有被排除于上层建筑之外,马克思、恩格斯、斯大林都是如此;在《反杜林论》《社会主义从空想到科学的发展》和1980年9月21—22日给约·布洛赫的信中,恩格斯所讲的上层建筑都是包含意识形态的,恩格斯的看法是前后一致的,绝不是偶尔才让上层建筑包括意识形态的;朱光潜反对斯大林的四个理由都是站不住脚的,他所反对的观点(即以意识形态代替上层建筑,或在二者之间画等号)非斯大林的观点。基于这些认识,吴元迈得出结论:"意识形态属于上层建筑是不容置疑的。"就文艺而言,他反对特罗菲莫夫所持的文艺非上层建筑的观点,基本认同《论艺术在社会生活中的地位和作用》一文对特罗菲莫夫的批评,并坚持认为:文艺既是一种社会意识形态,又是上层建筑。[①] 客观地说,吴元迈获得了多数讨论者的支持。之后,张薪泽质疑了吴元迈的观点,实际上是为朱光潜辩护。在他看来,理解马克思主义关于上层建筑与意识形态的关系,

---

[①] 吴元迈:《也谈上层建筑与意识形态的关系》,《哲学研究》1979年第9期。

应该着眼于以下几点：第一，马克思与斯大林对于上层建筑与意识形态关系的认识是有区别、不一致的。第二，意识形态与生产没有直接的联系，但是，斯大林在分析上层建筑时却说，上层建筑与生产没有直接联系。因此，他显然排除了政治和法律设施，把上层建筑与意识形态等同了。朱光潜引用斯大林的话及其四个理由，能够支持其论点。第三，马克思、恩格斯在严格意义上论及上层建筑与意识形态的关系时，上层建筑不包括意识形态；在一般论及二者关系时，上层建筑则包括了意识形态。因此，上层建筑只包括了一部分而不是全部的意识形态，也就是说，有必要把意识形态区分为上层建筑的意识形态、一般的意识形态。第四，应该分析不同意识形态的具体情况。[①] 应该说，张薪泽对意识形态的区分是合理的，避免了笼统地谈论意识形态，启发我们具体分析意识形态的实际作用，但他没有说明艺术与上层建筑的关系。

  我们再来看第二个问题：文艺是否属于上层建筑？客观地说，在这次讨论中，多数学者都主张文艺属于上层建筑。但是，即使如此，由于他们对于上层建筑、意识形态及其关系的认识存在着差别，这些差别必然影响了他们对文艺上层建筑属性的解释，并进一步影响到对文艺本质的认识。蔡厚示认为，文艺具有上层建筑属性，但它是特殊的上层建筑："文学在上层建筑中有它的特殊性，而且包含了某些非上层建筑性质的成份。"[②] 他还分析了其特殊性的

---

  ① 张薪泽：《〈也谈上层建筑与意识形态的关系〉一文质疑》，《哲学研究》1980年第5期。

  ② 蔡厚示：《作为上层建筑的文学的特殊性》，《文学评论》1980年第4期。

第六章　现实主义文艺批评的历史转折与复兴

具体表现。刘让言肯定文艺是上层建筑的意识形态，文艺与其他上层建筑具有共性、普遍性、一般性。同时，他也肯定了文艺作为上层建筑的特殊性、个性："作为一种特殊的上层建筑意识形态的文学艺术，它本身是包含有非上层建筑因素的，尽管这种非上层建筑因素在文学艺术作品中并不是主要的和起决定作用性质的因素。"①

客观地说，从相关的讨论文章看，占主导地位或多数人的意见是，文艺既是一种社会意识形态，又属于上层建筑。应该指出的是，这次讨论取得了一定的成果，也是值得肯定的：第一，虽然这次讨论主要围绕"文艺是否属于上层建筑"这个问题展开，但是，讨论者都有意无意地认同文艺是一种社会意识形态，也可以说，这个观点已经成为讨论的共识或前提，并成为这次讨论的重要收获，这也是我们这里应该关注这次讨论的主要原因。第二，应该区分上层建筑，即一般的上层建筑与特殊的上层建筑；物质的上层建筑与观念的上层建筑；建立在经济基础上的政治、法律等的机构、设施与政治、法律、道德、哲学、艺术、宗教等社会意识形态。第三，要分析上层建筑的阶级性：统治阶级的文艺和被统治阶级的文艺都是特定经济基础之上的上层建筑的组成部分，但二者服务的对象不同，而且，它们分别处于支配和被支配的不同地位。第四，作为特殊的上层建筑，文艺含有非上层建筑的因素。

在讨论中，学者对文艺是上层建筑的表述发生了一些变化：文艺具有上层建筑的属性、文艺是特殊的上层建筑、文艺属于观念性

---

① 刘让言：《论文学艺术的社会本质——文学艺术与基础和上层建筑的关系》，《兰州大学学报》（社会科学版）1981年第2期。

· 159 ·

的上层建筑或文艺具有非上层建筑性。但是，大多数学者仍然认为，文艺是一种社会意识形态。这两次讨论都涉及了对意识形态与上层建筑关系的看法，客观上深化了讨论者对马克思主义的认识，促进了对文艺、意识形态、上层建筑之间关系的理解，并有助于认识文艺的本质。

第七章　20世纪80年代重申"文学是人学"运动

第一节　关于人性、人道主义的讨论

一　人性、人道主义讨论缘起

20世纪70年代末,随着政治上"拨乱反正",社会获得了相对宽松的环境,文化与学术研究也逐渐正常化,学术界集中讨论的第一个理论问题就是人性、人道主义和异化问题。1977年,何其芳披露了毛泽东关于共同美的观点,即"各个阶级有各个阶级的美,各个阶级也有共同的美。'口之于味,有同嗜焉'"[①]。这个观点为人性的讨论提供了一个机会。1978年,朱光潜发表了《文艺复兴至十九世纪西方资产阶级文学家艺术家有关人道主义、人性论的言论概述》[②]一文,尝试谈论这一议题,之后,汝信、王若水等学者逐渐

---

① 何其芳:《毛泽东之歌》,《人民文学》1977年第9期。
② 朱光潜:《文艺复兴至十九世纪西方资产阶级文学家艺术家有关人道主义、人性论的言论概述》,《社会科学战线》1978年第3期。

介入这个问题①，他们大都谨慎地从研究国外的理论入手。1980 年，讨论才逐渐转向从马克思主义角度来研究这些问题，并把讨论引申到对现实的理论思考。其中，汝信、王若水等学者的文章引起了广泛的关注和讨论，讨论在 1984 年达到了高潮。据统计，从 1978 年到 1983 年，发表的相关文章就有 600 多篇。而且，学界还召开了多次专题性的研讨会，《人民日报》《哲学研究》《文学评论》等重要理论报刊都刊发了大量的文章，还出版了《人是马克思主义的出发点》（人民出版社 1981 年版）、《关于人的学说的哲学探讨》（人民出版社 1982 年版）和《为人道主义辩护》（生活·读书·新知三联书店 1986 年版）等多部论文集。这次讨论也由此成为新时期以来，参加规模最大、持续时间最长的一次讨论。

  这次讨论显然具有强烈的现实针对性，既是对"文化大革命"践踏人格、人的价值、人的尊严的抗议，也是从理论上对这些灾难的反思。而且，随着《班主任》等"伤痕文学"崛起，这些作品所展示的"文化大革命"的种种惨象与畸形，不但成为文艺创作界、理论界反思"文化大革命"的动力，甚至比单纯的理论探索更具冲击力，随后，哲学界、美学界与这股力量汇合，共同参与了理论上的讨论。也就是说，否定"文化大革命"和反思"文化大革命"已经成为知识界的共识，也由此结成了一个清理与反思"文化大革命"的"知识共同体"，这个共同体成为这次讨论的中坚力量。此

---

  ① 汝信：《青年黑格尔关于劳动和异化的思考》，《哲学研究》1978 年第 8 期；墨哲兰：《巴黎手稿中的异化范畴》，《国内哲学动态》1979 年第 8 期；王若水：《关于"异化"的概念》，《外国哲学史研究集刊》1979 年第 1 期。

外，这次讨论还明显地受到存在主义等国外理论思潮、西方的"马克思学""手稿热"和西方马克思主义等学术因素的影响。

哲学界、美学界、文艺界都参与了讨论，实际上，他们的讨论既有共同点，又有区别。二者的侧重点不同：哲学界、美学界偏重于理论上的讨论，主要探讨人性、人道主义、异化与马克思主义的关系，他们的讨论就显得抽象些；文艺理论界也从理论上探讨人性、人道主义和异化问题，但这不是他们的重心，他们主要研究文艺与这些问题的关系，文艺作品应不应该表现这些主题，如何表现这些主题，文艺表现这些主题时的得失，他们的讨论具有很强的针对性和现实性。二者的共同点和联系也颇多：相同的主题有助于他们共同进行理论上的探索，也有助于他们相互影响、相互借鉴对方的成果；都把马克思主义作为其理论资源和立论的根据，甚至还策略性地运用马克思主义的话语表达自己的看法。这些讨论可以归纳为几个问题，我们则对其与文艺有关的内容做简单观照。

二 人性的含义及其与阶级性的关系

20世纪70年代末，随着政治上"拨乱反正"的展开，文艺界也开始检讨中华人民共和国成立后文艺的得失，重新反思文艺的基本问题，特别是文艺与政治的关系问题。《上海文学》（1979年第4期）发表了署名评论员的文章《为文艺正名——驳"文艺是阶级斗争的工具"说》，反对把文艺作为阶级斗争的工具，并引发了文艺与政治关系的讨论，这一事件也为人性、人道主义讨论开辟了道路。在这种背景下，人性及其与阶级性的关系（特别是文艺应该如何认识以及表现人性与阶级性的关系），又一次成为文艺理论关注的重点。

对人性的不同理解，决定了对人性与阶级性关系的阐释，也决定了如何理解文艺与人性、阶级性关系的阐释。这里仅介绍讨论中几种有代表性的观点。第一，人性是人的自然属性，这以朱光潜为代表。他在论文中开宗明义："什么叫做'人性'？它就是人类自然本性。"人性指的是《1844年经济学哲学手稿》所说的"人的肉体和精神两方面的本质力量"。在阶级社会中，尽管人要受到阶级性的制约，但人能够通过类似的经历、感受、审美经验以积淀起来倾向于一致的思想感情，这集中地表现为人情味。文艺就要表现这种人性、人情味。[1] 第二，人性是人的社会属性，即人的社会关系或社会性。在阶级社会中，人性主要表现为阶级性，但也有一些非阶级性。王元化、马奇等持这种观点。如王元化指出："构成人的本质的东西，恰恰是那种为人所特有的、失去了它人就不成其为人的因素。而这种因素，就是人的社会性。"[2] 第三，人性是人的阶级性。此论以毛星为代表。他认为，人性是人的社会性，在阶级社会中，社会性就是阶级性。因此，人的本质和本性是阶级性。在阶级社会中，二者是对等的、一致的。因而，文艺只要表现阶级性，也就等于是表现人性了，没有抽象的、超越阶级性的思想感情。第

---

[1] 朱光潜：《关于人性、人道主义、人情味和共同美问题》，《文艺研究》1979年第3期。

[2] 王元化：《人性札记》，《上海文学》1980年第3期。

四，人性是人的自然属性与社会属性的统一。此论以王锐生、胡义成为代表。王锐生认为："马克思是把人性和需要这两个概念联系在一起的，需要由人性所决定，而决定需要的人性当然包括自然属性和社会性这两个方面。"① 第五，人性是共同人性与阶级性的统一。此论以钱中文、计永佑为代表。钱中文认为，人性"主要指共同人性而言，它和阶级性一样，是现实的人的根本特征"②。

在讨论中，可以归纳人性与阶级性之间的关系主要有：（一）在阶级社会中，阶级性等同于人性；（二）在阶级社会中，人性是共同人性加阶级性，人性大于并包含了阶级性；（三）在阶级社会中，人性与阶级性是对立统一的关系，即它们是普遍与特殊、共性与个性、一般与个别的关系；（四）人性与阶级性是不同的范畴，前者是为了区别人与动物，后者是为了区别社会的不同集团，因此，它们之间是并列的关系，不能把它们联系起来看待。在前三种情况下，阶级性与人性呈现出相互渗透、融合、吸收、转化的状况。既然如此，文艺就应该表现出人性与阶级性的这种复杂状态。

三 文艺与人性、异化、人道主义的关系

这次讨论不但涉及了人性、人道主义的基本理论，而且涉及文艺理论界文艺与人性、异化、人道主义的关系，这些问题主要是从

---

① 王锐生：《人的自然本性、社会性和阶级性》，《辽宁大学学报》1980 年第 3 期。
② 钱中文：《论人性共同形态描写及其评价问题》，《文学评论》1982 年第 6 期。

基本理论、文艺创作和文艺批评中反映出来的。

第一，文艺与人性的关系。朱光潜是新时期最早为文艺表现人性正名的理论家之一，他在文章中呼吁文艺要写人情，重视"对人性的深刻理解和描绘"①。范民声翻案性地重新评价了《论人情》。②遭受过批判的王淑明也表明了自己的看法："在文艺作品中只要写人，就应该表现出完整的人性。如果只承认人的阶级性，不承认非阶级性，在文艺创作中就必然会造成公式化、概念化。"③当时，这些观点起到了拨乱反正的作用。

在讨论人性时，理论家们已经指出，文艺应该描写人的自然属性、人的社会属性、人的阶级性、人的自然性与社会性的统一、人的共同性与阶级性的统一，以及人性与阶级性的渗透、转化。从当时的讨论看，文艺界已经克服了过去认识人性的局限，努力去把握复杂的、多维的、动态的人性，并要求文艺表现、开掘人的复杂性，以塑造出符合实际存在的、真实的人物。其中，有些现象比较突出：人性是阶级性的人性观，已经失去了支配地位，文艺界开始反思其局限及其对创作的不良影响，这些反思为正确对待人性扫清了障碍，也有利于创作；人性是人的社会属性、人性是人的自然属性与社会属性的统一、人性是人的共同人性与阶级性的统一等人性观，获得了广泛的支持，文艺创作反映或印证了这些理论探索的成

---

① 朱光潜：《关于人性、人道主义、人情味和共同美问题》，《文艺研究》1979年第3期。
② 范民声：《重评巴人的〈论人情〉》，《东海》1979年第11期。
③ 王淑明：《人性·文学及其他》，《文学评论》1980年第5期。

果，促进了文艺的发展；学界开始正视和重视人的自然属性，不但承认其合理性，而且肯定了它对人的日常行为的影响，并要求文艺反映这些人性因素。在这些观念的影响下，文艺对共同人性的描写逐渐增多了。

第二，文艺与异化的关系。把文艺与人性的关系再延伸一步，就成为文艺与异化的关系。如果承认社会主义社会存在着异化（思想异化、政治异化和经济异化）或异化现象，那么，文艺就应该表现、揭露和鞭挞这些异化或异化现象，以尽量减少它们。相反，如果否认社会主义社会存在着异化或异化现象，那么，文艺也就无所谓再去表现这些现象了。学界存在着有无异化或异化现象的分歧，这样的分歧必然会影响到文艺，并在文艺观上表现出来。俞建章认为，阶级是人类特定时期的社会现象，阶级是从人中派生出的现象，阶级性是人性的异化。文学应该表现人性的异化和复归："如果说，人的异化现象，发生在社会主义社会同发生在资本主义社会有什么不同，那就是，由于排除了生产资料私有制，在今天的社会中，人的异化过程也是这种异化被自觉地认识、被积极地扬弃的过程，是人自觉地向合乎人性人的自身复归的过程。"[①] 与此相反，计永佑认为，社会主义不存在异化劳动，这样，"异化论既然不能正确地解释我们的社会主义社会的现实生活，当然也无从正确地指导反映我们的社会主义社会现实生活的文艺创作，更无从正确地体现社会主义文艺的客观规律"；"也无助于正确地反映与区别两种不同

---

① 俞建章：《论当代文学创作中的人道主义潮流》，《文学评论》1980年第5期。

性质的矛盾";"也无助于正确处理文艺作品的歌颂与暴露问题"①。事实证明,社会主义存在着异化或异化现象,文艺也应该表现它们。

第三,文艺与人道主义的关系。新时期以来,随着《班主任》等"伤痕文学"的出现,描写人性、人道主义的作品越来越多,从《啊,人……》《人啊,人》《爱,是不能忘记的》等作品的名称就可见一斑。出于对"文化大革命"的反思和对现实生活中无视人的价值等现象的抗议,这些作品的出现是必然、必要而合理的。这些作品与学界就人性、人道主义、异化问题展开的讨论相呼应,通过感性、情感触及人的问题,甚至具有更大的冲击力。因此,文论界大都对文艺作品中的人道主义主题持肯定态度。其中,一部分论者继续按照"文学是人学"的方向发展,钱谷融重新论证了人道主义之于文学的意义:"文学既以人为对象,既以影响人、教育人为目的,就应该发扬人性、提高人性,就应该以合于人道主义的精神为原则。"他还从文学评价标准的角度肯定了人道主义:"人道主义原则是评价文学作品的一个最基本、最必要,也可以说是最低的标准。"② 高尔太与钱谷融的观点不谋而合,他从艺术本质的角度肯定了人道主义与艺术的密切联系:"历史上所有传世不朽的伟大文学艺术作品,都是人道主义的作品,都是以人道主义的力量,即同情

---

① 计永佑:《异化论质疑》,《时代的报告》1981 年第 4 期。
② 钱谷融:《〈论"文学是人学"〉一文的自我批判提纲》,《文艺研究》1980 年第 3 期。

的力量来震撼人心的。……艺术本质上也是人道主义的。"① 另一部分论者则从新时期文学中寻找人道主义的合理性。何西来从文学潮流嬗变的角度指出:"人的重新发现,是新时期文学潮流的头一个,也是最重要的特点,它反映了文学变革的内容和发展趋势,正是当前这场方兴未艾的思想解放运动逐步深化的重要表现。"其三个标志为"从神到人""爱的解放""把人当人",重新发现人在文学上表现为,人性、人情、人道主义的重新提出。②

这场讨论开始于20世纪70年代末,一直持续到80年代中期,并达到高潮。以胡乔木代表中央所发表的《关于人道主义和异化问题》一文为标志,讨论逐渐减少。客观地说,在这次讨论中,虽然反对共同人性、人道主义的学者为数不少,但是,赞同共同人性、人道主义的论者获得了更多的同情与道义上的支持。后来,一方面,这方面讨论的文章还时有出现,另一方面,这些问题又被转化为其他问题得到了讨论。应该说,这次讨论有其必然性和合理性,而且,由于讨论自由空间的扩大,这次讨论取得了不少的成绩,既有理论价值,又对创作产生了一定的指导意义。而且,还对以后的文艺主体性等问题的讨论奠定了基础。

在中国当代文艺理论史上,人性、人道主义讨论具有重要的意义。这次讨论取得了重要的理论成果,既有助于我们认识人性、人道主义,也有助于我们科学地理解文艺与人性、人道主义的关系。而且,这次讨论以理论的方式介入历史和现实问题,能够帮助我们

---

① 高尔太:《人道主义与艺术形式》,《西北民族学院学报》1983年第3期。
② 何西来:《人的重新发现》,《红岩》1980年第3期。

思考"文化大革命"和 20 世纪 80 年代在处理人的问题上的缺陷，这次讨论还推进了文艺对人的表现。今天，尽管社会有了很大的进步，但是，在对待人的问题上，无论是现实生活还是文艺都有不尽如人意之处。鉴于此，我们至今仍然需要从这次讨论中汲取经验教训，文艺理论与文艺创作也同样如此。

第二节 "《手稿》热"

《1844 年经济学哲学手稿》是马克思主义思想发展史上的一部重要理论著作，并因它与美学的密切关联及其丰富的美学思想而备受美学界的关注。20 世纪 80 年代，中国美学界围绕《手稿》的美学思想进行了广泛而深入的讨论，涉及了众多的议题。其中，有些论题属于马克思主义的基本理论问题，又是研究其美学理论的基础，本部分将讨论这些论题。

一 "自然的人化"

"自然的人化"（亦称为"人化的自然"或"人的本质的对象化"）是《手稿》中的一个重要命题，并对中国当代美学（尤其是新时期的美学）产生了重要的影响。这个命题主要是围绕人与自然的关系展开的，马克思在《手稿》中从主客观两个方面阐述了这个命题。从客观方面讲，人必须依靠自然，进而利用、改造自然为人类所用，人类的生产、实践活动的介入，使人类获得了区别于动物的族类的属性，也使自然成为实践的对象（或者说创造、观照、审美的对象）。

蔡仪对"自然的人化"评价不高，他认为，《手稿》的"人类化了的自然界"和"对象化了的人"的前提是"私有制的扬弃""一切人的感觉和属性的完全的解放"，而不是一般的人类实践。这样，"人类化了的自然界"是马克思对废除了私有制的社会的人与自然关系的表述，是特殊社会形态中的人类的实践。据此，蔡仪得出了独特的判断："我们认为《手稿》中所谓'自然的人化'和'人的本质力量对象化'的语句，根本不是表现马克思主义思想的，而是表现人本主义原则的。这种人本主义虽然从唯物主义观点出发，却终于走上了'物我交融，物我同一'的主观唯心主义的道路上去了。"①

与蔡仪的判断不同，多数美学研究者都从正面肯定了"自然的人化"的美学价值和理论意义。李泽厚是这方面的代表。首先，他认为"自然的人化"有助于认识美的产生、发展和美的本质，即通过漫长历史的社会实践，自然人化了，人的目的对象化了。其次，他扩大了这个命题的适用对象和范围，这个命题也应该包括诸如天空等未经人类直接改造、加工并留下了人工痕迹的自然和自然现象，并进行了广义、狭义的区分。他经过长期的思考和多次阐释，赋予了这个命题历史的视野和实践的维度。最后，他把"感官的人化"和这个命题联系起来并予以发展，在《美感谈》中他指出：

---

① 《蔡仪美学论文选》下，湖南人民出版社1982年版，第368—369页。

"人化的自然有两个方面，一个方面是外在自然，即山河大地的'人化'，是指人类通过劳动直接或间接地改造自然的整个历史成果，主要指自然与人在客观关系上发生了改变。另一方面是内在自然的人化，是指人本身的情感、需要、感知以至器官的人化，这也是人性的塑造。"①"感官的人化"不但包括了外部的自然的人化，也应该包括人的内在自然的人化，这样，就增加了人的感官、生理和心理等主体方面的因素，把审美主客体都考虑进来，进一步拓展了这个命题的内涵、适用性和意义。

有些学者把"人化的自然"与"人的本质力量对象化"联系或等同起来，为理解这个命题提供了新的可能。蒯大申从范畴的角度理解马克思的"人化的自然"，把它作为本体和关系的范畴，自然从人类出现前的"自在"状态发展为人类"观照和实践的对象"，并与人类的历史发生了关联。这样，它的含义就与"人的本质力量对象化"等同了："所谓'人化'就是人的本质力量的对象化，就是人的意志、目的在对象身上的实现。"②

对于认识马克思的基本美学思想、美的本质甚至整个美学学科，"人化的自然"都是极为重要的命题，无疑应该肯定其学术价值。美学界讨论关注了马克思的人本主义思想、人学思想的得失，不少学者极为重视马克思的人本主义思想、人学思想之于美学研究的重要价

---

① 李泽厚：《美感谈》，《李泽厚哲学美学文选》，湖南人民出版社1985年版，第384页。
② 蒯大申：《马克思"人化的自然"思想的美学意义》，《江海学刊》1981年第5期。

值，并尝试根据这些思想来研究美的本质、美感、美的创造和欣赏、美的功能、形式美等基本美学问题，从特定角度促进了对具体美学问题的研究，也有利于从整体上推进中国当代美学的建设。

二 "两个尺度"

马克思在论述人与动物的区别时谈到了"两个尺度"，《手稿》直接关涉"两个尺度"的文字是：

> 动物只是按照它所属的那个种的尺度和需要来构造，而人懂得按照任何一个种的尺度来进行生产，并且懂得处处都把内在的尺度运用于对象；因此，人也按照美的规律来构造。①

美学界对"（物）种的尺度"和"内在的尺度"的理解出现了很大的分歧。事实上，即使《手稿》的不同译本对"内在的尺度"的翻译也不尽相同：何思敬译本和《马克思恩格斯全集》第42卷都翻译为"内在尺度"，刘丕坤译本翻译为"内在固有的尺度"，朱光潜则翻译为"本身固有的（或内在）尺度"。

美学界关于"两个尺度"的理解主要有四种看法。第一种，"物种的尺度"和"内在的尺度"相同说，即二者的内容大致相同，都指对象自身固有的尺度，差异是叫法的不同和对象的细微区分。

---

① ［德］马克思：《1844年经济学哲学手稿》，人民出版社2000年版，第58页。

蔡仪就是这样认为的，他把"尺度"界定为"测定事物的标准""标志""特征"或"本质"，进而把二者等同起来："'物种的尺度'和'内在的尺度'，无论从语义上看或从实践上看，并不是说的完全不同的两回事。物种的特征既有外表的也有内在的，而所以说到'内在的'，不过是因为事物的内在的特征，比之外表的特征更难于掌握些。"① 王庆璠也持有类似的看法。第二种，"物种的尺度"和"内在的尺度"不同说，这种看法把"物种的尺度"解释为作为客体的对象的尺度，把"内在的尺度"解释为作为主体的人的尺度。以李泽厚为代表的多数学者都是这样认为的，尽管看法大致相同，但各自的侧重点、解释仍然有细微的差别。具体而言，李泽厚对"物种"作了宽泛的解释，把"物种的尺度"理解为"客观世界本身的规律"，把"内在固有的尺度"理解为"实践的目的性"，也就是人的"内在目的"②。刘纲纪把"物种的尺度"和"内在的尺度"分别理解为狭义的动物的尺度、人所要求的尺度。③

夏放强调了"物种的尺度"的客观属性："该物的机械的、物理的、化学的属性"，"内在的尺度"指"在实践中人的尺度与物的尺度达到统一而言的，这种统一是一个客观的实践过程。"④ 换言

---

① 蔡仪：《马克思究竟怎样论美？》，蔡仪主编《美学论丛》第 1 期，中国社会科学出版社 1979 年版，第 51 页。
② 李泽厚：《美学三题议》，《美学论集》，上海文艺出版社 1980 年版，第 163 页。
③ 刘纲纪：《关于马克思论美》，《美学与哲学》，湖北人民出版社 1986 年版，第 52—53 页。
④ 夏放：《"美的规律"和人的尺度》，《美学文集》，山东人民出版社 1984 年版，第 34—41 页。

第七章 20世纪80年代重申"文学是人学"运动

之,"内在的尺度"是人实践中运用"人的尺度"时所导致的它和"物的尺度"之间的取舍、协调、相互适应和统一,人的尺度大于并包含了"内在的尺度"。① 第三种,"物种的尺度"指主体、人的属性,"内在尺度"指作为客体的对象的属性或特性,朱光潜是这种看法的代表。在朱光潜看来,"物种的尺度"是包括人在内的动物的标准,"内在尺度"则是客体对象的客观规律或标准,二者具有很大的差异:前一条指的是每个物种作为主体的标准,不同的物种有不同的需要,"后一条比前一条更进了一步。对象本身固有的标准就更高更复杂,它就是各种对象本身的固有的客观规律"②。第四种,"物种的尺度"和"内在的尺度"异中有同说,即二者各有不同,但又有共同之处,都是主客观的辩证统一。马奇最早运用这种思路来阐释"内在的固有的尺度",它包括客观的"物的尺度"和人对客体的主观认识:"所谓'用内在固有的尺度来衡量对象',就是劳动者认识和运用自然规律。比如原始人用石头作投掷、打击工具,而不用土块。因为在实践中他逐渐懂得石头比土块坚硬。"③ 持同样看法的还有陆贵山等。

综上所述,中国美学界对"两个尺度"进行了深入而广泛的探讨,但无论翻译还是理解都是异见纷呈、难有共识。分歧的焦点主

---

① 夏放:《"美的规律"和人的尺度》,《美学文集》,山东人民出版社1984年版,第34—41页。
② 朱光潜:《朱光潜美学文集》第3卷,上海文艺出版社1983年版,第469—470页。
③ 马奇:《马克思〈1844年经济学—哲学手稿〉与美学问题》,全国高等院校美学研究会、北京师范大学哲学系编《美学讲演集》,北京师范大学出版社1981年版,第79页。

要在于"内在的尺度"指的是主体的人的尺度还是客体对象的特征。从讨论的情况看，多数学者都把它视为主体的尺度、人的尺度。实际上，马克思在《手稿》中是把这个问题与"美的规律"联系在一起论述的，对"两个尺度"的理解必然影响到对"美的规律"的理解，对前者理解的分歧也必然导致对后者理解的分歧。中国美学界对"美的规律"的理解也仍然是分歧重重，下面转入学界关于"美的规律"的讨论。

三 "美的规律"

马克思在论述人与动物的区别时涉及了"美的规律"，但没有明确的界定和解释，这为理解其准确的含义遗留了讨论的空间，也是导致学界分歧的重要原因。

20世纪70年代中期，蔡仪就发表了长文《马克思究竟怎样论美？》，该文集中体现了他对"美的规律"的理解。在这篇文章中，蔡仪提出，理解"美的规律"必须强调两点。第一，美的规律、美都是客观的："任何事物，无论是自然界事物或社会事物，也无论是人所创造的艺术品，凡是符合美的规律的东西就是美的事物。……那也就是说，事物的美不美，都决定于它是否符合于美的规律。那么美的规律就是美的事物的本质，或者说是美的事物所以美的本质。"[①]第二，美的规律是美的本质和规律："简单来说，美就是一种规律，

---

① 《蔡仪文集》第4卷，中国文联出版社2002年版，第151页。

是事物所以美的规律。"① 根据他的理解,美的规律就是通过鲜明的形象反映出美的事物的本质特征,也就是典型。蔡仪强调"美的规律"是一种客观存在的自然规律,他的观点得到了王善忠、张国民等人的支持。例如王善忠指出:"而所说'美的规律',应是指美在于客观事物本身,或者说,在客观事物中存在着规定事物之所以美的客观规律。"②

　　刘纲纪不同意蔡仪对"美的规律"的解释,早在 1980 年,他就撰文间接地提出自己的理解。刘纲纪的主要看法是:第一,马克思是从人的生产与动物的生产的本质区别出发去探求美的规律的,也就是从人类所特有的改造世界的实践活动出发去探求美的规律的。第二,马克思是从人类历史发展的广阔的视野内来观察美的规律的。他所说的美的规律,指的是从根本上决定着一切美的现象的本质的规律,不同于我们一般所理解的使某一事物成为美的那些较为具体的规律。第三,马克思所谓的美的规律,就他所讲到的物质生产劳动的范围来看,即就人对自然的改造的范围来看,是物种的自然尺度同人所提出的内在尺度这两者的统一。第四,马克思所说的美的规律同他所说的"人的本质的对象化"在根本上是一致的。③ 刘纲纪强调,应该从人类实践出发研究美的规律,美的规律指包括了物质生产和精神生产的、超越了某个或某类具体对象的美的规律,它是最根本的规律,美

---

① 《蔡仪文集》第 4 卷,中国文联出版社 2002 年版,第 147 页。
② 王善忠:《也谈"美的规律"》,程代熙编《马克思〈手稿〉中的美学思想讨论集》,陕西人民出版社 1983 年版,第 484 页。
③ 刘纲纪:《关于马克思论美》,《美学与哲学》,湖北人民出版社 1986 年版,第 54—55 页。

的规律感性地呈现了必然与自由的统一,这些都是"美的规律"应该涉及的东西。朱狄也不同意蔡仪对"美的规律"的理解。朱狄强调,《手稿》的主要研究对象不是美学,只是偶尔涉及美学,它并非严格意义上的美学著作。针对蔡仪的论述,朱狄根据自己对《手稿》的主要内容的理解,提出了一种不同的思路,即应该从人类生产实践活动和动物行为的差异、人类生产实践的特点入手来理解"美的规律"①。朱狄提供了新的思路,但没有就此展开细致的探讨,蒋孔阳由此出发,深入而细致地分析了人类实践活动的特点、依据"美的规律"进行的实践的特殊性和"美的规律"的含义。蒋孔阳认为,自由、自觉是人类的劳动实践的根本特征,前者意味着人类的劳动是一种不违背自然规律的创造的活动,后者意味着人能够意识到其劳动的行为及其目的。因为人类的劳动有这两种特性,所以,人类才能够"依照美的规律来塑造物体"②。

纵观20世纪80—90年代的讨论,我们可以发现,美学界争论的焦点主要有两点:"美的规律"关涉的是自然领域还是社会历史领域?"美的规律"是客观的还是主客观统一的?这个问题又与学界对"两个尺度"的不同理解密切相关,更增加了这个问题的复杂性。从讨论的实际情况看,多数学者都支持或坚持后一种观点。实际上,根据《手稿》的论述,马克思主要是在比较人的物质生产与

---

① 朱狄:《马克思〈1844年经济学—哲学手稿〉对美学的指导意义究竟在哪里?——评蔡仪同志〈马克思究竟怎样论美?〉》,程代熙编《马克思〈手稿〉中的美学思想讨论集》,陕西人民出版社1983年版,第127页。
② 蒋孔阳:《美的规律——蒋孔阳自选集》,山东教育出版社1998年版,第13页。

动物的本能性生产的时候才提到"美的规律"的,据此我们不难发现:"美的规律"与人的物质生产(或物质实践活动)的关系最直接,换言之,"美的规律"首先是物质生产的一种规律;人的物质生产活动必然体现着作为生产主体的人的因素,它也因此成为一种主体和客体相互作用的活动、一种社会历史现象。当然,审美生产、艺术生产与人的物质生产既有相同和相通之处,又有不同之处。如果承认这些并由此出发,根据具体的文本,再结合马克思关于"美的规律"的其他相关论述和他对"两个尺度"的论述(直接的字面上的联系、意义上的联系都无法回避),就可能研究出马克思的"美的规律"的含义。

四 "劳动创造了美"

在《手稿》中,"劳动创造了美"是马克思在论述异化劳动时提出的命题,具体来说,这个命题是马克思在批判国民经济学对资本主义社会中工人及其劳动的异化的分析中提出来的。马克思说:"劳动为富人生产了奇迹般的东西,但是为工人生产了赤贫。劳动生产了宫殿,但是给工人生产了棚舍。劳动生产了美,但是使工人变成畸形。劳动用机器代替了手工劳动,但是使一部分工人回到野蛮的劳动,并使另一部分工人变成机器。劳动生产了智慧,但是给工人生产了愚钝和痴呆。"[①] 换言之,这个命题并非是马克思直接从

---

① [德]马克思:《1844年经济学哲学手稿》,人民出版社2000年版,第54页。

审美的角度提出的，但劳动确实是马克思考察人类审美活动的一个重要维度，这个命题也从宽泛意义上揭示了美的产生。许多学者都肯定了"劳动创造美"的美学意义。郑涌充分肯定了劳动之于历史唯物主义、马克思的美学思想的意义："《手稿》正是在政治经济学中寻求对市民社会的解剖，把'劳动'、劳动的'异化'和异化的'扬弃'等作为现代的社会的范畴，揭示资本主义社会的各种关系和结构，从资本主义社会本身的内在联系说明资本主义历史，以此作为他建立历史唯物主义的起点。"[1] 刘纲纪高度肯定这个命题是"美学史上一个标志着美学的重大变革的命题"。

在这个问题上，也有一种意见否定"劳动创造了美"。他们或者质疑它是美学命题，或者否定这个命题及其美学意义。蔡仪对《手稿》有一个基本的判断，即马克思当时仍然深受费尔巴哈的人本主义的影响，其唯物主义具有不彻底性，尚没有达到历史唯物主义的高度。据此，蔡仪认为，马克思的劳动、实践等概念也是人本主义、唯心主义的，建立在这些概念上的"劳动创造了美"的命题自然也就失去了其意义。潇牧从可能性的角度理解"劳动创造美"并否定了它作为美学基本命题的合法性："'劳动创造了美'一语，仅仅是在劳动能够造美的涵义上提及的，而绝非是从美根源于劳动的角度来阐发的。他仅仅是肯定了异化劳动也可以生产美的产品，绝非是把'劳动创造了美'作为美学基本命题提出。"[2]

---

[1] 郑涌：《历史唯物主义与马克思的美学思想》，程代熙编《马克思〈手稿〉中的美学思想讨论集》，陕西人民出版社1983年版，第158页。
[2] 潇牧：《美的本质析疑》，《学术月刊》1982年第7期。

第七章 20世纪80年代重申"文学是人学"运动

判断"劳动创造了美"是否有价值必然涉及异化劳动能否创造美的问题（或者说，异化劳动与美的关系），换言之，不正确地回答后者就无法正确地回答前者。马克思在《手稿》中分别分析了劳动、人的本质、产品、人与人的关系的异化后，阐述了他对异化劳动的基本看法："我们已经看到，对于通过劳动而占有自然界的工人说来，占有表现为异化，自主活动表现为替他人活动和表现为他人的活动，生命的活跃表现为生命的牺牲，对象的生产表现为对象的丧失，转归异己力量、异己的人所有。"[①] 实际上，多数学者都承认自由、自觉的劳动能够创造美，但问题是，异化劳动对于美的创造和欣赏大都是不利的。因此，必须研究异化劳动与美的关系，当时，美学界主要研究了私有制社会中的异化与美的关系。美学界对于私有制社会中异化劳动能否创造美的问题，主要有两种看法：异化劳动不能创造美；异化劳动可能创造美。

异化劳动不能创造美。李泽厚非常明确地否定异化劳动能够创造美。多数学者认为，异化劳动可能创造美。例如，朱狄、蒋孔阳就肯定异化劳动可以创造美。他们主要从正面肯定异化劳动能够创造美，实际上隐含着问题的另一个方面，承认异化劳动常常摧残或不利于美的创造，甚至产生丑或不美的东西，这个问题也可以表述为，异化劳动既创造美又摧残美。

与其他问题相比，美学界关于"劳动创造了美"的讨论相对缓和些。事实上，包括劳动在内的人类实践确实与美有着非常密切的

[①] ［德］马克思：《1844年经济学哲学手稿》，人民出版社2000年版，第64页。

关系。在原始社会中，美的生产是与人类的物质生产活动直接联系在一起的，也可以说，美是人类物质生产的副产品。后来，随着社会分工的出现和发展，美的生产逐渐从人的物质生产中独立、分化出来，成为专门的领域和独特的一种生产，但是，美的创造和欣赏仍然离不开人类的物质生产及其成果，物质生产能够直接或间接地产生美，即使最为特殊的私有制社会中的异化劳动虽然总体上不利于或伤害到美的生产，但在特殊的条件下仍然可以产生美。因此，"劳动创造了美"的命题对于以历史唯物主义、辩证唯物主义为基础的马克思主义美学当然具有非常重要的意义，而且，这个命题也有利于从人类的物质生产和实践活动认识美的根源、产生、发展等问题。当然，不能靠这个命题一劳永逸地解决所有的问题，还要进一步有针对性地分析这个命题及其涉及的具体美学问题。

五 《手稿》讨论的美学意义

纵观中国当代美学史，《手稿》的作用和影响都是非常深刻而重要的。其中，中国美学界在20世纪七八十年代展开的讨论占据了显著的位置。这次讨论被称为"手稿热"，《手稿》的研究有了很大的拓展，其深度和广度都具有标杆意义，讨论存在着不少分歧，尤其是两种基本判断的对立仍然没能消除，但在有些具体的问题上也取得了一定的共识。《手稿》讨论不但关涉了哲学、美学的学术问题，还因与20世纪七八十年代的中国现实的密切联系而获得了强烈的现实意义。当时，思想界针对十年浩劫对人、人性的戕害，强烈

第七章 20世纪80年代重申"文学是人学"运动

呼唤对人、人性的尊重，长期遭受压制的人道主义思想受到极大的欢迎。作为中国的主流意识形态，马克思主义的权威性、合法性都是无可置疑的，借助马克思来宣传人道主义无疑是切实可行的途径和有效策略，而《手稿》也确实存在着人本主义、人道主义的因素，为宣传人道主义提供了可能，这样做还有针对性地批判了"文化大革命"的暴行和现实生活中存在的种种反人性的思想行为。而且，国外也存在着诸如"青年马克思""两个马克思"等争论。在此背景下，突出或放大马克思思想中的人本主义因素，呼唤人道主义，就成为当时思想界和美学界的主流，也具有现实的合理性，当然，也不能由此否认由此导致的对马克思思想的有意无意的误读、曲解甚至歪曲，更应该对此进行学理上的辨析、甄别、清理。

这次《手稿》讨论不但涉及许多具体的美学、哲学问题，还涉及对马克思主义、对《手稿》的全面理解。讨论之所以激烈、分歧很大，原因在于对马克思主义、对《手稿》的基本评价存在着巨大的差异，也在于讨论的具体问题的复杂性，而且，对马克思主义、《手稿》的基本评价必然在具体的研究中表现出来。同时，讨论的具体问题也都是相互联系的。这次讨论很有针对性，虽然多数讨论关涉的是具体的问题，但都直接或间接地深化了对《手稿》、马克思主义、马克思主义美学的全面而科学的理解和评价，也有助于澄清对《手稿》和马克思主义的误读、误解；《手稿》讨论直接或间接地促进了实践论美学的产生和发展；人本主义确实是马克思《手稿》的思想，讨论引发了对马克思的人学思想的重视，美学界直接或间接地运用这些思想来解决美的本质等美学的基本问题，也从特

· 183 ·

定角度促进了对这些具体美学问题的研究。

之后，随着文化语境的改变和美学界关注重心的转移，相关的讨论逐渐减少，换言之，《手稿》研究的高潮已经过去了。沉寂了几年之后，20世纪90年代中后期，讨论又有所升温。进入21世纪以后，仍然有讨论《手稿》的文章发表，但对其基本美学理论问题的研究则大为减少，已经很难与八九十年代相提并论了。这个时期的研究又有了新的变化，主要围绕着两个议题展开。一个是研究《手稿》的生态思想、生态美学思想。同时，仍有不少学者以《手稿》的美学观点进行文艺、文化评论。因此，客观地说，《手稿》的影响尚在。

综上所述，我们完全可以毫不夸张地说，《手稿》及其美学问题讨论极大地推动了中国当代美学、中国马克思主义美学的建立和发展，也是值得我们重视的美学遗产。

第三节　人的主体性与文学主体性

主体性，本是针对"文化大革命"期间人的主体地位遭到扭曲和践踏，在20世纪70年代末80年代初提出的哲学命题，80年代中期延伸到文艺学。"文学主体性"理论的提出和由此引起的热烈争论，也是20世纪文艺学自身发展的结果，是新时期文艺学历史链条上既无可回避也抹杀不掉的重要一环。它标志着文艺学研究的历史超越和从客体向主体、从"外"向"内"的转折。"文学主体性"理论，一方面由于它的倡导者理论素养和哲学功底的不足，另一方面由于时代历史和认识水平，具有局限性，必须给予历史性的批判和总结。

一 作为文学主体性的前提的人的主体性

"一切文化现象都必然与人相关，或者是直接相关，或者是间接相关。没有'人'的内涵，没有'人性'的内涵，没有'人'的物质的感性的存在，没有'人'的精神的理性的存在，没有'人'的看得见的形象、身影……或者看不见的思想、感情、理想、愿望、意志、目的……就没有文化。在这个意义上可以说，一切文化现象，都是'人化'现象。"① 在中国当代最早提出主体性问题的是哲学家而不是文学家。李泽厚在撰写于"文化大革命"当中、出版于1979年的《批判哲学的批判——康德述评》② 一书中，就对"主体""主体性"问题，作了初步的论述，但当时人们对这些提法似乎没有在意。到1981年纪念康德《纯粹理性批判》出版200周年时，李泽厚发表了《康德哲学与建立主体性论纲》③ 一文，才专门地论述主体性问题，并引起学术界的浓厚兴趣和广泛关注。随后，在1985年发表的《关于主体性的补充说明》④ 中，他又对"主

---

① 高清海、孙利天：《论20世纪西方哲学变革的主题与当代中国哲学的走向》，《江海学刊》1994年第1期。
② 李泽厚：《批判哲学的批判——康德述评》，人民出版社1979年版。
③ 李泽厚：《康德哲学与建立主体性论纲》，中国社会科学院哲学研究所《论康德黑格尔哲学》，上海人民出版社1981年版，第1—15页。
④ 李泽厚：《关于主体性的补充说明》，《中国社会科学院研究生院学报》1985年第1期。

体性"和"主体性实践哲学"的有关概念、范畴、结构、界限及其理论意义和发展前景等问题,进一步阐发了自己的观点。在《康德哲学与建立主体性论纲》一文中,李泽厚在解释什么是"主体"和"主体性"的时候,这样说:"相对于整个对象世界,人类给自己建立了一套既感性具体拥有现实物质基础(自然)又超生物族类、具有普遍必然性质(社会)的主体力量结构(能量和信息)。马克思说得好,动物与自然是没有什么主体与客体的区别的。它们为同一个自然法则支配着。人类则不同,他通过漫长的历史实践终于全面地建立了一整套区别于自然界而又可以作用于它们的超生物族类的主体性,这才是我所理解的人性。"① 显然,在李泽厚看来,"主体性"就是一定意义上的"人性","主体"就是一定意义上的"人"。必须特别强调,所谓"主体"即"人",它不是作为自然科学的概念的"人",而是作为社会科学和人文学科的概念的"人"。就是说,它不是指生物学上的动物性的人,也不是指供医学上考察和研究的仅仅被看作血肉之躯的抽象的人;而是指包含着丰富的社会历史内容、积淀着人类发展中全部文明和文化蕴藏的人,是在客观的社会历史实践中不断发展和丰富其"本质力量"(马克思语)的人,是既能够进行客观的物质实践又能够进行各种各样的主观精神活动的人,是既有七情六欲、喜怒哀乐、激情、欲望、意志,又有冷静的认识、思维、逻辑能力的人。最主要的,他是历史的具体的人,是能够进行自我规定的人,即他能够通过客观的社会历史实

---

① 李泽厚:《康德哲学与建立主体性论纲》,中国社会科学院哲学研究所《论黑格尔康德哲学》,上海人民出版社1981年版,第3页。

第七章 20世纪80年代重申"文学是人学"运动

践活动（包括物质实践和精神实践），自己创造自己，自己肯定自己，自己确证自己，自己发展自己。总之，主体作为感性和理性、个体和群体的矛盾统一，在内省与外察、顾后与瞻前的结合中，通过自己的实践来肯定、确证、发展、创造自己。"实际创造一个对象世界，改造无机的自然界，这是人作为有意识的类的存在物的自我确证"；而且从主体方面来说，"只是由于属人的本质的客观地展开的丰富性，主体的、属人的感性的丰富性，即感受音乐的耳朵、感受形式美的眼睛，简言之，那些能感受人的快乐和确证自己是属人的本质力量的感觉，才或者发展起来，或者产生出来。……五官感觉的形成是以往全部世界史的产物"[①]。

李泽厚的以主体性为核心的思想自20世纪70年代末开始，至少活跃了10年，波及学术各界，直到80年代后期才受到挑战。他所倡导的主体性理论，在10年间几乎成了某些学者，特别是某些青年学子的学术纲领。80年代中期刘再复及其同道所宣扬的"文学主体性"理论，就其基本内容、主要精神、理论指向、思维模式等而言，可以说是李泽厚哲学主体性和美学主体性思想在文学领域里的演绎和具体运用，只是多了一些文学家常常喜欢流露出来的文采和掩饰不住的情感色彩，个别地方甚至有些"艺术夸张"。其结果，一方面使主体性理论更通俗化，更容易为人们所接受，便于传播；另一方面也使得主体性理论"继承"了在李泽厚那里就有的优点和弱点。

[①] [德]马克思：《1844年经济学哲学手稿》，刘丕坤译，人民出版社1979年版，第50、79页。

二 从人的主体性到文学主体性

　　文学主体性理论的出现不但有其哲学的来源,而且就文艺学自身历史来看,也有它自己的发展理路——它是近代以来"人的文学"和"文学是人学"话语发展和深化的结果,是与"人的解放""人的觉醒"相联系、相伴随的"文的解放"和"文的觉醒"的结果。如果我们把眼光向历史的纵深处投视,我们会看到主体的呼唤、回归和展现,文学主体性理论的提出、发展和完善,是一个由潜在到显在的历史过程。

　　众所周知,在中国数千年的文化传统中,特别是封建社会儒家的文化传统中,"文以载道"、"经世致用"、道德教化等是最强大最持久的思想潮流之一,"文"被置于"载道"或"教化"的工具的位置上。相当于今天人们视为"审美活动"的"艺"的地位就更低。文艺常常被视为小道末技。汉代扬雄的《法言·吾子》中说:"或问:吾子少而好赋?曰:然。童子雕虫篆刻。俄而,曰:壮夫不为也。"[1] 程颐甚至提出"作文害道"[2]。他们都表现出对"文",特别是对"艺"的轻视和蔑视,这里面也包括对"弄文",特别是"弄艺"的"人"(今天我们所谓"文艺的创作主体")的轻视和蔑

---

[1] 汪荣宝:《法言义疏》,中华书局1987年标点本,第45页。
[2] 《二程语录》卷十一:"问:作文害道否?曰:害也。凡为文不专意则不工,若专意则志局于此,又安能与天地同其大也。《书》云:'玩物丧志',为文亦玩物也。"

第七章 20世纪80年代重申"文学是人学"运动

视。显然,在这种情形之下,是谈不到"文艺"的主体性的。直到近代特别是"五四"前后,在社会启蒙(包括思想的、文化的、政治的等启蒙)的大潮之下,出现了现代意义上的"人"的觉醒和"人"的解放,随之出现了"文"的觉醒和"文"的解放,才开始有了文学主体性的萌芽。胡适、陈独秀、李大钊、鲁迅、周作人诸人倡导的"人的文学",即可看作现代的文学主体性萌芽的一个表征。反过来说,文学主体性的这种萌芽,也正是"人的解放""人的主体地位"的一种表现形态。甚至马克思主义文艺学所倡导的"无产阶级文学""人民大众的文学""工农兵文学",等等,都贯穿着这条线,都同"五四"新文学运动中"人的文学"的方向是一致的,就其实质而言,都是为提高和增强人的主体地位和文学的主体性所做的努力。以往文艺学上长期受批判的某些所谓"错误"思想观点,如胡风的"主观战斗精神",今天看来正是"人的文学"、张扬主体地位的文学在20世纪40年代的一种特殊理论诉求。胡风强调"主观战斗精神",从其基本精神看,是要强调"主动地把握以及改造客观现实的人的素质",是要强调"主观能动性"可以使人在对象面前获得"自由的性格"[1],是要强调"客观事物只有通过主观精神的燃烧才能够使杂质成灰,使精英更亮,而凝成浑然的艺术生命"[2]。而且,即使谈到客体、谈到文学对象时,胡风也是突

---

[1] 参见胡风《论现实主义的路》,《胡风评论集》下,人民文学出版社1984年版,第320—327页。
[2] 胡风:《关于题材,关于"技巧",关于接受遗产》,《胡风评论集》中,人民文学出版社1984年版,第362页。

· 189 ·

出"人",他认为现实主义所面对的对象就是"活的人,活人底心理状态,活人底精神斗争"①。到20世纪50—60年代,巴人、王淑明提倡文学中的"人性""人情",钱谷融倡导"文学是人学",都是"五四"以来"人的文学"、张扬人的主体地位的文学的延续和发展。特别是钱谷融的"文学是人学",成为文学主体性理论的前奏曲,需要在此特别张扬。

三 "文学是人学"命题的来龙去脉

"文学是人学"这个口号最早是由苏联作家高尔基提出来的,那是20世纪20—30年代的事情。但高尔基的原话却并非今天我们所表述的"文学是人学",而只是包含这样一个意思。1928年,高尔基被选为苏联地方志学中央局成员,他在庆祝大会上致答词中解释自己毕生所从事的工作的性质时说,我毕生所从事的工作"不是地方志学,而是人学"。而且,高尔基整个一生都在强调,文学应该始终高扬人道主义精神,高唱人的赞歌;文学要塑造、歌颂、赞美"大写的人",要把普通人提高到"大写的人"的境界。总之,文学须以人为中心,不但以人为表现和描写的对象,而且目的也是为了人。这也就是他的"人学"的基本含义。

20世纪50年代,针对当时文学理论中的见物不见人的片面倾向,巴人在1957年1月号的《新港》上发表了《论人情》,王淑明

---

① 胡风:《人生·文艺·文艺批评》,《胡风评论集》下,人民文学出版社1984年版,第29页。

第七章 20世纪80年代重申"文学是人学"运动

在1957年7月号的《新港》上发表了《论人性与人情》，钱谷融在1957年5月号的《文艺月刊》上发表了《论"文学是人学"》。这些文章的共同特点是，张扬人在文学中不可替代的地位和价值，肯定人性和人情对文学创作的巨大意义，拒绝和抵制庸俗社会学和庸俗认识论的教条主义的公式化概念化的文艺思想。针对当时忽视人、忽视人情的庸俗化的文艺主张，巴人说："我似乎对于'人'这个社会存在，更引起注意和关心了。"① 钱谷融在《论"文学是人学"》中着重批评了当时已经介绍到中国来并且在中国已经流行的前述季摩菲耶夫的观点："人的描写是艺术家反映整体现实所使用的工具。"他说："这样，人在作品中，就只居于从属的地位，作家对人本身并无兴趣，他的笔下在描画着人，但心目中所想的，所注意的，却是所谓'整体现实'，那么这个人又怎么能成为活生生的、有血有肉的、有着自己的真正个性的人呢？"他发挥高尔基文学是"人学"的思想，反复强调："文学的对象，文学的题材，应该是人，应该是时时在行动中的人，应该是处在各种各样复杂的社会关系中的人。"

钱谷融的这篇文章虽然不可避免地有着当时那个时代的历史的和认识的局限，却达到了当时所能达到的最高理论水平。这篇文章的主要观点至今仍然有着重要的学术价值和启示意义。第一，当某些人只注意"现实"而忽视"人"的价值、"人"的意义、"人"的作用时，他突出了"人"，突出了"人"在文学中的中心位置，

---

① 巴人：《以简代文》，《北京文艺》1957年第5期。

并且响亮地提出了"文学是人学"的命题。第二，当有的人糊里糊涂地把文学中的人和现实分开来甚至对立起来，并且把它们之间的关系弄颠倒时，钱谷融指出，在文学中，"现实"就是人的现实，即"人的生活"，并且把颠倒的关系又颠倒过来："人和人的生活，本来是无法加以割裂的，但是，这中间有主从之分。人是生活的主人，是社会现实的主人，抓住了人，也就抓住了生活，抓住了社会现实。"第三，钱谷融突出强调了"文学是人学"命题的灵魂：人道主义精神。"文学是人学"的命题是对中国和外国优秀文学中人道主义精神的继承，特别是对"五四"以来倡导"人的觉醒""人的解放"，提倡"人的文学"的优秀传统的继承。

从学理上来看，对"文学是人学"的批判表明，长期以来我们的文艺学重"物"而轻"人"，重"外"而轻"内"，重"客观"而轻"主观"，重"客体"而轻"主体"。它忽视了文学的对象根本上是"人"；忽视了文学的特性之一就是对人的内在精神世界的挖掘、表现和描绘，是对人的灵魂的塑造、改造和创造；它忽视了作家是真正意义上的"人类灵魂工程师"。这种偏颇直到1978年结束了"左"的思想路线之后才逐渐得到纠正。于是，有了20世纪80年代"文学是人学"的再度张扬。而这种再度张扬，同这个命题在30年代提出时，以及50年代对它弘扬时一样，也是具有尖锐的现实针对性的。它针对的就是蔑视艺术特性和艺术创作的特殊规律的文艺思想，针对的是以"左"的面目出现的文艺教条主义，针对的就是文艺学领域横行和猖獗的肆意践踏人的价值的文化专制主义，也针对"文化大革命"要么把人神化、要么把人兽化的形而上学和唯心主义文艺思潮。

显然,"文学是人学"在20世纪80年代,比起30年代(高尔基)和50年代(钱谷融),其理论内涵有了更新和更深的发展。80年代提出哲学主体性,进而又提出文学主体性,这是"五四"新文学运动以来"人的文学"的精神、社会主义人道主义文学精神的恢复和发展。

四 文学主体性的意义

文学主体性理论的较早提倡者和主要阐发者是刘再复。他于1985年在第2、3期《读书》发表的《文学研究思维空间的拓展》和1985年7月8日在《文汇报》发表的《文学研究应以人为思维中心》中,提出文艺学研究的重心要从客体转向主体,要进一步开拓研究的思维空间,"应当把人作为文学的主人翁来思考,或者说,把主体作为中心来思考"。随后,在1985年第6期和1986年第1期《文学评论》上发表五万余言的长文《论文学的主体性》,集中阐发"文学中的主体性原则":"就是要求在文学活动中不能仅仅把人(包括作家、描写对象和读者)看作客体,而更尊重人的主体价值,发挥人的主体力量,在文学活动各个环节中,恢复人的主体地位,以人为中心、为目的。"他特别强调了文艺创作主体性的两层基本内涵:一是文艺创作要把人放到历史运动中的实践主体的地位上,即把实践的人看作历史运动的轴心,看作历史的主人,而不是把人看作物,看作政治或经济机器中的齿轮和螺丝钉,也不把人看作阶级链条中的任人揉捏的一环，把人看作目的而不是手段，看作目的王国的成员而不是工具王国的成员；二是文艺创作要高度重视人的精神主体性，重视人在历史运动中的能动性、自主性和创造性。

刘再复上述既包含合理因素又有重大疏漏的理论表述，引起学术界长期争论。在他之后，又有两部比较重要的论著出版，即陆贵山著的《审美主客体》和畅广元主编的《主体论文艺学》。前者努力运用马克思主义的唯物辩证法论证审美主体与审美客体的辩证关系和"交互作用"，在这个基础上考察审美主体（文学主体）的"艺术个性""心理机制""审美理想""社会本质"，并对西方艺术哲学特别是对现代西方艺术哲学"主体论"的思想局限和合理内核进行了批判分析。后者也力求把自己的理论建立在马克思主义关于人的学说的主体论思想基础上，提出了"文学：主体的特殊活动"这一核心命题，并吸收了文学主体性论争中双方的有价值的理论观点，避免他们的弱点，形成了自己的带有体系性的主体论文艺学思想。

文学主体性理论的提出、阐发和由此引起的热烈争论，是20世纪80年代最惹人注目的学术景观之一，是新时期文艺学自身学术发展链条上既无可回避也抹杀不掉的重要一环，或者可以说它是新时期文艺学历程中标志着学术研究转折的一个关节。第一，它标志着文艺学研究的重心从客体向主体的转折。就20世纪的中国而言，80年代以前的文艺学主要是重在文学客体、文学对象的"客体论"文艺学，认识论文艺学（现实主义文学理论）是它的主要表现形态。到70年代末"十一届三中全会"之后，整个社会

第七章 20世纪80年代重申"文学是人学"运动

的文化氛围和基本的思想路线变了,文艺学上的那种顽固观念才有了改变。80年代,文艺学研究发生的一个微妙变化就是研究重心逐渐由"客体"向"主体"转移。文学主体性、主体论文艺学的出现就是这种转移的主要表现。应该看到这种转移在新时期文艺学发展中的积极价值和良好作用。关注主体,有益于纠正以往只注重客体的理论偏颇;另外对以往文艺学中确实肆虐过的"机械反映论"是重大冲击和扫荡,有利于文艺学的健康发展。应该承认,文学主体性理论确是克服机械反映论弊病的一剂相当有效的药丸。然而必须注意的是:提倡和阐发文学的主体性理论,同样不能"唯我独优"。文学主体性、主体论文艺学,同客体论文艺学、现实主义文学理论一样,也不是万能的、涵盖一切的,也有它的理论边界和局限性。如果把文学主体性、主体论文艺学神化,就会走到另一极端。

第二,主体论文艺学的倡导还是20世纪80年代的文艺学研究重心从"外"向"内"转折的重要表现。80年代的中国文学界,无论是创作实践还是理论批评,曾经有过一个很重要的带倾向性的现象,即所谓"向内转"。理论批评中的"向内转",主要表现在重提"文学是人学"的命题、"文学主体性"的提倡、文艺心理学成为一门显学、文艺美学的创建等几个方面,而其中"文学主体性"理论的提倡无疑是其最显著的表现。从整体上说,文学主体性理论的提倡表明,文艺学学术研究的关注点发生了某种程度的位移,即从重文学的外在关系的研究转而重文学内在特性、文学自身种种问题的研究。

五　文学主体性的理论局限

任何理论都既有其优势又有其局限。"文学主体性"理论的局限，一方面是它的倡导者理论素养和哲学功底的不足给它造成的局限和缺陷；另一方面是它同任何理论一样不可避免地有它的时代的和历史的局限。

先说第一个方面：倡导者理论素养和哲学功底的不足给"文学主体性"理论造成的局限和缺陷。由于刘再复本人的理论素养和哲学根柢不深，他在从李泽厚那里接过"主体性"命题并运用于文艺学时，既在一定程度上承袭了李泽厚的弱点，又在一定程度上减弱了李泽厚理论论述的科学性和准确性。譬如，李泽厚在1976年前写的《批判哲学的批判》和1981年发表的《康德哲学与建立主体性论纲》中，是从"人性发生学"角度来阐释"人类主体性"问题的。他以"人类超生物种族的存在，力量和结构"的强调为开端，认为，人类主体性在漫长的历史性活动中展现为主观及客观两种显示形态：客观形态为实践性的工艺—社会结构；主观形态为精神性的文化—心理结构。而这文化—心理结构作为人性的载体，凝聚人类文化价值信息，它是受制于工艺—社会结构，并萌生和展开于这一结构的历史性进化过程中。正是由于人类发展中的这两大显现形态的历史生成和进化，人类拥有了区别于一般生物界的人性发生，拥有了主体性的内化形态，或称精神主体性。刘再复就是从这里入手汲取其中哲学思想的养分，衍生出自己的文学主体性理论。但当

第七章　20世纪80年代重申"文学是人学"运动

他将其纳入自己的美学体系进行再阐发时，正如夏中义[①]所指出的，着力点发生了重大的转移，即由人性发生学的外在群体性研究转向人性形态学的内在个体性研究。李泽厚的人类主体性的实践哲学，是从人类群体本性的历史发生出发，强调外在客观即实践工艺—社会结构之于人性发生的重要作用的。在李泽厚的人性发生学论述中，主体性与客观历史性的关系是重要的，文学主体与包括物质前提在内的社会文化背景的精神血缘是无法割裂的。然而，李泽厚的主体性理论到了刘再复这里，发生了很有意味的变化：人性发生学角度被人性形态学论述所替代，人类群体外在结构的强调被人类个体心灵内在诗化形态所置换，而"文学主体"与特定社会历史条件的血缘关系也在这替代置换中被一笔抹去，变成一个游离于历史客观制约之外的精神主体。

造成"主体论"由哲学命题到文学命题的"走调"与变形的原因，绝不仅仅在于刘再复感性诗化思维与李泽厚理性哲理思辨的差异，更主要在于刘再复那在新时期特定思潮背景下复生的源于西方早期人文主义的文化态度。20世纪80年代中期的中国，是中华民族潜在生命意识空前自觉且表现强烈的时代，中国的文学家已开始走出"人"的贫困及"文学的贫困"，在思维的精神领域，为至高无上的人的价值争得一片理性地位。正是这样一种高扬人的主体性的时代思潮，使人们进一步意识到自身的丰富性及自身力量的伟

---

① 参见夏中义《新潮学案》一书中论述刘再复的部分，上海三联书店1996年版。夏中义对刘再复的批判分析，许多地方是中肯的。本书借鉴和吸收了他的许多有价值的观点，特此申明。

大，因此，把人当作历史的主体、尊重人的价值、发挥人的自主创造精神成为这一时代的吁求和需要。古典人道主义的情怀使刘再复毫不犹豫地抹去了李泽厚实践主体论中人性发生学意义，同时他又同李泽厚一道回避人道主义和主体性的限度，使整体理论沉湎于早期人文主义的文化天真中。于是，在刘再复"文学主体性"理论中，意大利文艺复兴时的人文主义对人价值尊严的纯情弘扬被当作人的永恒本体属性，进而被奉为文艺创作的准则和范本。

这里也就引出"文学主体性"理论的第二个方面的局限，即人道主义和"主体性"本身历史和时代的局限。正如有学者在20世纪80年代末的一篇文章中所指出的，"文学主体性"的理论大厦，是建立在西方15世纪文艺复兴时代以来的古典人道主义及其主体性理论的基石上的："刘再复的主体性理论同古典人道主义及主体性理论的血缘关系是一望即知的。虽然他也曾参考了一些现代思想家的著作，比较注重个体存在的意义，但他的理论实质上仍然属于古典人道主义的范畴。"[1] 虽然在80年代的中国，"主体性"的提出本身即意味着它是当代的一个时代命题，但很可惜，无论是李泽厚还是刘再复，都没有赋予它更深刻更具体的当代规定性，以至于这个命题在他们那里显得比较空泛，没有充分体现出20世纪80年代中国的气息和内涵。

尽管文学主体性理论存在着逻辑不周严和论述欠妥当的问题，但它对于新时期文论革新的意义还是不可低估的。它将以"人"为

---

[1] 陈燕谷、靳大成：《刘再复现象批判》，《文学评论》1988年第2期。

本的文学观念注入文艺理论系统，带来理论的内部结构的深刻变革。它不仅使经过重新阐释的文艺反映论"内在地融入了主体性内容"，使之发生了本质的变化，而且促使了文论领域中主体意识的强化，激发了研究者们的理论自觉和建立新的批评模式的热情，从而推动了文艺学研究方法的多样化发展。同时，主体意识的强化与思维方式的变革相配合，带来了人本主义流向中众多研究方法，诸如文艺心理学方法、文学人类学方法等的兴起和拓展。总之，文学主体论的确立，为新时期更加富有生命力的新型文论体系建立提供了有力的观念前提和方法论依据。

第八章　科学方法论在文学领域的历险及其理论意义

20世纪80年代的中国文学理论与批评，呈现出纷繁复杂的局面。新的方法不断涌现，新的词语让人应接不暇。除采用已有的研究方法外，许多学者尝试着运用一些自然科学的方法来研究文学，其中，1985年被称为文学批评的"方法论年"。一般将这一时期的流行方法概括为"老三论"和"新三论"：所谓的"老三论"包括系统论、控制论和信息论；"新三论"包括耗散结构论、协同论和突变论。系统论、控制论、信息论，以及耗散结构论等"新"理论，这些新的方法，对于冲破当时文学理论僵死的结构有着积极的意义，受到了文学理论家和批评家们的欢迎。

第一节　科学方法论历史缘起

20世纪80年代初，国内学术界出现了试图把文学研究与科学方法论联结起来的倾向。这种做法的合法性被追溯到亚里士多德的《工具论》以及培根的《新工具论》。笛卡儿的《方法谈》以及牛

第八章　科学方法论在文学领域的历险及其理论意义

顿、穆勒等人的相关论述则被认为是"方法论"的总结和补充。从当代中国文化演进的角度来看，在1978年之后出现这种现象是一点也不奇怪的，"文化大革命"十年里最尖锐的辩论之间，就有"武器的批判"与"批判的武器"之争。就文学研究而言，我们又必须承认，文学方法论之"热"，绝对不是"文化大革命"大批判的延续，而是在新的历史时期内学术界对于文学研究的新的探索。当时的文学探索，对于现今的文学理论依然具有很大的影响。童庆炳主编的文学理论教程至今把文学理论归纳为七种基本形态：文学哲学、文学社会学、文学心理学、文学符号学、文学价值学、文学信息学、文学文化学。[①]

我们认为，20世纪80年代初，国内文学研究科学方法论热的形成，是中国文化发展特殊时期的特殊产物，归纳起来，科学方法论热的形成，不外乎三大主要成因。首先是我国文学界欲借科学的春风实施研究的新突破，其次是我国学术界试图在文学"创作方法"嬗变之际力图进行文学研究方法的开拓，最后，文学研究科学方法论热，是改革开放初期人们对于"外国"的新奇与试图和国际接轨的愿望在起作用。

在文学批评领域中兴起科学主义的潮流，也有一个历史发展的过程。早在科学主义潮流大行其道之前，在文艺美学的理论研究与文艺作品批评之中，全国热议的话题是"形象思维"问题的讨论。当学界普遍认同"形象思维"这一说法时，其实努力要寻找艺术不

---

① 参见童庆炳主编《文学理论教程》（修订二版），高等教育出版社2004年版，第12页。

同于哲学认识论的独特性，是文艺走出认识论的一面大旗；曾经多次论述过赞同形象思维的李泽厚，在1980年提出，形象思维不是"思维"，同时也终结了艺术作为一种认识的呼声。在形象思维讨论逐步淡出理论界的视野时，它以多个不同的方向走向了文艺美学更为广阔的研究领域，其中包括对原始思维的研究、形象思维的跨学科研究与古典美学的研究。在对形象思维的跨学科研究的过程中，其实已经包含了我们今天所谈到的科学主义潮流的萌芽。可以说，1980年的形象思维讨论文章，越来越具有（自然）"科学"的内涵，由此也带动了关于艺术与科学关系的思考。

苏联及东欧的文艺理论主张对"科学方法论热"的作用不可低估。发表于《国外社会科学》1982年第2期上A.布明什的《文学学的方法论问题》和发表于《国外社会科学提要》1982年第九辑上H.马尔凯维奇的《现代文艺学的方法论问题》是较早的两篇论文，对于我国的方法论研究有很大的启迪作用。但在"方法论热"持续过程中，东欧思想界的影响逐渐消退，西欧和北美的思想家起到了支配作用。

20世纪80年代文化艺术出版社出版《美学文艺学方法论》一书，内有"历史唯物主义是分析审美活动的世界观：方法论基础"等章节，并介绍了"西方马克思主义"的方法论。其时江西省文联对于文学批评的方法论十分关注，连续推出了几部著作。① 除了将文学批评方法区分为"道德批评"和"心理批评"以及"原型批

---

① 参见江西省文联文艺理论研究室编《文学研究新方法论》，江西人民出版社1985年版。

第八章 科学方法论在文学领域的历险及其理论意义

评"等方面，还介绍了"新三论"与"老三论"等科学方法论。

1986年由江西人民出版社出版的傅修延、夏汉宁编著的《文学批评方法论基础》把方法论分成了三个基本类别：逻辑方法、批评模式、横向方法。列表如下：

逻辑方法 ｛ 归纳法 / 演绎法 / 分析与综合法

批评模式 ｛ 心理批评 / 原型批评 / 形式主义批评 / 结构主义批评 / 社会批评 / 比较文学

横向方法 ｛ 系统论 / 控制论 / 信息论 / 数学方法 / 其他自然科学方法

显然，其中的"横向方法"就是科学方法论在文学研究中的运用。

第二节 "老三论"在文学研究中的运用

一 系统论方法在文学研究中的引用

系统论的创始人是美籍奥地利生物学家贝塔朗菲，其于1968年出版了《一般系统论：基础发展和应用》。文学研究中所使用的系统论，实际上应称为"一般系统论"，贝塔朗菲的界定是这样的：一般系统论是一个逻辑——数学领域，它的任务是表述和推导适用于"系统"的一般原理，不论其组成要素以及其相互关系或"力"的种类如何。贝塔朗菲从生物学的角度出发，强调要把对象当作一个整体、一个系统来进行研究，并尽可能要用数学模型去描述和确定该系统的结构和行为。他所谓的"系统"，实际上是指由相互作用、相互依赖的若干组成部分结合成的、具有特定功能的有机整体。

改革开放之后，系统论方法也迅速被我国学者所接受，王兴成发表于《哲学研究》1980年第2期上的《系统方法初探》一文，就是我国在十一届三中全会之后最早介绍和使用系统论方法的一篇文章。张世君发表于《外国文学研究》1982年第4期上的《哈代"性格与环境小说"的悲剧系统》被看作最早采用系统论方法研究文学作品的论文。林兴宅发表于《鲁迅研究》1984年第1期上的《论阿Q性格系统》一文，则被看作纯熟运用了系统论方法来进行文学研究的一篇力作。在林兴宅看来，一个青蛙绝对不仅仅是脑

第八章　科学方法论在文学领域的历险及其理论意义

袋、肚子和四条腿组合而成的，假如把它们拆解开来看，还是那些部分，但我们看到的是一个死的青蛙。对于生物学和医学来说，需要从系统论的角度去拆解、替换青蛙的某些器官，最重要的是还要组装回去，青蛙还要是活的。林兴宅的这些看法，与贝塔朗菲的说法是一致的。

系统论认为，复杂的事物是一个系统，而系统本身又是它所从属的一个更大系统的组成部分。青蛙是一个系统，但是它属于荷塘这样一个更大的系统，在荷塘这个更大的系统里面，青蛙吃蚊子，水蛇吃青蛙。汽油机是一个系统，但是它必定要属于汽车这样一个更加复杂的系统，汽车则属于城市这个超级系统。汽缸加上轮子再加上汽油会产生"系统质"，活动的许多汽车也照样可以产生"系统质"。战时机场停电，把一个城市仅有的几百辆汽车集中起来，分成两排，就组合成了新的机场降落照明体系。这个临时的降落照明体系不是汽车生产厂家设定的，一辆汽车也没有这样的功能，但当几百辆汽车组合起来的时候，临时性的降落照明体系就形成了。林兴宅显然注意到了这一点。在其论文中，林兴宅竭力把阿Q性格系统纳入更大的社会系统中去研究。在林兴宅看来，阿Q性格乃是半殖民地半封建的中国社会的产物，"精神胜利法"其实就是当时中国社会这个巨大的系统所产生出来的系统质。离开了当时的社会背景，"精神胜利法"就失去了其典型意义。

在此期间，肖君和《关于艺术系统的分析和思考》[①] 以及林兴

[①] 肖君和：《关于艺术系统的分析和思考》，《当代文艺思潮》1984年第6期。

宅《系统科学与文艺研究》①等论文，都从系统的角度论述了文艺现象。苏联学者弗洛罗夫《科学与艺术》②等论文也在本时期被陆续介绍过来。其中，苏联学者卡冈的《艺术形态学》1986年在我国出版中译本，第一次就印了10000册③。卡冈是苏联最卖力宣传系统论的学者之一，他用系统论的方法来研究包括文学在内的艺术，认为艺术本身是一个复杂的系统，艺术系统需要归入社会文化和艺术文化大系统中去加以研究。为了搞清楚艺术系统，卡冈引入了"形态学"这样一个概念。他认为，文学艺术都需要搞清楚"种类"，而种类是由不同的文艺作品的形态决定的。诗歌之所以是抒情的，是因为音乐本身是抒情的。

二 控制论

控制论也是"老三论"之一，是美国数学家维纳同他的合作者共同创立的。1948年，维纳出版了《控制论》一书，宣告了控制论的诞生。它试图摆脱牛顿经典力学和机械决定论的束缚，用新的统计理论来研究系统运动的状态、行为方式和变化趋势。控制论是竭力维护系统的稳定，并揭示不同系统的共同的控制规律，力求使特定的系统按预定目标运行的一门科学。

---

① 林兴宅：《系统科学与文艺研究》，中国社会科学院文学所编《文学思维空间的拓展》，工人出版社1988年版。
② ［苏］弗洛罗夫：《科学与艺术》，刘伸译，《国外社会科学》1985年第4期。
③ ［苏］莫·卡冈：《艺术形态学》，凌继尧、金亚娜译，生活·读书·新知三联书店1986年版。

第八章　科学方法论在文学领域的历险及其理论意义

与系统论一样，控制论也是一门很早就具有了跨学科性质的学问。1965年商务印书馆出版的《控制论哲学问题译文集》就是专门讨论控制论与哲学之间"联姻"的著作。A. F. G. 汉肯《控制论与社会》一书的中译本1986年在我国出版，[①]把控制论的理论和社会分析直接联系起来。汉肯论述了刺激—响应模型、规范模型以及广义模型和作为决策者的人之间的内在关联。显然，这样的论述为我们的新时期文艺理论研究提供了思想武器。人们很容易把文学艺术看作一种可以推断出社会发展趋势的可控制系统。

控制论对于文学艺术界最有吸引力的名词是"反馈"。控制论十分关心系统的功能、系统内人们行为方式方面的变化。而系统的功能以及稳定，对于其外在的影响因素来说，就表现为"反馈"。文学是社会生活最及时、最深入的一种形象的反馈。当代作家何士光的短篇小说《乡场上》所表现的老实巴交的农民，就因为改革开放了，面对把持着乡村市场与交换的"罗二娘"伸直了自己的腰杆子。但是如果仔细分辨起来，就会发现其中的问题不那么简单。因为正如有的学者在研究陈奂生系列小说时所注意到的，[②]作家作为创作的主体，一定要关注读者的反馈。那么，何士光的小说在社会上的反馈就不仅仅是关注读者反馈从而写出系列小说这么简单的问题了。事实上，"文化大革命"前的1965年，商务印书馆出版的《控制论哲学问题译文集》里面，就收入了维纳等人的文章，其中

[①]　[荷] A. F. G. 汉肯：《控制论与社会》，黎鸣译，商务印书馆1984年版。
[②]　程文超：《从反馈角度看陈奂生系列小说的创作》，《当代文艺思潮》1984年第4期。

已经论及反馈的两种基本类型：正反馈与负反馈。在 20 世纪 80 年代出版的著作，如鲍昌主编《文学艺术新术语辞典》①已经详尽地论述了控制论的反馈问题。还拿何士光的短篇小说《乡场上》来说，小说对于中国社会这个超级系统是一种反馈，但是它是追求"正反馈"还是"负反馈"？显然是追求负反馈。因为控制论里面的正反馈是说系统的输入加剧了系统偏离目标的运动，使得系统不再进行稳态运作。或者说，正反馈就是使系统不稳定、不正常、不能够维持的反馈。在 20 世纪 80 年代的方法论热中，黄海澄等已经从控制论的角度论述了文学艺术对于社会生活的积极意义。②就控制论的反馈来说，何士光的《乡场上》显示的是我国的原有经济即将面临崩溃之后，改革开放为最基层的民众带来物质与精神两方面的生活变化。它是使系统的输入尽可能少地干扰稳定性的一种反馈。从这个角度来看，"负反馈调节"就是文学艺术的一种职能，尤其是现实主义文学艺术的职能。

  其时的学者们已经意识到，控制论的负反馈、正反馈在文学艺术中的表现也不可一概而论。在推翻"三座大山"的过程中出现的文艺作品，所追求的就是"正反馈"。控制论还要研究系统的变动趋势。对于维纳等人来说，由于当时美国已经进入了汽车社会（纽约市区是 20 世纪 50 年代禁止自行车上街的），大家都要使用的汽车等机器就成了控制系统变动趋势的最急迫的任务。新学开车的人

---

  ① 鲍昌主编：《文学艺术新术语辞典》，百花文艺出版社 1987 年版。
  ② 参见黄海澄《从控制论观点看美的客观性》，《当代文艺思潮》1984 年第 1 期。

第八章　科学方法论在文学领域的历险及其理论意义

练习"揉库","打轮看发展"是教练一定要教的,关键在于如何才可以看出"发展"来。这里的"发展"就是教练车即将出现的运动的趋势。每小时120公里疾驰的汽车超车,驾驶员必须准确把握前车的活动趋势,控制不好就会出大事。林兴宅在其《论文学艺术的魅力》[①]一文中,就反复强调要对文学艺术进行"魅力的动态考察"。文学艺术的文本不一定是动态的,它们的"魅力"却一定是动态的。文学艺术所反映的社会生活也一定是动态的。我们的文学研究如果不用动态的眼光看问题,自然也就难免片面和武断。

三　信息论

信息论是由美国数学家香农创立的,他在1948年发表的《通讯的数学理论》奠定了信息论的基础。反观信息论的发展,我们可以看到梵·布希在1946年发表于《大西洋》杂志上的《像我们一样可以思考》一文,对于信息的处理、传播和存储就已经有了极为深刻的论述。可以说,信息论是现今广泛使用的电脑与网络的理论基础之一。

信息论试图用概率论和数理统计等方法,从量的方面来研究信息如何获取、加工、处理、传输和控制。在信息论看来,任何事物都具有信息。而所谓信息,就是指我们可以接收的外在事物中所包含的新内容与新知识。与系统论和控制论一样,信息论从诞生之日

---

① 林兴宅:《论文学艺术的魅力》,《中国社会科学》1984年第4期。

起，就具有一种和人文、社会领域靠近的趋势。鲍昌所主编的《文学艺术新术语辞典》就已经指出，就文艺来看，任何文学艺术都是信息的运作。信息论研究的目的之一是减少和消除人们对于陌生事物认知的不确定性。

信息论可分为"狭义信息论"与"广义信息论"。狭义信息论主要研究在通信系统中普遍存在着的信息传递规律、如何提高各信息传输系统的有效性和可靠性的一门通信理论，是现今的IT行业从业者的必修课程。例如"信道"与"噪声"等概念，就是属于该学科的基本范畴。

陈辽1986年在人民文学出版社出版的《文艺信息学》是比较引人注目的一本书。① 这是因为其时在俗称"老三论"中，运用系统论来研究文学的最为深入，而运用信息论来研究文学的专著与论文不仅数量少，而且鲜有可圈可点的成果。尽管如此，陈辽的《文艺信息学》还是有其特定价值的。该书首先认定我们即将进入一个信息化的社会，文学就是这个社会中的一种特殊的信息。

由于当时的特殊环境，信息的"输入""输出"与"存储"这些问题，在当时的我国文学研究界还是颇受关注的问题。从广义信息论的角度来看，一切事物都是通过获取、传递、加工与处理信息而实现其有目的的运动的。从这个角度来看，证券市场是信息市场，文字传递就与信息论所阐述规律更加接近了。应该承认，在某种程度上说，信息论能够帮助人类固化认识，有助于传输知识，在

---

① 李欣复的《形象思维与信息论》是比较早地运用信息论研究文学艺术的论文，发表于《当代文艺思潮》1983年第5期。

第八章 科学方法论在文学领域的历险及其理论意义

现代社会日益注重交往的情况下,信息论也有其重要的作用。正如上文所说,信息论研究的目的之一是减少和消除人们对于陌生事物认知的不确定性。社会不断变化,我们随时都需要大家对于自己生活其中的社会的解读以及反馈。就此而言,文学艺术是20世纪80年代最普及的社会信息。

也有部分学者从文学创作的角度,展开了文艺信息学的研究。有的学者直接把作家的大脑看成是计算机中的"软件"。[1] 在这些学者看来,文艺创作要反映的生活,乃是信息论中的"信源"。任何文艺创作都要分析外界的信息因素,这就比如计算机处理信息。但是,作为文艺创作主体的作家和艺术家,又不仅仅是像软件那样机械地处理输入的信息并将它们的运算结果显示出来。作家的大脑只是接收和处理这些信息的一个中枢。文学的创作过程是一个极为复杂的过程。其中,作家从现实生活中选取哪些信息,也就是说哪些信息可以进入通往大脑这个处理中心的"信道",则取决于信源里面的信息是否是作家"对象性的客体"。只有那些进入了作家的情感记忆和儿童经验,并且被作家有意识或者无意识地保存下来了的信息,才可以被调动起来,进入"软件"之中。

也有学者从信息传输过程中的"噪声"这一角度研究了中国神话。在他们看来,生活是信源,神话是信道,神话时代的接收者是

---

[1] 参见陶同《从信息流程看艺术创作本质的层次》,《求实学刊》1984年第5期。其后,陶同还出版了《大智慧》一书,集中讨论创作与思维等问题。另外,颜纯钧在《当代文艺探索》1986年第6期上发表了《文学的信息论问题》。

· 211 ·

信宿[1]。就我国的情况看，上古神话不仅仅是信息那么简单，它是口头的和歌舞的表演与传说，因此神话被看作一直处于传输状态的信息。或者，干脆就是信道。而在信息的最终接收者即信宿那里，我国的上古神话遭遇了势力强大的历史、哲学、宗教的噪声。因此，我国的上古神话在其传输过程中由失真而变形，最终弱化而变得支离破碎。

从"老三论"引入到我国文学的情况来看，20世纪80年代的研究者做了比较扎实的探索，有许多科研成果对于今天我国的文学研究还有借鉴意义。

第三节 "新三论"及其他自然科学方法在文学研究领域的历险

就1980年前后中国的实际情况看，苏联的理论显然不解渴。文学研究还需要更新，尤其需要原来被排斥得十分厉害的西方——欧美的新方法、新理论。外国的、最新的、科技的方法论是此次引进大潮中最引人注目的东西。就纯粹的科学方法论而言，在20世纪80年代文学研究中的这场方法论热潮中，不仅有"老三论"，还有"新三论"。新三论包括耗散结构论、协同论和突变论。除了这些理论之外，自然科学领域的形态学以及介于自然科学和社会科学之间的价值论、心理学、地理学等，纷纷被译介和借用过来。

---

[1] 殷骥：《神话系统论——兼论中国上古神话不发达的原因》，《江西社会科学》1985年第4期。

第八章 科学方法论在文学领域的历险及其理论意义

下面,就从"新三论"与其他科学方法论两方面在当时的文学研究中的情况来做一简单追溯。

一 "新三论"与中国的文学研究

耗散结构论是比利时学者普利高津在1969年提出来的。普利高津是一位物理学家,他发现了一个很有意思的现象,当远离平衡态的事物由于许多复杂因素的影响而出现非对称的涨落现象,并且该事物的变化达到某个临界点时,那么,只要该事物不断与外界进行物质和能量交换,该事物将可能发生突变,由原来的无序混沌状态自发地转变,变为一种在时空或功能上的有序结构。事物的这种在非平衡状态下转化为新的稳定有序结构就是一种耗散结构。美国麻省理工学院的尼葛洛庞帝在其《数字化生存》一书中曾经说过一个例子,似乎与耗散结构有异曲同工之妙:在一个大礼堂里,上千个大学生坐着,主持人忽然告诉大家"请用力鼓掌",大礼堂里面先是乱七八糟地响成一片,但很快掌声就整齐了。无序的掌声到有序的掌声就类似普利高津所说的耗散结构。

耗散结构论里面十分引人注目的概念是"负熵"。20世纪80年代的我国文学研究界,在运用耗散结构论这种科学方法时,几乎都使用了这个概念。尽管论著极少,而且大多是感悟与介绍。[1] 负熵是作为热力学第二定律的"熵定律"的对立面存在的。"熵"强调

---

[1] 参见丁和《耗散结构论对文学研究的启迪》,《社会科学》1986年第12期。

的是宇宙的本质无序性，在宇宙中的具体存在则重点研究由有序变化为无序，生命、热量逐步变为无生命以及冷寂。一个孤立系统内的发展趋势也是逐步向着无序、混乱处发展。20世纪80年代我国文学研究中出现的"性格组合论"，最初就是借助了"熵"的理论，说明事物的自发的倾向总是朝着混乱而不是秩序发展，这种倾向会一直演化到"熵"的最大值。因此，所谓"性格组合"，就不可能是人物性格自动排列整齐，而是会很自然地出现混乱的排列。作家的任务，就是把趋向于混乱的性格组合安排为有序的性格运动。[1]

但问题在于宇宙中不仅有"熵"，还有"负熵"。耗散结构论强调，负熵是物质系统有序化、组织化、复杂化的一种量度。而且早在1944年，著名科学家薛定谔就已经提出了"生物以负熵为食"的著名命题。从耗散结构论的角度来看，人类的一切生产与消费活动，其实都是负熵的创造与消费。那么，文学艺术自然也是负熵的创造与消费。由于负熵是否有价值直到如今还在争议，耗散结构论是否可以直接作为文学研究的一个方法论自然也就尚待研讨。20世纪80年代出现的有限的几篇论文也无法为此提供答案。

协同论是德国物理学家赫尔曼·哈肯在1973年创立的。他认为，自然界是由许许多多小系统组织起来的大系统的统一体。例如，人体包括心血管系统、神经系统、呼吸系统、消化系统、生殖系统以及循环系统等。在循环系统中又包括了血液循环系统、淋巴循环系统等。大系统中的诸多小系统既相互作用，又相互制约。协

---

[1] 刘再复：《论人物性格的二重组合原理》，《文学评论》1984年第3期。

第八章　科学方法论在文学领域的历险及其理论意义

同论认为，任何大的系统都是一种平衡结构，而且要随时准备由旧的结构转变为新的结构。赫尔曼·哈肯的协同论其实在西方文化中并不仅仅是自然科学的理念。自从文艺复兴以来，人与神的协同、人的灵与肉的协同、人与人的协同早就成了西方各国的普遍课题。正因如此，协同论在 20 世纪 80 年代被引入我国的文学艺术研究中也是自然而然的事情。纽约的自由女神塑像，是受其特定的环境制约的，没有了曼哈顿河口，自由女神的形象就会失去其原有的含义。同样的，自由女神和火炬之间，也存在着相互制约与如何协同的问题。哈肯强调不同系统之间的相似性，这在我国的文论著作中也有提及，如鲍昌主编的《文学艺术新术语辞典》。

突变理论是比利时科学家托姆于 1972 年创立的。其研究建立在拓扑学、奇点理论和稳定性数学理论基础上，力图描述事物变化的临界点状态，进一步研究自然和社会生活中多种多样的非连续性突然变化现象。就人文与社科而言，突变理论关注的是例如我国的叙述性文学作品为什么在唐朝后期集中出现的问题。突变理论目前最流行的基础研究包括基因突变、群体事件和战争论等。突变理论突破了牛顿单质点的简单性思维，揭示出客观存在的复杂性。突变理论着眼于三大方面的辩证关系研究：渐变与突变、确定性与随机性、质与量互变。突变理论适合于研究国家、地区、企业、家族产生的翻天覆地的变化，并进行内在的深刻原因揭示。从进化论的角度说，除了缓慢的进化，语言的出现以及直立行走、大脑的突然增大等都可以引发进化过程中的突变。我国从半殖民地半封建社会到社会主义社会的转变也是一种突变。从这个意义上说，周立波《暴风骤雨》、贺敬之等《白毛女》以及孙犁《荷花淀》、茹志鹃《百合花》等作品所揭示的战争趋势，是可以运用突变理论来进行研究的。

时任中国作家协会书记处常务书记的鲍昌教授，在1985年前后多次在讲演中介绍"新三论"。他对于"负熵"与"突变论"尤其感兴趣。

二 其他自然科学方法论的借用

1985年被学术界称为"方法论年"。这是改革开放带来的新气象。党的十一届三中全会以后，我国文学界出现的新的创作形态催生着新的文学理论，客观上也在促成着文学研究中科学方法论的形成。其时，相当一部分学者相信，科学方法论能够解决文学研究中的理论不足问题。

我国的文学界对于这种情况进行了即时的回应。1985年就已经举行了全国性的学术研讨会。① 除了"熵定律""耗散结构"以外，"测不准原理""波粒二象性"，甚至数学方法也被借用来进行文学研究。但是，总体来看并没有多少可以经得起时间考验的科研成果。

数学方法借用到文学研究，其实在世界上并不是没有先例。就我国的情况来看，统计学用于风格统计、作家使用词汇的统计，也

---

① 参见钱竞《欲穷千里目，更上一层楼——记扬州文艺学与方法论问题学术讨论会》，《文学评论》1985年第4期。

第八章　科学方法论在文学领域的历险及其理论意义

并不是 20 世纪 80 年代的专利。但在 1985 年前后，数学方法被部分学者正面在专著中列为文学研究的方法之一，这在我国则是空前绝后的。1986 年由江西人民出版社出版的傅修延、夏汉宁编著的《文学批评方法论基础》一书就坚决主张，文学的研究一定要吸纳数学方法。傅修延、夏汉宁认为，数学方法不仅仅是统计学的方法，还包括模糊数学、悖论研究以及概率论、组合论和博弈论。① 总之，几乎所有的数学分支都可以成为文学研究的具体方法。

1985 年前后的科学方法论大盛，当时就被形象地概括为"方法论热"。这个"热"字的概括是极为准确的。"三论"中的"老三论"尚有不少人关注，到了"新三论"登台的时候，就没有多少学者对它们感兴趣了。到了 1990 年以后，使用科学方法来进行文学研究的论文就几乎很难找到了。

在 20 世纪 80 年代文学研究中的这场科学方法论热潮中，还有一个奇怪的现象，就是把"归纳法""演绎法""分析法"与"综合法"也算作新的科学方法论，并统称为"逻辑方法"。亚里士多德在 2000 多年前就已经创造的形式逻辑被披上了新的外衣。在这些专门的领域，学者们对于"归纳""演绎""分析"与"综合"等方法论的探讨，是在科学认识论范畴内的反思，带有很明显的颠覆与重构的意味。但这种做法显然忽略了形式逻辑是中学生的语文基础知识这样一个基本事实，硬是把普通逻辑拔高为新的方法论。1979 年以后十多年里，我国的"人教版"高中语文教材里一直有

---

① 傅修延、夏汉宁：《文学批评方法论基础》，江西人民出版社 1986 年版，第 312 页。

"形式逻辑"部分。而且,假如把"逻辑"也算作方法论,古希腊亚里士多德所创造的形式逻辑是方法论,我国的公孙龙子之名辩类辩证逻辑就不是方法论了?胡适所研究的"名学"就是这类逻辑。我国的名辩不仅是逻辑,而且拥有很完整、极具东方特色的逻辑体系。佛教独创的因名学也是世界上三大逻辑之一,难道也不是方法论?因名学是世界上最复杂的逻辑之一,在我国的西藏地区保存相当完整,至今还在佛寺里面讲授和研究。但在"方法论热"中,同属世界三大逻辑体系中的两个被生硬地砍掉了。"方法论热"之中的绝大多数论著都没有搞明白一个基本事实,"熵定律""耗散结构""测不准原理""波粒二象性",这些前沿性的科技研究领域里有一个普遍的倾向,那就是它们在某种程度上冲击了亚里士多德的形式逻辑。"测不准原理""波粒二象性"恰恰是"三段论"无法归纳和演绎才出现的新概念。波尔等人十分倾心中国哲人的论述就是明证。

第四节　科学方法论进入文学的意义

对于文学研究中的科学方法论,一直是有两种截然不同的态度的。一种是肯定并积极地介绍尤其是翻译,一种意见则是坚决反对。

从反对者的角度来看,文学研究之中科学方法论里面出现的矛盾是显而易见的:是"方法论"还是"科学方法论"?假如是"方法论",则哲学意义上的方法论是从事任何学术研究都要讲求的,

第八章 科学方法论在文学领域的历险及其理论意义

没有方法也就无法进行研究。问题在于，此时人们津津乐道的"方法论"，实际上是"科学方法论"，其中有些可以说是"自然科学方法论"。被称作"三论"的系统论、信息论和控制论，就都是自然科学的方法论。是时出版的《文艺研究新方法论文集》（内部交流）、《文学研究新方法论》、《外国现代文艺批评方法论》、《文学批评方法论基础》等书，对此倾向起到了推波助澜的作用。一时间，"熵定律""耗散结构""测不准原理""波粒二象性"以及"场"等高深的自然科学概念成了文学研究的热门话题。这种意见认为，在"方法论热"中最明显的问题是食"新"不化，仅仅知道皮毛就连篇累牍发表文学研究文章，在20世纪80年代似乎成了某些文学研究的常态。有部分作家甚至嘲笑这种研究是"空对空导弹"。

但我们认为，经过了20多年的沉淀和反思，我们有必要充分肯定科学方法论在文学研究领域中的这场历险活动。

第一，科学方法论在文学研究领域中的引进，说到底是文学界欲借科学的春风，希望进行研究的新突破。这里的"突破"包含三方面的含义。首先是思想禁锢的突破。应该承认，在当时的情况下，把文学看作一种具有物理学意义的"场"，或者看作一个系统，毕竟是对于"文化大革命"中把文学看成是战斗武器的一种反拨。相对于"利用小说进行反党是一大发明"之类充满杀机的论述，这些论著还是很有进步意义的。其次，是研究视野的突破。尽管"老三论"和"新三论"是20世纪80年代最有力的思想武器，但在那个改革开放的初级阶段，中国文学界不但需要大量译介国外的新的文学现象、文学术语，也同样需要扎扎实实的文学研究，尤其需要被林彪和"四人帮"扭曲并忽略掉了的文学内部、外部规律的研究。最后，"科学"与"文学研究方法论"的结合，不仅仅是文学研究的需要，甚至也是自然科学研究领域的需要。几乎就在"科学方法论热"之后不久，杨振宁、华君武等科学家和艺术家就在大力提倡科学与艺术的联姻。著名数学家陈省身在演讲中多次论述"数学美"，就是明证。

第二，学术界试图进行文学"创作方法"与文学研究方法的开拓。文学研究中的科学方法论热，是我国学术界试图进行文学"创作方法"与文学研究方法的积极开拓。20世纪前期，西方文学中已经相继出现了后期象征主义、表现主义、超现实主义、存在主义、荒诞派、新小说派等文学流派，汇成现代主义文学思潮。当时，中国人忙于抗击外来侵略，用现实主义的文学来表现自己当下的生活，是时代的选择。党的十一届三中全会以后出现的新的文学创作，尤其是西方现代派文学的大量引入，冲击着中国的文学研究领域。现代主义文学反对模仿、再现现实，反对按客观生活的本来面目反映社会生活，它们要追求个体主观情感不受限制地充分表现，在作品中大量运用变形、荒诞、象征等表现手段，突出了虚幻性和假定性。从这样的角度来看，新的科学方法论的引入，对于当时中国文学界来说，具有活跃创作和批评气氛、开拓思路，从而更加积极地探索创新的意义。同时也是对于西方现代派文学和我国新时期文学各种各样的作品不断出新现象的一种回应。

第三，文学研究的科学方法论热，还缘于改革开放初期国人对

第八章　科学方法论在文学领域的历险及其理论意义

于"外国"的新奇与试图和国际接轨的愿望。"粉碎四人帮"以后，我们正式承认了与西方发达资本主义国家在现代化方面的差距。对于人文和社科研究来说，学术界感到新奇的是新的科学方法论。在此热潮中涌现出一大批研究者，他们试图用新的方法论来代替"文化大革命"期间的判决性批评文字。

文学研究的科学方法论热，并不是赶时髦、追新奇，而是要在文学研究中与世界接轨的一种尝试。尽管在当时和其后，都有科学方法论热的"批评的批评"，但文学是一种系统则是不管中国还是外国的研究者都无法否认的。文学系统与社会系统具有相似性，文学是一种信息的论述，时至今日也没有办法否认。就当时的实际情况看，我国要在文学研究中与以美国为代表的西方接轨，"老三论"与"新三论"以及"数学方法"等是双方审美意识形态分歧最少的方面。难怪人们要选择此突破口来进行学术上的探险了。

科学方法论被直接移植到文学研究领域，确是一次学术历险。时过20多年来反观，其中有的地方显得幼稚，有的地方显得不够周延，但都无法遮掩其探求精神的光辉。它是进入新时期以后我国文学研究中必要的尝试。

第九章　现代主义的引入与创作方法多样化

新时期以来，随着西方各种思潮引入中国，在 20 世纪 80 年代中期前后，中国文学观念和实践都出现了重大转型，很多西方现代主义、后现代主义的创作方法被中国作家所接纳，带来了文学创作的新局面。具体来说，除了传统的现实主义为主的"两结合"创作方法外，作家也会尝试新的创作形式，因而产生了本土的现代主义潮流，出现了《你别无选择》《无主题变奏曲》，以及"先锋小说"等。

我们此处所指的"现代主义"是一种较宽泛的说法，它一般指的是西方 20 世纪的象征主义、未来主义、意识流、达达主义等思潮，同时还包括 60 年代以来兴起的"后现代主义""后殖民主义"等文化思潮。作为一种语境特征（Context Characteristics），"现代"具有如下的理论意味：其一，它不尽是一个历史时期的概念；其二，它是一个超越时间上的持续性之外的范畴，既带有历时性，同时又带有共时性，历时性使它充满了历史意蕴，共时性使它充满了思想张力；其三，在共时性的思想张力中，它体现为一种特有的思维方式、理论观念和研究方法，是在质疑和反抗以往哲学传统基础上的整体理论范式的变革。

第一节　文艺界对现代主义的选择与接受

从 20 世纪 80 年代开始，中国当代文学理论界开始有选择地引入现代主义理论思潮。在近 20 年的时间内，中国当代文学理论界不仅完成了一个现代主义思潮的引介与接受过程，而且完成了一个理论观念的相遇、选择、接受、借鉴以及应用影响的过程。由于社会历史语境、文化哲学传统、文学体验方式以及文学研究方法的差异，现代主义思潮与中国文学的相遇不可避免地产生了多重的接受矛盾，甚至至今仍然显示出理论融通与对话的困境，但是，尽管如此，在近 20 年内中国当代文学理论仍然对现代主义和后现代主义思潮给予较多的关注，因此导致的中国当代文学理论研究整体格局的变化也是明显的。

20 世纪 80 年代，中国当代文学理论开始对现代主义思潮进行初步引进与介绍，一直到 90 年代初，中国当代文学理论研究者在这方面做了大量的工作。最早介绍现代主义思潮的是外国文学与外国文学理论研究领域中的一些学者，因此，现代主义思潮在中国最早的理论旅行是从中国学者关注"后现代主义小说"等文学文体形式的革新与创造开始的。"后现代小说"是第二次世界大战的产物，战后很多西方作家从深重的社会矛盾中感受到了精神世界的荒芜与痛苦，科技的发展、技术的进步带来了物质生活的完善，但也造成了现代社会与传统的割裂，20世纪60年代以来西方社会在感受现代社会物质发展的同时，也经受了历史错位所导致的心灵挫折和精神创伤。战后的"后现代小说"深刻地揭示了这种历史与文化境况，在博尔赫斯、卡尔维诺、纳博科夫、品钦、冯内古特、苏克尼克、索尔·贝娄、罗伯特·库弗、厄普代克等人的笔下，这种精神困惑得到了深刻的揭示。同时，在他们的作品中，"后现代小说"的文体形式方面的变革特征也非常明显。他们的作品打破了一直以来文学创作的传统形式特征，在小说的叙事模式、形式技巧等方面打破了故事的连续性，讲求文本的自我展现、文字的戏仿、素材的编织和缝合等特征。对于中国20世纪80年代初期的文学创作来说，"后现代小说"展现了一种新的文学实验，在当时引起了中国文学界的极大兴趣。1979年《世界文学》杂志率先翻译评介"后现代小说"，汤永宽先生摘译了索尔·贝娄的长篇小说《赛姆先生的行星》，随后在1980年，《外国文学报道》也介绍了美国的几位后现代小说家，同年，《读书》以及《外国文学报道》杂志发表了董鼎山的两篇文章《所谓后现代主义小说》和《后现代派小说》。1983年《读书》杂志再次发表了董鼎山的文章《六十年代以来的美国小说——"后现代主义"及其他》，1987年《世界文学》第2期推出了"后现代主义"文学专辑，发表了董鼎山的《"后现代主义"小说》、钱青的《当代美国试验小说的技巧》等文章。董鼎山在文章中从"自我"意识、形式结构、文学虚构等方面对"后现代小说"的特点进行了归纳，这是中国学界较早系统地评介"后现代小说"特征的文献。在这一时期，中国文学界对"后现代小说"进行了大

第九章　现代主义的引入与创作方法多样化

量的引进和介绍，但是总的来看，此时的研究工作仍然停留在对"后现代小说"的社会背景、形成过程、创作特征等方面的探索阶段，无论是从数量上，还是从后现代主义的精神特性上，尚未形成整体宏观和深度探索的理论水平，但是，这一时期的译介工作仍然具有重要的意义，为后来现代主义和后现代主义在中国学界的理论旅行奠定了接受的基础。

　　与"后现代小说"在中国译介传播不同的是，中国当代文学理论界对作为一种文学思潮的现代主义和后现代主义的接受从一开始就体现了整体接受的特征。这一方面是由于"后现代主义文化思潮"与"后现代小说"这两种文学概念存在着一定的内在差异，作为一种文学形式与文体特征，在对"后现代主义小说"的接受与描述中，中国学界主要关注的是它的文体特征和形式技巧，而对"后现代主义文化思潮"，中国学界在接受过程中则从一开始就体现出了对它的社会语境、哲学基础、理论观念、思维形式、精神内涵等方面的整体探索；另一方面，"后现代主义文化思潮"在中国的传播并引起学界关注，还在于西方后现代主义理论家在中国的访问交流以及所直接催生的理论热潮，比如，1983年，后现代主义理论家哈桑曾到山东大学讲学；1985年，杰姆逊在北京大学开设了"后现代主义与文化理论"的讲座；1987年，国际比较文学学会主席佛克马又到南京大学作了关于后现代主义的学术报告。可以说，这些理论家在中国理论界的"直接出场"为"后现代主义文化思潮"被中国理论界的整体接受起到了直接的催生作用。所以，在这一时期，相比文学领域中的现代主义和后现代主义思潮的介绍和引进而言，文学理论界无论是从数量、声势、重视程度以及影响上都明显大得多。如果说，在这一时期，"后现代小说"在中国学界的评介与引进引起的只是学界对"后学"思潮初步的感性的文学体验的话，那么，随后理论界的研究工作引起的则是对"后现代主义"整体文化精神的重视，因此它的意义更加明显。

中国当代理论界对现代主义思潮的引进集中在"后现代主义文化思潮"的焦点上，在某种程度上，它不仅仅是中国当代文学理论家的自觉行为，更与20世纪80年代以来中国学界对西方文化观念的整体引入所导致的文化热潮和理论热度有关。在80年代中期以前，中国理论界对"后现代主义"的评价还处于一种零星的个别介绍阶段。1982年和1983年，袁可嘉先生分别在《国外社会科学》杂志和《译林》杂志上发表了《关于"后现代主义"思潮》和《后现代主义》的文章，是较早地整体地直接介绍后现代主义文化思潮的学术研究。后现代主义文化思潮在中国的广泛引介是在20世纪80年代中期以后的事情，特别是与1985年中国当代文学理论界的"文化热"和"方法论"论争密切相关。1985年杰姆逊教授访问北京大学，首次向中国介绍西方后现代文化，次年杰姆逊的讲演《后现代主义与文化理论》[①] 在中国出版且产生了极大的影响。同年，《后现代主义与文化理论》的翻译者唐小兵在《读书》杂志发表了对杰姆逊教授的访谈《后现代主义：商品化和文化扩张》，1987年《外国文学》杂志连续发表了他对杰姆逊等人的介绍，为中

---

① ［美］弗·杰姆逊：《后现代主义与文化理论》，唐小兵译，陕西师范大学出版社1986年版。

第九章 现代主义的引入与创作方法多样化

国理论界认识后现代主义提供了一定的理论启发。1988年,英国学者特里·伊格尔顿的《当代西方文学理论》①由中国社会科学出版社出版,1989年赵一凡先生翻译了美国学者丹尼尔·贝尔的《资本主义文化矛盾》,1988年佛克马、易布思合著的《二十世纪文学理论》由生活·读书·新知三联书店出版,这些理论著作不同程度地涉及了现代主义和后现代主义文化理论,特别是丹尼尔·贝尔的《资本主义文化矛盾》对后现代主义文化理论的社会背景、文化根源、文化表征的分析曾经成为当时理论界认识后现代主义文化的主要理论参照。虽然从整体上看,这一时期中国当代理论界对后现代主义的接受仍然处于引进和评价的初期,但是也表明理论界已经认识到了后现代主义文化理论的重要性,同时也展现出了一定的理论接受的热情,这为后来现代主义和后现代主义思潮在中国的全面引进和接受奠定了基础。

经过了20世纪80年代以来的初步引进与介绍,到了90年代,中国文学理论界对现代主义思潮更加表现出了极大的关注,整个90年代是现代主义和后现代主义思潮在中国理论界蔚为壮观的时期。这一时期,文学理论界对现代主义思潮的热情展现出了以下几方面的特征。首先,文学理论界对现代主义思潮的关注从作为一种整体的现代主义文化思潮开始转向对后现代主义、后结构主义、女性主

---

① 特里·伊格尔顿的《当代西方文学理论》在国内有四个翻译版本,分别是:《当代西方文艺理论》,王逢振译,中国社会科学出版社1988年版;《二十世纪西方文学理论》,伍晓明译,陕西师范大学出版社1986年版;《文学原理引论》,刘峰等译,文化艺术出版社1987年版;《现象学,阐释学,接受理论——当代西方文艺理论》,王逢振译,江苏教育出版社2006年版。

义、新历史主义、后殖民主义等具体的理论思潮的关注，理论引介和接受的范围更加扩大了，同时理论研究的聚焦和学派研究的趋势也更加明显了。其次，中国当代文学理论界对现代主义思潮的研究已经超越了单纯的引介和评述层面，综合研究的学术接受取向更加明显。再次，现代主义思潮的理论观念和思维方法开始影响中国文学理论界的学术研究过程，现代主义思潮对中国当代文学理论研究格局的影响日益明显，其理论应用实践也逐渐出现。最后，现代主义思潮的学术研究不断升级，学术会议不断召开，中国文学理论界与西方学界的理论对话与呼应开始呈现，并展示了复杂的理论格局，批评论争不断出现。

在 20 世纪 80 年代，中国文学理论界对现代主义和后现代主义思潮的引介与认识还停留在对杰姆逊、佛克马、哈桑、伊格尔顿、丹尼尔·贝尔等少数理论家的身上，对该思潮的精神特征的分析也比较集中地聚焦于作为一种整体的后现代主义文化理论上，到了 90 年代，中国学界对现代主义和后现代主义思潮引进和评价的范围更加广阔，后现代主义、后结构主义、女性主义、新历史主义、后殖民主义等普遍具有"后学"特征的理论思潮和流派都得到了充分的重视，杰姆逊、利奥塔、拉康、德里达、福柯、哈贝马斯、斯潘诺斯、海登·怀特、库恩、罗兰·巴特、哈桑、伊格尔顿、克利斯蒂娃、赛义德、霍米·巴巴、保罗·德·曼、米勒、波德里亚等一大批理论家的著作陆续翻译出版，他们的理论观念广为传播，一大批译介、研究后现代主义的论著也相继问世，《走向后现代主义》（佛克马、伯顿斯编，王宁等译，北京大学出版社 1991 年版）、《后现

第九章 现代主义的引入与创作方法多样化

代主义文化与美学》（王岳川、尚水编，北京大学出版社 1992 年版）、《后现代主义》（《世界文论》第 2 辑，中国社会科学院外国文学研究所《世界文论》编辑委员会编，社会科学文献出版社 1993 年版）、"知识分子图书馆"、"后殖民批评"、"女性主义批评"、"新历史主义批评"等专辑的译作不断推出；中国学者的理论研究著作，如盛宁的《人文困惑与反思——西方后现代主义思潮批判》、王岳川的《后现代主义文化研究》、王宁的《多元共生的时代》和《后现代主义之后》、王治河的《扑朔迷离的游戏》、张颐武的《在边缘处追索》、陆扬的《德里达——解构之维》、陈晓明的《解构的踪迹》和《无边的挑战》、徐贲的《走向后现代与后殖民》等，都从不同的角度深化了对"后学"思潮的研究。同时，在这一时期，中国理论界、小说界、电影界也召开了多次以"后学"研究为主题的研讨会，极大地拓展了后现代文化理论研究的理论视野。

20 世纪 90 年代，现代主义，尤其是后现代主义思潮在文学理论界形成接受高潮，一时间也使"后学"研究成为理论界的争论话题，对"后学"思潮的不同认识也引发了诸多辩论。有的研究者积极高调地研究"后学"思潮，并积极将"后学"思潮与中国文学实践相联系，并积极从事文本阐释的研究工作，如陈晓明；有的研究者则坚持客观冷静的态度，从容地分析"后学在中国"所产生的多维多面的问题，如王一川；也有的学者一如既往地坚持对"后学"思潮做长期译介传播工作，并积极呼应西方"后学"的理论问题，如王宁。但更多的研究者对"后学"思潮保持了审慎以及批判的态度，更加强调理论研究中的问题意识与中国语境，对"后学在中国"问题的正当性、合法性和有效性保持了怀疑的目光。这种客观审视的态度也让中国文学理论界对"后学"思潮保持了一份最终的学术底线，使"后学"思潮所标榜的否定性、非中心化、破碎性、拆解固有结构、反正统性、不确定性、非连续性以及强调多元化、大胆地标新立异、反权威、反基础主义、非理性主义主张没有完全地渗透到中国文学理论研究的血脉之中。批评论争既有充分的必要性，同时又有着难得的理论收获，它在展现了不同价值立场和选择方式的差异之后，也客观地使"后学"思潮在中国文学理论界高涨的接受热情与阐释热情转化为一种重视语境分析的学术态度，虽然中国文学理论界最终无法完全抵抗"后学"思潮的理论影响，作为一种文化语境的"后学"思维仍然会在长时期内影响中国文学理论研究的走向，但是，毕竟，中国当代文学理论研究并没有亦步亦趋地走向对"后学"思潮的简单认同，批评论争也会让中国当代文学理论研究更加真实地关注文学理论的本土性问题。

第二节　现代主义思潮影响下的中国文学理论范式转变

"范式"是由美国著名科学哲学家托马斯·库恩提出并在《科学革命的结构》（1962）中系统阐述的概念。在库恩看来，"范式"是一个成熟的科学共同体在某个时期内所形成的研究方法、问题领域和解答标准的整体标示，"取得了一个范式，取得了范式所容许的那类更深奥的研究，是任何一个科学领域在发展中达到

第九章　现代主义的引入与创作方法多样化

成熟的标志"①。每一个新范式的出现，都可能会导致重大科学成就的基本问题的变化。中国当代文艺学研究对于库恩的范式理论的引入，几乎与现代主义思潮的引入和评介同步。20世纪80年代以来，随着现代主义和后现代主义思潮的引进，中国当代文学理论进一步突破了传统的理论范式，研究格局与态势发生了重大的变化，因此也展现了理论范式的转变特征。

现代主义思潮影响下的中国文学理论范式的转变是一个孕育"危机"同时又在"危机"中发生重要的范式转型的过程，"克服危机的过程与解决和回答现存的问题是同步的"②。现代主义思潮的引入在引发了中国的理论热潮之后，其内在的思维方式和理论观念以及研究方法必然引起了中国当代文学理论观念的变革，使中国当代文学理论在文学理念、思维形式、研究方法、话语体系、表达方式等方面逐渐摆脱了传统理论思维的局限。但是，在现代主义思潮的影响下，中国当代文艺学也面临着多种学术资源融汇与整合的压力。现代主义和后现代主义多重理论观念，如后现代主义、女性主义、新历史主义、后结构主义、后殖民主义等既是理论思潮与批评方法，同时又是知识生成的方式与理论建构的形式，这些理论思潮在融入中国当代文学理论生产过程中引发了中国文论话语在思考方式、话语表达乃至理论生态、理论体系、理论建构上的危机，中国当代文学理论中的"失语症"问题、文学边界问题、"文学消亡论"

---

① ［美］托马斯·库恩：《科学革命的结构》，金吾伦、胡新和译，北京大学出版社2003年版，第10页。
② 李衍柱：《范式革命与文艺学转型》，《社会科学辑刊》2005年第2期。

等内在地展现了现代主义思潮中的中国文论面临的挑战,"文艺学危机论"更是展现了中国文论在"后学"思潮面前所面对的压力。

认识到了这个问题,其实也就是面向了后现代主义文学理论研究范式的根本问题,那就是在现代主义和后现代主义思潮的影响下,中国当代文学理论研究逐步转变了文学研究的"理论化"的态度,在文学研究的哲学基础、体系建构、价值观念、方法原则、实践过程中进一步调整了视野与姿态,在理念与经验、本质与现象、整体与过程、综合与个案等多层次的研究模式和分析格局中加强了审视与评判的力度,从而使文学理论研究强化了面向具体文学事实的能力。这首先体现在文学研究观念与理论思维方式上的转向,其次表现为对文学研究方法原则的重视与提升,最后表现为批评实践形式和价值观念上的多元选择。李衍柱先生认为,文学研究观念变化的结果是"逐渐摆脱了前苏联的'马克思主义文艺学'范式,由革命的文艺学转变为建设的文艺学"[①]。这些看法都深入地揭示了中国当代文学理论研究在理论观念与思维方式上的变化。

"反本质主义"思维方式对中国当代文学理论研究的影响最为明显,引起的争论也较多。倡导"反本质主义文艺学"的研究者希望进一步将文艺学的知识生产和知识建构历史化、个性化与细节化,其中正是蕴含了现代主义思潮影响下的文学理论研究的启发。但是,从整体上看,文艺学研究观念与理论思维方式的范式转型是一个复杂和深刻的变化,它不仅仅体现在主导性文学研究观念和理

---

① 李衍柱:《范式革命与文艺学转型》,《社会科学辑刊》2005 年第 2 期。

论思维模式上的变化，更体现在对文学研究方法原则的重视与提升。在20世纪80年代中期，中国理论界曾经兴起过"方法论"研究热潮，在那场热潮中，西方文学理论与批评界自19世纪末到20世纪中期的文学批评方法，如形式主义、新批评、心理分析、原型批评、结构主义等受到了中国文学理论界的重视。20世纪90年代以来，中国文学理论界再度掀起了"方法论"研究的热潮，这一次的"方法论"研究相比上次有更加深刻的变化，这主要体现在两个方面：一方面是20世纪90年代的"方法论"研究热潮主要接受的是后现代主义思潮中的文学方法论；另一方面是此时期的文学方法研究开始将"方法"的研究提升到了"方法本体"的层面上，因此它产生的理论反响更加深刻。

第三节 多元的创作方法与文学艺术的新活力

20世纪60年代以来西方现代主义和后现代主义的各种文学理论观念无不具有深刻的"方法论"主张和明显的"方法本体"特性。拿解构主义来说，解构主义的立场和它的方法有着极端的同一性，它在语言的立场上对文本自足的世界的解构从而对西方强大的"语音中心主义"和形而上学传统构成挑战，它追寻的那种"永不停息、永不满足的运动的感受"[1]，本身蕴含了一种坚持"不可确定

---

[1] [美] J. 希利斯·米勒：《重申解构主义》，郭英剑等译，中国社会科学出版社1998年版，第132页。

"性"的方法论哲学。在西方后现代主义思潮中，解构批评的方法蔓延深广，可以说，几乎所有的后现代主义都曾感染了解构的特征。

中国当代文学理论研究在接受和借鉴现代主义和后现代主义的过程中，也不可避免地接受了它的方法原则。从20世纪90年代以来的文学理论研究格局来看，方法层面的探索占了很大的比重，陈晓明、王一川、王岳川、南帆等一批学者率先将西方文学批评的方法原则应用于批评实践，出版了《无边的挑战》（陈晓明著，时代文艺出版社1993年版）、《剩余的想象》（陈晓明著，华艺出版社1997年版）、《文化话语与意义踪迹》（王岳川著，四川人民出版社1997年版）、《后殖民与新历史主义文论》（王岳川著，山东教育出版社1999年版）、《通向本文之路》（王一川著，四川人民出版社1997年版）、《文学的维度》（南帆著，上海三联书店1998年版）、《隐蔽的成规》（南帆著，福建教育出版社1999年版）等一批注重西方文学批评理论方法研究的著作，以及《文艺学美学方法论》（胡经之、王岳川主编，北京大学出版社1994年版）、《文艺学与方法论》（冯毓云著，黑龙江教育出版社1998年版）、《文艺学方法通论》（赵宪章著，浙江大学出版社2006年版）、《批评美学》（徐岱著，学林出版社2003年版）等一批优秀的方法论研究著作。在对中国当代"先锋文学""新历史小说"等文学创作实践分析中，现代主义和后现代主义中的方法论在弥补了中国传统批评方法的不足之余，更使中国文学批评理论范式在方法层面上拓展了研究视野，深化了文本研究的空间，从而在新的理论语境中展现了文学理论研究突破原有理论范式的努力，它最主要的影响不仅仅是在切入文学问题方式上的多元思考，方法本身的力量更蕴含在文学理论范式变化的过程之中。

批评实践形式和价值观念上的多元选择是现代主义影响下中国文学理论研究范式转型的又一个表征。在文学理论研究中，批评实践的价值判断问题向来是一个复杂而重要的问题，将价值论维度引入文学理论研究意味着文学理论研究的理性选择和精神追求。20世纪90年代以来，中国当代文学理论在审美价值问题的研究中取得了重要的成绩，敏泽、党圣元的《文学价值论》（社会科学文献出版社1999年版），杜书瀛的《价值美学》（中国社会科学出版社2008年版），李咏吟的《价值论美学》（浙江大学出版社2009年版）是这方面的代表作。

但是，随着"后学"思潮的涌入，中国当代文学理论研究在价值探讨中面临着深入的挑战。一方面，后现代主义、解构主义等对现代主义的一元论、客观本质、永恒真理、绝对基础、纯粹理性、终极意义等价值观念的质疑影响了中国当代文学理论研究与批评实践的价值立场的选择；另一方面，在后现代主义思潮的影响下，中国当代文学语境中价值批判问题也面临着自身文化发展的挑战，非理性写作、欲望叙事、身体写作、消费文化等种种感性形式影响着文学写作与文学研究的实际状况。在这种历史语境中，中国当代文学理论研究在价值评判的立场和方式上也发生了复杂的变化，体现出了对"'后'语境"的复杂的呼应。这种呼应某种层面是以文学理论与批评的多元化态势表现出来的。

在现代主义的影响下，中国当代文学理论在批评价值判断上也部分地展现出了对现代主义以及后现代主义等"后学"思潮所标榜的价值观念的信奉；在批评理念上展现出了对主体价值的零散化和去中心立场的追求；在文本解读中赋予文学批评以消解深度模式和瓦解对现实超越性信仰的一种"后现代"式价值取向。其具体表现是在对池莉、方方、刘震云等所谓"新写实主义"作家以及马原、洪峰、苏童、余华、格非等"先锋派"作家的批评研究中强化了文本的零散化立场与价值标准的松散与悬浮姿态；在写作姿态上，重视所谓的"零度写作"与"中止判断"等反传统、反理性、反文化、反历史的价值立场，不再关心所谓"中心价值"，在对韩东、欧阳江河、李亚伟为中坚的"第三代诗人"的批评以及对莫言、刘恒、刘震云、贾平凹等人一系列创作为主的"新历史小说"的批评中，强调文学批评对多元文化的追求、对正统史观的背离以及对传统现实主义固有价值情感的反叛；在批评话语上则强化了后现代主义的能指滑动的语言特性。在某种程度上，批评价值判断的多元选择不仅仅体现了文学理论研究的分散的价值立场，其根本性的理论诉求也是对破除既定陈规、更新价值观念的追求，更是破除文学理论研究"体系情结"与"理论建构热情"的一种方式，从这个意义上看，文学批评价值立场上的多元选择也是一种对"理论"的反叛方式。在这种反叛面前，中国当代文学理论研究并非体现出了全部的认同，更有在对后现代主义反思与批判的立场上的价值重建的努力，这体现了中国当代文学理论对"'后'语境"的另一种积极的应对方式。

在反思与批判的立场上，学者们重视的是在后现代主义启发下

第九章　现代主义的引入与创作方法多样化

中国文论融入世界的可能、观察实践的方式以及实现综合创新的途径。钱中文先生提出，当代中国社会价值体系的崩溃、文学理论研究的滞后，并非由于什么"前苏联体系"所致，也并非是"后现代真经"所能解决的问题。[①] 王元骧先生认为，"后现代主义理论在西方社会虽然有一定积极意义，但一旦进入我国，由于文化语境的不同，它的意义也就发生了变化"[②]。曾繁仁先生认为，近30年来，我们引进了西方文论，但"事实证明，只有从建构出发才能更有利地吸收，当然吸收也会有利于建构，两者相辅相成"[③]。这正说明了在现代主义和后现代主义思潮影响下，中国当代文学理论范式的转型将是一个长期复杂的过程，我们既不能忽略文学理论范式转型的客观情势与具体表征，但也绝不能将现代主义和后现代主义思潮提升到理论建构的根本性层面上。毕竟，中国当代文学理论范式的转型仍然是中国文学理论发展的内在变化中的一部分。

[①] 钱中文：《文学理论反思与"前苏联体系"问题》，《文学评论》2005年第1期。
[②] 王元骧：《文艺理论中的"文化主义"与"审美主义"》，《文艺研究》2005年第4期。
[③] 曾繁仁：《新时期西方文论影响下的中国文艺学发展历程》，《文学评论》2007年第3期。

第十章　文学批评"向内转"潮流

新中国之后的文艺理论建设，注重文学与外部世界的关系，强调文学的社会功能。这种发展路径在20世纪80年代中期出现反拨现象，即在接受了大量西方文艺理论观念之后，中国文艺学领域出现了"向内转"趋势。这种趋势体现在多个方面，从文学研究的内容来看，从外部研究转向内部研究，从文学与社会视角规定文学转向文艺心理研究，从工具论视角转向主体研究等。

第一节　20世纪80年代文学走出社会历史批评趋势的出现

目前学术界在如下问题的看法上可以说已经达成共识：在中国现、当代文艺学学术史上，新时期以前几十年一直是认识论文艺学和政治学文艺学处于主流地位甚至霸主地位。这种情况决定了文学理论研究的重心必然是文学与现实生活，文学与政治，文学与经济基础，文学与道德，文学与哲学等的关系，用某些学者的话说，研究的重心是文学的"外部关系"或"外部规律"，即文学与它之外的种种事物的关系；而相对来说对文学的"文学性"，文学自身的形式要素和特点，文学自身的内在结构，文学的文体、体裁，文学的叙事学问题，文学的语言和言语问题，文学的修辞学问题，文学不同于其他文化现象、精神现象，乃至其他艺术现象的特征等，则关注得不够，甚至不关注不重视，用某些学者的话说，就是不太关心或忽视了文学的"内部关系"或"内部规律"的研究。

对这种所谓"外部关系""外部规律"以及"内部关系""内部规律"的提法是否科学，一直存在争论。有的学者持坚决反对的态度，认为所谓文学的"外部关系""外部规律"，其实正是文学的"内部关系""内部规律"，是规定了文学的本质特性的关系和规律。在我们看来，"外部"与"内部"，本是相对的而非绝对的，在某种范围里是"外部"，在另一范围里则是"内部"；从某种角度看是"外部"，从另一种角度看则是"内部"。在此，我们对这种争论的是非曲直暂且不作详细讨论，只是为了方便姑且使用"外部""内部"指称我们要说明的对象。

以往的文艺学（认识论文艺学和政治学文艺学等）关注和研究文学与现实生活、文学与政治、文学与经济基础、文学与道德、文学与哲学等的关系，或者说文学的这些"外部关系""外部规律"，并没有错——当然，这里所谓"没有错"，不包括那些庸俗化的研究，例如庸俗社会学的研究。文艺学是必须进行这些研究、重视这些研究的；而且至今我们研究得还不够，研究得还不深、不透，我们还应该大大发展和加强科学的文艺社会学、文艺认识论、文艺政治学、文艺伦理学、文艺哲学、文艺文化学等的研究，深刻地和科学地把握文学与现实生活、文学与政治、文学与经济基础、文学与道德、文学与哲学，以及文学与其他各种文化现象的关系，文学与其他各种同它密切相关的所有事物的关系。我们以往的文艺学的偏颇和弱点，不在于曾经进行了这些"外部关系"的研究，而在于进行了不正确不科学的"外部关系"的研究，特别是忽视了"内部关系"的研究。具体说，一、进行这些"外部关系"研究时曾经出现过将文学与现实生活、文学与经济基础、文学与政治等关系"庸俗化""简单化"的现象；二、进行这些研究时具有某种"封闭心态""单一心态"、"排他心态"，甚至是如前面在谈从重客体到重主体的转折时所说现实主义理论的某种"唯我独优""唯我独尊"的"盟主"或"霸权"心态，以至于我们的文艺学确确实实曾经只注意或只重视文学的所谓"外部关系"和"外部规律"的研究，而不够重视或忽视甚至"蔑视"文学的所谓"内部关系""内部规律"的研究，认为那是"小道末技"，那是"资产阶级形式主义"，那是重形式轻内容，那是西方错误的文艺思想和美学思想，那是"唯心主义"的学术倾向……直到1978年改革开放、整个时代的思想文化环境发生了根本变化之后，这种情况才有了改变。

20世纪80年代的中国文学界，无论创作实践还是理论批评，曾经有过一个很重要的带倾向性的现象，即所谓"向内转"——不管人们主观上是喜欢它还是讨厌它，不管今天对它如何评价，是肯定还是否定，是赞扬还是批判；但它是新时期文学创作和文学理论历史上曾有的一个客观事实，却是不能否认的。创作实践上的"向内转"，从相对的意义上说，就其主要趋向而言，是从以往更注重再现外在现实转而更注重表现内心世界。

理论批评中的"向内转"同创作实践上的"向内转"是密切相关的,在一定意义上可以说,前者是后者的理论表现;但理论批评中的"向内转",除了创作的影响之外,还有其他原因,而且它还有自己的特定内涵。理论批评中的"向内转",主要表现在重提"文学是人学"的命题、"文学主体性"的提倡、文艺心理学成为一门显学、文艺美学的创建等几个方面,而其中"文学主体性"理论的提倡无疑是其最显著的表现。"文学主体性"作为"向内转"的重要表现,主要是在理论上从以往强调写外在现实转而强调写人的内在心灵、精神世界,强调向人的内宇宙延伸,强调文学是人的心灵学、人的性格学、人的精神主体学,突出了文学活动中创作主体、创作对象和接受主体的内在心理和精神特点的研究,形成了相对完整的文学表现人的内在精神世界、重在研究文学的自身规律的话语体系。总之,从整体上说,文学主体性理论的提倡表明,文艺学学术研究的关注点发生了某种程度的位移,即从重文学外在关系的研究转而重文学内在特性、文学自身种种问题的研究。

第二节 从作者到文本

文本中心论即文学本体论,主要是以文本为中心,重点研究文学的内部构成要素等。

形式本体论是文学本体论研究中最早出现的一种理论形态,至今仍不时有研究文章发表。开启形式本体论肇端的是何新于 1980 年提出的观点，其后有关形式本体论的阐发大体没有超出此范围。他认为"在艺术中，通常被看作内容的东西，其实只是艺术借以表现自身的真正形式；而通常认为只是形式的东西，即艺术家对于美的表现能力和技巧，恰恰构成了一件艺术作品的真正内容。人们对一件作品的估价，正是根据这种内容来确定的。"① 在后来的思潮中，"怎么说"成了形式本体论和语言本体论使用频率最高的一种表述方式。

　　从某种意义上说，本体论研究视角从哲学转到文学是从对文学形式的关注开始的，形式一定程度上担当了文学研究反对机械反映论和教条主义倾向的突破口。形式本体论的基本特征就是把文学作品的结构、技巧、语言等形式因素视为文学的本体，认为文学研究的根本目的就是要把握文学的内在特征或者规律。形式本体论最初以作品本体论出现，即把文学作品看成一个具有独立存在意义的本体。如孙歌认为："如果我们把目光转向文学作品本体"，那么就为"直接把握作品寻找到了一条较好的科学表述的途径，它就比任何批评方法都更加切近作品本身"。② 李劼认为："正如人是一个自足的主体一样，文学作品是一个自我生成的自足体。"③ 刘武认为："将文学作为自足体来研究"，已成为"时代的社会意识"。④ 只有把文学作品视为文学的"本体"，才能更有效地强调文学作品对于文学研究的重要性。而将作品视为文学本体就会把研究的目光转到

---

① 何新：《试论审美的艺术观》，《学习与探索》1980 年第 6 期。
② 孙歌：《文学批评的立足点》，《文艺争鸣》1987 年第 1 期。
③ 李劼：《试论文学形式的本体意味》，《上海文学》1987 年第 3 期。
④ 刘武：《哲学时代：作为一种自足体的文学与文学理论》，《文学评论》1987 年第 5 期。

第十章 文学批评"向内转"潮流

文学的内部，于是有论者不断把作品的形式因素凸显出来，这才有了作品形式本体论。为高扬形式，有的学者走向了极端，如吴亮断言："艺术就是那个叫形式的事物的另一名称，它纯粹是形式，绝非是'有意味'的形式。一旦人们开始谈论某形式的'意味'，他们就把问题引渡到形式之外，也就是引渡到艺术之外了。"[①] 由于明确主张形式才是文学的真正"本体"，所以，"作品本体论"经由"作品形式本体论"不可避免地演化成了"形式本体论"。

正是在形式本体论研究的鼓舞和感召下，一些作家开始了一系列文体试验的探索，出现了"绝句点序列""无标点文字序列""词语的超常经验组合""口语、成语"的超常规使用等诸多现象，[②] 不仅给文学实践开拓了新的途径，成为当时文坛的一道亮丽风景；还带动了"文体研究"及文体实验的热潮，为文学发展和研究开创了新局面。

从研究实践可以看出，形式本体论主要受西方现代文论和美学的影响，特别是受俄国形式主义文论和英美新批评的"文学性"和"形式至上"论的影响。可以说，形式本体论将目光转向"文学作品本体"，将逻辑起点移到"作品文本内部"，强调文学是一个"自足体"，几乎是沿袭了西方形式主义批评的致思理路。如强调文学研究的对象是作品自身或"作品本体"，这与俄国形式主义和英美新批评对于"文学性"和"作品中心论"的强调一脉相承；其对

[①] 吴亮：《文学的，非文学的》，《文学角》1988年第1期。
[②] 范玉刚：《新时期探索小说语言变革倾向初探》，《吉林师范学院学报》1993年第1期。

"内部研究"模式的强调则同样与英美新批评的影响密不可分,尤其是韦勒克和沃伦的《文学理论》发挥了关键性作用。所谓"结构本体论"是对于结构主义思想的直接应用;"叙事方式本体论"是对西方现代叙事理论进行吸收和借鉴的产物;"语言本体论"则部分地受到西方现代哲学"语言学转向"的影响,从而把语言抬高到"文学本体"的地位。

可以说,我国新时期形式本体论,完全依靠西方理论话语的支持,所以如果没有相关的西方理论话语,也就没有我国新时期的形式本体论。其积极意义表现为:对文学作品本身的重视;对文学作品艺术形式的重视;提供了研究文学基本特征的新思路、新视角;丰富了文学理论研究的概念、术语;在重视文学作品本身尤其是作品的艺术形式方面具有合理性;有助于理论批评界克服过去在内容与形式关系认识上的机械化、简单化倾向;树立合理的形式—内容观;它对新时期伊始纠偏机械反映论文艺观忽视艺术形式和技巧的弊端有着不容忽视的积极价值;对文学研究产生很大影响;为推动文学本体论研究做出了贡献。但也存在如割裂文学"内部规律"与"外部规律"的有机关联,片面强调形式甚至纯形式的价值等缺憾。以致发展到极端,就成了"形式本体论以'作品'取代了'文学',又以'形式'取代了'作品',实际列出了一个'文学=作品=形式'的公式,这就大大缩小了文学研究的范围,而且在逻辑上也不能成立"①。

---

① 刘大枫:《新时期文学本体论思潮研究》,天津社会科学院出版社2000年版,第59页。

第十章　文学批评"向内转"潮流

文学作品是由多种因素构成的一个整体，究竟哪种因素起决定作用取决于具体的作品和生成语境。作品形式包含许多内在因素，如结构、叙述方法、表现技巧、手法、语言等，在此问题上形式本体论的看法莫衷一是，有的学者对文学形式的强调到了极端的地步，以至于把文学的内容因素完全排除在外。当克莱夫·贝尔提出"有意味的形式"的美学命题时，其对审美情感是有所属意的，而我国当时的学者把形式中的"意味"也排除了。当他们强调文学研究应"回到自身"时，实际上把本体当成了"本身""自身"；当他们宣称"内部研究为本，外部研究为末"时，显然又把本体当成"本根""根本"之意。之所以出现这种"误读"，与他们对新批评学派的接受有关，特别是兰色姆的"构架—肌质"理论。"而我国的形式本体论者却毫不顾及兰色姆思想中的亚里士多德背景，错误地把他所说的'本体论批评'与新批评派的立场直接嫁接起来，以至于造成一种文学本体论就是研究文学形式和技巧的假象。究其根源，还是由于对亚里士多德的本体论哲学不甚了了，因此才犯了这种望文生义的错误。"[1] 尽管形式本体论有不容置疑的合理性，但就理论建构而言，它仍未脱出形而上学的思维框架，使其在实践中从一个极端走向另一个极端，其对作品社会历史内涵的消解与拒斥，使其身陷语言结构形式的藩篱而不自知，对形式的刻意追求导致了另一种形式的形而上学。

---

[1] 苏宏斌：《文学本体论引论》，上海三联书店2006年版，第8页。

第三节　从社会到心理

　　文艺心理学是一个需要专门进行历史描述的话题。从总体上讲，一方面，心理学给文学艺术的研究带来了新的启示；但另一方面，心理学也带来了许多新的困境。现代心理学的诞生，与实验美学有着共源的关系。实验心理学的第一人古斯塔夫·费希纳对实验心理学和实验美学的诞生，都具有巨大的贡献。然后，他所创立的这两门学科，后来的命运却完全不同。实验心理学有了重大的发展，在费希纳之后，出现了像赫尔曼·冯·赫尔姆霍茨和威廉·冯特这样一些重要的心理学家。从此，心理学与实验室联系在一起，成为一门实验科学。[①] 心理学在20世纪开始了它的新的历史，相继出现了构造主义、机能主义、行为主义、格式塔、精神分析，等等，这些流派分别在不同的国家发展，并逐渐获得国际意义。[②] 这些心理学流派的研究方法与美学和文学艺术理论家所使用的方法间存在很深的鸿沟，尽管美学家和文学艺术的理论家、批评家常常从心理学那里借用一些概念。有一个例子很能说明问题：20世纪初，心理学家爱德华·布洛在《英国心理学报》上发表了不少关于审美心理实

[①] 参见［美］E. G. 波林《实验心理学史》，高觉敷译，商务印书馆1982年版，特别是第311—386页。

[②] 有关这里提到的历史的一般性描述，可参见［美］杜·舒尔茨《现代心理学史》，杨立能等译，人民教育出版社1981年版。

第十章 文学批评"向内转"潮流

验研究的论文,[①] 但使他得以闻名于世的成果,却是一个与实验无关的,借助于内省而形成的关于"心理距离"的假设。[②] 类似的情况,在许多文艺心理学家那里都存在着。所有在文学艺术的研究中产生了巨大影响的心理学学说,包括著名的格式塔学说和精神分析学说,尽管本来都有实验或医学临床治疗的依据,但它们在艺术中的运用,都是在超出了实验之外进行理论延伸和哲学思辨之时产生的。格式塔学派把研究局限在知觉之上,论证知觉的整体性。这比起构造主义心理学而言,向前进了一步。但是,光有知觉的整体性还是不够的。知觉所从属于的人的整个心灵的整体性,却是在格式塔心理学的研究之外。因此,格式塔心理学只能将对象的形式与知觉之间建立一种同构的关系,而对象意义的探寻,超出了格式塔心理学为自己所设定的研究范围,只能交给研究者假设。精神分析学派最初来自对精神病的治疗业。这一学派后来形成的关于人格模型的设想、关于内在的心理动力源,以及关于原始意象的假设,都超出了实验科学所能达到的边界,属于一种心理玄学。

对于中国美学界来说,文艺心理学当然不是一个新问题。早在20世纪30年代,朱光潜先生就写出了著名的《文艺心理学》,这是

[①] 例如,《论色彩显示出的沉重性》("On the Apparent Heaviness of Colours", *The British Journal of Psychology*, II, 4, 1907, pp. 111 – 152),《对简单的色彩结合进行审美欣赏时"透视问题"》("The 'Perceptive Problem' in the Aesthetic Appreciation of Simple Colour-Combinations", *The British Journal of Psychology*, III, 4, 1910, pp. 406 – 447)。

[②] 《作为一个艺术因素和一个审美原则的"心理距离"》("'PsychicalDistance' as a Factorin Artandan Aesthetic Principle", *The British Journal of Psychology*, V, 2, 1912, pp. 87 – 118)。

当代中国美学史上的一部里程碑式的著作。20世纪80年代，有大批新的文艺心理学和审美心理学方面的著作问世。这些著作中，有的将国内已接受的普通心理学知识应用到艺术与审美之上，有的在介绍国外的一些较新艺术心理学研究成果的基础上，进行综合。在这两方面的研究著作中，前一方面的代表是金开诚先生的《文艺心理学论稿》（北京大学出版社1982年版）一书，这本书将普通心理学的思想运用到审美与艺术的研究中；后一方面的代表是滕守尧先生的《审美心理描述》（中国社会科学出版社1985年版），这本书介绍了一些西方较新的审美心理学思想，并将这种描述归结到一个由李泽厚先生所勾画的审美心理图表上。介乎前面两种类型之间的，有一本彭立勋先生的《美感心理研究》（湖南人民出版社1985年版）。在这本书中，有对普通心理学思想的运用，有对20世纪初的一些西方心理学思想的介绍，也有对前一段时间积累的"形象思维"话语的复述。

文艺心理学，同20世纪80年代很多学科发展一样，既是思想解放的产儿，又是后者的直接体现者。但它又与其他学科不同，它真正走进了中国当代美学学科构建的纵深处，推动了中国美学向前发展。

第一，文艺心理学作为一门学科出现，超越了新中国建立之初从社会学维度理解艺术的本质、构建美学体系的局限，使对艺术本质的理解走向深入，同时也充实了审美关系中主体方向的研究。美学的核心研究对象是人与对象的审美关系，由于此前受"左"倾思潮影响，在美学中，主体部分某种程度上是被空置的，不可能做深

第十章 文学批评"向内转"潮流

入讨论。随着思想解放运动的开展,主体研究重新进入知识界的视野,文艺心理学无论是从创作维度来说,还是从接受角度来看,都是对主体心理的探究,或者说,都是对主体的研究。因此,文艺心理学由于它把注意力主要集中于主体,恰好能够弥补中华人民共和国成立以来对主体研究的缺失,进而对美学学科自身的健全做出了卓越贡献。

第二,文艺心理学汇集了新时期伊始美学领域很多争论的成果,并把它们进一步向纵深推进。文艺心理学并不是新时期美学之旅的出发点,在它之前,有关共同美、人性、异化和形象思维大讨论等都已经开始。虽然金开诚的《文艺心理学论稿》出版于1982年,但文艺心理学真正的喷涌期是在1985年前后。这个时候,关于人的本质、形象思维等讨论已经逐渐淡出。但是,某种程度上可以说,文艺心理学接过了它们思考的接力棒,继续对其进行思考。在讨论中,形象思维被开掘出多个方向,其中心理学维度是其重要面向。对人的本质的讨论也存在类似情况,只是文艺心理学在这方面讨论的意义更加深远。在20世纪80年代初期,有关人性的讨论,主要的话语资源是马克思的早期著作《1844年经济学哲学手稿》,学者们的关注点也集中于对人的本质、异化现象的讨论。这种讨论主要还是在理性和社会层面对人的思考,异化仍然是在特定历史条件下人与社会关系的错位,以及人自身理性的分裂。但对于人本质的多层次性,却很少涉及。而20世纪以来,对人本质的理解,其理性与非理性、意识与潜意识的结构划分已经获得普遍认同。国内学界接触到这方面的知识,来自弗洛伊德思想在中国的传播。一个非常具有象征意味的事件是，新时期最早进入学界视野的是弗洛伊德和以他为代表的精神分析学派。《美国文学丛刊》1981 年第 1 期发表了美国学者研究弗洛伊德的文章《弗洛伊德与文学》，顾闻在《华东师范大学学报》1982 年第 2 期发表了《弗洛伊德文学思想中几个重要观点》一文，张隆溪在《读书》1983 年第 5 期发表了《谁能告诉我，我是谁？》一文，介绍精神分析和弗洛伊德的思想。弗洛伊德对人的本质，从欲望和非理性角度的规定，对于刚刚经历过"文化大革命"的中国人的痛苦心理有着难以言说的抚慰，但其真正参与到中国美学的建设，是文艺心理学做出的突出贡献。文艺心理学通过对创作主体心理的探寻，对作品中隐含心理现象的揭示，对接受者心灵的追问，论证了人性深处如冰山般的潜意识的存在，从而使我们对人性的理解更深一步。这种探究，很明显是对 20 世纪 80 年代初期更多注重人性的社会属性面向的补正。

从艺术自身的属性出发，我们能够发现，从心理学维度对其审视，有着天然合法性。有论者曾经指出："无论是把文学看作社会生活的外部刺激在作家头脑中反映的产物，还是把文学看作作家的记忆、志趣、感受、体验在语言文字中的自由表现，还是把文学看作人类个体之间进行精神交往的一种生生不息、绵延不绝的再创造过程，文学活动都可以被看作一种心理现象，文学与心理学的关系就总是一个合乎逻辑的必然存在。"[1] 这段话既适用于文学，也适用于艺术。作为人类重要表征的精神活动，作为艺术家心灵的灌注，

---

[1] 钱谷融、鲁枢元主编：《文学心理学教程》，华东师范大学出版社 1987 年版，第 1 页。

艺术活动的确是一种心理现象。然而回到文艺心理学繁荣的20世纪80年代，它的意义只能够在那个时代中才能够得到准确的阐释，它是理论批评向内转的重要表现。

第十一章 传统美学和文论的发现与现代转换

第一节 20世纪80年代中期至90年代的"古代文论热"兴起原因

20世纪中国古典美学和文论研究在80年代开始流行,这种现象是美学学科在中国"学科化"的结果,研究者为了增强学科意识而自觉地寻找中国古典资源。这一过程中,美学这一新兴学科需要必要的本土资源来进行文化的合法性建构,同时中国古代的艺术思想也借以寻找到了彰显自身的途径,这两者实现了充分的良性互动。伴随对中国古代艺术思想的"回头看",20世纪80年代之后各种古代美学史和文论史逐渐涌现,并蔚为大观,"比兴""风骨""意象""意境"等中国传统艺术概念逐渐被以"美学范畴"视之,并焕发生机。

在谈完"学科化"对古典美学研究的学理性诉求之后,我们还应看到20世纪80年代中期以来中国文艺界的寻根思潮对古典美学研究兴起的促进性作用。所谓"寻根",实际是在启蒙和现代

第十一章 传统美学和文论的发现与现代转换

性相互交织的语境下产生的,"五四"以来持续在精英阶层的启蒙意识在这一时期以一种另类的方式体现了出来,启蒙的手段不再是西方的科学和民主,而是中国传统文化中的有益资源。所以某种程度上可以说,80年代中期的文化寻根思潮并不单单是就古代研究古代的理论自觉,而是一种基于启蒙现代性基础上的文化钩沉。因此若从这一角度来重新审视文化寻根以及在这一背景下展开的古典美学研究,便会发现美学领域亦进行着殊途同归的探索和尝试,这可能是潜存于古典美学研究幕后的深层文化动因。诚然,我们对"文化寻根"的认识以往可能仅限于文学层面,寻根文学无疑是当代文学史中需要浓墨重彩的一笔,韩少功1985年在《文学的"根"》[1]一文中指出我们应该努力追寻"深植于民族传统文化土壤"中的"文学之根",故此,民族传统文化便被视为一种带有本土性和反殖民性的资源进入了当时的文学领域。如果说韩少功、王安忆、张承志等文人在努力寻找"文学之根"的话,那么当时的众多美学研究者则试图从学术角度探求"美学之根",可以说,无论在创作实践层面还是在理论层面他们都将寻根之源归结为中国传统文化。

下面谈一谈促进20世纪80年代古典美学和文论研究兴起、繁盛的另一个重要催化剂。这种繁荣的背后除了"学科化"的内在诉求之外,还必须提到权力话语的参与。从《在延安文艺座谈会上的讲话》之后,不论我们是否承认,受"政治标准"所左右

---

[1] 韩少功:《文学的"根"》,《作家》1985年第4期。

的意识形态的因素都潜在地对艺术领域有一定的规约性和指导性，因此在抽象地从学理层面讨论古典美学建设之后，亦应看到权力话语在其中扮演的角色。毛泽东1965年7月21日在写给陈毅的回信中谈到了"比""兴"的问题，并将其与形象思维联系在一起。由于这封信发表于20世纪70年代末，其真正的影响则在新时期。对此，蔡仪在1978年先后写成了《诗的比兴和形象思维的逻辑特性》《诗的赋法和形象思维的逻辑特性》两篇文章进行回应，明确指出："关于形象思维要能谈得实际一点，还是想从诗的赋比兴谈起。"① 文中运用了很多形式逻辑的方法对形象思维进行了解读，其主要考察的对象并不是赋、比、兴等纯粹古代的艺术思想，它们充其量也只不过是解读形象思维的一个例证或注脚，但不可否认，这在客观上毕竟起到了为古典美学和文论思想张目的效果。

不过，值得注意的是，进入20世纪80年代以后权力话语对美学研究的影响逐渐由显入隐。笔者认为20世纪50年代到70年代末这种影响是停留在显性层面，80年代以后，权力话语对美学研究的影响进入到了隐性层面。研究者不再先入为主地从既定的主题出发来探讨美学和文论问题，而是首先以讨论学术问题为主，然后才策略性地加入一些流行成分，不妨以王运熙与杨明两位先生1980年发表的《魏晋南北朝和唐代文学批评中的文质论》一文为例，全文总体上在进行学术研究，只不过在文章的结尾处当谈到胡应麟《诗

---

① 蔡仪：《探讨集》，人民文学出版社1981年版，第298页。

第十一章　传统美学和文论的发现与现代转换

薮》中的文质思想时,说:"所以把诗歌语言风格的质文变化,说成与政治上的所谓质文互变完全一致,这当然是片面的;不过,这却是一个鲜明的例子,表明文论中'质''文'的含义,与政论中'质''文'的含义,有着怎样密切的联系。"① 由此一例不难看出当时学术研究与主流话语之间的微妙关系,自此之后学术的纯粹性进一步获得彰显,到了20世纪80年代中期以后已经很难在文中看到明显的主流话语的影子了。

正是在上述"内"与"外"多种因素的作用下,中国古典美学和文论研究开始形成并发展。其显在的表现是王国维、宗白华等人理论资源的再发现。如果说前述的"内""外"几种因素是古典美学研究兴起的"动力因"的话,那么对王国维、宗白华等人理论地位的建构则属于"质料因"范围。可以说20世纪80年代以后,对他们理论中古典资源的介绍和深入解读,代表了古典美学研究的最初形态,随后,研究者的视角才逐渐打开,沿着他们的足迹将审视的对象扩展到整个古典美学领域。在这一过程中,对王国维、宗白华等人的重视便带有很强的策略性和历史性的味道。

对中国美学而言,早在20世纪初期以王国维、宗白华为代表的学者便开始进行尝试性研究,只不过他们的体系中仍然带有一定程度的西方美学的因子,或者说某种意义上是在西方美学的总体框架下展开的。如果说王国维、宗白华在中西的大背景下开展的对中国

---

① 王运熙、杨明:《魏晋南北朝和唐代文学批评中的文质论》,《文艺理论研究》1980年第2期。

古典艺术思想的钩沉，代表了一种西方美学中国化的尝试的话，那么真正使这种尝试发扬光大并推向纵深则是从20世纪80年代以后对王国维、宗白华的思想进行研究开始的。这里，我们需要厘清一下思路，王国维、宗白华研究中带有一定程度的古典美学因子，但在较长时间内两人这方面的成就其实并未得到应有的重视，直到80年代以后，两人的相关研究成果和学术思想被逐渐推向前台，某种程度上可以说王国维、宗白华的"被发现"对之后中国古典美学研究的兴起起到了非常重要的奠基作用，这种对研究的研究是当代古典美学研究的最早雏形。

第二节 "古为今用"运思下的古代文论研究

史实考辨与理论阐释是古代文论研究的两种基本范式，前者偏于求真求是，后者重在致知致用，不同时期多有不同的侧重方面。本来，从学科发展规律来看，资料梳理与文本校释等历史性的研究应该先行："古代文论研究作为一门新兴的学科，对材料的考订梳理当然会先于意义的阐释，只有当史的研究初具规模后，论的研究才有可能形成气候。"[①] 然而，受社会、政治、经济和文化思想的强烈影响，20世纪至今的中国文论虽然饱经沧桑，经历了新文化运动对传统文化文学的激烈否定，"五四"至"文化大革命"对俄、苏

---

① 张海明：《回顾与反思——古代文论研究七十年》，北京师范大学出版社1997年版，第96页。

第十一章 传统美学和文论的发现与现代转换

文学文论的借鉴，八九十年代对西方文论的引进等三次断裂与延续的艰难过程，但是"古为今用""洋为中用"的致用思想一以贯之，虽有强弱深浅的不同，但从未断绝。在意识形态话语强烈影响，甚至控制文坛的20世纪50—70年代，这种致用思想更是成为流行性的口号与时髦话语。即使独立思想较强的郭绍虞、罗根泽等先生，他们的文学批评史重版或修订，都不得不受到"古为今用"思想的影响。如果说王国维、宗白华、朱光潜等对传统文论进行阐释时，古为今用的目的和表现还不太明显；那么，中华人民共和国成立后至20世纪80年代则强烈要求古为今用，甚至主张文学艺术，包括文论直接服务现实，走向社会。新时期以来，追求古代文论与西方文论的沟通，对之进行现代阐释更是多数文论学者的学术思路与方法。"从五十年代开始，在古为今用思想的引导下，为着建设具有民族特色的马克思主义文艺学的需要，对古代文论作现代阐释自然成为主要的研究倾向。到了八十年代，新方法的运用，比较诗学的介入，以及寻求跨越中西文学的共同规律被作为研究目的之一，更为古代文论的现代阐释提供了充分的理由。"[1] 这种现象本身就是致用思想的直接体现。

新时期以来的中国古代文学理论学会年会和各种文论会议，大部分也忘不了古代文论的当代意义。1979年3月，中国古代文学理论学会成立。会上倡导古代文论研究的古为今用，呼吁把古代文论研究与现代文论研究结合起来，为建立民族化的马克思主义文艺理

---

[1] 张海明：《回顾与反思——古代文论研究七十年》，北京师范大学出版社1997年版，第62页。

论服务。① 20世纪80年代以来，这更是成为中国古代文学理论学会历次年会上的重要话题。1987年，第五次年会的中心议题是"如何将中国古代文论研究引向深入"；1989年，第六次年会的中心议题是"中国古代文学理论的价值及其在当代的作用和意义"；1991年，第七次年会就古代文论研究的古为今用问题进行了集中研讨；1993年，第八次年会对古代文论的实际运用问题进行了讨论，等等。可以说，古为今用思想，追寻古代文论和古代文论研究的当代意义，一直是大部分研究者自然而然且孜孜以求的主题。古代文论是否具有现实意义与当代价值？能否参与当代文论建设、成为当代文论的重要参照、成为当代文学理论体系中不可或缺的内在部分？南帆在1990年撰文对此做了连串追问：

> 中国的古代文论在当今还具有什么意义？那些古代典籍是否可能以积极的姿态参预当代文论？在学术的意义上，这已经是一个迫在眉睫的问题。重新制订当代文论的版图时，人们再也不可能对这一份文学遗产视若无睹。事实上，当代文论的逐步完善必将遇到对于古代文论的两方面判断：一，古代文论的价值；二，当代的取舍。……然而，对于当代文论说来，人们更为重视的是古代文论所隐含的理论价值。在当今，古代文论是否仍有旺盛的理论生命力？古代的文学观念是否可能因为理论意义而成为当代文论体系不可或缺的内在

---

① 中国古代文学理论学会编：《古代文学理论研究丛刊》第1辑，上海古籍出版社1979年版，第422页。

第十一章 传统美学和文论的发现与现代转换

部分？具体地说，除了一些简单的以古证今，古代文论能否因为独特的理论形态而成为当代文论的重要参照？除了印证一些众所周知的文学常识，古代文论是否还能提出一批独特的范畴作为当代文论的支柱？①

这些追问直接表达了希望将古代文论范畴融入当代文论，甚至作为当代文论的支柱的想法，距离"转换"说问世，可以说只有一步之遥了。

20世纪90年代中期，在多重外力的挤压下，"古为今用"的思潮更趋激烈。面对传统文化的衰微和传统文学的没落，西方文化和文论在知识和价值层面上的强势渗透，中国诗性批评的消退和落寞，文论界不时陷入现代性带来的迷茫和缺失之中。加上信息化、全球化浪潮加剧，大众文化、消费文化盛行，知识人的精英意识萎缩，人文关怀淡化，研究越来越陷入私人化和自我化之中。这都使得那些秉承经世致用思想的当代知识人倍感焦虑，回头凝望之中，落寞失意之下，古代文论的诗性存在空间和浓郁人文情怀，被无限憧憬。古代文论的现代价值和当代意义，也被无意夸大。渴望其能建构当代文学理论，甚至发挥其主体性作用，竟然成为一时风尚。季羡林曾云："我们东方国家，在文艺理论方面噤若寒蝉，在近现代没有一个人创立出什么比较有影响的文艺理论体系，……没有一本文艺理论著作传入西方，起了影响，引起轰动。"② 直接表达了对

---

① 南帆：《古代文论的当代意义》，《文艺理论研究》1990年第2期。
② 季羡林：《东方文论选·序》，《比较文学报》1995年第10期。

近代以来，中国文艺理论体系建设匮乏无力的焦虑。黄维樑1995年7月也撰文称："我认为龙学学者的另一个取向，应该是把《文心雕龙》的理论，应用于古今中外文学作品的实际批评上。我并不在提倡复古，更不主张闭关自守，拒绝接受外国古代和现代的批评理论。我只是认为，《文心雕龙》的理论，可以古为今用，甚至中为洋用；至少，它的理论，可补一些西方理论的不足。……真的，在当今的西方文论中，完全没有我们中国的声音。二十世纪是文评理论风起云涌的时代，各种主张和主义，争妍斗丽，却没有一种是中国的。"① 更是站在古今中外交融的角度，主张实现《文心雕龙》理论的"今用"和"洋用"——应用于古今中外文学作品的实际批评上，以期听到中国声音，获得中国地位。需要特别指出的是，主张将古代文论"应用于古今中外文学作品的实际批评上"，已经隐含了"转换"论的实践内涵。曹顺庆对中国现当代文论中，传统文论的缺席，"古"不能用于"今"的现象作了生动描述：

  长期以来，中国现当代文艺理论基本上是借用西方的一整套话语，长期处于文论表达、沟通和解读的"失语"状态。自"五四""打倒孔家店"（传统文化）以来，中国传统文论就基本上被遗弃了，只在少数学者的案头作为"秦砖汉瓦"来研究，而参与现代文学大厦建构的，是五光十色的西方文论；建

---

① 黄维樑：《〈文心雕龙〉"六观"说和文学作品的评析——兼谈龙学未来的两个方向》，《中国古典文论新探》，北京大学出版社1996年版，第25页。

第十一章 传统美学和文论的发现与现代转换

国后,我们又一头扑在俄苏文论的怀中,自新时期(1980年)以来,各种各样的新老西方文论纷纷涌入,在中国文坛大显身手,几乎令饥不择食的中国当代文坛"消化不良"。①

这里的"传统文论"与前面的"中国现当代文艺理论"对举,当指古代文论无疑。古代文论被今天遗弃,没有参与现代文学大厦的建构,这本质上还是古为今用思想的表现。不过,与之前的倡导古为今用不同,这里更进一步,对大量借用西方文论而遗弃古代文论的现象,作了情绪激烈的批评。在曹顺庆看来,古代文论应该面向时代与世界,参与民族文论的建构;而不是自我封闭,疏离当代,遗弃于现当代文论语境中,丰富的古代文论遗产要为建设现当代文艺理论服务。

总之,在追求"古为今用"的过程中,在时代、社会等因素的影响下,这种当代意义的追寻,逐渐演变成为追求古代文论在当代文学理论建构中的主导权、话语权,从而导致了"古代文论的现代转换"的问世。

第三节 "古代文论的现代转换"

在20世纪90年代中期明确提出的"古代文论的现代转换"(以下简称"转换"),引起了学术界的广泛讨论和激烈交锋,

---

① 曹顺庆:《文论失语症与文化病态》,《文艺争鸣》1996年第2期。

带动引发了对古代文论特点、价值、古今文论贯通、中西文论融合、文论现代性反思和学科建制等重大问题的深入思考和全面审视。不管"转换"成立与否，就其讨论时间之长，包含内容之广，以及论辩的丰富性、争论的持久性、参与的广泛性、反思的深刻性等来说，都堪称是新时期以来最为重要的文论话题。

"转换"说的问世，有着十分深厚的历史渊源和急切的现实考虑。在追求"古为今用"的过程中，在时代、社会等因素的影响下，这种当代意义的追寻，逐渐演变成为追求古代文论在当代文学理论建构中的主导权、话语权，从而导致了"转换"的问世。"古为今用"聚焦于"用"字，强调传统资源的可利用性，主张在应用的层面上会通古今，"古"的本体性不强；而"转换"说则立足于古代文论自身性的转变，由"体"生发出"用"，"古"的本体性明显突出。这是"转换"说与"古为今用"说的根本不同。如果说20世纪以来对古代文论的研究或现代阐释为"转换"说问世的间接原因，古为今用观念的根深蒂固为"转换"说问世的民族心理和文化原因，那么，对当代文论中古代文论话语"失语"的失望，对当代中国文论无根性危机的焦灼，则是"转换"说问世的最直接和重要原因。"转换"说明确问世的理论前奏，主要是"文论失语症"和"重建中国文论话语"的提出。当然，这里不是说三者的出现存在着鲜明的时间先后关系，而是说，它们在"转换"话题中构成这样的一种逻辑关系。

曹顺庆较早提出"文论失语症"和"重建中国文论话语"

第十一章　传统美学和文论的发现与现代转换

概念，①"失语症"最早不是出现在文论界，而是在文学界，是文学界对模仿和借鉴西方现代文学创作方法的反思，主要针对莫言、马原、残雪和格非等先锋小说家的"语言的革命"。提出之后，即遭到学者的否定。②文学界对"失语症"问题的探讨，很快影响到了本已焦灼不安的中国文论领域。1995年，曹顺庆《21世纪中国文化发展战略与重建中国文论话语》首先提出文论失语症和重建中国文论话语，主张以重建中国文论话语来医治"失语症"，而重建的主要途径是借助于古代文论的话语转换。其提出的核心问题是：近代以来中国文论话语却"全盘西化"，没有自己的文论话语，怎样在世界文论中发出自己的声音。这里的"失语症"内涵，指的是中

---

①　曹顺庆及其弟子是这一论争的主要发起者和参与者，先后发表了大量论文，主要有：曹顺庆《21世纪中国文论发展战略与重建中国文论话语》，《东方丛刊》1995年第3辑；曹顺庆《文论失语症与文化病态》《文艺争鸣》1996年第2期；曹顺庆、李思屈《重建中国文论话语的基本路径及其方法》，《文艺研究》1996年第2期；曹顺庆、李思屈《再论重建中国文论话语》，《文学评论》1997年第4期；曹顺庆《"话语转换"的继续与重建中国文论话语》，《文艺争鸣》1998年第3期；曹顺庆、吴兴明《替换中的失落——从文化转型看古文论转换的学理背景》，《文学评论》1999年第4期；曹顺庆《从"失语症"、"话语重建"到"异质性"》，《文艺研究》1999年第4期；曹顺庆、谭佳《重建中国文论的又一有效途径：西方文论的中国化》，《外国文学研究》2004年第5期；曹顺庆、翁礼明《"失语症"再陈述——兼与蒋寅教授商榷》，2005年11月，文化研究网；曹顺庆《再说"失语症"》，《浙江大学学报》2006年第1期；曹顺庆、靳义增《论"失语症"》，《文学评论》2007年第6期；曹顺庆、邱明丰《失语症与现代性变异》《社会科学战线》2009年第4期；曹顺庆、邱明丰《重建中国文论话语的三条途径》，《思想战线》2009年第6期；曹顺庆、黄文虎《失语症：从文学到艺术》，《文艺研究》2013年第6期等。

②　参考黄浩《文学失语症——新小说"语言革命"批判》，《文学评论》1990年第2期；唐跃、谭学纯《文学尚未失语——关于黄浩同志〈文学失语症〉一文的不同意见》，《文学评论》1991年第1期；夏中义《假说与失语》，《文艺理论研究》1994年第5期；邹忠民《历史的失语症——"文革"题材创作论》，《小说评论》1995年第5期。

国现当代文论基本上借用西方话语表达、沟通和解读，没有我们民族自己的文论话语和学术规则，离开了西方话语，我们无法言说，无法在世界文论界发出自己的声音。曹先生还认为中国现当代文论失语症的病根，在于文化大破坏、在于对传统文化的彻底否定、在于与传统文化的巨大断裂、在于长期而持久的文化偏激心态和民族文化的虚无主义。需要重新建立中国文论话语，首先要接上传统文化的血脉，才可能重新铸造出一套自己血脉的气韵，而又富有当代气息的有效的话语系统。其中，接上传统文化的血脉最为艰难，需要对传统文论进行"现代化转型"：

> 潜沉于中国五千年生生不息的文化内蕴，复兴中华民族精神，在坚实的民族文化地基上，吸纳古今中外人类文明的成果，融汇中西，自铸伟辞，从而建立起真正能够成为当代中国人生存状态和文学艺术现象的学术表达并能对其产生影响的、能有效运作的文学理论话语体系。为了实现这一设想，对传统话语的发掘整理，并使之进行现代化转型的工作，将成为重建过程中至关重要的一环。我们所采取的具体途径和方法是：首先进行传统话语的发掘整理，使中国传统话语的言说方式和文化精神得以彰明；然后使之在当代的对话运用中实现其现代化的转型，最后在广取博收中实现话语的重建。①

---

① 曹顺庆、李思屈：《重建中国文论话语的基本路径及其方法》，《文艺研究》1996 年第 2 期。

第十一章　传统美学和文论的发现与现代转换

20世纪末至21世纪初，在学术界对"失语症"和"古代文论的现代转换"产生强烈共鸣和积极回应的时候，蒋寅较早全面深入地表达对"失语症"和"转换"提法的质疑和否定。蒋寅认为"失语症"是一个虚假命题，文学理论应该对应特定的文学经验。至于"文论失语症"提法，蒋寅做了全面分析，大略可归纳为四点：第一，我们根本没有真正借到西方的一整套话语，流于外表和语词形式。文学理论和评论，集中在反讽、解构、话语、叙事等语词上，并没有学到真正的西方式的批评。第二，当代文学理论不在于用什么语言说，而在于说什么。第三，如果说当今通行的文学理论框架是西方的，因而没有自己的认识基点，那么，"失语"也不始于今日，起码从20世纪初就开始了。第四，一种文学理论的产生不外是对一种文学观念的阐释，对一种文学实践的反思。当文学在现实中因不拥有话语权力，不能直面一种生存状态和它最深刻的本质时，它就不能构成一种真实的、独特的文学形态[①]。

"古代文论的现代转换"命题的问世，既与20世纪以来"古为今用"的实用思想一脉相承，又与后殖民主义理论批评在国内引发的民族主义思潮紧密相关，还与西方的后现代转向，国内对文论现代性反思有关。然而，最为直接的导火线，则是部分当代学者对当代文论"失语"现象的忧虑，对重建中国文论话语的直接呼喊。

---

① 蒋寅：《学术的年轮》（增订本），凤凰出版社2010年版，第80—85页。原文最早以《文学医学："失语症"诊断》发表于《粤海风》1998年第5期；后略改为"'失语'与转换"，与"宏观与微观"、"理论与历史"合为《古典文学研究三"执"》，收入《学术的年轮》，中国文联出版社2000年版。本文以该书增订本为据。

"转换"的思想，从20世纪80年代以来就不断有人提及；随着1996年明确以"古代文论的现代转换"为会议名称而迅速扩散到中国文论界。对其过程，钱中文做了简述："古代文论现代转换作为一种学术思潮，早在八十年代初就有人提及，而'古代文论的现代转换'作为一个口号和问题，实际上在1992年的开封会议上就提出来了。我在《中国文学理论的回顾与前瞻》的报告里面就提到古代文论的现代转换的问题。1995年8月，在济南召开的中国中外文学理论国际学术研讨会上，又有学者提出。1996年我在《文学评论》上发表《会当凌绝顶》一文，也提到这个问题。1996年10月，在陕西师大召开的'中国古代文论的现代转换'学术会上，来自全国各地的四十多名学者专门就这一问题展开了深入的研讨，古代文论的现代转换的问题，才引起文论界的重视。"[1] 可以说，对于"古代文论的现代转换"，钱中文用心甚多且最早明确提出。此后十余年间，以"转换"或"转化"为主题或者专题的会议不断推出，《文学评论》《文学遗产》《文艺研究》《文艺理论研究》《中国文化研究》《文史哲》等刊物也推出专题或专栏，发表大量相关论文对"转换"理由、内容和方法及否定意见等加以探讨，引发了一股"转换"研究的热潮。

虽然关于"转换"的问题发表了许多论文，包括出版了数本论著，但是较少有人对此命题的含义斟酌推敲，大量文章忽视了或者根本不关注"转换"说问世的背景，将20世纪以来对古代文论的

---

[1] 刘飞采访，钱中文语：《中国文论：直面"浴火重生"》，《社会科学报》2005年3月31日。

第十一章 传统美学和文论的发现与现代转换

研究，以西方新观念或者新方法进行的古代文论研究和阐释，一律视为"现代转换"。这种"转换"泛化论，当与1996年西安会议上对"转换"的解读有关。当时将古代文论的阐释、误读、曲解、翻译、古今意识转换等都视为"现代转换"。这种泛化倾向和随意解读倾向，在其问世时就存在，从侧面说明了"转换"命题在提出时就考虑不周，界定不严；这也是后来此命题被质疑，以至于今天逐渐沉寂的重要原因。

在多数学者仅仅将"转换"视为阐释或者当代意义追寻时，陈伯海明确"转换"命题中参与当代文论建构，运用于当代文学批评的内涵。他指出，古代文论研究应立足于从开放与激活中实现传统的推陈出新，以促使古代文论研究面向时代、面向世界，参与民族和人类新文化的建构，这就是所谓的"现代转换"。①

进入外部世界，形成新的生长点，其实就是参与当代文化和文论的建构。这才把握了"古代文论的现代转换"说的最根本的含义，才符合其问世的最直接原因——是在"失语症"与重建中国文论话语的倡导与影响下，应运而生的结果。

无疑，"古代文论的现代转换"包含了古今、中西文论交融、对话的宏大内容，意蕴丰富。诚如王先霈所言："所谓古代文论的现代转换，我认为，它有两方面的理论指向，一个是在经济全球化背景下如何对待不同民族文学理论之间的关系，特别是如何对待中国文学理论与西方文学理论的关系；另一个是在现代化过程中如何

---

① 陈伯海：《"变则通，通则久"——论中国古代文论的现代转换》，《文学遗产》2000年第1期。

处理继承传统和开创一代新风貌的关系。这本是'五四'以来就遇到的问题，但在两个世纪之交格外尖锐化。"① 一个命题能够包含古今、中西文论，能够带动文学、美学和哲学等领域的学者参与讨论，其涉及面之广，参与者之多，争论之激烈，在20世纪中国文论研究中，堪称首屈一指。

总之，当代文学理论建设无法也不可能丢弃古代文论资源，也不可能排斥西方文论资源，古今相遇、中西相会，是无法避免的事实。正如童庆炳所说："在古今对话、中西对话基础上的'整合'，是建设中国当代形态的文学理论的必由之路。'整合'不是简单的对接和拼凑。无论古今的整合还是中西的整合都是'异质'文论之间的交汇，这种交汇不能不充满冲突和竞争，不能不进行必要的调整和适应，不能不达到整一的交融，不能不产生一种具有新质的思想和语言。这个过程无疑是复杂的和长期的，需要有识之士共同的努力。特别重要的是，我们的整合必须以历史唯物主义和辩证唯物主义为指导，与当代的文学创作实践相结合。离开方法论的指导和当代的创作实践，自己搞一套'话语'是注定要失败的。"②

---

① 王先霈：《三十年来文艺学家的中国古代文论研究》，《华中师范大学学报》2007年第5期。

② 童庆炳：《中国古代文论的现代意义》，北京师范大学出版社2001年版，第339页。

第十二章　文化转向及其影响

20世纪80年代中期开始，出现了"文化热"，进入90年代之后，审美文化研究热潮和文化研究的兴起成了"文化转向"的突出特征，是20世纪中国美学发展中值得深入总结的理论思潮。它与近三十年来中国当代美学研究和文艺理论发展的整体变革同步发生，既是社会文化变迁和审美话语转型的结果与表征，同时又深刻地融入这一话语变革的理论、问题与经验之中。在美学理论的层面上，审美文化研究热潮和文化研究的兴起极大地扭转了康德美学以来的经典美学话语在20世纪中国美学中的主导性位置，体现了20世纪中国美学研究不断融入现实审美文化领域，努力把握现实文化经验的理论发展趋向；在审美实践的层面上，则体现了中国当代美学研究与社会文化现实发展的一种结构性关联的趋向，在大众文化发展与日常生活变迁的角度体现了中国美学研究的理论新变。

第一节　审美文化研究的突围

审美文化研究贯穿了20世纪80—90年代美学研究的主要历程。

从 20 世纪 80 年代以来，审美文化研究发展历程大致经历了三个阶段：80 年代中后期审美文化研究的理论倡导与初步发展，90 年代以来审美文化研究的理论高潮和集中阐发，90 年代后期以来审美文化研究的理论发展和延续阶段。20 世纪 80 年代中后期是审美文化研究的理论倡导和初步发展时期。早在 20 世纪 80 年代早期，潘一的文章《青年审美文化研究纲要》就使用了"审美文化"的概念。① 但在文章中，"审美文化"并没有作为一个美学概念被提出，"审美文化"是在艺术社会学研究层面上被使用的，强调的是艺术社会学研究中的"青年审美文化"的概念，区别于后来美学研究中作为单独概念使用的"审美文化"概念。但在这一时期的研究中，已经注意到了审美文化现象研究的必要性以及审美文化产生的条件，并认为"青年审美文化的产生正是文化分化和整合的某种结果"②，很显然，这样的研究立论是恰当的，而且与后来美学研究从文化分化和去分化的理论视域中探究审美文化的历史与根源有着重要的理论相关性。20 世纪 80 年代，较为明确地在美学研究领域提出审美文化概念的是北京大学的叶朗教授。叶朗在发表于 1988 年的《审美文化的当代课题》中首次将审美文化研究提升到美学理论研究的层面上。在这篇论文中，叶朗先生提出了通俗艺术与严肃艺术的不同功能，批判了西方先锋派艺术的反传统、反艺术、反文学的倾向，提出了"审美文化的两极运动律"，并对现代科技与审美文化的关系做出了理论说明。③ 叶朗同年

---

① 潘一：《青年审美文化研究纲要》，《上海青少年研究》1984 年第 11 期。
② 同上。
③ 叶朗：《审美文化的当代课题》，《北京社会科学》1998 年第 3 期。

第十二章 文化转向及其影响

出版的《现代美学体系》则进一步将审美文化的概念引向美学的高度，在《现代美学体系》中，叶朗先生构筑了一个包括审美形态学、审美艺术学、审美心理学、审美社会学、审美教育学、审美设计学、审美发生学、审美哲学八个理论分支的现代美学理论框架，① 其中审美文化即是包含在审美社会学的理论框架中，提出审美文化作为审美社会学的核心范畴，是指"人类审美活动的物化产品、观念体系和行为方式的总和"②。

20 世纪 90 年代是审美文化研究的理论高涨的时代，这主要体现在以下几个方面。首先，审美文化研究获得了美学研究领域众多学者的一致关注，在充分的理论共识和学术聚焦中，审美文化研究迅速成为美学理论研究的主要领域和崭新课题，并由此带动了一批专门性的学术研究机构的诞生。比如，1994 年成立了中华美学学会审美文化委员会，一些高校成立了专门的审美文化研究所，一些报刊辟出专门的版面作为审美文化研究阵地，学术界召开了多次审美文化研讨会。③ 这说明，审美文化的研究价值不但已被学术界所认可，而且已经成为当时中国美学研究的学术前沿问题。其次，有关

---

① 叶朗：《现代美学体系》，北京大学出版社 1988 年版，第 32—33 页。
② 同上书，第 260 页。
③ 20 世纪 90 年代，中国美学研究中以"审美文化研究"为主题的研讨会有：1994 年 10 月 21—23 日，汕头大学"当代审美文化研究"课题组与中华美学学会审美文化委员会于北京共同举办的"当代中国审美文化前瞻"学术研讨会；1996 年 7 月 28 日，中华美学学会审美文化专业委员会和云南省红河哈尼族、彝族自治州政府联合主办的"中国当代审美文化学术研讨会"；2004 年 9 月 18—20 日，山东大学文艺美学研究中心、山东大学文学与新闻传播学院、曲阜师范大学文学院共同主办的"全国审美文化学术研讨会"在山东日照召开；2006 年 11 月 16—18 日，中国传媒大学、中华美学学会联合主办了"2006 年审美文化高峰论坛"等。

审美文化研究的论文、专著、研究辑刊等研究成果不断涌现，并集中在中国美学研究的一批优秀学者身上，如叶朗、聂振斌、夏之放、刘叔成、肖鹰、高建平、徐岱、周宪、陈炎、姚文放、陶东风、王柯平、王一川、王德胜等不断把研究目光聚焦审美文化研究，不断在审美文化研究中做出学理上、观念上和方法上的理论提升和学术争鸣，真正形成了审美文化研究的理论高潮，并创作了一批有代表性的理论研究成果，如夏之放、刘叔成主编，肖鹰作为执行主编的"当代审美文化书系"（此书系也是国家八五规划重点课题"当代审美文化研究"成果，包括夏之放的《转型期的当代审美文化》、肖鹰的《形象与生存——审美时代的文化理论》、陈刚的《大众文化与当代乌托邦》、李军的《"家"的寓言——当代文艺的身份与性别》、邹跃进的《他者的眼光——当代艺术中的西方主义》，作家出版社1996年版）、周来祥主编的《东方审美文化研究》（广西师范大学出版社1996年版）、林同华的《审美文化论》（东方出版社1992年版）、王德胜的《扩张与危机——当代审美文化理论及其批评话题》（中国社会科学出版社1996年版）、姚文放的《当代审美文化批判》（山东文艺出版社1999年版）、聂振斌的《艺术化生存：中西审美文化比较》（四川人民出版社1997年版）、陶东风的《社会转型与当代知识分子》（上海三联书店1999年版）、徐岱的《艺术文化论》（人民文学出版社1990年版）、周宪的《中国当代审美文化研究》（北京大学出版社1998年版）、王一川的《张艺谋神话的终结——审美与文化视野中的张艺谋电影》（河南人民出版社1998年版）以及汕头大学出版社的《审美文化丛刊》（1994

年版）等，这些优秀的研究成果极大地促进了审美文化研究的理论发展。另外，不可计数的学术论文围绕审美文化概念的内涵、审美文化研究与美学学科的关系、审美文化研究的意义、审美文化研究与当代美学理论走向、审美文化与大众文化批判等问题展开了非常深入的讨论，也促使审美文化研究开始作为中国美学的学术主流话语进入美学理论史和思想史的视野之中。最后，在20世纪90年代，审美文化研究的高涨还带来了一种新的美学转向的出现，即通过审美文化研究促使美学研究进一步关注日常生活与大众文化，美学研究也进一步融入了社会文化发展的大环境，实现了审美与生活的融通，审美文化也成为描述当代文化总体性特征的一个重要范畴。

审美文化研究的兴起，在中国一开始却具有反美学的特征。20世纪80年代的中国美学，深受康德和黑格尔等德国古典美学的影响。当时，美学的任务是改变"文化大革命"时代的工具论，从而形成艺术的自律。这一任务到了90年代受到了挑战，出现了走出自律的艺术的要求。这时的"文化学热"，正好具有一种与"美学热"相反的倾向。这种倾向出现在90年代前期美学被普遍放弃的时代之后，具有进一步反对美学的特点。然而，这种反美学的特征，恰恰成了美学复苏的契机。美学在长期受到冷遇之后，终于迎来了一个对它的基本前提直接冲击的时期。

"文化学热"的一个重要特点，是改变过去学术研究与实际发生的艺术实践脱离的状况。20世纪90年代的中国，社会生活发生了巨大的变化。经过市场经济的改革，艺术生产处在一个与过去完全不同的环境之中。在中国，并没有掀起关于艺术概念的讨论，但实际上，这一时期，艺术概念已经发生了深刻的变化。在原有的现实主义艺术之外，出现了先锋派艺术与通俗艺术。先锋派艺术仍处于边缘地位，但通俗艺术迅速发展。一些过去处于研究者视野之外的艺术，这时也受到了研究者的重视。例如，武侠小说，过去文学史并未提到，这时，许多大学教授们也开始对它们进行研究①。人们避开抽象的艺术概念讨论本身，却研究一个问题：雅俗定位的变化。过去被认为俗的艺术，现在也变成了雅的。这是俗的概念的改变，同时也是雅的概念的改变。

所有这一切，都给美学提供着新的可能性。美学本来并非必然与一种纯粹的美、与一种自律的艺术联系在一起。在西方美学史上，出现过自律的形成、发展和被超越这一个长期的过程。将美学看成是研究纯粹的美，主张艺术自律，是一个特定时代的产物。这一点，过去中国学者并未察觉到。"文化学热"推动着这样一个过程，使中国学者逐渐认识到这一点。"文化学热"并不仅仅限于社会批评，它仍然要回到文学艺术上来。对于艺术，我们可以用各种各样的方法进行研究，但是，毕竟，它仍然是艺术作品，需要一种将它作为艺术作品来研究的学科。在"文化学热"之后，美学不是被取消了，而是被更新了。这是一个需要重建美学的时代，当然，世纪末的中国，这一切还刚刚开始②。

---

① 例如，一些北京大学的文学教授开始研究并出版关于金庸和其他一些武侠小说的研究文章和著作。

② 高建平：《美学之死与美学的复活》，《东方文化》2001年第1期。

第二节　文化研究在中国的发展

20世纪90年代，与审美文化研究相交织的、另一种冠以"文化"之名的学术潮流是——文化研究。这一潮流在20世纪80年代末就已萌芽，经过20世纪90年代的发展，特别是在英国伯明翰学派的"文化研究"（Cultural Studies）成果被大量译介之后，文化研究终于在中国成为显学。它不只在中国的文论界引发巨大反响，成为具有撬动格局意义的研究方式变革，而且向社会学、传播学、哲学等诸多学科或研究领域渗透，影响同样不容小视。

中国的文化研究留有明显的西方学术话语的印记，或者说深受相关译介成果的影响。根据这一点，我们可以这样来描述中国文化研究的发展：

中国文化研究发轫的标志性事件，应该是1985年秋美国著名左翼理论家弗雷德里克·杰姆逊（亦译为弗雷德里克·詹明信）应邀在北京大学做的为期四个月的讲学。讲稿后由唐小兵翻译整理成《后现代主义与文化理论》一书，于1986年在陕西师范大学出版社出版。他的学术讲演和这本著作，在当时产生了强烈反响，被称为"打开了中国学人了解世界前沿学术的窗口"，这其中的"前沿学术"就包括了"文化研究"。

不过，当时中国学人没有对"文化研究"一词表现出特别的敏感。究其原因，可能有两个方面。其一，是受当时的大众文化发展状况的影响。20世纪80年代中国的大众文化虽然已经有所发展，也引发了对流行歌曲、武侠小说、言情小说、港台电视剧的批判，但其整体状态还未引起学术界足够的重视，或者说学界还未将这些新事物归入"大众文化"的名下加以审视，因而也就缺乏所谓"文化研究"的意识。其二，应该是杰姆逊的话语表达方式的影响。杰姆逊话语中的"文化研究"，已经是伯明翰学派的"文化研究"理论旅行到美国后的产物了。就讲演内容来看，他将理论兴趣更多地集中在了美国学界更关注的"后现代主义"（伯明翰学派中前期的研究较少受到后现代主义影响，中后期则受影响程度日趋明显。这可与斯图尔特·霍尔的思想发展轨迹相印证）和"种族"之维上，而且他分析得比较多的也是文学作品，这都与"文化研究"关注的"文化"有一定差异。这也使中国学人未能迅速聚焦到"文化研究"上。不过，杰姆逊的理论对于推动中国学人的学术研究视野由"文学"转向"文化"还是功不可没的。

对中国的文化研究的发生有着重要影响的另一本著作是霍克海姆与阿多诺合著的《启蒙辩证法》（重庆出版社1990年版）。严格说来，他们进行的是大众文化批判，或者用他们自己的术语说是"文化工业"批判，而不是"文化研究"。不过，这两位，以及包括马尔库塞等其他法兰克福学派成员的理论迅速成为20世纪90年代中国学人批评正在快速发展的大众文化的重要理论资源，因而也被视为中国文化研究的重要源头。

因为这一阶段"文化研究"声名不显，故而可以称为中国文化研究的萌芽期或者潜行期。

20世纪90年代中期，中国的文化研究有了进一步发展。其标

第十二章 文化转向及其影响

志性事件,是1993年著名的《读书》杂志连续发表了评介赛义德和其他后殖民主义理论家的文章。我国著名文化研究学者陶东风认为,"赛义德的《东方学》,这部书对中国文化研究乃至整个中国思想界的影响都是非常大的,甚至是最大的"。[①] 如果说西方文化研究有三个关键词:"阶级""种族"和"性别",那么在中国,则还可以加上一个:"地缘"。而这一关键词的凸显,就是以赛义德为代表的后殖民主义理论影响的结果。诚然,后殖民主义视角的引入,引发了人们对"五四"以来的中国文学、文化的价值重估,引发了人们对中国启蒙话语内含的他者化逻辑的批判,推动了人们在历史观念层面的转变。但是从现实反响来看,它引发的则是对全球化进程中西方文化地位和权力关系的批判性认识,甚至是焦虑性的思考,以至于从"自我—他人"关系维度切入的"看"与"被看"问题成为那个时期文论的焦点问题。而与此相呼应的则是文化民族主义和文化保守主义的复兴。在此转变中,历史性的"落后"意识蜕变成了空间性的"边缘"意识。这实际是地缘政治意识在中国文论、文化研究话语中的体现。

可以与之佐证的,并且与中国后殖民批评有着密切关联的,仍然是杰姆逊的话语在中国产生的理论效应。北大讲演后,杰姆逊又写成《处于跨国资本主义时代中的第三世界文学》一文,由张京媛翻译后在《当代电影》1989年第6期发表。受此影响,一时间,"第三世界文学"和"民族寓言"成为文学批评热点。而张艺谋的

[①] 陶东风:《文化研究在中国——一个非常个人化的思考》,《湖北大学学报》(哲学社会科学版)2008年第4期。

电影也就此成为贯穿"第三世界文学"批评和中国后殖民批评的主要批判对象。

　　这一状况提醒我们，在中国，"文化研究"与20世纪90年代以来的许多其他名目的学术话语彼此交织，关系密切。例如，在文学研究中，它不仅与后殖民主义理论话语关系密切，而且与新历史主义、女性主义、文化诗学①、文学人类学等理论和批评话语有关。不止于此，它还与社会学、传播学等学科关系密切。也因为如此，"文化研究"在20世纪90年代是与这些学术话语交织在一起的，仍未显现出独领风骚的姿态。

　　到了世纪之交，"文化研究"的话语张力和思想影响彻底显现出来，中国的文化研究正式成为一种"显学"。这一态势的形成，一方面固然是此前的研究积累的结果，另一方面也有新的学术动态的影响在里面。新的学术动态的表现之一，就是围绕"日常生活审美化"展开的广泛讨论。这一讨论在引起人们对一些新的西方理论成果的关注的同时，更重要的还是引起了对已经蓬勃兴起的中国大众文化现象，特别是文化消费现象的关注。另一个新的学术动态就是伯明翰学派的，或者明确地打上了"文化研究"标签的成果以一种规模化的方式在中国理论界登陆。这其中流传的

---

① 一般而言，"文化诗学"一词被视为"新历史主义"的别名。但是，在世纪之交的中国文论语境中，它又被一些理论家赋予了新的含义，成为一种在"内部研究""外部研究"之外寻求新的研究方式的探索方向，如童庆炳就说，"文学与文化的交叉、相关研究"就是"文化诗学"（《文化诗学的学术空间》，《东南学术》1999年第5期）。与之相先后，李春青、蒋述卓等学者也使用这一概念来表达类似的学术道路追求。

第十二章　文化转向及其影响

比较广泛的有商务印书馆出版的"文化和传播译丛"、中国社会科学出版社出版的"传播与文化译丛",以及中国人民大学出版社出版的"方向标读本文丛"等。与之相应,《天津社会科学》《社会科学战线》等学术期刊也在世纪之交专门组织专栏文章来探讨文化研究问题。

这样的学术研究态势也产生了规模性的研究效应。它表现在:(一)涌现了一批优秀研究者。如陶东风、周宪、金元浦、戴锦华、王德胜、陆扬等,他们活跃在文化研究的各个领域,已经成为中国文化研究的领军人物。(二)涌现了层出不穷的研究中国当代大众文化的成果。这些成果不仅包括从权威学术期刊到一般刊物的大量学术论文,还有每年出版的文化研究的学术专著,以及大量的以文化研究为主题的博士、硕士学位论文。(三)涌现了大量研究国外"文化研究"的成果。这方面的突出表现是外语界的研究。而且他们的研究许多都是译介与研究并行,对我们了解和深入吸收国外文化研究理论成果有着不可取代的作用。(四)形成了国内外频繁学术交流的态势。及至"文化研究"引入中国,我国文论界有了一种终于"追上"国际学术前沿的感觉。而且,随着条件的改善,国内外学者之间的学术研讨、学术访问、学术座谈日趋频繁。杰姆逊、米勒、德里达、托尼·本奈特、迈克·费瑟斯通、霍米·巴巴等国外文化研究学者,都曾访问中国进行研讨,而许多中国学者亦赴国外参与交流,形成一种国际、国内频繁对话的交流态势。

就目前看来,这种火热的研究态势在中国仍在持续。如果说有些什么新动向的话,那就是随着"当代文化研究中心"(CCCS)的解散产生的扩散效应,以及西方学界对"文化研究"范式的反思,近几年来,中国的文化研究界也出现了"文化研究向何处去?"的思考,但总体看来,中国的文化研究者对文化研究在中国的前景仍然是乐观的。

第三节 "文化转向"带来的转变与挑战

以"文化研究"为代表的学术潮流,在研究方法、路径和观念方面都带来了新的变化,形成了中国文艺理论研究中的"文化转向"。在梳理了文化研究等学术思潮的发展轨迹之后,我们也有必要对这些变化做出更为具体的总结。

首先,从研究路向上来看,"文化转向"使中国当代文艺理论研究从"内部研究"迅速转向了"外部研究"。

把文学研究分为"内部研究"和"外部研究"两种方式的作法,显然是受到了韦勒克、沃伦《文学理论》的影响。[1] 韦勒克、沃伦把从作品形成的原因去评价和诠释作品的因果式研究称为文学的"外部研究",而关于文学作品本体结构和价值的文本研究称为文学的"内部研究"。显然,他们更重视的是"内部研究"。韦勒克、沃伦的观念在20世纪80年代的中国获得热烈响应的一个重要原因在于,中国文艺界亟须摆脱极"左"思潮影响下形成的、文艺附庸于政治的工具论地位。为此,中国文艺理论研究曾有意

---

[1] [美]韦勒克、沃伦:《文学理论》,刘象愚等译,生活·读书·新知三联书店1984年版。

识地引入了俄国形式主义文论等强调文艺形式的独立自足性的理论，以重塑文艺和文艺理论研究的品格。这些新引入的西方文论在美学观念上承认审美的非功利性，在理论上重视文艺的自律性发展规律的总结，在批评实践中重视对文艺作品本文的精细的、深入的解读，这就促使中国文艺理论研究发生了"向内转"的研究转向（当然，对此的批评也是一直存在的）。但是，中国的文艺理论界还没有来得及深入实践这种在操作上具有高难度、高技巧性的研究方式，"文化转向"的出现就推动中国文艺理论研究的风潮转向了与文本联系着的、广阔的社会空间，出现了所谓的"向外转"的研究转向。

这种"向外转"的研究转向在形态上突出地表现为两个方面。一是运用一些新的理论方法重新思考文艺文本与其外部世界的关联。这方面最具有时代性的代表成果就是文学与媒介之关系的研究。如对各种文学期刊的研究，以及新媒体中的文学形态的研究，等等。二是中国的许多文艺学者在"文化研究"思潮的影响下纷纷转向了对文化产品的研究。有学者这样描述道："如果说，以往的文学研究与文学教学时常围绕着文学史上的经典展开，那么，文化研究显然不赞同这种过于精英主义的倾向。所以，文化研究重视的是大众文化——特别是一些大众传播媒介的文化生产。这个意义上，从电视肥皂剧、广告、流行歌曲到酒吧的风格、玩具设计、时装表演，这些不登大雅之堂的科目统统进入了批评家的视域。对于主流文化所排斥的种种边缘文化和亚文化，文化研究也表现出了特殊的兴趣。因此，性别问题、同性恋问题、种族问题、移民问题、身份问题均是文化研究的重点所在。"① 可见，"文化转向"引领的"向外转"的研究转向，不仅使文学研究在对象上转向了非文学研究，而且在问题意识上转向了非文学问题的研究。

应该看到，"向外转"的研究转向的出现，除了在理论上受到新兴的"文化研究"路数的影响之外，还有着更为直接的现实根由。那就是随着我国文化体制转轨和市场经济的发展，越来越多的商业形态的大众文化产品涌入了人们的日常生活。对于这种新的态势，专注于"文学性""艺术性"或"审美性"的文艺研究是有些反应不及的。这一点，即使质疑"文化研究"方式的学者也是承认的。② 相反，"向外转"的研究转向表现出的则是一种积极应对的姿态，而且这样的理论言说中饱含着现实关怀。因此，"向外转"的研究转向诚然使"文艺理论到底应该研究什么？"成为一个问题，但是也在新的时代意义上提出了"文艺理论研究何为？"的问题，这一点是值得重视和认真思考的。

其次，从研究方法上来看，"文化转向"使中国当代文艺理论研究从传统意义上的学科研究转向了跨学科研究。

文艺理论或文艺学一直以阐明有关文学本质、特征、发展规律和社会作用，揭示创作过程及作品构成的基本原理为己任，它因此而获得了明确的学科地位。但是，"文化转向"后的文艺理论或者

---

① 南帆：《文学批评与文化研究》，《镇江师专学报》（社会科学版）2001 年第 4 期。
② 参见朱立元、王文英《对文艺学"文化研究转向"论的反思》，《天津师范大学学报》（社会科学版）2005 年第 3 期。

说"文化研究"则突破了文艺学的学科边界,变成了一种杂糅各种学术研究方法的跨学科研究。文化研究者金元浦就认为文化研究是"学科大联合的事业":"文化研究作为学科大联合的事业,是艺术学、社会学、人类学、民族学、哲学、美学、伦理学、政治学、历史学、传播学、文献学,甚至经济学、法学所共同关注的对象。它的出现是社会巨大转型的产物;是文化在当代世界社会生活中的地位相对经济、政治发生了重大跃升的产物;是人文社会领域范式危机、变革,需要重新'洗牌'——确定学科研究对象、厘定学科内涵与边界的产物。"[1]

由于"文化"这个概念本身的复杂性,人们很难用一个既定的学科框架去框定它的研究范围与研究方法。在文化研究内部,人们主要是在雷蒙·威廉斯的"文化作为生活方式"的意义上去理解和运用这个概念。严格来说,这一界定并没有使"文化"的内涵变得更加明确,而是随着"生活方式"的广阔关联性弥散出了更多的考察维度。就此而言,"文化研究"走向一种根据需要调取各种学术研究方法的跨学科研究具有某种必然性。跨学科的研究方法的确使文化研究能在各学科界限形成的罅隙、空白、疏漏之处发现许多问题,见人所未见,但是,这种在各学科之间的频繁穿梭,也使"文化研究"缺少理论的原创性,因而被一些学者讥讽为话语"掮客"。

还应注意到,"文化研究"的跨学科化、非学科化,甚至反学科化是有意而为之的话语实践策略,是对学科化的西方传统学术思

---

[1] 金元浦:《文化研究:学科大联合的事业》,《社会科学战线》2005年第1期。

维的批判和颠覆，但是，就连文化研究者自己也注意到，随着"文化研究"的全球播撒，它涵盖的内容越来越多，几乎无所不包，由于缺少明确的学科边界和领域，它的创造性和活力正在消失，其自身也存在着消失在各学科之中的危险。比如，在美国，"文化研究"就出现了学科化的趋势。但是这不免又使一些文化研究者担心，它会因此而蜕化为"书斋里的学问"，而有违初衷。因而在是否要学科化上，文化研究者内部也存在矛盾。

而坚守文艺学、文学理论学科定位的一些学者则对"文化研究"频繁跨界造成的学科边界模糊和研究方法失范提出了严厉批评。这种争鸣姿态使得重新划定文艺学、文学理论的学科边界问题成了一个不容回避的重要问题。

最后，我们认为，"文化转向"带来的最深刻的转变，或者说最严峻的挑战，还是观念上的，即它使中国文艺理论研究由对"审美性"的关注转向了对"政治性"的关注。

西方的"文化研究"具有明确的甚至可以说激进的政治意图。总体说来，"文化研究"通过赋予大众文化、边缘性文化以抵抗性、反叛性内涵，来转变人们对这些文化的刻板印象，以实现对主流文化或者说霸权性文化的挑战。当然，西方"文化研究"内部对"政治性"意义的建构也有一个转变过程，并且由于文化研究者之间的立场、旨趣的差异，对"政治性"的意义内涵的认识也存在一定分歧。中国文论界普遍注意到了，最早出现的"文化主义"是对以马修·阿诺德为代表的英国本土文化贵族主义的挑战，但还应该注意到的是，它也是对英国本土庸俗马克思主义的挑战。因为这种立场，在霍加特、汤普逊等的著作中，大众文化被描述成英国工人阶级自己的文化，并赋予它以积极意义。由于英国当时相对封闭的学术思想氛围，"文化主义"带有比较明显的经验主义色彩。在此影响下形成的文化观念，用今天的学术观念来评价就是"本质主义"的。因此，当英国左翼学者大举吸收欧洲大陆的哲学理论后，出现了与"文化主义"对峙的"结构主义"，在观念上，工人阶级"自己的文化"的认识也逐渐被应唤性的、操控性的文化判断所取代。"结构主义"对大众文化的性质判断与我们熟知的法兰克福学派的判断基本一致，只是缺少后者的人道主义色彩。当然，"结构主义"同样被认为是本质主义的。为解决"文化主义"与"结构主义"的对立，也为摆脱本质主义的思维逻辑，"文化研究"内部出现了著名的"葛兰西转向"，形成了更为辩证的认识，即将大众文化视为一个文化权力博弈场，因为主导性力量与从属性力量的反复协商，在意识形态上形成了"主导/从属""操控/抵抗"并存的形态。但是，随着后现代主义影响的扩大，"文化研究"中又出现了像约翰·菲克斯这样的具有消费主义倾向的见解，他们意识到大众文化产品的文化工业属性，便转而从大众消费实践入手，强调在微观政治层面大众文化实践具有的抵抗性、反叛性意义。当然，我们也注意到，最新涌现的后"亚文化"研究者则质疑大众文化实践中政治抵抗性意义的存在，不过仍然认可大众文化在青少年的自反性身份建构中的积极作用。

由以上可知，当前对大众文化的政治意义的解读存在着"葛兰西主义""消费主义"和后"亚文化"研究范式等多种解读方式。

不过，总体上西方的"文化研究"还是倾向于赋予大众文化等积极的甚至激进的政治意义的。"种族""阶级"和"性别"能成为"文化研究"的关键词，很大程度上就是因为它们成了具有激进政治意图的西方文化研究者的聚焦点和突破口。质言之，西方文化研究者的理论言说是他们介入社会实践的一种方式，以此为处于社会下层的大众、男权社会中的女性、白人世界中的其他种族以及一切被认为受到了压迫、歧视的社会群体辩护，为维护他们的权益呐喊。

这种"深入骨髓"的政治性关怀当然也影响到了"文化转向"后的中国文艺理论研究。这首先表现在中国的文化研究者对西方"文化研究"的这种取向的欣赏上："西方文化研究的实践品格、语境取向、批判参与精神以及边缘立场（即始终为弱势群体伸张正义），相对于它的具体批判对象与价值取向而言，更具跨文化的有效性与适用性。"[①] 当然，这种影响更突出地体现在他们的研究成果中。比如，陶东风关注"后集权社会中青年一代的特殊精神状态"，[②] 戴锦华的电影研究其实是"共同铺演中国电影百年的性别风景"，[③] 以及金惠敏的媒介后果分析、周宪的视觉文化解读、汪民安的身体政治表达等，都承载着这样或者那样的政治意味和批判意图。不过，总体上看，中国的文化研究的批判性意图表达呈现出一

[①] 陶东风：《文化研究在中国——一个非常个人化的思考》，《湖北大学学报》（哲学社会科学版）2008年第4期。

[②] 同上。

[③] 戴锦华：《性别中国》，麦田出版社2006年版。

种耐人寻味的复调性,即一方面他们也试图建构大众文化和其他边缘性文化的抵抗性和激进性,特别是当他们意识到压迫性文化力量和西方文化中心主义时更是如此,但另一方面又对当下文化状态中存在的利益操控、意义编码和逃避主义态度等忧心忡忡。这种复调性的表达使中国文化研究的认识结论更为辩证,也在一定程度上削弱了他们的实践品格和社会参与效果,使中国的文化研究呈现出一些有别于西方"文化研究"的风貌。但是,中国的文化研究存在特有的政治关怀却是确凿无疑的。

尽管如此,中国的文化研究在观念上与一度非常强调"审美性"的文艺理论研究还是显得"格格不入"。回顾当代文艺理论发展史,可以看到,再度强调"审美性"是新时期以来文艺理论研究的重要使命。由于过度的政治干预和对文学的意识形态性的过度强调,文学一度沦为服务政治的工具而出现生存危机。为走出危机,摆脱文学作为政治附庸的地位,人们回到康德以来的经典美学立场,重申文艺的非功利性,通过引入弗洛伊德、萨特等的理论,凸显文艺实践中的人的主体性;通过引入俄国形式主义与英美新批评,确证文艺形式的自主性;通过引入胡塞尔、海德格尔等的理论,以图超越认识论、反映论而建构文艺的本体论地位。凡此种种,都体现了新时期以来中国文艺理论重构文艺的"审美性"的努力。或者说,通过确认文艺的"审美性"实现文艺的自律发展是当代中国文艺寻求自我救赎的基本策略,它本身就是中国当代文艺理论发生重大转折的体现和成果。

当然,由于中国语境的特殊性,人们也一直没有彻底忘怀对文艺的意识形态性的思考。"审美意识形态"论就是其中的代表。有趣的是，"审美意识形态"论的来源也是英国的。这个概念的发明人特里·伊格尔顿在谈到自己的理论意图时说："美学既是早期资本主义社会里人类主体性的秘密原型，同时又是人类能量的幻象，作为人类的根本目的，这种幻象是所有支配性思想或工具主义思想的死敌。"① 可见"审美意识形态"是一个试图辩证地把握审美实践的意识形态性和超意识形态性的概念。而在中国，这个概念主要被用来把握文艺的"特殊本质"和"一般本质"之关系（审美是其特殊本质，而意识形态是其一般本质）。② 也就是说，新时期以来人们既通过反思文艺的过度政治化而确认了文艺的审美本质，但也没有否认它的意识形态性，即它与政治的应然关联。不过，当面对更强调"政治性"的中国文化研究理论话语时，他们不约而同地选择了强调"审美性"的立场，而其基本的理论支撑，则仍然是康德。

包含政治意图的文化研究理论话语与坚持审美特质的文艺理论话语在当前形成对峙并不奇怪。因为这是在新时期以来的思想时空中中国文艺理论发生两次急剧转折的结果。在短短的不到40年的时间里，中国的文艺理论从"政治性"转向"审美性"，又很快从"审美性"转向"政治性"，当然会引发许多思想观点的冲撞。

---

① ［英］特里·伊格尔顿：《美学意识形态》，王杰等译，广西师范大学出版社1997年版，"导言"第10页。
② 参见朱立元、王文英《对文艺学"文化研究转向"论的反思》，《天津师范大学学报》（社会科学版）2005年第3期。

那么，应如何看待这种观念的碰撞，或者说看待文化研究对经典文艺理论观念的挑战呢？我们认为，应该有必要重新审视文艺的"政治性"和"审美性"的内涵所指。应该看到，文化研究的"政治"已经不同于新时期以前的"政治"。受福柯等后现代主义理论家的影响，文化研究的"政治"已不再指向"文艺为政治服务"时期的宏观政治，而转向了考察渗透在日常生活、私人领域中的权力博弈的微观政治。尽管文化研究不否认两种政治之间的关联，但与其说它关心国家统治，不如说它更关心既定国家统治形式中的社会治理。因而，文化研究对"政治性"的凸显，不等于回到此前的让审美臣服于政治的"政治性"话语中，甚至两种"政治"的取向还是冲突的。同时，文化研究对康德美学的挑战也使我们有必要思考，当我们在谈论"审美"时，是否现实中就存在有别于康德美学意义上的"审美"。应该说这是一个非常艰难的理论议题，不过，这个议题已经启动。而在思考这一议题时，我们应该跳出将"政治性"与"审美性"对立起来的思维模式。因为，从创造更美好的生活这个意义上来说，"审美"与"政治"是可以统一起来的。

第十三章 西方文论的引进与中国文论主体性构建

新时期之后的文艺理论建设,是在与西方文论的碰撞、交流和沟通中前进的。在这一过程中,伴随着借鉴和学习西方的潮流,也出现了对中国文论主体性构建的反思。尤其是在中国经济迅猛发展,在国际上扮演越来越重要的角色之时,如何建设中国文论话语,在文论的国际性和民族性之间寻找到有效合理的发展路径,是学者一直思考的问题。

第一节 西方文论的翻译与引进

翻译是中国文艺学界了解外国文论的重要途径,构成了中国文艺理论建设的重要资源。自中华人民共和国成立以来,中国文学理论的发展始终是与国外文学理论著作的翻译联系在一起的。

从1949年中华人民共和国成立到20世纪50年代,出于意识形态建设和构建新中国文艺理论体系的现实需要,中国学界对苏联文学和文艺理论表现出了极大的热情,走上了全面借鉴苏联文艺理论的道路。译介活动在这个过程中起到了举足轻重的作用，无论在数量上还是在内容上，苏联文艺理论都占据绝对主导地位。例如，在当时最具影响的刊物之一《人民文学》杂志的创刊号"发刊词"中强调"最大的要求是苏联和新民主主义国家的文艺理论"。[①] 可以说，官方和理论界的有意推动造就了这一阶段的苏联文论译介的繁荣景象。即便到了20世纪50年代末，中苏关系交恶之后，这种情况也并未有太大改变。

在这一时期，在苏联方面的大力举荐下，19世纪俄国革命民主主义者，如别林斯基等人的文论著作、车尔尼雪夫斯基的《车尔尼雪夫斯基论文学》《生活与美学》，杜勃罗留波夫的《文学论文选》，赫尔岑的《赫尔岑论文学》均在中国产生了广泛影响，成为文艺理论教材和文艺研究的重要内容。另外，普列汉诺夫的《论艺术（没有地址的信）》、高尔基的《苏联的文学》及托洛茨基、卢那察尔斯基、波格丹诺夫等人的马克思主义文艺理论著述，经过系统的翻译和有意识的推介，也产生了巨大影响。与苏联文论译介"一边倒"的局面相比，这一时期的西方文论译介相对处于弱势。由于苏联对待西方现代理论的否定态度，欧美国家的文论一概被作为"资产阶级"的产物而遭到拒斥，中国学界对西方的文艺理论的译介不多，主要以古典和近代文论为主，如人民文学出版社推出的《文艺理论译丛》、中国科学院文学研究所现代文艺理论译丛编辑部所编的《现代文艺理论译丛》等。

---

① 茅盾：《发刊词》，《人民文学》1949年第1期。

20世纪70年代末80年代初，随着"文化大革命"的结束，政治和思想领域开始正本清源、拨乱反正，改革开放使国门重新打开，意识形态的松绑，各种禁锢被打破，文艺学和美学界也在重大历史机遇中谋求新的发展。苏联文论已经不再能激起人们的学术热情，消除迷信、摆脱桎梏，成为文艺理论界的共识。现代西方文论对于长期浸淫于苏联模式中的中国文艺理论界来说，新鲜、深邃而迷人，如一位学者所说，西学"打开了一扇门，进入了一个非常广大的世界"[1]。在"别求新声于异邦"的希冀驱动下，理论界对西方文论的态度由20世纪50年代的拒绝、排斥、批判转向欢迎、吸纳、赞赏。人们越来越认识到："拒绝接受外国的先进科学文化，任何国家任何民族要发展进步都是不可能的。一个国家的文艺理论建设也同样是这样。"[2] 通过译介外国文论，寻找新的理论生长点，改变中国文论封闭的局面，成为大势所趋。

1979年，全国第四次"文代会"召开，这次会议之后，我国的文艺理论界思想空前解放、各项活动空前活跃，西方文艺理论的介绍和引进工作逐步开展。开始只是重新出版一些已经出版过的古典译著，如柏拉图的《文艺对话集》（人民文学出版社1980年版）、亚里士多德的《诗学》（中国戏剧出版社1986年版）、黑格尔的《美学》（第一卷）（商务印书馆1979年版）以及伍蠡甫主编的

---

[1] 查建英：《八十年代访谈录》，生活·读书·新知三联书店2006年版，第198页。

[2] 中国社会科学院外国文艺研究所文艺理论研究室编：《当代外国文艺理论译丛·编辑说明》。

第十三章　西方文论的引进与中国文论主体性构建

《西方文论选》（上、下）（上海译文出版社1979年版），等等。同时，由于"文化大革命"而中断的翻译工作也得以继续，如朱光潜先生所译的黑格尔的《美学》（第二、第三卷，商务印书馆）、莱辛的《拉奥孔》（人民文学出版社1979年版）和《歌德谈话录》（爱克曼辑录，人民文学出版社1979年版），鲍桑葵的《美学史》（张今译，商务印书馆1985年版），都得以陆续出版。商务印书馆1981年开始将过去以单行本刊印的译本汇编成《汉译世界学术名著丛书》，重新出版了一些20世纪60年代曾经出版过的西方文艺理论和美学著作。从书目可以看到，这些译著依然局限于对一些已成为经典的文论家的介绍和研究。尽管如此，仍然可以从这些成果中看到新局面开始的曙光。1980年召开了第一届全国美学研讨会，李泽厚在这次会议上说了这样一段话："现在有许多爱好美学的青年人耗费了大量的精力和时间冥思苦想，创造庞大的体系，可是连基本的美学知识也没有。因此他们的体系或文章经常是空中楼阁，缺乏学术价值。这不能怪他们，因为他们根本不了解国外现在的研究成果和水平。"这种情况在当时具有普遍性，因此，"目前的当务之急就是应该组织力量尽快地将国外美学著作大量翻译过来。我认为这对于彻底改善我们目前的美学研究状况具有关键的意义，你搞一篇有价值的翻译比你写十篇缺乏学术价值的文章作用大得多。"[①]

随着思想的进一步解放，人们逐渐认识到，我们多年来奉行的文艺理论体系和模式，已经跟不上文艺发展的步伐，不能对新的文

---

① 《美学译文丛书》每一本的"序"中都刊载了这段话。

艺现象做出解释。1986年4月,中国作家协会、中国社会科学院文学研究所、外国文学研究所、天津市作协分会和天津南开大学在天津召开了一次"中外文艺理论信息交流会"。会议主张对于西方的一些文学理论、观念、方法,先"统统拿来,然后加以咀嚼和消化",并且,"当我们将它们'拿来'的时候,不一定先简单地给他们贴上这样或那样的'标签',匆忙地给它们'定性'。更不要先入为主地断定它们是错误的,便拒绝对它们分析研究",因此这次会议又被称为"拿来主义"会议。① 在将这次会议上提交的论文结集出版时,组织者发出了这样的宣言:"我们宁肯做一个有过失误的创造者,也不要做一个'永不走路、永不跌跤'——对社会什么贡献也没有的碌碌无为者。一个有失误的创造者,比一百个总是重复前人正确理论的人更有价值。"② 很明显,这次会议认为,我们现在对西方文论的借鉴不是太多,而是远远不够。

有了这几次重要会议的推波助澜,更重要的是迎合中国新时期文艺学建设的迫切要求,西方文艺理论的译介工作迅速推进,而这项工作是作为当时"翻译热"的一个重要组成部分展开的。从20世纪70年代末开始,学界迎来了清末民初以来的又一次翻译热潮。据统计,"1978—1987年间,仅是社会科学方面的译著,就达5000余种,大约是这之前30年的10倍"③。当时比较著名的翻译丛书如

---

① 《中外文艺理论概览》,春风文艺出版社1986年版,"序"第2页。
② 同上书,"序"第4页。
③ 王晓明:《翻译的政治——从一个侧面看1980年代的翻译运动》,《印迹》第1辑,江苏教育出版社2002年版,第275页。

"'走向未来'丛书"、李泽厚主编的"美学译文丛书"、吴元迈主编的"当代外国文艺理论译丛"、王春元与钱中文主编的"现代外国文艺理论译丛"、甘阳主编的"'文化：中国与世界'丛书"等。

通过翻译引入这些新的理论、新的思想、新的观念，中国文艺理论界和思想界逐渐摆脱了狭隘的意识形态模式的禁锢。在苏联文论模式笼罩下曾经讨论了几十年的话题显得陈旧枯燥，再也不能激起人们的兴趣。大规模输入西方文论本身基于对一种美好前景的预设，即通过引进西方文论，改变苏联文论一统天下的局面，输入新的理论资源，中国文论将迎来一个繁荣的春天。通过引进西方文论，拓宽了理论视野，引发了文学理论界关于文学主体性的讨论，存在主义热、现象学热、解释学热、结构主义热、解构主义热、女性主义热、新历史主义热等一波又一波的热潮。潮水般涌入的西方文论令人目不暇接。但是，这样一种缺乏时间顺序的进入，难免使人心浮气躁、眼花缭乱，一时难以理顺各种思潮之间的关系，对各个理论体系的发展逻辑线索缺乏清晰的认知。

第二节 强制阐释论与对西方文论的反思

近年来，"西方文论模式"的中国影响以及"当代中国文论的反思与重建"成为引发学界普遍关注的重要问题。因百年中国的特殊国情，打开"国门"看西方，融入世界发展进步的大潮，成为民族复兴愿景下中国学者的普遍心态。尤其是改革开放后，大量域外理论被译介和引入我国。然而，随着西方后现代主义文论影响的加剧，以及本土文论建构中出现的范式危机与话语焦虑，对西方文论模式的批判反思便成了当前文艺理论界异常关注和研讨的焦点。

其中，中国社会科学院张江基于对当代西方文论百年流变深入研究提出的原创性理论"强制阐释论"尤为引人关注，其引发的激烈讨论至今仍热度不减。自2014年6月16日《中国社会科学报》发表《当代文论重建路径——由"强制阐释"到"本体阐释"》到现在，我国学术理论界围绕"强制阐释"问题相继发表数百篇讨论文章，不断将此话题向纵深拓展，引发社会强烈反响。据中国知网统计，截至2019年5月，发表于2014年第6期《文学评论》的《强制阐释论》一文，"被引"302次，"他引"294次，下载5104次，在同年度文学分类和文学理论分类发表期刊文献中引用排名第一。

张江发表的系列文章紧紧围绕"当代西方文论的问题缺陷"与"中西文论的文化错位"两个论题，在肯定西方文论对中国当代文论建设有积极作用的前提下，进一步考察其"有效性"并思考中国文论的"正当性地位"及其"当代重建"问题，认为当前中国文学理论建设最迫切、最根本的任务就是"由对西方理论的追逐"重归中国文学实践，并提出了"系统发育""强制阐释"等理论命题。[①]张江认为，当代西方文论的总体特征和根本缺陷之一就是"强制阐释"，即："背离文本话语，消解文学指征，以前置立场和模式，对

[①] 张江先生对西方文论理论缺陷的批评反思见其系列论文：《当代西方文论若干问题辨识——兼及中国文论重建》，《中国社会科学》2014年第5期；《当代西方文论的理论缺陷》（上、下），《文学报》2014年7月3日—8月14日。

第十三章　西方文论的引进与中国文论主体性构建

文本和文学作符合论者主观意图和结论的阐释。"① 与过度阐释立足"文本","虽然对文本及作者意图作了过度阐释,但意图依然是阐释文本"不同——强制阐释从"理论"出发,"是一个现成的、用以剪裁文本、试图证明其正确的理论",进而在"认识起点和终点关系"的颠倒上丢失了"阐释的基础"②。究其特征,张江总结有四:一是"场外征用",即"依据文学场外征用理论,对文本和文学做了非文本和非文学的强制阐释"③;二是"主观预设",即"批评者的主观意向在前,预定明确立场,强制裁定文本的意义和价值";三是"非逻辑证明",即"在具体批评过程中,理论论证和推理违背了基本的逻辑原则,有的甚至是明显的逻辑谬误……所得结论失去逻辑依据";四是"混乱的认识路径",即"理论建构和批评不是从实践出发,从文本的具体分析出发,而是从既定理论出发,从主观结论出发,颠倒了认识和实践的关系"④。张江认为,正是上述西方文论"强制阐释"的根本缺陷,从根本上抹杀了文学理论及批评的本体特征,导引文论偏离了文学,因而亟须正视其"阐释模式"的有效性,进而在当代中国文论反思重建的基础上重新确立中国文论在世界文论话语中的合法性地位。

张江的观点发表后引发学界轰动,文艺理论界学者纷纷撰

---

① 张江:《强制阐释论》,《文学评论》2014 年第 6 期。
② 张江:《关于"强制阐释"的概念解说——致朱立元、王宁、周宪先生》,《文艺研究》2015 年第 1 期。
③ 张江:《关于场外征用的概念解释》,《清华大学学报》(哲学社会科学版) 2015 年第 2 期。
④ 张江:《强制阐释论》,《文学评论》2014 年第 6 期。

文，予以积极回应和争鸣。立论与观点上有赞同，亦有分歧。学界普遍肯定张江的理论创新，认同他判定"强制阐释"的要害在于把文论和批评降低到为某种先在的"理论中心"服务的工具这一看法；认为他提出"本体阐释"这一重建当代中国文论新路径的主张极具建设性和启示性。无论赞同或反对，学界以张江"强制阐释论"及后来他提出的另一原创性理论"公共阐释论"为焦点开展的研讨，把中西文论关系作为思考的重点，对当代西方文论进行了批判性反思；同时，提出了在阐释学视域中构建当代中国文论的新思路，体现了中国学者建构中国当代阐释学的努力。[1]

当然，在与"强制阐释"相关问题的理解上，学者们存在一定差异，较为集中地体现在如下两个层面：

一是对"强制阐释"之"场外征用"的理解差异。与张江的"对文本和文学进行非文学的强制阐释"理解不同，朱立元认为："一种有阐释力的文学理论不可能、也不应该只停留在文学自身的审美特质的阐释上"，而应该在意识形态内涵的充分发掘和深度阐释中对"哲学（包括美学）、历史学、社会学、心理学乃至经济学、法学等等其他学科的适度借用或者利用"，这有它天然的合理性。[2]朱立元还建议进一步区分"场外征用"与"应用某些场外理论在文

---

[1] 朱立元：《当代中国文艺理论的演进与思考》，《中国社会科学》2018年第11期。

[2] 朱立元：《关于场外征用问题的几点思考》，《清华大学学报》（哲学社会科学版）2015年第2期。

第十三章　西方文论的引进与中国文论主体性构建

学场域内进行的审美性以外（非文学）的种种阐释和评论"，因后者的落脚点仍是为了阐释和评价文学，因而不应视为场外征用。①周宪也指出"文学是文学，但不止于文学"，狭义的文学观强调文学内在的元素和价值，但也不必然排斥广义的文学观，即"文学与其他社会历史范畴的相关性的考量，这是一种离心式的散焦性文学观，它由文学出发却不限于文学"②。王宁也指出，需区分理论上的"场外征用"与文学的"跨学科研究"，因文学的跨学科研究既立足于文学这个"本"，同时也"平等对待文学与其他相关学科及其他艺术门类的关系，揭示文学与它们在起源、发展、成熟等各阶段的内在联系及相互作用"，因此其旨归依然是文学。③

二是对"强制阐释"之"前置立场"的理解差异。张江认为西方文论强制阐释的一大弊端就在于"文本阐释之前，阐释者已经确定了立场，并以这个立场为准则，考量和衡定文本"。然而，在朱立元看来，"任何理解和阐释都不可能没有阐释者先在的立场和前见，这是进入阐释的不可逾越的前提"且"不带任何立场的阅读和阐释是不可能的"。④ 周宪同样认为，"作为人文学科组成部分的文学理论，前置立场不但无法消除，而且在某种程度上说是相当重要的"，因为"文学研究者的价值立场甚至意识形态立场一定是先在

---

① 朱立元：《关于场外理论文学化问题的几点补充意见》，《探索与争鸣》2015年第1期。
② 周宪：《场外理论的场内合法性》，《探索与争鸣》2015年第1期。
③ 王宁：《场外征用与文学的跨学科研究再识——答张江先生》，《清华大学学报》（哲学社会科学版）2015年第2期。
④ 朱立元：《关于"强制阐释"概念的几点补充意见——答张江先生》，《文艺研究》2015年第1期。

的",因此,"前置立场非但不可去除,而且对文学研究很重要,那么,我们需要考察的是如何合理运用前置立场来阐释具体文学文本"。①

随着"强制阐释"讨论的持续深入,论争的话题也由"场外征用""主观预设"逐步向其他问题领域纵深拓展,参与讨论的人数也越来越多。"强制阐释论"提出之初,论争还主要集中在张江与朱立元、周宪及王宁就"强制阐释论"相关理论问题的相互通信中。不久,党圣元、姚文放、李春青、陈晓明、赖大仁、高楠、陆扬等一大批学者也积极参与其中。

如果说对当代中国文论的反思与重建是一项长期系统的浩大理论工程,那么"强制阐释论"则是嵌入这项工程的地桩,并为全面反思当代西方文论的有效性和建构中国特色文论话语体系提供了一个可行的切入点。对此,学界也提出了诸多意见,值得不断检审与深思。

其一,对"强制阐释论"提出的积极意义予以高度肯定。周宪认为强制阐释论"锋芒犀利,观点鲜明,对当代西方文学理论中的一些关键性问题做了点穴式的批判,直陈其弊端所在"②;李春青认为,"强制阐释"概念"是对西方文论一个具有普遍性的'核心缺陷'的概括",具有"重要的启发意义",值得学界展开讨论。③ 党

---

① 周宪:《前置结论的反思》,《学术研究》2015年第5期。
② 周宪:《也说"强制阐释"——一个延伸性的回应,并答张江先生》,《文艺研究》2015年第1期。
③ 李春青:《"强制阐释"与理论的"有限合理性"》,《文学评论》2015年第3期。

第十三章　西方文论的引进与中国文论主体性构建

圣元指出:"张江所提出的'强制阐释'问题,对于当代中国文论的建设和发展,在理论和方法两个方面具有积极的意义,尤其是对于我们反思二十世纪以来的中国古代文论研究及中国文学批评史书写,极具启发性,提供了一个很好的切入点和问题域。"① 高楠也认为,"强制阐释论"批判对于"深受西方理论影响的中国文学理论界它确实是触及了一个重要的'世纪课题'","对于百余年来西方文学理论的总体状况,是一个很有启发意义并且很有实在针对性的透视",其批判"不是偶发性或偶得性的批判,而是有中国文学理论时代结构与历史结构根据的批判,是从这样的结构中涌起的'总问题'的批判"。②

其二,对西方文论"强制阐释"趋向的局限及其对当代中国文论的负面影响予以了认同。赖大仁认为,西方当代文学理论批评中许多看似认真的文学研究,实则对于文学及"文学性"的解构威胁甚大,也恰恰是"导向自我怀疑的反向性阐释,甚至是一种过度性强制阐释",而"我国当代语境中的文学理论批评也多少受到这种消极影响"。③ 李春青也指出,西方文学理论与其哲学社会学等学科一样是一种"具有很强反思性、自我批判性的话语实践",而由于"追问真相的恒久冲动"以及"解构的冲动",导致西方文论的

---

① 党圣元:《二十世纪早期中国文学批评史研究中的"强制阐释"谈略》,《文艺争鸣》2015年第1期。
② 高楠:《强制阐释:西方文论的一个理论母题》,《文艺争鸣》2015年第12期。
③ 赖大仁:《反向性强制阐释与"文学性"的消解——兼对某些文学阐释之例的评析》,《文艺争鸣》2015第4期。

"强制阐释",加之中国学界不顾语境与现实错位地对西方文论话语削足适履的盲目照搬,更加凸显了其"强制阐释"的倾向,也对中国文学经验造成了不良后果。①

其三,在与"强制阐释论"有关的"场外征用""主观预设""前见与立场"等理论问题上既表达了认同,也提出了不同看法。周宪认为,"场内和场外乃是一个相对的概念,有时我们很难划分一条分界线说哪些是场内理论,哪些是场外理论。更重要的是,当代知识生产的特征已经越来越倾向于跨学科和多学科",而且"场外征用也会歪打正着地产生某种场内效应,进而造成意想不到的场外影响"。② 乔国强也指出:"文学理论从其肇始开始就是'不纯'的。这种'不纯'并非完全是建构者的有意为之。它既是文学理论自身存在的一种状态,也符合文论构建的需求。"③ 针对张江提出的"主观预设的批评"问题,王宁既表示认同这种评估又提出不同看法,并认为纯理论工作者从事文学批评时,"兴趣往往并不在于对文学作品做出恰当的解释,而是以作品为例来证明我所预设的理论的有效性和正确性",在这种场合,"自然不是为了批评而批评,而是为了理论而批评,或者更确切地说为了学术而批评"。简言之,"理论家的立论本意与批评家的'征用'或挪用是不能相提并论

---

① 李春青:《"强制阐释"与理论的"有限合理性"》,《文学评论》2015 年第 3 期。
② 周宪:《文学理论的来源与用法——关于"场外征用"概念的一个讨论》,《清华大学学报》(哲学社会科学版) 2015 年第 2 期。
③ 乔国强:《试谈文论的"场外征用"》,《文艺理论研究》2015 年第 5 期。

第十三章　西方文论的引进与中国文论主体性构建

的"。① 朱立元在阐释前见与立场时也指出,"批评某些当代西方文论存在强制阐释毛病时,千万不要误以为我国当代文论中这方面的缺陷,完全来自西方文论的消极影响,实际上病根还在我们自己身上"②。

其四,许多学者还从"强制阐释论"出发表达了对中国文论的现实发展与建设的隐忧。北京大学陈晓明便提出:"新的理论创新并非要完全脱离西方(更正确地说是世界)思想文化和理论批评的优秀成果,而是在其基础上,更加关注中国文学本体。只有有意识地激发汉语文学的自主意识,并与西方/世界优秀理论成果对话,才有新的创新机遇,也才能避免强制阐释的困境,给已经困顿、几近终结的文学理论以自我更新的动力,给中国文学理论和批评开辟出一条更坚实的道路。"③ 复旦大学陆扬却从另一面不失冷静地指出,"'强制阐释'作为对20世纪西方主流文论,特别是1970年代之后各类后现代批评的一个理论概括,它应是中国话语介入当代西方文论价值判断的一个有力尝试",然而,在今天"大众对于文学的热诚渐行渐远"且纯文学作品阅读"支离破碎"而"大众文化作品不但畅行其道,而且无度泛滥"情境中,"立足场外征用和主观预设的'强制阐释',或许具有它的必然性",而"背离文本话语、消解文学指证,以先在立场模式来曲解文学文本"也势必"显示了

---

① 王宁:《文学批评的预设和理论视角》,《学术研究》2015年第4期。
② 朱立元:《也说前见和立场》,《学术月刊》2015年第5期。
③ 陈晓明:《理论批评:回归汉语文学本体》,《文学评论》2015年第3期。

一种理论的必由之路"?①

值得关注的是，希利斯·米勒、让尼夫·盖兰、劳伦·迪布勒伊、哈派姆、西奥·德汉等一批国外著名文论学者也加入到讨论行列，发表了相似或不同看法，使得"强制阐释论"成为促进中外文论对话的重要议题，形成了国内与国际的双重话语影响。

欧洲科学院院士西奥·德汉教授也认为，要避免"将西方的理论拿去当作一种尺度"，而应"建立起自己的理论，使其与西方理论并肩而立"，因此，"中国必须要做的或许就是要回到自己的路子上去，回到自己的理论上去，因为我确信中国有自己的文学理论、文学发展的理论和文学发展史的理论"。此外，建构所谓"没有文学的文学理论"也不可取，人们应该"首先阅读文学，然后再读理论"。②

美国著名文论家希利斯·米勒则认为，"确定一个主题只是一个对于特定文本深思熟虑的教学、阅读以及相关创作的开端"，而一个文本并非"只能有一个主题"，而是可以"包含多主题"。米勒表示，相较于"解构性阅读"，更倾向用"修辞性阅读"去描述自己的研究，即注重"所阅读、讲授与书写的文本中修辞性语言（包括反讽）的内在含义"，而且在文本阅读中继续会"依照文本阅读的具体需求而使用必要量的理论"。③

---

① 陆扬：《评强制阐释论》，《文艺理论研究》2015 年第 5 期。
② 张江、[比利时] 西奥·德汉：《开创中西人文交流和对话的新时代》，《探索与争鸣》2016 年第 1 期。
③ [美] J. 希利斯·米勒：《"解构性阅读"与"修辞性阅读"——致张江》，《文艺研究》2015 年第 7 期。

第十三章 西方文论的引进与中国文论主体性构建

众所周知,"强制阐释论"的主要目的便是对当代西方文论的批判反思,并以此全面建设当代中国文论话语新体系。因此,对强制阐释的讨论,伴随着对当代西方文论的不断反思。正是由此,继《强制阐释论》后,张江又推出了多篇重要理论文章,不仅进一步强化和细化了"强制阐释论"的理论观点并回应了各方质疑,更在强制阐释的表现特征、历史根源及哲学解释等多个层面与维度上将论域不断推向深入,也将当代西方文论的话语缺陷及其哲学根源进一步挖掘出来。

一是从哲学和认知方式出发对强制阐释的阐释路线进行哲学追溯。张江认为:强制阐释的要害不在"文本阐释的结果",关键在于"阐释的路线",而"从古希腊缘起,被莱布尼兹—沃尔夫推向极端,再由康德及后来者给予颠覆性批判的独断论哲学"则是强制阐释的哲学发生根据;正是唯理论传统、片面的知性规定以及自然数理思维等表现形态成了强制阐释的哲学认识论基础,并形成了强制阐释的独断论阐释依据和功能。[①]

二是围绕作者与文本的关系,就如何理解和阐释文本进行了深入探索。在《作者能不能死》一文中,张江专门就作者与文本的关系这一当代西方阐释学原点性问题予以了哲学探究,并对从形式主义到罗兰·巴特再到福柯关于"作者死了,文本不是作者的文本"这一西方流行理论观点加以重新审视,提出了新的观点和看法。文章认为:"文本是书写者的创造物,无论从什么基点出发,都不能

[①] 张江:《强制阐释的独断论特征》,《文艺研究》2016年第8期。

否认这个客观事实";无论是福柯、弗洛伊德,还是马克思,不仅"是其重要著作的作者",还被称为"话语的创始人",并在"以此为基础的话语扩张和繁衍中继续发挥方向性的影响",而这个"话语创始人"也正是"话语的作者",因此,"作者不可能虚无";就所谓"作者死了"这一论点的提出及影响而言,问题的关键在于"关于文本解读的话语权及其标准",究其根源还在于 20 世纪西方文艺理论从作者中心到文本中心再到读者中心的更替否定线索,以及"以理论为中心"的阐释出发点和落脚点;正是"理论成为文本阐释的唯一根据"最终导向了"理论的作者成为文本的作者",进而造成对文本的强制阐释。① 在《"意图"在不在场》一文中,张江再就"意图谬误"等 20 世纪西方文论"否定和消解作者意图"及"切断作者与文本关系"之通行观点加以批判性反思,并集中通过对新批评的"意图谬误"、贝尔"有意味的形式"及罗兰·巴特"纸上的生命"等颇具影响的观点加以考察研判,认为"作者的意图"总是"在场",在文本组织、书写控制等环节嵌入文本之中,"左右着文本并左右着读者的阐释"。②

三是对当代西方文论的"理论中心论"思维方式和批评方法予以了哲学清理和反思。通过对当代西方文论之强制阐释"独断论特征"以及作者文本关系视域下"以理论为中心"之"阐释落脚点"的揭示,张江在《理论中心论》一文进一步集中就"理论为王、理论至上"这一"以理论为中心"的西方文论建构思维进行了批判反

---

① 张江:《作者能不能死》,《哲学研究》2016 年第 5 期。
② 张江:《"意图"在不在场》,《社会科学战线》2016 年第 9 期。

第十三章 西方文论的引进与中国文论主体性构建

思。文章指出,理论中心的标志是"放弃文学本来的对象;理论生成理论;理论对实践加以强制阐释,实践服从理论;理论成为文学存在的全部根据"。从西方文论演进线索看,文艺理论"不以文艺为对象",而是在"放弃对象""关系错位""消解对象"诸维度上以文艺场外的理论为对象,这也直接导致理论生成路线上放弃"文艺经验和实践"而转由为"概念和范畴"的推演,由此造成"理论成为研究和阐释的中心";要"以理论为中心考察文本"必须处理好"自在与自觉""边缘与中心"与"溯及既往"三个方面的问题,唯有如此,方可在"批判借鉴"中"改变过去曾经有过的盲目依从和追随,推动中国自己的理论健康壮大"。[1]

客观地说,张江从哲学层面对西方当代文论强制阐释根源、阐释路线的哲理揭示,尤其是对"理论中心论"思维方式和批评方法的批判,不仅为进一步反思强制阐释及其独断论特征提供了新的考察线索,更为超越"理论中心论"之文论建构范式进而开辟世界文论新格局做出了有益尝试,具有重要的理论意义,在海内外学界产生广泛影响。

一方面,国内学者渐趋将讨论焦点汇拢到"如何有效避免或破除'强制阐释'"的路径思考上。陈众议认为,"强制"所隐含或对应的是"弱化"或"淡化",这不仅是"后时期或后之后的'新常态'",还恰恰"顺应了资本逻辑和跨国公司的利益诉求",也即是"'去意识形态化'、'去二元论'"而不顾及"作家作品、

---

[1] 张江:《理论中心论——从没有文学的"文学理论"说起》,《文学评论》2016年第5期。

· 307 ·

思潮流派的初衷",然而问题却是"别人并未'强制'或'虚无',而是我们不同程度地自我'强制'、自我'虚无'了"。①李自雄认为,当代中国文论要走出"强制阐释"的理论误区,就"必须立足于中国文学的具体实践及其现实问题,重新建立其应有文学指涉与理论品格,克服对西方理论的亦步亦趋及'现成思想'的诠释,以切实推进中国文论的建设及其创新发展,构建具有我们民族特色与实践根基的文学理论,并在国际上发出自己的声音"。②范永康则认为,"强制阐释"的弊端在于"将文学阅读的关注点引向社会历史和意识形态,而忽视文学本身的重要性"。为此,重构文学审美阅读的主导地位,必须首先解构"反本质主义"的"建构论文学观",坚守"文学是审美的人学"这一基本的文学观念,并将"始于'审美判断'关注'文学的质量'和重提'审美溶解'作为重建理论之后审美阅读的三大策略",由此去克服强制阐释所造成的"始于'认识判断'、忽视文学价值的差异、不能以审美为本位等几大缺陷",最终"有效地突破强制阐释的困局"③。丁国旗则认为,"当代西方文论毕竟是针对当代西方文学思潮与文艺实践的理论,倘若不顾中西文学的差异以及我国文学艺术发展所具有的独特性,盲目崇拜西方文论,强制性地用当代西方文论分析中国作品,就会得出错误甚至可笑的结论"。因此,

---

① 陈众议:《从"强制"到"虚无"》,《中国文学批评》2016 年第 1 期。
② 李自雄:《强制阐释、后现代主义与文论重建》,《厦门大学学报》(哲学社会科学版)2016 年第 3 期。
③ 范永康:《"强制阐释"的突破之途》,《东岳论丛》2016 年第 6 期。

第十三章　西方文论的引进与中国文论主体性构建

西方文论"只能是发展我们自己理论的学术资源,是一种知识性存在"①。

另一方面,国际学者围绕"强制阐释论"也展开了研讨,并提出了许多或同或异的观点,值得学界借鉴。俄罗斯科学院世界文学研究所瓦基姆·波隆斯基通过对欧洲批评理论源头的清理,认同张江关于"强制阐释"的批评以及"系统发育"的理论观点,同时认为要落实系统发育既需要"让众多理论各就各位,保持对传统的忠诚,而且要直接参与实践活动",还需要重视出版"世界文学名著和经典作家文集,并附加相应的注疏和研究著作"。② 芝加哥大学托马斯·帕威尔也认为,张江"敏锐捕捉"到半个世纪西方文学的实践问题并"完成了"对于这种"缺陷"的批评,这种"世界观+时代精神"式的研究其实还同样存在于早期的文学研究中。文章还同时指出,应当"把文本阅读与通行的理念结合",通过"社会关联性、理论化以及不断创新",跳出"只在一个狭窄的学科领域里探究相关细节的研究",进而为"理论的原创性"敞开出"新的面向"。③ 巴黎政治学院兰斯分校科莱特·卡墨兰则认为,文学的主要贡献是"让我们更好地理解我们的世界和我们的生活的复杂性",为此,文学批评"始于建构一种意义,通过严格分析文本,以便发

---

① 丁国旗:《当代西方文论作为一种知识还是一种理论》,《学术研究》2016第4期。
② [俄]瓦基姆·波隆斯基:《作为"阐释病"的经院派文艺学——兼论学科界线的悖论性》,刘文飞译,《文艺研究》2016年第8期。
③ [美]托马斯·帕威尔:《批评的宽度》,潘雯译,《文艺研究》2016年第8期。

现文本所带来的新的眼光"。① 柏林文学与文化研究中心西格丽德·威格尔针对"强制阐释论"与"作家意图"则指出,"文本本身无论其内容多寡,并不对应作者意图",而文学研究作为"一个跨学科研究领域","总是与不同的学科领域相联系,也必然向其他学科延伸";尤其是在"全球化"语境中,中国文学批评的要务是要"寻找介于传统的生活方式、思维以及新的工作与生活方式之间的表达形式,并将其反映在文学理论的构建上"。②

总体来看,尽管参与讨论的学者在对于"强制阐释论"相关问题的理解上存在差异,对西方文论的言说立场及批评视角也不尽相同,但这些论争起到了反思当代西方文论,并在此基础上重新构建中国特色文艺理论与批评话语体系的作用。此外,"强制阐释论"讨论的积极意义,或许不仅仅在于清理当代西方文论的缺陷及其对中国文论建构的诸种影响,其还在具有强烈问题意识的反思和警觉中正视到当前文论建构的诸多不足,同时也指出了中国文论话语体系建构的方向。可以说,"强制阐释论"并非仅仅停留于对西方文论的"解构",更以中国文论话语体系的建构为旨归。

第三节 文论的国际性与民族性

国际性和全球化是理论界近年的热点问题。它可以分多个方

---

① [法]科莱特·卡墨兰:《源出"法国理论"文学批评的"强制阐释"》,涂卫群译,《文艺研究》2016年第8期。
② [德]西格丽德·威格尔:《文学、文学批评及文本可读性的历史指数》,薛原译,《文艺研究》2016年第8期。

第十三章　西方文论的引进与中国文论主体性构建

面，其中包括经济、金融、交通和通信等。关于"文化"是否可有全球化和国际性的问题，理论界有争论。随着各民族和各国家在经济方面的全球联系越来越密切，它们不可避免地在文化上会相互影响。但是，这种相互影响是否能被称为全球化和国际性，在理论界有着不同的看法。有一种看法认为，这就是文化的全球化。当人们在生活方式上趋同，当电视、网络等媒介造成了全球信息共享时，要求人们的头脑生产出不同的精神产品已经是奢望。经济决定文化，经济的全球化带来了文化的全球化。另一种看法则认为，不同民族、不同传统的人们之间随着文化的交流，尽管会产生相互之间的理解，在精神产品生产方面会相互启发，却不等于在文化上会走向一体化。物质产品生产方面的趋同，不能抹平精神产品生产方面的差异。相反，我们必须做出努力来保护这种差异。我们需要一个"和而不同"的世界。不同文明各自保存自己的特点，又通过相互对话的方式达到一个和谐的世界，这才是我们应该为之努力的方向。从这个意义上说，"文化全球化"是一个误导人的口号。与此相反，文化多样性和民族性才是一个我们希望的未来社会的前景。

文化全球化还是文化多样性，在理论界曾经展开过激烈争论。具体落实到美学和文论中来，就是美学和文论的国际性与民族独特性之争。在中国这样一个非西方的、有着悠久的自身传统的大国中，表现得尤为突出。对文论的国际性，人们试图从这样一些方面来认识，一是理论的科学性质。正像没有中国数学、中国物理学、中国化学、中国逻辑学一样，一些学者在论述中暗示，只有中国的美学家和文论家，而没有中国美学和中国文论。他们认为，美学和文论具有国际性，它研究一些普遍的文学和艺术的规律。这其中包括比例、对称、黄金分割等形式方面的规律，也包括形象、典型等超越了形式性，在一些哲学观念影响下形成的概念。在他们的心目中，美学和文论等同于一般自然和社会科学，具有客观性。一些对中国古代文学艺术思想有着很深了解的人，也试图论证一种思想，即西方所具有的艺术思想，中国实际上也有，只是过去未引起人们重视而已。中国的文学艺术思想，与西方是相通的。

在这种讨论中，如果存在着某种人的因素的话，那么，对于一些人来说，这种观点是以普遍人性为前提的。孟子说："口之于味也，有同耆焉；耳之于声也，有同听焉；目之于色也，有同美焉。至于心，独无所同然乎？心之所同然者何也？谓理也，义也。圣人先得我心之所同然耳。故理义之悦我心，犹刍豢之悦我口。"（《孟子·告子章句上》）孟子的这段话在20世纪80年代的中国美学界具有深远的影响。这时，出现了一种"共同美"的思想，认为不同阶级的人对美有着共同的感觉。孟子将一种感觉上的普遍性视为既定事实，并以此来论证一种道德上的普遍性，从而暗示着一种共同的人性。"共同美"观点的提出，在20世纪80年代的中国具有社会针对性。然而，这种在特定时期提出的观点被人们夸大了，形成了一种普遍性的美的观点。

除了这种理论上的普遍性以外，在中国美学上，还有着一种基于对美学历史理解的普遍性。在许多关于"什么是美学"的介绍性文章中，人们都在重复着一个美学怎样在西方由鲍姆加登和康德等人建立，又怎样传到中国的历史。既然美学是这样一个由近代传入

第十三章 西方文论的引进与中国文论主体性构建

的学科,中国人对"美学"就只有阐释的权利,而没有发明的权利。直到今天,还有不少人对用"美学"两个字来翻译这门学科的正确性问题提出质疑。这种质疑的潜台词,是由于翻译不准确而造成了对这门学科的误解。他们认为,这个词的原意是"感觉学"或"感性学",应该恢复它的含义,或依照这样的含义来理解这门学科。如果这样的话,那么,美学在它的创始人那时有着一个唯一正确的理解,而世界各国的美学,都走着一个被误解,被纠正,又被误解,又被纠正的历史。对于他们来说,正确的理解是唯一的,美学也是唯一的。它在东亚地区被误解,是由于独特的翻译方面的情况造成的。"什么是美学?"这个问题至少有可能以两种方式回答:一是告诉人们"美学"这个词在拉丁文或德文中的原意,二是说这个原意是唯一的。前者是对这个词的起源与历史的考察,而后者意在阻止和反驳任何对这个词以及这个学科内容的改变。这两种回答,都带来一种对美学的历史理解的普遍性。

除了上述理论性的和历史性的普遍性,经济的全球化所带来的艺术商品在全世界范围内的流通,对美学产生着一种虽然没有得到明确的理论表述,实际上却更加深远的影响。最近的20多年来,在包括美学和文论在内的中国学术界,有一种对西方的渴望情结。大批的当代西方美学著作被翻译过来。一些外语好一点的美学家们都在开设翻译工厂,这是理论的需要,也是市场的需要。一般说来,翻译著作的销路要远远好于中国人写作的学术著作。西方美学著作的翻译,对于中国美学的发展当然是一件好事,这使中国人更多地了解西方美学,在一定程度上对于中国美学的发展是有益的。但是，事情并非仅限于此，很多中国学者都已形成了一个习惯，只购买和阅读翻译著作，不购买也很少阅读中国人写的学术著作。中国的美学家们处于两难境地，他们自己的理论创造不仅得不到国外学者的承认，而且得不到中国学术同行的了解。这种两难的局面破坏了中国的学术环境，使得独创性的理论生产不再成为学术的主要追求。

当然，中国学者并非仅仅在翻译，他们也在从事理论的写作。但是，市场的状况和视野的狭窄使他们只能在一种困境中寻找出路。这时，出现了一批追逐西方最新学术思潮的学者。我们知道，中国近些年来的经济发展，在一定程度上是由于利用了中国在技术上与西方发达国家的差距，节省新技术开发的成本，直接引进先进技术，从而迅速提高了生产率。在这些人看来，中国人也可以用类似的方法来发展中国学术研究。直接引进西方最新的美学、文学艺术理论，将它们运用于中国的文学艺术实践之中，从而使中国的文学艺术研究得到迅速发展。于是，这些人总是在追问：什么是西方最新的美学和文学艺术理论流派和思潮？他们不断地宣布，某个西方的流派过时了，现在流行某一种新流派，因此，中国人必须迅速跟上潮流。在他们的心目中，这种流派的更替，就像技术上的更新一样。技术的更新会提高生产率和使产品更新换代，而新流派的引进也被幻想为具有类似的功能。这些人与前面所述的翻译者们做着同一种类型的事。如果一定要说出他们之间有什么区别的话，那么，这后一种人在普世性和对新思潮的追逐方面更为积极和投入，同时，他们在持论方面也常常更为偏颇。

第十三章　西方文论的引进与中国文论主体性构建

与上述几种情况相反，在中国的美学和文论界也存在另外一种倾向。这种倾向认为，中华民族有着深厚的文学艺术传统、独特的审美传统，以及思想传统，应该对这些传统进行研究，从而形成一种对于中国文化具有独特解释力的中国美学和文论。对于中国美学的研究，20世纪前期，特别是王国维和宗白华就做出了尝试。这两位学者都致力于运用西方美学的基本框架，对中国美学进行研究，并在这个理论框架所提供的可能性之中寻找中国美学的独特之处。他们对中国文学艺术的独有特征的研究，对于中国艺术与中国哲学的关系的研究，使他们成为超越"西方美学在中国"的框架的重要的先驱。20世纪80年代后期，出现了一股中国美学史研究的热潮，其中比较重要的有李泽厚的《华夏美学》，叶朗的《中国美学史大纲》，李泽厚、刘纲纪的《中国美学史》。除此以外，还有许多对古代中国艺术理论的专题研究。

在中国古代的哲学与艺术论述中寻找现代美学的对应物，这种思想固然也是接受了从西方而来的美学思想，并将之扩展的表现，同时，这种研究也体现了一种寻找美学中的中国特性的真诚努力。然而，20世纪90年代，在一些中国的文学与艺术理论研究者之中出现了一种极端的观点。这些研究者认为，在20世纪，在西方影响下进行的中国文学艺术理论建设，基本上是失败的。中国文学艺术具有与西方完全不同的、独有的特征，与此相对应，中国文学艺术批评也具有自身的范畴体系。运用西方的文学艺术批评概念来研究中国的文学艺术，其结果只能造成对中国文学艺术的扭曲，形成文学艺术中的"失语症"。他们的批判矛头，尤其指向那些追逐西方最新思潮的人。他们认为，引进西方的技术，发展了中国的经济，但是，引进西方的理论，却使我们自己失去了理论。这是两个完全不同性质的东西，两者不能等同。这些人认为，最根本的办法，还是回到古代去，从中国古代的文学艺术理论中汲取营养，直接发展出一种适合中国文学艺术的理论来。本来，有两部分人持这种观点，一部分具有西学背景的人在后殖民理论的影响下走向一种本土主义，另一部分具有中学背景的人则仍持一种古老的中华中心论。在20世纪末期，这两种思想在中国形成了一种奇特的合流。

在中国，关心和从事美学和文论研究的人，严格说来是由不同的群体组成的。它们中的一部分人从事中国美学研究，另一部分人从事西方美学研究，还有一些文学理论和比较文学，艺术理论和比较艺术的研究者们，也在做着实际上与美学研究者类似的事。那种主张依据古代理论直接建构当代中国理论的人，在从事文学和艺术理论研究的学者群中表现得最为明显。古代中国关于文学与艺术理论，处于一种与欧洲完全不同的形态。在欧洲，许多文学与艺术方面的思想是由哲学家提出的。这些哲学家注重对文学和艺术思想的系统阐述，注重这些思想与哲学的其他问题，如本体论与认识论问题，与伦理学问题的相互联系。在中国，情况则完全不同。中国的文学与艺术思想主要由文学与艺术家所记述的创作经验组成。中国文学艺术思想的这种特点，在过去被普遍认为是一种缺陷，而现在情况有了变化，这些特点被普遍看成优点。建立在这种认识基础之上，一些研究者试图对古代思想进行整理，从而建立一种适应现代生活的文学艺术理论。从某种意义上说，这些人试图在做一件事，即从古代中国出发，跳过 20 世纪的中国，直接构建 21 世纪的中国美学和文学艺术理论。

第四节　中国文论主体性建构

美学和文论界很久以来的一系列的争论显示出，怎样才能建立中国美学和文论，什么是中国美学和中国文学理论，这本身已经成了一个问题。建设中国文学研究的话语，首先碰到的问题就是如何对待西方文论。

在西方思想的引介过程中，我国学术界出现了一些错误的倾向，形成了一些不正确的态度或者路径。一种路径是走全盘西化的路，而且致力于不断西化，以期跟上西方发展的步伐。这种路径是以引进代替研究。有人认为理论是无国界的，西方的理论比中国的先进，因此可以直接运用到中国，要像引进先进的科学技术一样引进西方的文学理论。但是，文学理论的引进与科学技术的引进差别太大，不同的语言，不同的民族传统和文学文化传统，关注和考虑的问题不同，审美趣味也有差异。有些人总是不断地追逐并向国人展示最新的文学理论，多方打听，是否又有了更新的文学理论流派。他们宣称，当西方是现代时，我们是前现代；当西方是后现代时，我们是现代；当下我们刚刚进入后现代，西方已经是后后现代了。于是，他们呼吁跨越式发展，跑步跟上后后现代。于是，这些学者穿上了追新的"红舞鞋"，像安徒生笔下跳舞的小女孩一样，永不止息地跳下去。

另外一种路径，是对外来文论持全盘拒绝的态度。持这种态度的学者认为，中国本来就有文论理论，而且很丰富、很精彩，西方文论的引进会占据话语主导权，使中国文论被矮小化、苍白化，从而造成失语。

问题在于，一些学者将中国文论与西方文论对立起来，认为要么用西方文论，要么用中国文论。持这种全盘否定西方文论观点的人甚至认为，一部现代中国文学理论的历史，就是贩卖、推销西方文论，压制中国文论的历史。这里其实存在一个概念的偷换，即把中国文论等同于中国古代文论，或者错误地认为，在中国存在着一种古今一脉相承的文论体系，要从这种文论出发，建设当代中国的文论体系。当然，中国古代文论也是需要研究的。如果说前一种文论态度是穿上了红舞鞋的话，那么这种文论态度就是套上了裹脚布，是一种新的"小脚女人"思想。

以上两种不同的路径或者态度，形成两种截然不同的立场：一是穿红舞鞋，二是套裹脚布。其实，它们都有一个共同的特点——使文论孤立化，搞纯理论。

文学理论首先应该是关于文学的理论，要建立在文学实践的基础之上；离开了文学实践，理论就成了无源之水、无本之木。然而，这一常识却常常被人们忽视。从事文学理论的人不读作品，不关心现实，而作家、批评家不读理论，"不学术"甚至反学术。两种人相互批评，前者说后者"不学术"，后者说前者不接地气。

在建构中国文论话语体系时，我想应该坚持一个原则，那就是"复数性"。文学理论的复数性归根结底在于文学的复数性，而文学

第十三章 西方文论的引进与中国文论主体性构建

的复数性根源于文学的这个特点：一个国家、民族和语言的文学，实际上处于一种有机生长的状态（每一种文学都有着自身的历史，而这个历史是由这种有机生长的状态决定的）。这种有机生长包括如下几个方面：1. 文学自身的传承关系。后人总是在读前人的书，因此前人的文学作品对后人来说，构成了一个既定的现实，他们是要面对这既定现实，学习、仿效，继而超越，使自己的作品也进入文学史。2. 文学生活在文化之中，后人与前人共同阅读文学外的书籍，其中包括历史和哲学，这些书籍本身也有着传承关系，于是，这一大传统本身也保证着文学的传承。3. 文学史总是指用某种语言写作的文学的历史，文学作为语言的艺术，依赖于语言的存在，也随着语言的发展而发展。语言是文学的家园，这一家园随着历史的变迁而变化，但这种变化总是有着自身的规律。4. 文学归根结底是人的生活的一部分，一个族群的生活本身，有其延续性，这保证了文学史本身的延续性。这四个方面，是文学生长的有机性的保证，也是文学史合法性的根据。

在比较文学界流行着一个概念：世界文学。它已成为旗帜，被很多人用来作为文学上世界一体化的口号。这个词语主要是在歌德与爱克曼的谈话录中和马克思、恩格斯的《共产党宣言》中较早出现的。歌德认为，随着现代社会的来临，远方的文学也能成为我们的欣赏对象。他并没有由此而提出全世界文学的一体化，而是说要环视四周，扩大文学欣赏范围，"我们不应该认为中国人或塞尔维亚人、卡尔德隆或尼伯龙根就可以作为模范。如果需要模范，我们就要经常回到古希腊人那里去找。他们的作品所描绘的总是美好的人。对其他一切文学我们都应只用历史眼光去看。碰到好的作品，只要它还有可取之处，就把它吸收过来"①。歌德的这种以古希腊人为模范，"环顾四周"的观点，表明了一种审美趣味的层次观。在马克思、恩格斯的《共产党宣言》中，世界文学的来临是资本主义在世界上胜利的一部分："资产阶级，由于开拓了世界市场，使一切国家的生产和消费都成为世界性的了。……物质的生产是如此，精神的生产也是如此。各民族的精神产品成了公共的财产。民族的片面性和局限性日益成为不可能，于是由许多民族的和地方的文学形成了一种世界的文学。"② 马克思、恩格斯意识到，由于"世界市场"而造成"世界的文学"的出现是不可避免的。

根据歌德和马克思、恩格斯的这个意思，我们可以相应地提出"复数的世界文学"概念，即我们可以有不同的"世界文学"。歌德以古希腊为"模范"，在自身的文学传统中养成，但眼光不限于这个传统，往外看，看到一个比自身更广大的世界，由此形成世界各国的文学都能为我所欣赏的意识。与此相同，世界其他民族和国家的人们，也可以以自身的文学，以印度的两大史诗，以《一千零一夜》和《古兰经》；以《诗经》《楚辞》和唐诗宋词为典范，在这些古老文化所形成的文学趣味萌芽的基础上，吸收各种文学营养，或是健康或是曲折地走着自己的成长之路。文学理论是在文学的基础上生长出来的。如果说文学本身是复数的，"世界文学"的概念

---

① ［德］爱克曼辑录：《歌德谈话录》，朱光潜译，人民文学出版社1978年版，第111—112页。
② 《马克思恩格斯选集》第1卷，人民出版社2012年版，第404页。

第十三章　西方文论的引进与中国文论主体性构建

也是复数的，那么，我们有更进一步的理由强调文学理论的复数性。不同民族或国家相互之间的合作形成一种国际主义，不同文化相互之间形成一种"文化间性"或"相互文化性"（inter-culturality）。文学也是这样，它要"国际的"，而不是霸权主导下"世界的""全球的"那种样式。我们要各民族文学之间相互平等地交流、补充与丰富，而不是在资本主义主导下的世界一体化。当文学理论成为一种对文学的思考之时，一国之文学，由于它本身的独特性，会促成一国之文学理论。这不是说，一定会产生一种公认的文学理论体系，大家都共同接受，形成默契。这种现象也有过，但不是源于学界自发，而是源于强力推广。但是，在一国之内，至少可以形成一种共同体，使用共同的语言，在共同的语境之中，研究者有一种理论上的对话关系，有一种理论共同体意识。

当文学理论成为一种文学主张的申述时，会形成进一步的复数性。文学要有个人的独创的空间，如果它纯粹是个人文学主张，那就只是私人话语，不具备可交流性。然而，在文学发展过程中，会在文学主张的交流中形成一些理论的流派，通过文学群体、杂志或者其他一些组合方式，将一些文学主张集合起来，表达出来，并固定下来。复数性成为文学理论的常态，相互之间形成一种张力关系，相互争鸣，相互促进，共同推动文学的繁荣发展。

这就是说，当文学理论成为一种对文学本质的普遍概括时，它具有普遍的诉求，但民族性本身所依附的民族语言载体，既会给它带来优势，也会给它带来局限性。一种文学理论不可能放之四海而皆准，也不能只局限于一个国家、民族和语言。不同的理论要对

· 321 ·

话，在对话中丰富和成长。文学理论具有复数性，这种复数性在诸种层次上体现出来，不同的文化圈、国家和民族，不同的语言，不同的人群和作家群都不断地生成各种文学理论。这是问题的一面，另一面则是，复数不能意味着相互排除、相互封闭。文化间要相互沟通，文学间要相互沟通，文学理论间也要相互沟通。这种相互沟通，能促进共同的发展。没有一种共同的文学理论，但有着文学理论的共同的发展。对此，康德有一个漂亮的比喻："犹如森林里的树木，正是由于每一株都力求攫取别的树木的空气和阳光，于是就迫使得彼此双方都要超越对方去寻求，并获得美丽挺直的姿态那样；反之，那些在自由的状态之中彼此隔离而任意在滋蔓着自己枝叶的树木，便会生长得残缺、佝偻而又弯曲。"[①] 不同理论之间的良性竞争，会改进并成就彼此。文学理论与文学文本，文学创作和文学批评之间有着密切的互动关系，而这个互动离不开当下的现实和文学实践，因而具有当代性和实践性。围绕着文学理论的建构，我们可以考察它的两个轴：一个是纵向的，一个是横向的。

所谓纵向轴是指文学理论与同时代的文学创作和批评实践的关系。作家、批评家和理论家可以是在同一时代生活的不同的人。他们有着各自的活动范围、社交群体、社团组织，以至各自不同的机构设置、社会评价方式、价值实现的标准。这些不同的人在各自领域里活动，互相不引以为同行，并通过所设定的体制，各自实现自我保护。但是，他们仍在相互交集，以各种方式相互影响。

[①] ［德］康德：《历史理性批判文集》，何兆武译，商务印书馆1997年版，第9页。

第十三章　西方文论的引进与中国文论主体性构建

而横向轴是指文学理论家阅读其他人、其他国家、其他时代的文学理论作品以及阅读其他学科的作品。一位从事理论研究的人，要从其他理论研究者那里学习方法和语言词汇，也从其他学科的研究成果中获得启发。恩格斯曾说："每一个时代的哲学作为分工的一个特定的领域，都具有由它的先驱传给它而它便由此出发的特定的思想材料作为前提。"[①] 理论研究者要以一些思想资料为前提，并通过实践来修正和发展它们。同样，文学理论也有着一个理论上的源流问题。文学理论的研究，需要介绍各种有益的思想资料，也需要进行某种整合。对各种源头的思想的介绍很重要。知识需要搬运，使它们跨越语言、空间和时间的障碍，在我们面前得到呈现。这包括进行版本校对，以出版精校、精注的版本；翻译和译释，以产生名译、名作；还有书写介绍性和整理性研究，编纂汇注、汇释类著作；等等。还有一些研究者致力于对思想的来源进行发生学研究，考察它们是如何形成的，又是如何传播和发展的；也有一些研究者进行理论的拼合，将一些不同来源的思想拼合成一个新的整体，使其具有一个对读者来说更为方便的呈现，或者形成一个对学生和课堂教学更为方便的教材。

文学理论的研究需要做的，首先还是立"体"，要经得住"体用之辨"。体用之辨曾经是一个大问题，不仅限于文学。在近代西方思潮进入中国之时，曾有"中体西用"之说，即"中学为体、西学为用"，以中国传统学问尤其儒家思想为主体，在此基础上采纳

[①] 《马克思恩格斯选集》第4卷，人民出版社2012年版，第612页。

西学中的一些器物之学，以补实用。但后来，中国学术基本上是采取了"西体中用"的路径，即以西方来的学问为主体，使之中国化，用于中国。从20世纪早期对西方各种思想引进，到80年代以后在新启蒙的旗帜下所出现的外来思想的种种引入，以至当下对西方最新思想的努力跟进现象，都是所谓广义"西体中用"的种种表现。"西体中用"的背后，是基于一种既以普遍主义为主体，又对各地方实际有所适应的思路。理论是普遍适用的，是放之四海而皆准的，但在具体使用时又要有适应性研究，在使用的方式、时机和力度上有所把握。否则就会出现理论脱离实际的问题，例如，在马克思主义成为中国主导思想的历史进程中屡次出现的教条主义和本本主义。这些极端观点，也都是没有区分前面所说的纵向与横向之别所致。当代社会生活的各个方面向理论研究者提出了要求，归根结底，理论是在生活中生长起来的。理论要解决生活中提出的问题，只有这样的理论，才是活的、有根的理论。有人说，理论可以只是心灵的安慰。其实，心灵的安慰也是一种社会生活的需要，当然，如果只是安慰，这种理论用处不大，不值得鼓励。有人说，理论也可以只是智力的游戏，例如康德。我认为，只有读不懂康德的人，才发明出智力游戏论。理论要解决问题，问题与理论之间，是一种纵向的关系，这像树要有根一样，问题是根，理论是树；理论从问题生长起来。古代与外国的思想都不能成为体，它们都只是一些理论建构资料的前提。资料是现成的，放在研究者面前的东西。这些理论与当下的理论建构之间的关系，是横向的，是在建构中随时需要"拿来"的，是理论建构的空气和营养。研究者不能缺乏资

第十三章　西方文论的引进与中国文论主体性构建

料,古代与外国的思想作为资料,是必要的。然而,我们并不是资料员,而是研究者。我们还是要从根出发,多方吸收,发展出适应时代和生活需要的自己的理论。

理论的研究要解决现实生活中的问题,文论的研究要解决当下文学中的问题。这包括对文学作品的解读和批评。理论研究与文学作品、作家和批评家之间的关系是文学理论之"体"。文论的研究要有利于当代文学的健康与繁荣,有利于全民文学素质的提高。所有的为学术而学术的研究,都只是在建造象牙塔,是对现实生活的躲避。

只有确立了这个立场,即立了"体","用"才有所依附。在此基础上,我们可以从古代和西方取各种思想资料作为前提,从而回到一个"古为今用,洋为中用"的立场。古和洋都是"用",只有当代的中国才是"体"。这种观点看似简单,而且已经成老生常谈,但是,其中有深刻的道理,有巨大的解读的空间。

世界话语不能直接引入而成为中国话语。文学研究要选择性地引入西方话语,选择的标准是当代中国的文学实践。实际上,并不存在一个统一的世界话语,也不存在一个单数的西方话语。各个国家、民族和文化,都有依托于自身语言的自己的文论话语,存在的只是不同话语间的对话。对话不是相同,相同就不需要对话,也不再是对话,而是自言自语了。不同国家、民族和文化间需要对话,就证明它们之间尽管不同,却可沟通。当然,中国话语也不是一种与世界绝缘的独特话语。不能为中国而中国,以它的中国性证明它的正确性。传统中国的东西,可能是好的,也可能是坏的。它的正

· 325 ·

确性应该建立在它对当代文学实践有效性的基础上，而不是它对民族主义话语的迎合上。中国文论话语的建设，要在当代实践的基础上，广泛吸收人类文明的一切优秀成果。这种建设工作，任重而道远，但千里之行，始于足下，我们要从现在做起。

第五节　当前文论研究近况及其理论走向

纵观近年来文艺理论学科发展现状及其走势，其自觉或不自觉地显现出愈来愈强烈的本土立场和现实意识，立足中国、扎根现实，反思当下、面向未来，成为一条反复提及且异常清晰的脉络线索。基于此，面向百年中国文论，尤其是反思20世纪80年代以来本土文论的建构进程，成为当前学界介入文艺理论学科论争的话语场和原动力，亦是思考文艺学建构范型与学科走向的原点和基石。这种本土立场、现实问题与当下意识，也鲜明地反映到当前文论的研究与论争中。仅就近几年来文艺学研究的整体态势看，这种理论的转场和学术转型也体现得较为明显，代表着当前文艺理论学科发展的未来走向。

一　文学理论"中国话语"的回顾、反思与重建

近些年来，伴随中国崛起以及跨文化交流对话中的地位提升，文学理论领域中的话语焦虑也日益凸显，由此引发了当代中国文论反思与重建的广泛研讨。诸如围绕中国特色文论话语体系建设重新

第十三章　西方文论的引进与中国文论主体性构建

提出了中西文论话语的"体"与"用"问题，而回到"当代文学实践"这一现实场域中也成了诸多学者的普遍共识。具体而言，建设中国特色话语，除了要立足本土、回到文学现场外，还需在思维方法和问题视域进行变革。在思维方法层面，周宪曾指出化解当代中国文论的原创焦虑并创造出有国际影响力和"中国气派"的理论关键，是要自觉实践"专业化中的业余性"，以抵抗日益专业化和学科化背景下研究者对专业体制的依赖和趋从，努力培养"涵养批判理性"，以弥补本土文学理论中"批评论争传统和生态"的不足，以及创造性转化中国传统思想资源并用之于重构文学理论的"大叙事"。[1] 在问题视域层面，南帆认为显现"中国经验"的文学理论"必须显示独特的问题范式、思想传统和分析路径"且须在"多种开放式对话"与"多重视角的交叉乃至不同观念的挑战"中加以综合构思[2]；朱立元认为"旧话题"对当代文论的创新与建构依然具有生命力和现实意义，还需予以更深入地理解和研讨[3]；姚文放也指出中国文论话语建构的资源需在思维水平、价值观念和中国特色诸层面与当代现实发展的格局相匹配且要"符合中国学术话语的通用规范"[4]。应该说，这些观点基本反映了当前学界在文论话语建构上的思考，也体现了文学理论建设求新求变的本土性追求。

---

[1] 周宪：《文学理论的创新问题》，《中国社会科学》2015 年第 4 期。
[2] 南帆：《中国文学理论的重建：环境与资源》，《中国社会科学》2015 年第 4 期。
[3] 朱立元：《关于中国古代文论现代转换的再思考》，《中国社会科学》2015 年第 4 期。
[4] 姚文放：《大众文化批判的"症候解读"：对当代中国文论重建的启示》，《中国社会科学》2015 年第 4 期。

值得追问的是，所谓建构"中国话语"，我们该如何理解？这一问题直接关系到对待中西文论资源及其话语传统的态度。王一川对此提出了有益的省思："'中国话语'一词就是指中国本土文论话语吗？'话语'如果按福柯以来的通行见解，指的是不同言说或理论之间在特定权力关系领域中展开的对话。如此，它就不再仅仅是指中国本土文论，而是更宽广和深厚地指与中国本土文论对话的西方文论及其背后更深广的文化冲突，以及中国本土文论自己所携带的文化，总起来说，它应当指的是中外理论的话语竞技场。"① 这种包容并蓄、为我所用的客观理性地对待中西方文论的态度也应该成为建设中国特色文论话语的基本策略。

当然，由于西方后现代文论思潮的根底性影响，加之"强制阐释论"的外围抨击和推挤，当代文论话语建构的本土性焦虑还使得越来越多的学人自觉回归到当代中国文论的历史场景中，试图通过回望与反思本土文论的建构历程，以求得当代文论话语的及地性和再发展。这尤其突出地表现在三个方面：

其一，重返理论发生现场，以期激发和拓展本土文论话语的新空间。杜书瀛便对"文艺美学"在20世纪80年代萌生、形成、确立、发展的特定历史文化机缘进行了深入总结，指出文艺美学与"社会文化环境和历史变迁"之或隐或现的关系以及自身得以"生发、成长的内在机制和学术理路"，并认为文艺美学会因"新的历史文化环境和自身内在发展的需求，不断变化、前进"因而具有广

---

① 王一川：《公共桌子边的文论对话》，《文艺理论研究》2015年第3期。

第十三章　西方文论的引进与中国文论主体性构建

阔的空间且"文学艺术不会消亡，文艺美学不会消亡，它们会应新的历史文化环境和自身内在发展的需求，不断变化、前进"。① 王元骧也对"审美反映论"加以了新的学理释义，认为要深入理解审美反映论，就应该"把审美判断视作既是人对自身生存状态的评价活动，又是对自身生存意义的探寻活动，它的认识与实践的双重性质不仅要求我们把反映主体当作一个处身于现实关系中的心与身、心灵与行为的统一体，同时也决定了只有当人把全身心都调动起来、投入进去，才会有真正的审美活动"。② 应该说，"文艺美学"和"审美反映论"都是本土文论建构中独具特色的文论话语，对这些基础理论的廓清和诠释，不仅有利于学科的健康发展，更是中国特色文论话语建构的基本方向。

其二，深入当代文论思潮，以期反思当代文论话语建构的利弊得失。"文学终结论"思潮则是回顾与反思文论话语建构的重要个案，引发了学者们持续深入的思考。朱立元认为中国学者围绕米勒"文学终结论"所展开的讨论存在一定的误读和误解，事实上，米勒并不是真正宣判文学的"死亡"，"文学终结论"的中国旅行及其被理解和被误读，既有"当代中国特殊的文化学术语境"，也体现了"新世纪开端中国学界在图像与视觉文化、日常生活审美化、文化研究和全球化潮流的冲击下，对文学和文艺学学科未来发展、转

---

① 杜书瀛：《文艺美学的兴起与思想解放运动及其他》，《文学评论》2015年第6期。
② 王元骧：《论审美反映的实践论视界》，《文学评论》2016年第3期。

型和边界等问题的核心关切与思考"①。

其三，关注百年学案和史案，以期在具体文案的爬梳与清理中实现文论话语的创新发展。罗钢、夏中义等先生近年来倡导学案研究，并在王国维诗学研究以及朱光潜、钱锺书研究领域初步实践了这一路径。学案研究主张通过"文献发生学"方法揭示文本与学人内心的症候，进而探寻其心理根源并据此展现学术贡献与学人灵魂间的关系。"学案研究"不仅给文艺理论提供了一种行之有效的方法，还为中西融合视野下西学与中国经验的有机融合提供了一种理论示范。

可以说，文艺理论的健康发展离不开对学科基础理论问题的回顾总结，这也是文艺学学科主张从现实语境和本土经验出发，有效规避对西方文论的片面引进，实现文论话语有效性和在地性的重要缘由。为此，重视对文艺理论学科基础性话语的爬梳与研讨，加强对百年中国文论话语建构的反思、批判与整理，既是文艺学学科健康发展与创新转型的重要环节，也是当前文论研究的一大动向。

二 "关键词"研究与"后一"文学理论重建的路径思考

文艺理论的重建或谓之"理论之后"文学理论的发展方向，是探讨当前文艺学学科未来方向与出路的重要议题。此前，学界便陆

---

① 朱立元：《"文学终结论"的中国之旅》，《中国文学批评》2016年第1期。

第十三章　西方文论的引进与中国文论主体性构建

续有学者探讨了"理论之后"中国文论的重建方向，为文艺理论的未来发展提供了经验。近两年来，在全面反思当代西方文论缺陷以及重建当代中国文论的理论趋势下，该问题同样持续引发了诸多学人的思考，也为文论界提供了新的理论借鉴。

一是主张从关键词出发建设当代中国文艺理论。在理论构想层面，李春青指出"文论关键词往往是一种文化系统的集中体现，在其形成过程必然会与各种文化因素发生联系，并将这些文化因素转化为自己的内涵"，因而关键词比较研究就是要透过"他者"而窥视"自我"，进而借助"他者"来重建和丰富"自我"。① 胡亚敏认为"关键词研究"主要采用历史和比较的方法，通过"突破线性的历史观，将关键词视为一个动态的、多维的乃至异质的发展过程，发掘和阐释关键词语义在历史进程中丰富的多样性"，同时又以"开放的民族主义为基本立场，运用跨文化视野来探寻关键词在不同民族和语境中的变迁，考察和总结它们在中国文学批评中的流变与组构"②。杨守森对之进行了富有深度的研讨，认为："关键词的创新，是一门学科或某一理论学说不断发展的重要标志。中国当代文艺学的发展，即与'文学主体性'、'审美意识形态'之类具有理论创新意义的关键词的上位有关。""重视对关键词的生成方式与规律的探讨，加强对关键词的

---

① 李春青：《浅谈中西文论关键词比较的意义与方法》，《文艺争鸣》2017年第1期。
② 胡亚敏：《"概念的旅行"与"历史场域"》，《湖北大学学报》（哲学社会科学版）2015年第1期。

敏感意识与创新意识，应当是促进中国当代文艺学进一步发展的一个重要问题。"[1] 在实践操作层面，这集中反映到对命题或概念的关键词比较与考辨中。如张永清教授连载刊出长篇论文《历史进程中的作者》，该文通过翔实的史料、细致的梳理就"作者"这一不是"问题"的"问题"加以了令人信服的理论考辨和系统思考，指出："文学理论的相关研究在很大程度上都是以'作者'这个轴心而具体展开"，因而要恰切回应当下文学理论面临的持续危机和严峻挑战便有必要"从整体上对作者问题再次进行较为系统的理论反思"，"作者问题"在西方文论的历史进程中呈现出"作者作为制作者（maker）""作者作为创造者（creator）""作者作为生产者（producer）""作者作为书写者（scripter）"四种主导理论范，古希腊则是作者理论的滥觞，而这些理论与实践也主要体现在"现实主义、古典主义、自然主义、浪漫主义、现代主义以及后现代主义等文学思潮之中"，文章最后还指出这些作者理论范式只是对已然范式的回顾与反思，在"消费社会、互联网时代里，新的作者身份、作者形象正在不断地被构建和被塑造"[2]。赵勇教授也通过对阿多诺"奥斯维辛之后写诗是野蛮的"这一诗学命题的翔实考辨，对阿多诺的思想症候加以了重新揭示，认为"奥斯威辛之后"这一诗学命题"既非禁令，也非咒语，而是阿多诺面对文化重建问题的一种极

---

[1] 杨守森：《关键词创新与中国当代文艺学》，《山东师范大学学报》（人文社会科学版）2016年第1期。

[2] 张永清：《历史进程中的作者——西方作者理论的四种主导范式》，《学术月刊》2015年第11—12期。

端性表达，其中又隐含着他对奥斯威辛之后文学艺术何去何从、生死存亡的深刻关切。它固然是以单维而否定的面目横空出世的，但是却又隐含着对艺术的肯定之维"，阿多诺在"两种可能性之间的'摇摆状态'也恰恰说明，对这种终极问题进行执著的'哲学反思'才是最为重要的。而反思的目的也并不在于解决问题，而是在于呈现问题"。① 李建中教授近年来主持的"中国文化元典关键词研究"最具代表性。在晚近发表的《前学科与后现代：关键词研究的前世今生》一文也对"关键词"喻指的内涵进行了集中考辨，认为"关键词"喻指核心的、重要的术语、概念、范畴和命题，可追溯至五经和诸子的时代，而现代意义上的关键词研究，以其"对学科壁垒的拆解（文化与社会的词汇），对辞典式静态定义的颠覆（意味深长且具指示性、重要且相关的词），以及对言说语境的还原或重构（再现历史的'现在'风貌和语义的'断裂'场景），表现出某种程度的后现代意味"，"后现代"对"前学科"的回返，"形成二者的勾连或通约，并最终铸就关键词研究巨大的理论张力和广阔的阐释空间"②。

二是主张重建意义论的文学理论。吴兴明认为意义论文论是中国当前文学理论回归性重建的一个重要选择，其症候在于：一方面受政治的决定性影响，"反映论、审美主义和中国式的意识形态理论在文学领域的推演"长期占据主导范式，而"西方自语言学转向

---

① 赵勇：《"奥斯维辛之后"命题及其追加意涵》，《文艺研究》2015年第11期。
② 李建中：《前学科与后现代：关键词研究的前世今生》，《长江学术》2015年第4期。

以来的文学理论在中国从未真正地扎根";另一方面是"现代性反思、后现代主义、文化研究在中国语境下与在西方语境下有着迥然不同的针对性"。因此,在世纪性的西化潮流中,中国文论所失落的是对文学事实的穿透、汉语语感和理论的原创性洞见,建立意义论的文学理论则有希望挽回这一失落,重建汉语文论的语感力量。"重建意义论的文学理论"也有十分正当的理由及其文论位置,原因在于:"研究文学独特的意义构成和机制是对文学事实最切近的探讨";"对文学意义值的探究包含了几乎所有文学理论的重要视角,具有广阔的开放性和内在聚合诸理论视角的纵深视野;中国有极深厚博大的意义论文论传统",基此,"创建意义论的文学理论,具有推进理论认知、囊括综合中西、传承汉语文论传统等多重根据"。①

三是主张从知识生产的视角进入文学理论的反思研究。邢建昌认为,从知识、知识生产的视角进入文学理论的反思研究空间广阔,运用这一研究范式"考察20世纪80年代以来文学理论的知识状况","可以有效避免文学理论反思研究中由于宏大叙述所带来的问题意识匮乏的弊端,提升作为一门学科的文学理论的知识化、专业化水准,发挥文学理论介入现实与公共空间的能力"。② 毕日生也从知识生产的角度认为"进入90年代之后的文学理论经历了一场深刻的知识生产的危机",在此过程中,"大众

---

① 吴兴明:《重建意义论的文学理论》,《文艺研究》2016年第3期。
② 邢建昌:《从知识、知识生产的视角进入文学理论的反思研究》,《河北师范大学学报》(哲学社会科学版)2016年第2期。

第十三章　西方文论的引进与中国文论主体性构建

文化在引发文学理论知识生产危机的同时,也造成了文学理论知识生产的分化",导致"主导范式理论形态分化、研究对象分化和知识生产主体的分化",据此认为"文艺学研究方法不能仅仅局限于审美阐释一种方法,更要吸收文化研究的多元方法","文化研究将成为大众文化语境下中国文艺理论知识生产的绕不开的历史存在"。①

应该说,无论是主张"意义论文论"的理论重建,还是主张从"知识生产"和"关键词研究"视角进行文学理论的重建,均是当下学人切实有感于当代中国文论所处境遇而提出的理论构想,有着鲜明的问题意识和时代感,也体现了当前文学理论发展与重建的新方向。

三　叙事学研究的重心转移与"叙事学热"

近年来文艺学另一个焦点便是"叙事学热"。叙事学研究之所以得到学界持续不断的关注和兴趣,不仅得益于学科范围的拓展与研究对象的扩大,更在于研究方法与范式的不断革新,由此带来了叙事学领域一次又一次的研究高潮。叙事学研究除文本内"经典叙事学"研究外,符号叙事学、空间叙事学、认知叙事学、媒介叙事学等"后经典叙事学"新领域可谓成果迭出。

首先,由赵毅衡领衔的"符号叙事学"研究团队通过不断创新

---

① 毕日生:《大众文化语境下文学理论的知识生产》,《河北师范大学学报》(哲学社会科学版) 2016 年第 2 期。

理论方法，引领国内叙事学研究的一大潮流，备受学界瞩目。继《广义叙述学》一书出版引发轰动后，赵毅衡又领衔成立了"中国中外文艺理论学会文化与传播符号学分会"，还发表了《广义叙述分层问题》《符号叙述学》《叙述的符号学研究》等多篇论文，从符号学现象学角度对一般叙述问题、叙述的基本形态、叙述分层及叙述中的变形问题进行了深入研讨。该团队还设有"符号学—传媒学研究中心"、创办《符号与传媒》刊物，团队成员唐小林、陆正兰、胡易容及饶广祥等也发表了系列研究成果，共同推动着符号学叙事学研究在国内的发展。

其次，由傅修延领衔的江西师范大学叙事学研究中心也通过将"叙事语法"调整为"叙事语义"，力图在"叙事学与其他学科间的相互激荡"中建设中国叙事学，尤其是近几年来通过转向对聆察、声音、音景等空间与听觉叙事的研究，引起学界广泛反响。近来，傅修延先后发表了《论音景》《释"听"》《论聆察》等几篇颇具影响力的论文，力图"将声学领域的音景概念引入叙事研究"，并重释"诉诸听觉"对于阅读文学艺术作品以及"扭转视觉霸权造成的感知失衡"的重要性。[①] 与傅修延异曲同工的是，该中心龙迪勇则倾注于对"空间叙事学"的研究，与关注"听"不同，龙迪勇极为重视空间意识与叙事活动，力图将叙事学研究由"时间维度"转向"空间维度"，也即是对"故事空间"（叙事作品发生的场所或地点）、"形式空间"（叙事作品的结构性安排）、"心理空间"

---

① 傅修延：《论音景》，《外国文学研究》2015 年第 5 期；《论聆察》，《文艺理论研究》2016 年第 1 期。

第十三章 西方文论的引进与中国文论主体性构建

（叙事作品中心理活动所呈现的空间特性）及"存在空间"（叙事作品存在的场所）的深入研讨①。

再次，在经典叙事学领域内，除对传统故事情节加以叙事学解读外，对"隐性叙事进程"、叙事形式、意识形态叙事以及小说意义的"解域与生成"叙事也成为叙事学研究领域的新亮点。申丹通过对小说文本的细读发现，作品在围绕情节展开的背后还存在"贯穿全文的隐性叙事进程"且"与情节发展往往呈现出不同的走向"，两者"既形成矛盾和张力，又互为牵制和补充，达到某种平衡"，这种"隐性叙事进程"的发掘也使得叙事学研究可将注意力将过去单一的"叙事运动"拓展到"双重叙事运动"中，有力地拓展了理论研究的空间。②彭亚非《叙事的诗意追问：中国传统叙事文学的史外史观》、刘俐俐《关注人类学大视野下的故事形态》、余岱宗《解读叙事：解域与生成》及美国加利福尼亚大学凌津奇《关于文学叙事形式研究的必要性》等文章也均从叙事学角度对经典叙事学进行了理论与个案的深入探讨，有力地促动了叙事学研究的成熟发展。

最后，在叙事学研究不断推进、发展与创新的同时，适时回顾并反思叙事学研究中存在的问题，也引起部分学者的重视。江守义通过对叙事学兴盛肇始期的问题与贡献进行了深入考察，既指出

---

① 龙迪勇：《十二年磨一书的甘苦历程——关于〈空间叙事研究〉》，《博览群书》2015年第1期。
② 申丹：《女性主义和消费主义背后的自然主义：肖邦〈一双丝袜〉中的隐性叙事进程》，《外国文学评论》2015年第1期。

"翻译不够全面,和西方叙事学界交流不够,猎奇和盲从心态盛行,理论拓展缺乏,对创作现象的关注和总结不够,研究凭一时兴趣"等问题,也总结出"带来了新的学术生长点","催生了中国的先锋派小说","激活了中国历史悠久的叙事批评"等诸多贡献,并据此提出:"对西方的理论,我们要'跳进去'再'跳出来',立足中国的土壤,发挥中国学术期刊的力量,并持之以恒,让西方理论真正为中国所用。"[①]

四 马克思主义文论与当代文学批评

马克思主义文论是当前文艺学领域的重要板块,推进马克思主义文论建设、重新评价西方马克思主义、建立当代马克思主义文学批评标准,也成为近年来文艺理论的一股潮流。这尤为表现在如下三方面:

一是对苏区文艺及苏联文论话语的研究反思。董学文指出,列宁在多方面把马克思主义文艺思想发展到了新阶段,为马克思主义文艺理论宝库贡献了大量的新东西:一是"把辩证法和唯物论彻底地运用到文艺理论上来";二是"创造性地提出了文学的'党性原则'思想";三是"丰富和提升了马克思主义文艺批评的方法论";四是"首次提出'两种民族文化'学说";五是"充分体现了马克思主义对待文艺家的态度";六是"初步探索和积累了领导社会主

[①] 江守义:《20世纪80年代叙事学研究的回顾与反思》,《学术月刊》2015年第7期。

第十三章 西方文论的引进与中国文论主体性构建

义文艺运动的经验"。① 周平远认为，中国苏维埃运动所坚持的政治意识形态的修辞方式与传播策略卓有成效，尤其是苏区文艺政策的"宣传本位原则、任务中心原则、戏剧优先原则、社会娱乐原则"为苏区文艺工作的开展与文艺政策的制定奠定了扎实的政治基础、理论基础及法理基础。② 此外，吴艳《现场·问题及其特点——以延安文艺批评为例》、周启超《一个核心话语的反思——苏联"社会主义现实主义"话语演变记》也就苏区文艺及苏联模式话语的现实实践效果予以了理性的历史反思。

二是对西方马克思主义再评价的讨论。董学文、祝东力、陈飞龙等人在研讨中认为：反思与再评价"西马"要"立足经典马克思主义理论观和中国马克思主义文艺理论的现状"以求"对我们当下的研究有所启示"；对"西方马克思主义"文艺理论研究应该"从知识层面达到一个认知的程度"，即是要对"西方马克思主义"文艺理论"进行对话、批评"而不再是"一般的知识性介绍"。③

三是马克思主义文学批评的建立与探讨。高建平认为，学院批评是文学批评的重要力量，但学院批评并非指"人在学院"中所从事的批评；在当前批评中，所谓的"推介性批评""扶植性批评""酷评""阐释性批评"均有其意义和价值，但还缺一种"诊断性

---

① 董学文：《论列宁对马克思主义文艺理论的发展》，《文艺理论与批评》2015年第1期。
② 周平远：《苏区文艺政策四大原则》，《山东师范大学学报》（人文社会科学版）2015年第1期。
③ 崔柯等：《西方马克思主义再评价》，《文艺理论与批评》2015年第2期。

的批评",这种工作只有"学院批评家"有条件和优势去做;当然,"学院批评"也存在各种问题,急需"去掉学院腔,走出象牙塔,切断种种利益链"进而"直面文学艺术作品本身"。① 徐岱指出,要想成为一种"真正属于文学的文化批评"必须实行"诗学转换"成为一种"文化诗学",这意味着"不仅要从文化的角度看文学,还得在其文化关注中将文学真正当作文学而非一般的社会/文化信息载体来对待",如果说"一般文化批评"只是"从文学材料来理解文化,是对文学的表征型解读",那么"作为一种诗学方法的文化批评"则是"从文化的视野看文学,是对文学的语义学解释"。② 魏天无则指出,当前中国马克思主义文学批评需要"在中国语境中发现新问题"与"审视旧问题","从批评范式角度重新审视和建构中国形态",以此"带动中国马克思主义文学批评的'向内转'",与此同时也亟须批评家"更多地介入批评写作,去面对纷繁复杂的文艺现象和文艺创作"。③

除以上反思与趋向外,在具体马克思主义文论与文学批评的学科研究中,也出现了许多称许的成果,显示出强劲的发展势头,值得学界关注。

首先,在理论探索与史实清理中构建"21世纪中国的马克思主义文艺学"。董学文提出构建"21世纪中国的马克思主义文艺学"

---

① 高建平:《论学院批评的价值和存在问题》,《中国文学批评》2015年第1期。
② 徐岱:《作为方法的文化批评》,《文艺研究》2015年第7期。
③ 魏天无:《"中国经验"与马克思主义文学批评的中国形态》,《中外文化与文论》2015年第29辑。

第十三章 西方文论的引进与中国文论主体性构建

的新构想,认为:"在当代世界文艺理论运动的格局中,中国的马克思主义文艺理论不仅获得了自己的特有身份,而且为人类文艺理论的未来提供了新的选择的可能性",面对这种新局面,"理论界和批评界有必要也有责任进一步完善中国的马克思主义文艺理论,有必要也有责任把中国的马克思主义文艺理论从逻辑结构和形态体系上描述得更加清晰"。[①] 与此异曲同工的是,张清民通过对马克思主义文论中国化的细致梳理和理论考辨,力图在实践中予以呈现。在《现实主义的话语歧变》一文中,通过马克思主义文艺研究者在理论引进上认知分歧的翔实考察,认为"理论资源的来源"影响并制约着"理论本土化"的性质与方向,并导致马克思主义中国化进程中"一条走向马克思、恩格斯的现实主义论,另一条走向了苏联的政治化现实主义论",而选择苏联政治化文艺观的周扬却对"现实主义"的解释完全陷入文艺工具论的泥淖,"把'反映生活'的艺术目标置换为'反映政治'的话语目标,把艺术和生活的结合置换为'艺术创作'与'各种革命实际政策的开始结合'",因而脱离了"文学活动自身的特质"。[②]

其次,对马克思主义文学批评理论的厘清与研讨。张永清紧紧围绕马克思恩格斯 1833 年至 1844 年的文学创作和评论活动,认为这一时期的批评理论不仅构成了马克思主义批评理论的"前史形

---

① 董学文:《21 世纪中国的马克思主义文艺学论纲》,《文艺理论与批评》2016 年第 3 期。
② 张清民:《马克思主义文论中国化的一段问题史》,《上海大学学报》(社会科学版) 2016 年第 2 期。

态"，而且还是其他五种批评形态的基础，国外相关研究先后经历了"萌芽与胚胎""形成和发展"以及"反思和深化"三大阶段，国内则经历了"苏联化"和"西马化"两大阶段，而相关研究总体上存在着"梅林式的'狭义化'与维塞尔式的'扩大化'"两种倾向，对恩格斯的相关研究也存在"卢卡奇等的'有意拔高'与德梅兹等的'无端贬损'"两种倾向，为此，当下学人必须吸取已有研究成果的经验和教训，需"结合历史与现实两种语境加强对该问题的整体性研究"。[①] 胡亚敏则提出要建构马克思主义文学批评中国形态的"民族之维"便需要对"民族"及其相关问题作重新审视和辩证研究，尤其要注意"对'民族'概念加以考辨，厘清不同术语的边界"，文章认为："民族是一个历史的范畴，民族的核心在于文化，民族与人民同构，中国形态民族维度的视域即文化身份和价值尺度"，对"民族"的重新阐释和"民族之维"的提出也构成了"马克思主义文学批评的中国形态区别于其他马克思主义文学批评的重要理论特质"。[②] 张进也对"作品/文本"予以了新的观照，认为与20世纪诗学之"作品/文本"含义有所不同，"21世纪以来，'事件'作为其替代表述与之构成一种'作品/文本/事件'的'三元辩证'关联"，"事件论"视"作品/文本"为"话语行为事件、历史文化事件和社会能量事件"以"凸显出文学活动主体的具身

---

① 张永清：《马克思主义批评理论的前史形态：试论马克思恩格斯1833—1844年的批评理论》，《中国人民大学学报》2016年第3期。
② 胡亚敏：《论马克思主义文学批评中国形态的民族之维》，《中国人民大学学报》2016年第3期。

性、行动过程的历史性及事件本身的连通性和物质性",而"受马克思主义有关美学与史学、文艺与社会之间关系思想沾溉的学者参与了文学事件论的塑形过程,显示出马克思主义在当前文论中的回归和衍生"。①

此外,姚文放近年来围绕马舍雷的文学生产理论,对文学批评中引入"症候解读"的方法进行了集中思考,为有效打开文学批评的理论空间提供了诸多启示。在《症候解读:文学批评作为艺术生产》一文更对"症候解读"理论的形成和发展予以了梳理,认为发端于弗洛伊德、拉康,成长于阿尔都塞、马舍雷、卡勒之"症候解读"理论不仅"开辟了一个崭新的论域",还标志着艺术生产论的研究重点"从创作一端向阅读和批评一端进一步拓展",而肯定文学阅读和文学批评的"生产性"并将其认定为一种"艺术生产",也是在马克思所开创的"艺术生产论"基础上取得的一个重大进展,"症候解读"理论的后现代性质也预示着"文学批评作为艺术生产将迎来开阔的理论空间"②。

五 "微时代"的媒介、文化与美学成为学术增长点

随着互联网与移动通信的普及发展,我们已经不知不觉地生活在一个由微博、微信等网络媒介所重构的双向互动的"微时代"

---

① 张进:《马克思主义批评视域中的文学事件论》,《中国人民大学学报》2016年第3期。
② 姚文放:《症候解读:文学批评作为艺术生产》,《文学评论》2016年第3期。

之中。"微时代"的到来，不仅加速了信息的传播、使得公共文化空间日渐呈现出多元话语和差异表达的"社交化"趋势，还同样使得人们的生活方式和写作习惯呈现出"碎片化"倾向。这种"微时代"的文化传播、话语表达机制正深刻影响着属于我们这个时代的文学[①]。因此，在传统文艺学知识体系外，媒介互联网驱动下对"微时代"文学、图像与媒介文化的美学探索，就不仅成为一大社会热点，还同样构成了新的时代条件下文艺理论新的学术增长点。

其一，对"微时代"精神状况的文化分析。陶东风教授在《理解微时代的微文化》一文中指出：我们的文化曾是以"大"为特征、以"大"为标榜，但今天，"'微'已经成为理解我们这个时代的一个关键词"；这"不仅是一种文化理想和审美理想，更标志着我们这个时代政治、经济、文化和生活形态的转型"；微时代一方面为"草根政治"提供了可能，另一方面却容易使得现代公民丧失本应具备的责任、理想、视野和胸怀，因而既应看到其积极意义也应充分警惕其消极后果。[②] 对于微时代的精神状况，周志强也指出，自媒体激活了人们空前的话语热情，并养育了新型的"微客"主体，"其瞄准式的阅读方式、窥阴型的话语期待和去身份化的主体意识，令'微客'变成了一种思想想象力不断衰减的'口香糖主义'者"，而"作为复杂社会的'阐释者'的知识分子话语不得不让位于微时代的'单向度话语'，作为'阐释者'的知识分子也逐

[①] 参见《2014年度中国十大学术热点》，《学术月刊》2015年第1期。
[②] 陶东风：《理解微时代的微文化》，《中国图书评论》2014年第3期。

第十三章 西方文论的引进与中国文论主体性构建

渐丧失了书写现实和动员社会的能力"①。

其二,对"微时代"文学美学问题新变的理论探索。欧阳友权就"文学微信与微信文学"以及"微信文学"的形态与功能取向进行了深入分析,认为:"微信文学的存在方式源于它的技术构成及其与主体关系的设定,其形态包括基于微信平台创作并发布的原创文学、利用微信推送的传统文学作品和以微信为题材创作的小说。微信文学的多媒介审美功能、文化传承功能和交友圈关系资源的商业驱动功能,成为这一文学价值取向的历史确证。"②王德胜也就"微时代"的文化征象与美学取向两个维度进行了分析,指出:文化生产与消费的"去历史化"带动了社会生活审美叙事向"日常生活的审美性"回归;文化风格的"碎片化"引导人们在生活的美学坐标上重新规划日常生活取向,将生活感受的审美功能绝对化;个人化风格的普遍泛化与文化民主的"草根性",有力地支持了当下生活中集体娱乐的审美经验及其意义"微"化;而这一切集中凸现了"微意义"作为"微时代"美学价值呈现的普遍性。③

与此同时,"微时代"语境中的文学、图像与媒介关系问题也越来越受到学者的关注,尤其是文学图像关系研究的不断挺进,更有力地推动了文艺理论学科的多元发展。这种文学图像与媒介文化

---

① 周志强:《微客、微话语与"复杂思想"的消解》,《探索与争鸣》2014 年第 7 期。
② 欧阳友权:《微信文学的存在方式与功能取向》,《江海学刊》2015 年第 1 期。
③ 王德胜:《"微时代"的美学》,《社会科学辑刊》2014 年第 5 期。

的研究倾向，较为代表地体现在以下两个方面：

一方面是文学图像研究得以持续深入。赵宪章指出，"文学图像论"源自学术的内生动力而非追逐时尚，语言和图像的互动尤其是图像对语言表意的僭越使得基于符号学方法研究文学与图像的关系可能成为21世纪文学研究的母题。[①] 吴琼也对"视觉文化研究"思潮在西方的进程进行了详细爬梳，并从学术谱系、研究对象和主要议题进行了细致勾勒，认为：视觉文化研究主要受到三种学术话语的影响，即"批判的现代性/后现代性话语、图像学与艺术史研究以及'文化研究'"，这其中，"伯明翰时期的'文化研究'视为视觉文化研究的一个谱系学源头，但后者并不是前者的延伸，而是对前者的批判性收编"；对视觉及视觉文化的研究必须"以视觉性作为方法论原则"，而"视觉性其实也是对研究对象的一种运作方式、一种阐释角度"，视觉文化研究关键在于"它是从视觉性的角度对对象的考察，是对对象的视觉性的考察"；视觉文化研究的主要议题包括五个方面：一是"视觉中心主义批判"；二是"机器研究"；三是"建制研究"；四是"表征的政治"；五是"观看与认同"。[②] 杨向荣也认为在"图像转向"思维模式下"图像文化模式"取代了"语言文化模式"成为把握和理解世界的主要思维模式，为此，在图像转向的影响下，文学和媒介的发展出现了图像化趋势，图像逐渐成为当代文化的中心，并

---

① 赵宪章：《语图符号学研究大有可为》，《中国社会科学报》2015年10月8日。
② 吴琼：《视觉文化研究：谱系、对象与议题》，《文艺研究》2015年第4期。

第十三章 西方文论的引进与中国文论主体性构建

冲击文学,形成了图像霸权。

另一方面是媒介文化研究不断拓展。胡继华以列维纳斯"为他者的伦理学"和"异域之思"的美学思想为例,深入发掘了其关于"形象""语言"以及"他者隐秘"的思考,并对当代媒介文化及其犬儒姿态予以了反思、审视和批判。[①] 尤西林则从麦克卢汉的冷—热媒介论出发对技术与艺术这一对立统一关系问题进行了思考,认为艺术的社会职能便是要平衡热媒介的认知陈述,警戒其传播方式对受众个性创造性的压抑进而保持回溯信息创造源头的主体地位,而以艺术为自觉尺度的冷媒介最深刻的意义则是现代技术已陌生的对万物自在自主性的"守护",冷媒介在与热媒介均衡关系中展示了既揭示又守护世界的新型生产与生活样态。[②] 此外,高建平《技术进步中的艺术处境》以及黄鸣奋《新媒体时代艺术研究新视野》等文也均从各个角度对媒介、艺术及图像之间的复杂关系进行了富有创新的理论研讨,令人耳目一新。

应该说,对媒介语境中"微时代"的文化与美学的理论关注,既体现了文艺学学科积极反思现状、关注前沿、捕捉热点的理论敏锐性与时代批判性,也呈现出文艺理论知识话语多元共生与并存的良好发展格局。

总体而言,当前文艺学学科总体上摒弃了过去文论话语建构与当下现实文论语境与文化生活的隔膜,无论是文学基础理论、古代

---

① 胡继华:《虚拟他者——列维纳斯的"伦理诗学"与媒介文化批判》,《文艺研究》2015 年第 2 期。
② 尤西林:《冷媒介与艺术》,《文艺研究》2015 年第 3 期。

文论、西方文论、马克思主义文论，还是美学与艺术理论，均主张回归本土、回到当下，关注当代文学创作实践以及文化艺术生活，并从本土化与当下化两个维度实现理论的变革与转型，以求在横跨中西的视野和立足中国的态度中实现文艺理论的健康发展。

主要参考文献

专　　著

《马克思恩格斯选集》（1—4卷），人民出版社1995年版。

《毛泽东选集》第3卷，人民出版社1991年版。

《毛泽东文艺论集》，中央文献出版社2003年版。

《邓小平文选》第2卷，人民出版社1997年版。

蔡仪：《新美学》，群益出版社1951年版。

戴锦华：《犹在镜中：戴锦华访谈录》，知识出版社1999年版。

洪子诚、孟繁华主编：《当代文学关键词》，广西师范大学出版社2002年版。

洪子诚：《中国当代文学史》，北京大学出版社1999年版。

《胡风全集》第3卷，湖北人民出版社1999年版。

胡乔木：《胡乔木回忆毛泽东》，人民出版社1994年版。

蒋寅：《学术的年轮》，凤凰出版社2010年版。

李泽厚：《美学论集》，上海文艺出版社1980年版。

吕荧：《吕荧文艺与美学论集》，上海文艺出版社1984年版。

《马克思恩格斯列宁斯大林论文艺》，人民文学出版社1987年版。

《普列汉诺夫美学论文集》，曹葆华译，人民出版社 1983 年版。

谢冕、洪子诚：《中国当代文学史料选》（1948—1975），北京大学出版社 1995 年版。

徐西翔主编：《中国新文艺大系（1937—1949）理论史料集》，中国文联出版社 1998 年版。

薛君智主编：《欧美学者论苏俄文学》，社会科学文献出版社 1996 年版。

以群：《文学的基本原理》，上海文艺出版社 1984 年版。

张江主编：《阐释的张力——"强制阐释论"的对话》，中国社会科学出版社 2017 年版。

张江：《作者能不能死——当代西方文论考辨》，中国社会科学出版社 2017 年版。

中国社会科学院外国文学研究所编：《外国理论家、作家论形象思维》，中国社会科学出版社 1979 年版。

中华全国文学艺术工作者代表大会宣传处：《中华全国文学艺术工作者代表大会文集》，北京新华书店 1950 年版。

《周谷城学术精华录》，北京师范学院出版社 1988 年版。

《朱光潜全集》第 1 卷，安徽教育出版社 1987 年版。

［德］马克思：《1844 年经济学—哲学手稿》，人民出版社 1985 年版。

［德］马克斯·韦伯：《学术与政治》，冯克利译，生活·读书·新知三联书店 1998 年版。

期刊论文

蔡厚示：《作为上层建筑的文学的特殊性》，《文学评论》1980年第4期。

陈晓明：《理论批评：回归汉语文学本体》，《文学评论》2015年第3期。

陈众议：《从"强制"到"虚无"》，《中国文学批评》2016年第1期。

程代熙编：《马克思〈手稿〉中的美学思想讨论集》，陕西人民出版社1983年版。

高建平：《论学院批评的价值和存在问题》，《中国文学批评》2015年第1期。

高建平：《美学之死与美学的复活》，《东方文化》2001年第1期。

江守义：《20世纪80年代叙事学研究的回顾与反思》，《学术月刊》2015年第7期。

金惠敏：《图像增殖与文学的当前危机》，《中国社会科学》2004年第5期。

康濯：《试论近年间的短篇小说》，《河北文学》1962年第10期。

茅盾：《关于所谓写真实》，《人民文学》1958年第2期。

钱谷融：《〈论"文学是人学"〉一文的自我批判提纲》，《文艺研究》1980年第3期。

钱中文：《论人性共同形态描写及其评价问题》，《文学评论》1982年第6期。

田汉：《部队戏剧花朵颂歌》，《戏剧报》1959年第14期。

王若水：《关于"异化"的概念》，《外国哲学史研究集刊》1979 年第 1 期。

王先霈：《三十年来文艺学家的中国古代文论研究》，《华中师范大学学报》2007 年第 5 期。

王元化：《人性札记》，《上海文学》1980 年第 3 期。

王元骧：《文艺理论中的"文化主义"与"审美主义"》，《文艺研究》2005 年第 4 期。

吴立昌、戴厚英：《"现实主义深化"理论的真面目》，《学术月刊》1965 年第 4 期。

张江：《当代西方文论若干问题辨识——兼及中国文论重建》，《中国社会科学》2014 年第 5 期。

张江：《强制阐释论》，《文学评论》2014 年第 6 期。

张永清：《马克思主义批评理论的前史形态：试论马克思恩格斯的批评理论》，《中国人民大学学报》2016 年第 3 期。

周扬：《文艺战线上的一场大辩论》，《人民日报》1958 年 2 月 28 日。

朱光潜：《文艺复兴至十九世纪西方资产阶级文学家艺术家有关人道主义、人性论的言论概述》，《社会科学战线》1978 年第 3 期。

朱慕光：《驳所谓"写真实"和"写阴暗面"》，《文艺学习》1957 年第 10 期。

后　　记

在接到本书的写作任务后，我先是初拟了一个提纲，交由课题论证会讨论。在会上，张江、王杰、王尧、李春青、张政文、傅谨等先生都提出了许多宝贵的意见。最初的课题论证会，我先后邀请了丁国旗和李圣传两位参与，他们对提纲的完成做出了重要的贡献。

提纲基本确定后，请张冰从由我编著、中国社会科学出版社出版的《当代中国文论热点研究》一书，以及我的其他一系列相关文章中，编选相关的段落，并加以调整、连接、修订。其中也有少量文字取自由我担任主编的《20世纪中国美学史》一书，该书将由江苏凤凰教育出版社出版。张冰是我的博士研究生，后到重庆工作，现任西南大学文学院教授。这本书能够完成，她的贡献最大。

最后一章的第二节和第五节，由李圣传博士在他为《中国文学批评》杂志所写的年度综述的基础上改写而成。李圣传系北京师范大学文艺学博士，现在首都师范大学工作，曾随我从事博士后研究。

因此，这本书除了我写的部分和从我的书与文章取材以外，还摘取了我所主编的书中许多人的文字。由于所摘取的文字较细碎，这里不占篇幅一一列举这些部分在书中的位置，仅列上部分参与者的名字如下：安静、包明德、丁国旗、杜书瀛、段吉方、范玉刚、韩伟、李圣传、李世涛、李媛媛、刘顺利、吕双伟、孟登迎、孟远、吴子林、张冰、张红军、张永清（以拼音为序）。全书完成以后，发现其中的一章内容较弱，存在一些问题，故请周兴杰作了补充。在此一并表示感谢。

当代中国这七十年，共和国从成立到发展，文学批评理论一路走来，经历了许多风雨，也积累了不少经验教训。我们今天要建立当代中国文艺批评理论，要从前人那里接着说。编此书对我帮助很大，既重温了历史，也增长了见识。希望本书对从事文学理论与批评研究的研究者、教师和学生有所助益。

高建平

2017 年 12 月 26 日